U0134845

俠隱

麥田小說　16

俠隱

作者　張北海

編輯委員　王德威　詹宏志　陳雨航
責任編輯　林秀梅

發行人　陳雨航
出版　麥田出版
台北市信義路二段 251 號 6 樓
電話：(02)2351-7776　傳真:(02)2351-9179
發行　城邦文化事業股份有限公司
台北市信義路二段 213 號 11 樓
電話：(02)2396-5698　傳真:(02)2357-0954
E-mail：service@cite.com.tw
網址：www.cite.com.tw
郵撥帳號：18966004
香港發行所　城邦（香港）出版集團
香港北角英皇道 310 號雲華大廈 4／F，504 室
電話：2508-6231　傳真：2578-9337
新馬發行所　城邦（新、馬）出版集團
Penthouse, 17, Jalan Balai Polis,
50000 Kuala Lumper, Malaysia
電話：(603)2060833　傳真：(603)2060633
印刷　凌晨企業有限公司
初版一刷　2000 年 6 月 1 日

版權所有・翻印必究
ISBN 957-469-035-0
售價：380元　Printed in Taiwan

目次

俠隱

1 前門東站

本來應該下午三點到站的班車，現在都快六點了，還沒一點兒影子。前門外東火車站裏面等著去天津，等著接親戚朋友的人羣，灰灰黑黑一片，也早都認了。一號月臺給擠得滿滿的，不怎麼吵，都相當耐心地站著，靠著，蹲著，聊天抽菸。不時有人繞過地上堆著的大包小包行李，來回走動。不時有人看看錶。不時有人朝著前方鐵軌盡頭張望。

在這座火車棚下頭黑壓壓一片人海後面一個角落，筆直地立著一身白西裝的史都華・馬凱醫生。他個子很突出，比周圍的人高出至少一個頭。淺黃的頭髮，剛要開始發灰，精神挺好。

他並沒有引起多少注意，只是偶爾有那麼一兩個人向他點頭微笑，打個招呼，「來接人啊，馬大夫？」馬凱醫生也就用他那幾乎道地，可是仍然帶點兒外國味兒的北京話回應，「是啊。」

馬凱醫生是北平特有的那一類外國人。上海天津都少見。這些人主要是歐洲人和美國人。他們不光是那些來這兒教書，傳教，行醫和開辦洋行的，還有姘了中國女人的，來冒險發財的，開麵包房西菜館子的，更別提那批流亡定居的白俄。反正，不管這些人在這兒幹什麼，先都是因為工作而來，住上了一年半載，再兩年三年，然後一轉眼七年八年，再轉眼就根本不想回國了，也回不去了。有的是因為這兒的日子太舒服了，太好過了。有的是因為已經給揉成了一個北京人。別說回國，叫他去南京他都住不慣，乾脆在這兒退休養老。

馬大夫就是這一種，儘管他離退休還有一陣。他在洛杉磯加州大學醫學院剛實習完畢，就和新婚夫人依麗莎白來到北京，剛好趕上中華民國成立。後來凡是有生人問他來北京多久了，他就微微一笑，「民國幾年，我就來了幾年。」

馬凱醫生點上了一斗菸，才吸了兩口，一聲笛響，一陣隆隆之聲，一片歡叫。他抬起左手看了看錶，天津上午十點開出來的這班北寧特快，終於在下午六點半進了北平前門東站。

火車還沒喘完最後一口氣，已經有不少人在從車窗往外面丟大包小包，月臺上一下子大亂。喊叫的聲音一個比一個高。馬大夫還是一動不動，噴著煙斗，從他面前一片波動的人頭上遙望過去，注意看著一個個下車的乘客。

他移動了幾次，讓路給提著扛著包袱箱子，揹著網籃舖蓋的出站。月臺上更吵更亂。剛下車的全在跟來接的人抱怨，有的開口大罵，都他媽的是關外的車誤點，在天津就等了一個多鐘頭才上，到了廊房又等……

他慢慢反著人潮往前走了幾步。火車頭嘶地一聲噴出一團茫茫蒸氣，暫時罩住了他的視線，而就在那團乳白氣霧幾乎立刻開始消散的剎那，馬大夫看見了他。

他從那團白茫茫中冒了出來。個子差不多和馬凱醫生一樣高。頭髮烏黑，臉孔線條分明，厚厚的嘴唇，稍微沖淡了點有些冷酷的表情。米色西裝，沒打領帶，左肩掛著帆布背包，右手提著一只深色皮箱。

他也看見了馬大夫，又走了幾步，放下箱子，在吵雜，擁擠，流動的人潮之中站住，伸出了手臂，緊緊摟著趕上來的馬大夫。

這一下子就招來後頭一聲聲「借光」……「勞駕」……「讓讓」……

馬大夫伸手去接背包，「來。」

「我來。」

「那給我你的票。」

兩個人隨著人潮往外走。人出去的很慢，車站查票口只開了兩個。輪到他們的時候，馬大夫把車票和月臺票一起交了，然後一指廣場右前方，「車在街對面兒。」他們躲過了一個個扛行李的，又給擠上來的好幾個拉洋車的給擋住了。

「還是我給你揹一件吧。」

他們左讓右讓，穿過了比站內還更擠更吵更亂的人羣，洋車，板車，堆的行李，汽車卡車。沒多遠，可是還是走了快十分鐘，才走到城牆根一條土馬路後頭斜坡上停著的那輛黑福特。兩個人把行李放在後座，上了前座。車站塔樓大鐘剛過七點。

馬大夫沒發動，靜了幾秒鐘，偏過頭來，「摘下墨鏡，天然，讓我先看看你的臉。」

天然慢慢取下了太陽眼鏡。馬大夫仔細觀察了半天，又伸手推了推下巴，察看右臉，點了點頭，「不錯，連我……不說都看不出來」他頓了一下，「還滿意吧？」

天然輕輕微笑。

馬大夫發動了車。天然摸了摸面前的儀表板，「還是那部？」馬大夫點著頭，慢慢開下小土坡，又等著一連好幾輛洋車過去，才開過那座帶點日本味兒的歐式東站的廣場，上了東河沿。走了沒一會兒又上了正陽門大街，再順著電車軌道，擠在一輛輛汽車，自行車，洋車，還有幾輛手推車和騾車中間，穿過了前門東門洞。

兩個人都沒說話。馬大夫專心開著車，習慣性地讓路，偶爾猛然斜穿過來一輛洋車，他也不生氣。天然坐在他右手，閒望著前面和兩旁閃過去的一排排灰灰矮矮的平房。黑福特剛過了東交民巷，就拐東上了長安大街。

說是入秋了，寶石藍的九月天，還是蠻暖和的，也沒颳風。路上行人大部分都還穿單。七點多了，天還亮著，可是崇文門大街上的鋪子多半都上了燈。天然搖下車窗，點了支菸，看見剛過東總布胡同沒多久，馬大夫就又右轉進了乾麵胡同。

才一進，馬大夫就說，「到了，十六號……」同時按了下喇叭。左邊一道灰牆上一扇黑車房門開了。馬大夫倒了進去，「我們那年從美國回來買的，還不錯，兩進。Elizabeth 教的美國學校，就在前面幾步路。」

一出車房就是前院。馬大夫領著天然穿過垂花門，進了內院。灰磚地，中間一個大魚缸，四個角落各擺著兩盆一人多高的石榴樹，和兩盆半個人高的夾竹桃。他們沒走遊廊，直接穿二院上了北屋。

他跟著馬大夫繞過中間那套皮沙發，再沿著牆邊擺的茶几凳子，進了西邊內室睡房。「廁所在裏面，你先洗洗，我在院子等你……」馬大夫頓了一下，面帶笑容，伸出來右手一握，「歡迎你回家，李天然。」

是個白色西式洗手間。李天然放水洗了個快澡。出來發現他的背包皮箱已經給放在床腳。他圍著大浴巾開箱找衣服。

他不算壯。因為偏高反而顯得瘦長。可是很結實。全身綳得緊緊的。他很快穿上了條藏青帆布褲，上面套了件灰棉運動衣，胸前印著黑色 Pacific College，光腳穿了雙白網球鞋。出房門之前，又順手從西裝上衣口袋拿了包菸。

馬大夫已經坐在院子西北角石榴樹下一張藤椅上了。旁邊一張鋪著白色檯布的小圓桌，上面有個銀盤，裏面放著酒瓶酒杯，蘇打水和一小桶冰塊。馬大夫也換了身衣服，改穿一件中式黑短褂。李天然下了正屋臺階，抬頭看了看上空的最後黃昏，坐了下來。

「Dewar's？」

李天然說好。

「冰？蘇打？」

「冰。」

馬大夫加冰倒酒，遞給了天然。二人無語碰杯，各喝了一口，而且幾乎同時深深吐出一口氣。

「回來了。」

「回來了。」

「高興嗎？」

李天然微微聳肩。

「有什麼打算？」

李天然微微苦笑，沒有立刻回答，只是呆呆看著手中搖來搖去的酒杯，冰塊在叮叮地響。

「再說吧。」馬大夫抿了一口。

「Yeah……」

二人靜靜喝著酒。一陣輕風，一陣蟬鳴。

「這是北平最好的時候……」馬大夫望著黑下來的天空，「過了中秋，可就不能這麼院裏坐了……」

「這幾年聽見什麼沒有？」

「沒有……」馬大夫搖搖頭，「我來往的圈子裏，沒人提過。」

「再說吧。」

「再說吧。」

李天然輕輕一笑，「我現在有的是時間。」

「也不見得。」

「怎麼講？」

「怎麼講？……」馬大夫欠身添了點酒，加了點蘇打水，「你們今天……」

一個老媽子端了盞有罩的蠟燭燈過來，擱在桌上，「什麼時候吃，您說一聲兒。」

「劉媽……」馬大夫用頭一指，「這位是李先生，麗莎和我的老朋友，會在咱們這兒住上一陣。」

「少爺。」劉媽笑著招呼，搓著手，轉身離開。

馬大夫等她出了內院，「你們今天這班車，為什麼誤點？」

「哦……」李天然明白了，「你是說日本人？」

「日本皇軍。」

「跟我有什麼關係？」

馬大夫臉上顯出淺淺一絲微笑，「日本人一來，你那個未了的事，怎麼去了？」

李天然悶坐在藤椅上，沒有言語。馬大夫也只輕輕吐了一句，「再說吧……」

李天然還是沒什麼反應。馬大夫舉起了酒杯，「不管怎麼樣，Maggie 的事，Elizabeth 和我……我們謝謝你……還有，我們實在抱歉你吃的這些苦。」

天然抬頭，「您怎麼說這種話？那我這條命又是誰給的？」幾聲蛐蛐兒叫。天一下子全黑了。

劉媽又進了院子，「八點多了，開吧？」

馬大夫看了看天然，「開吧。」

他們進了東屋，坐上了桌，才都覺得餓了。

巴掌大的豬油蔥餅。李天然吃的又香又過癮。爆羊肉，西紅柿炒蛋，涼拌黃瓜，香椿豆腐。家常菜，五年沒吃了。

還沒下桌，馬大夫叫劉媽去找她先生老劉進屋，給天然見見。老劉出房之前問早上想吃什麼。還沒等李天然開口，馬大夫就說，「燒餅果子——」

「和咖啡。」李插嘴。全笑了。

他們又回院裏坐。劉媽給他們換了根蠟，又擺了兩盤蚊香，添了冰塊。馬大夫說沒事了，叫他們休息。李天然乘這個機會起身回屋，取來麗莎給馬大夫的一架新 Leica，女兒送爸爸的一本皮封日記，還有他選的一支黑色鑲銀的鋼筆。

「都是你們商量好的吧？」馬大夫高興地左看右看一個個禮物。

「全是 Maggie 的主意。她覺得你應該把這些年來在北平的事情都記下來。」

「其實我早就開始了……只不過沒有用這麼漂亮的相機，這麼漂亮的日記本，這麼漂亮的自來水筆。」

各屋都黑黑的，只有院裏那盞燭燈發出一團半黃不亮的光。天上也黑黑的，沒月亮，就幾顆星星。沒有風，空氣很爽，有點兒涼。秋蟬和蟋蟀好像都睡了，一點聲音都沒有。只有外面胡同裏偶爾傳過來淒淒一聲「羊頭肉」，刺破這安靜的夜。「這是北平最好的時候……」馬大夫自言自語著，「我夠了，你要喝，自己來……」他頓了頓，「Maggie回去上班了？」

「我離開之前剛回去。」

「她到底在做什麼？」

「給個電影製片做助手。」

「管倒咖啡？」

「管倒咖啡，」李天然笑了，「還管所有雜七雜八的事。」

「她喜歡嗎？」

「好像挺喜歡。」

「沒事了吧？」

「應該沒事了。」李天然點了支菸。「她沒再提。」

「Lisa沒有說什麼時候回來？」

「沒說……我看要過了聖誕節，也許過了冬。」

「唉！也許再等等……」

「再等等？」

馬大夫舒了口氣，「你這幾年在美國沒聽說？這兒可不安靜。瀋陽事變到現在，華北就沒安靜過……像你今天火車誤點的事，經常發生，尤其是長城戰事之後……就上個月，日本坦克車已經在長安街上遊行了，還有飛機！……你沒聽說？就上個禮拜，二十九軍撤出了豐臺……」他嘆了口氣，「天然，慢慢兒跟你說吧，別剛回來就拿國家大事煩你。」

李天然悶悶喝著酒，「會打嗎？」

「這要看蔣委員長了……」馬大夫靠在藤椅上仰著頭，似乎在夜空尋找某個星星，「當然，也不光是他了……去睡吧，這兒我來收拾。」

李天然還是幫著把桌子椅子放在迴廊下頭，又把酒杯酒瓶盤子收到東屋。馬大夫舉著燭燈進了正屋，想起了什麼，扭頭說，「對了，你現在回來住，總不能老是美國打扮……瞧瞧你，明天問問劉媽，找個裁縫去做幾件大褂兒。」

馬大夫開了燈，吹熄了蠟，又想起了什麼，「哦，身上的錢夠嗎？我是說，有法幣嗎？去年改用法幣了。」

「我天津下船換了點兒。」

「好，不夠用，先跟老劉拿……我明兒一早就去醫院，你睡你的……Good Night。」

「Good Night。」

李天然進了他西室睡房，洗洗弄弄，脫衣上床，可是半天也睡不著。他下了床，套上長褲和球鞋，也沒開燈，光著膀子，輕輕摸黑出了正屋，下了院子。

他站在那兒，運了幾口氣，擺了架勢，把師父從他剛會跑就開始教他的六六三十六路太行拳，從頭到尾打了一遍。

這才覺得身體舒散了，心情平靜了。

這才又輕輕摸黑上床，也很快就睡著了。

2 巧紅

李天然這一覺睡到早上十點。他輕鬆地洗漱刮臉，完了去了東屋。劉媽一見他就先請安，「歇過來啦？少爺。」再給他端上咖啡，「我去叫老劉給您買去，幾副？」

「不用麻煩了，」他倒著咖啡，加奶加糖，「就給我攤幾張蛋餅吧。」

劉媽剛要出屋，李天然又喊住了她，「劉媽……往後不用稱呼『少爺』，就叫『李先生』……跟老劉說一聲。」

李天然喝著熱咖啡，抽著香菸，看著房間四周的擺設。究竟是外國人家，正中間一張西式長方形餐桌，上面擺著一盤花，兩座粗粗的銀燭臺。八張高背椅。東邊靠牆一組小沙發。他坐在門旁靠窗小茶几那兒。窗戶開著。太陽早已經曬進院子了。

他還沒時間去想這次回北平究竟有什麼打算。馬大夫昨晚提了一下也沒接下去。過幾天再說吧。

待會兒幹嘛？出去走走？李天然以前每年都跟著師父一家進幾次城。趕個廟會，看看燈，鬧鬧鬼節，拜訪下長輩，買買東西，辦點兒年貨。每次來也都會住上好幾天。整年待在西山鄉下，進城是件大事，幾天前就開始算計了。可是這次幾年沒來了，反而沒小時候那麼心急。

他吃完蛋餅，叫劉媽把馬大夫昨晚穿的那件黑短褂兒給找來。

昨天進城在路上就發現了，還是穿大褂兒長衫的多，穿洋裝的少，不套件短褂兒，出去有點惹眼。他還是昨晚上的打扮，只多了件馬大夫的黑布褂兒。

天不涼，可也不熱，真是二八月亂穿衣。單夾都成。

「馬大夫說交給您，」老劉在他出門前上來給了他一個白信封，「一百，您點點。」

李天然掏出了錢，看了看，正要把空信封還給老劉，「家裏有電話？」

「有……東局……呃……四局，二二八六……我去給您找支筆。」

「我有。」李天然在信封上記下了號碼，「午飯不回來吃。」他戴上了太陽鏡，出了大門。

上哪兒去？北平大街沒什麼好逛的，先繞一圈兒再說吧。

他大致還認得路。反正外城內城皇城、大圈圈裏面小圈圈，小圈圈裏面黃圈圈。可是為了保險起見，他出了乾麵胡同西口，就沿著哈德門大街上的電車軌道向北走。沒一會兒就到了東四南大街。他記得北平的幾路電車都穿過前門，再繞著皇城跑。只要不進小胡同兒，不離軌道，準丟不了。

他今天是個百分之百的閒人，沒事在大街上遛達的那種閒人。馬路上人不多，只有在東四牌樓那兒過街的時候有點兒擠。他等了會兒。牌樓東北角搭著一座高高的警察亭子，可是裏邊那位交通警好像只管紅綠燈，只管汽車電車，其他什麼洋車馬車，別說行人，連硬闖紅燈的自行車，他都不理。偶爾擠不動了，他在上頭用擴音喇叭喊一聲，「奔東的洋車快著點兒！」

他剛過六條就止步回頭，進了胡同口上那家雜貨店，問有沒有月份牌兒。一個禿頭流著鼻涕的小夥計打量著他，「快八月節了，還買月份牌兒？」

那小子一副寒磣相，李天然瞄了他一眼，「有今年的嗎？」小夥計用頭一指牆上一張美女掛曆，「我們自個兒要用。」

「查查行吧?」

小夥計不搭喳兒,可也沒說不行。李天然過去翻。是一天撕一張那種。

今天是九月二十二,陰曆八月初七。他一直翻到十月十五,才是陰曆初一。好,十月十五。他掏出一角錢給那個小夥計,把那小子嚇了一跳,不知道該拿不該拿,也不敢伸手。李天然把錢塞了過去,故意一瞪眼,「去擤擤你鼻子!」

十月十五,九月初一,還有二十來天。出了舖子,太陽曬得有點兒熱。他脫了黑短褂,立刻感覺到有人在看他運動衣胸前那幾個外國字。沒走了幾步,又發現後頭跟了好幾個小孩兒。他又套上了短褂,那幾個小子跟了兩三條胡同,也就不跟了。

他隱隱有一點兒回家的感覺,雖然北平也不是他的家。可是,他也根本沒個家。自從師父一家人一死,他更沒家了。但是今天,曬在身上暖呼呼的太陽,一溜溜灰房兒,街邊兒的大槐樹,灑得滿地的落蕊,大院牆頭兒上爬出來的藍藍白白的喇叭花兒,一陣陣的蟬鳴,胡同口兒上等客人的那些洋車,板凳兒上抽著煙袋鍋兒曬太陽的老頭兒,路邊兒的果子攤兒,剛才後頭跟著的那幾個小子,禿頭流鼻涕的小夥計……他覺得心中冒著一股股溫暖。

他順著軌道拐上了北新橋西大街。想了想,改天再去雍和宮吧。

到了鼓樓。一上地安門大街就看見右手邊不遠的什剎海,拐個彎到了皇城根。南邊就是北海。星期二,還有這麼些人。其中幾個像是日本人,一個女的還穿著和服。他遠遠看見他們幾個出了公園,上了街邊一輛黑色汽車。

都快一點了,難怪覺得有點兒餓。他開始留意,看有什麼館子可以進去試試。電車軌道在個街口分成兩路,往南往北去的都有。他想了想走的方向,朝南上了西四北大街。

剛過了西四牌樓，一陣香味兒飄了過來。他沒再猶豫就進去叫了碗羊湯麵。

坐在那兒吃，每次抬頭往門外看，都瞧見斜對面街邊停了部黑色汽車。這次又抬頭，覺得很像剛才在西皇城根看見的那輛。他又多看了一眼，不自覺地吃慢了。

他心不在焉地付完帳，上了街，繼續慢慢往南走。等他在街這邊經過那部黑車的時候，看見有四個人從一家飯莊出來。不錯，是那幾個日本人。三個黑西裝男的，和一個穿和服的女的。其中一個男的矮矮壯壯，圓臉，讓他心猛跳了兩下。再要細看，他們四個已經上了車，往北開走了。

隔著條大馬路，前面又是人，又是車，又才幾秒鐘。可是，他又怎麼能忘記這張圓臉？上次也是幾秒鐘，可是，那幾秒鐘就是永遠。

李天然麻木地一直走，下意識地摸了摸自己的右額，一陣叮噹電車聲驚醒了他。再看是西長安街。他在抄手胡同一家小茶館歇了會兒。半壺茶之後才平靜下來。

好，你這小子是誰我不知道。可是我知道就是你。就在北平，還活著。

他在大街上攔了部洋車回家。拉車的要五角。剛好老劉在大門口，問是打哪兒上的車，掏出兩角給了車夫，「兩毛都多給了。」李天然怪自己沒事先說好價錢，又多給了一角。他問馬大夫什麼時候回來。老劉說總要七點。

進了內院，劉媽問，「馬大夫說給您找個裁縫。什麼時候有空兒，說一聲兒。」李天然看看錶，還不到四點，「這就去吧。」

她跟老劉交代了聲兒就和他出了大門。劉媽看起來四十出頭，仍然是一雙天足，說她們兩口子在馬大夫家做了四年多了，是買下這幢房兒的時候過來的，都挺滿意。經過美國學校的時候，劉媽還指著說，「這就是麗莎教的學校。」李天然心想，沒個中國家裏雇的傭人能這麼稱呼太太。

劉媽出了乾麵胡同東口，也沒過街，左拐往北，「不遠，這就到。就在我們這條兒後頭。」果然，上了南小街幾步就又左拐，進了條很窄，還不夠兩個人並排走的煙袋胡同。突然，劉媽在前頭住了腳，轉身說，「您可別忌諱，她是個寡婦……」等了等，見李天然沒作聲，又邊走邊說，「可是關大娘的活兒可真好。朝陽門南小街這些胡同兒裏的人全都找她……」說著又拐了個彎，正對面再幾步路就是一扇虛掩著的木門。

劉媽在門口提高了點嗓門兒，「關大娘？」

裏邊立刻就應了，清脆的一聲，「哪位，請進。」

開門兒的女的，高高個兒，灰褂褲，乾乾淨淨，清清爽爽，頭髮黑黑的，結在後面，眼珠亮亮的，直瞧著劉媽，「劉嬸兒……屋裏坐。」

李天然還沒給介紹，不便說話，跟著她們進了院子。

他看著這位婦人的背影，有點納悶兒，不太可能是關大娘吧？褲褂鬆鬆的，還是掩不住那個身子。腿長長的，腳也不小，走起來有點兒搖晃……怎麼看也不過二十出頭，怎麼說也不像個大娘……倒是有點兒師妹的味兒。

進了西屋，關大娘招呼著坐。房間不大，像是一明一暗。這間明的有張吃飯用的四方桌，幾把椅子板凳。頭頂上掛著一個光禿禿的燈泡兒，垂著一根拉線，末端紮了個銅錢。靠窗像是用門板搭出來的一條桌子，上頭一堆堆布料，針線，尺子，帶子，剪子。旁邊立著一架腳踩的那種縫衣機……

「我去沏茶。」關大娘撣了撣袖子，出了屋。

劉媽挪了把椅子請他坐，像是自個兒家一樣，她很機靈，有點兒覺得李天然不知道該怎麼應付，「沒關係，您就跟著我們叫她關大娘。」

關大娘端了兩杯茶回來，放在桌上。劉媽這才開口，「大娘，這位李先生是馬大夫家的客人，剛從外國回來，在我們那兒住。」又給李天然介紹，「關大娘，我們這兒的細活兒都找她。」兩個人點了點頭。

「李先生想做件大褂兒。」

「那好辦……可是都快中秋了，是做單的，還是夾的棉的？」

李天然想了想，「先做兩件單的吧。」

關大娘從長桌子上取了根軟尺，請他站起來，稍微比了比肩膀，腰脖，臂長，身長，「成了。」把尺子往口袋裏一揣，「什麼料子？顏色？」

他又想了想，「布料，一件藏青，一件黑……」他頓了頓，「不記下尺寸？」

「嗨！」關大娘輕輕笑了，「這還用記。」

劉媽也笑了。李天然有點不自在，「得多久？」

「急著穿嗎？」

「急是不急。」

「成……下禮拜。」

「錢怎麼算？」

「沒多少……單幅兒五碼……您要兩件兒……」

「少爺您別管——」劉媽搶了下去，立刻發現叫錯了，「李先生，回去再說……馬大夫家老是有零活兒在這兒做，隔陣兒算一次。」

李天然沒再言語。劉媽接了下去，「就這麼吧，過兩天我來拿。」

「我自個兒來吧，」李天然覺得這句話說的太快，就補了一句，「總得試試……」他站了起來，不知道為什麼說不出「關大娘」這幾個字，「那就麻煩你了……」

他們一前一後出了小胡同。劉媽跟上來說，「這兒附近可有些缺德的小子，說她們家是『死胡同兒裏的寡婦院兒』。」

李天然沒追問，劉媽接著又說，「剛才沒見著房東孫老奶奶，也沒碰見東屋的徐太太……唉，全都守寡……那兩位，一位六十多，一位快五十了，就可惜關大娘，屬什麼我忘了。才二十幾！」說著說著有點兒自言自語起來，「她們娘兒三個像是一家兒人了……」

「這位關大娘叫什麼？」

「巧紅。婆家也只剩下大舅子一家人，還在通州。關是她本姓，關巧紅……沒準兒是七夕那天生，反正，名兒可取得正好……會女紅，手又巧。」

他們到了家。老劉說馬大夫來過電話，要晚點兒回來，不用等飯，又問晚上想吃什麼。李天然也一時想不出什麼，就說看著辦吧。

看著辦的結果是西紅柿炸醬麵。飯後一壺香片。

天還沒全黑。李天然在院子裏待了會兒。那些蛐蛐兒又開始叫了，引出了一陣陣又尖又嘶的蟬鳴。他上了西屋臺階，發現左邊牆上釘著一個光亮的小銅牌，上面淺淺凸出兩行英文字：「Dr. Stuart McKay, Internal Medicine」。看樣子，來這兒看病的不是熟人，也是熟人介紹過來的。

要不然誰會找到這兒來。李天然趴在玻璃窗上瞄了瞄。裏頭一片白色，很是個診所的樣子。他回頭看見劉媽剛收拾完東屋，就跟他說，「待會兒院裏坐。」

李天然沿著迴廊走過來。房子維持的很好。落地朱漆紅柱，灰牆灰瓦水磨磚。他進了上房。客廳裏看得出麗莎的影子。玻璃花瓶，英國燭臺，歐洲鏡框。現在女主人不在，也有鮮花。

他從馬大夫和麗莎的臥室穿進了前邊的小書房。非常簡單。中間一張大躺椅，小茶几，電木菸碟，落地燈。窗前一張硬木書桌，綠罩檯燈。兩邊牆上是書架，像是英文書多。中國書也不少，有些還是線裝。關於北京的中英文著作一整排。他抽出一個大開本，是市政府剛出版的《舊都文物略》。他靠在躺椅上開了燈翻，滿有意思，雖然講的都是老玩意兒。不過裏面倒是有內城六個區和外城五個區的街道圖。

「沏茶嗎？」劉媽在窗外頭問。

「不用……」他闔上了書，關了燈。

淡淡彎彎的新月，斜斜地高掛在還沒全黑下來的天空。他叫劉媽去拿威士忌，再來點兒冰塊，涼開水。

風很輕，白天的熱氣全給吹走了。他半靠在藤椅上抽著菸。胡同裏的吆喝聲一會兒一個，「山裏紅」……「棗兒來」……

可是他就是靜不下來，那張圓臉就是繞在腦子裏不走。沒名沒姓，上哪兒去找？靠自個兒在大街上亂碰？已經一回北平就給他撞上了，再想去碰，那不成了守株待兔？還有，初一晚上會是誰來赴約？師叔？朱潛龍？……

馬大夫十點多才回來，也沒進房，陪他院裏坐，說這個禮拜六有個朋友約他們吃飯，接著給自己倒了杯酒，加了點兒涼開水，「天然，你去了趟美國，倒是學會了威士忌加冰。」兩個人都很舒服的靠在椅背上，仰著頭，望著夜空那些越來越明亮的星星。半天，誰也沒說話。蟬鳴好像靜了一陣了。

「怎麼發生的？」

李天然沒轉頭，伸手從小桌上摸出一支菸捲兒點上，長長噴了一口……馬姬信上多半沒細說，剪報大概也很短。聽馬大夫口氣，麗莎信上也沒說什麼……

「差五分九點。Maggie 來接我。我剛關了加油站外面的燈。她車停在門口，人在辦公室等我關車房的門。Pacific Coast Highway 那一帶，只有我們這家 Standard……外邊很黑，也沒人，就這個時候．開進來一部車。我打手勢說關了……先下來了三個人，朝著我走過來。我一開始以為是搶劫，可是馬上就覺得不對。他們三個在車房門口堵住了我。車上又下來個人，進了辦公室，裏頭還亮著，我瞧見那小子一進門就一拳打昏了 Maggie，我才明白這四個傢伙是衝著我們來的……」

「他們幾個手上都沒武器。我放了點兒心，可是知道要快……馬大夫，您知道我，沒十秒鐘就把那三個給收拾了。我又急又氣，手上重了點兒……後來才知道一個斷了四根肋骨，一個下巴碎了，一個折了兩條胳膊……」

「我衝進辦公室的時候，那小子已經蹲在地上……Maggie 的裙子，襯裙，都已經給拆了下來……那小子聽到我進門，隨手拿起地上一罐機油朝我摔過來……我上去一手卡住他脖子，一手抄起了他大腿，也沒多想，就把他從玻璃窗上給丟了出去……」

李天然停了下來。

「然後？」

「Maggie 這才醒……撥電話叫警察。」

「然後？」

「唉……」李天然弄熄了手上的菸，喝了口酒，「來了兩部警車，倒是很快……可是只看了一眼，也沒問什麼，就銬上了我的手……Maggie 怎麼說，怎麼解釋都沒用……」

馬大夫起身在院子裏慢慢繞了兩圈，回到小桌，一口喝完了他杯中的酒，「睡吧。」

李天然沒動，還坐在那兒。

外邊胡同傳進來長長一聲「夜壺——」

唉！那個日本圓臉，改天再提吧。

3 藍公館

短短幾天，李天然的生活起居開始配合馬大夫的日程。他每天去「協和」，只有禮拜天休息。來家看病的不多，要預約。

所以，馬大夫一起床，他也起床。兩個人一塊兒吃個早飯，然後一個去醫院，一個出門兒上街。

李天然小時候也每年進城好幾回，可是沒在北京真正住過。他覺得現在看樣子會待上一陣，倒是個機會，趁目前沒什麼事兒，至少先把內城外城走一走，把東西南北給摸個大概。三天工夫，他可真逛了不少大街和胡同。

他沒去逛什麼名勝古蹟，什麼雍和宮，北海，天壇，太廟，中山公園，他路過都沒進去繞一下。他只是到處走，反正北平不大。師父早就跟他說過，「裏九外七皇城四」，就這麼幾座城門，只是提醒他別忘了北京人管崇文門叫哈德門，管阜成門叫平則門，而且門見門，三華里。

好在這幾天秋高氣爽沒下雨，大小胡同裏的黃土沒變成一腳稀泥，所以碰到以前來過或聽過的胡同，也進去繞繞。

他就這麼走。餓了就找個小館兒，叫上幾十個羊肉餃子，要不就豬肉包子，韭菜盒子。饞了就再找個地兒來碗豆汁兒，牛骨髓油茶。碰見路攤兒上有賣脆棗兒，驢打滾兒，豌豆黃兒，半空兒的，也買來吃吃。都是幾年沒見著的好玩意兒。

這幾天街上到處都是準備過八月節的氣氛。東單，西單，燈市口，王府井，到處都擺著月餅，兔兒爺，菊花，供果。還有賣風箏的，賣蛐蛐兒的。他星期三那天在前門外果子市，實在忍不住，一口氣買了一大堆沙果，蜜桃，石榴，葡萄，蘋果，害得他雇了兩部洋車回的家。

星期六那天，馬大夫一早去了醫院。李天然在屋裏收拾了一下，挑出一大堆衣服交給劉媽去洗。老劉跟他說現在廟會改用陽曆了。今兒二十六，逢六，白塔寺開廟，他想想算了，等東城這邊兒的隆福寺吧。

他本來想上一下景山，從高處看看城，再去找馬大夫，一塊兒去吃個午飯。兩個人比較好叫菜。這幾天下來，一個人只能叫什麼刀削麵，最多一葷一素，再麼就是炒肝兒，灌腸，奶酪什麼的小吃。一個人上大酒缸也沒多大意思。他昨天一時興起，在前門外鮮魚口的「都一處」，也就只點了個燒賣，還有在外橋頭上的「一條龍」，也只吃了回包子。過癮非常過癮，可是這種時候多個人，可以叫幾樣兒他們的炒菜。

李天然剛上了哈德門大街就改變了主意，叫了部車。這回他懂得規矩了，講好一毛五去大柵欄。下了車就直奔瑞蚨祥綢布莊。

他這天是來北平那天的打扮，米色西裝，太陽眼鏡。進門兒就說要買緞面兒。兩個夥計跑過來招呼他上了二樓，又給他撣衣服，又給他倒茶。他覺得選起來太費事，就叫那位老山東師傅給挑兩塊緞料，做夾袍。藏青和古銅。然後也沒問價錢，付了就走。

他出了店門，上車。直奔南小街煙袋胡同……心裏頭有點兒嘀咕，說是下禮拜，今兒才星期六。還不到四天。

木門還是半開著。他又有點兒尷尬，是叫還是不叫？他猶豫了一下，還是叫了，「關大娘？」

「哪位？」

「姓李……來取大褂兒。」

門兒開了。關大娘一身白色單褲褂兒站在他面前，「呦，是李先生……」她微帶笑容，清清爽爽的瓜子臉，沒擦脂粉，黑黑的頭髮，亮亮的眼珠兒。耳垂上倒是多了副墜子，淺紅的唇，滿滿的胸，「……裏邊兒請。」

進了大門，瞧見院子南角有位太太在屋檐下頭生火，還有位老太太在旁邊兒說話。關大娘給介紹，「這位是李先生，馬大夫家的客人。」又揚了下她那挽著半截袖子的手臂，「孫老奶奶，徐太太。」

李天然朝著她們微微鞠了個躬，搞得這兩位有點兒不知所措。關大娘立刻補了一句，「李先生來取活兒。」說著就趕快請他進了西屋。可是都清清楚楚聽見那位徐太太，還是壓低了嗓門兒，跟老奶奶說，「您瞧瞧，還是自個兒來取。」

他感覺到關大娘也略略有點兒不自在。她也沒去張羅倒茶，也沒請李天然坐，只是拉了拉她的小白褂兒，「一件兒好了，另一件還沒縫袢釦兒。」

「那我先拿一件。」

關大娘伸手拉開了頭頂上的燈，從長板桌上取了一件深藍色大褂兒，「您試試……我替您拿這個包兒。」

李天然把瑞蚨祥的紙包交給了關大娘，順手將摘下來的黑眼鏡也給了她，脫了西裝上衣，套上了那件藍布大褂兒。

很合身，只是新打的袢釦有點兒緊。關大娘看他左扣右扣也袢不上脖子上那個，也沒言語就過來幫他扣。

兩個人的距離很近。李天然更覺得關巧紅的皮膚細，臉上線條乾淨分明。那雙亮亮的黑眼睛，在長長的睫毛下一眨一眨地盯著她兩隻正在忙的手，可是顯然感覺到了他的目光，面頰微微泛紅。

她扣上了，轉身一指後面那張大鏡子，「您站這兒瞧。」

李天然向前移了移，稍微瞄了一眼，「很好，我這就穿了走。」

「另一件明兒來取。」

「下過水沒有？」他微微抬頭問鏡子裏的巧紅。

「下了。」她也朝著鏡子回答。

他用手一指長板桌上的紙包，「有兩塊料子，再給做兩件夾的。」

「天就涼了，做件夾的跟件棉的吧。」

「也成，你看著辦吧……」說著就撩起了大褂，從後口袋取出皮夾，拿出幾張鈔票，「不能叫你先墊，還有別的活兒……」他把錢放在桌上，用把剪子壓著，「還得再量嗎？」

「不用了……夾袍兒做襯絨的吧？」

李天然點了點頭，拿起了上衣，「另一件……我過兩天再來。」

「待會兒……給您打個包兒。」

「不用，沒幾步路。」二人先後出了西屋。院裏沒人了，關大娘送到大門口，「袢釦兒用幾天就鬆了。」

他微微欠身，「另一件不急，不用趕……」

「那您慢走。」她手扶著木門。

李天然沒再回頭，出了煙袋胡同，覺得太陽很曬，一摸上衣，發現墨鏡忘了拿了。

他走慢了，猶豫了一下，真忘記了？……

進了家門，正在掃院子的老劉抬頭，「今兒回來的早，吃了嗎您？」

李天然這才想起還沒吃中飯，一看錶，都兩點多了，「廚房裏有什麼？」

「給您打個滷吧？」

「成。」他回屋，放下上衣，也沒脫大褂，靠在床上。他需要沉靜一下。

前幾天幾乎霸占了他腦海的那張日本圓臉，這幾天好像消失了。幹嘛今天就急著取大褂兒？回來快一個禮拜了，還沒去想該幹什麼。離初一還有半個多月。師叔會不會出現還不知道。見不著又怎麼辦？城也逛的差不多了。還有，總不能老在馬大夫家這麼住下去吧？帶回來那幾百塊美金又能用多久？怎麼就這麼急著去？又急著走？

吃完了打滷麵，他回房閉了會兒眼。一陣蟬鳴把他吵醒。他下了院子，微微一笑。劉媽可真心細，已經給他擺上了，酒，冰，蘇打，全套。

「好吧！」他坐在藤椅上，給自己配了杯威士忌。太陽已經斜的看不見了。天涼快了點兒。

劉媽可沒馬上就走，「這活兒……」

「挺好。」

前院有了聲音，馬大夫回來了，進了內院，看見李天然在那兒悠哉悠哉，「你倒真會享福……嘿！新大褂兒！」他也沒坐，給自己倒了小半杯，從醫藥包取出一條「駱駝」牌香菸，「同事送的，你拿去吧……」一口喝完，「我去洗個澡。」

四合院兒真是安靜。李天然坐在那兒，像是身在山中野廟。這麼小小一個院子，方方正正，天井那兒的樹有槐有榆有棗，都有三四個人高，魚缸裏有魚，花盆裏有花。大門兒一關，外邊什麼雜音飛土都進不來。完全是個人的小天地。馬大夫這幢兩進四合院，雖然比不上王府宅院，可是大門也夠厚夠重。影壁，垂花門，配上那朱紅的迴廊走道，立柱橫樑……對，過幾天找房子也得找個小四合院兒。進出不打攪人，人也不打攪他。

馬大夫下了正屋臺階，一身藍白浴袍，「過了節可就沒幾天可以這麼坐了……奇怪，陰曆八月中了，蟬還在叫……」他繞著院子走了走，餵了餵魚，「還沒跟你說晚上去哪兒吃飯吧？」

李天然搖搖頭。馬大夫坐了下來，倒了酒，加了點蘇打水，「是個老朋友，我算是他們的家庭醫生……姓藍，叫藍青峯，聽過這個人嗎？」

天然搖搖頭。馬大夫喝了一口，取出了煙斗，「老西兒，五臺，十七歲參加了山西的辛亥革命，完後去日本念書……早稻田……完後跑了趟歐洲。回來閒了幾年，認識了馮玉祥……那會兒馮在北京當陸軍檢閱使……藍去給他做少校參謀，一直幹到上校，幹到北伐成功。馮將軍給蔣先生請去了南京……他這才退下來，沒跟去。馮玉祥很欣賞他，臨走升他少將，算是個禮吧……哈，只幹了一天少將就退伍了……在天津開辦了家『華北實業公司』……紗廠，麵粉廠，水泥廠，輪胎廠……他說是從衣食住行開始……老天，才不過八年，藍董事長成了一位民族企業家……」

李天然滿有興趣地聽，也沒打岔兒。馬大夫看了他一眼，點上了煙斗，「你大概覺得奇怪，給你介紹這麼一號人物……我想你總得找件事做……」馬大夫喝了口酒，「他那家公司今年初在北平辦了個周刊，《燕京畫報》……我在想，你過去看看……」

天然抿了口威士忌，看看也好，好歹是件正式工作，總比給人看家護院兒強。

二人快七點動身。馬大夫換了身灰西裝，綠領結。李天然還是那套，只多了條紅色斜紋領帶。過二道門的時候，馬大夫把車匙給了天然，「你開。」

李天然上了乾麵胡同，「怎麼走？」

「已經走西口了，上哈德門大街，接東四，他們住九條。」

大街上還很熱鬧，也許是快過節了，也許是天兒好。一進九條就安靜了下來，一陣陣蟬鳴傳進車內，「奇怪，都快中秋了，還在叫……」馬大夫伸手一指，「三十號。」

東四九條三十號藍公館坐北朝南。大門口兩尊石獅子，兩棵大榆樹。李天然把車緊靠著北邊灰牆停。大門沒敲就開了。一位灰衫聽差領著他們穿過前院，過了垂花門，也沒繞迴廊，直跨內院上了北房。李天然覺得院子暗了下來，抬頭發現上面搭著天蓬。

正屋門口臺階上等著他們的那個人，看起來四十左右，個子不高，長方臉，唇上短鬚，筆直地站在那兒。

馬大夫先上了兩旁擺著好幾盆菊花的臺階，給他們介紹。

都進了客廳。李天然立刻感覺到這是個有錢人家。家具擺設有中有西，有新有舊。很講究，可是不過分。不豪華，可是有氣派。

「今天晚上老班給我們做了幾道揚川菜。」藍青峯等上過了茶才開口，帶點山西口音，「希望你們胃口好，本來是為六個人準備的，現在就我們三個人吃……」

李天然不知道他指的都是誰，沒有作聲。馬大夫掏出了煙斗，「怎麼回事？」

「藍田不知道哪兒去了……剛才又聽楊媽說，藍蘭臨時給同學拉去看電影，招呼也沒打……

蕭祕書趕不回來……」藍青峯一身打扮也是有中有西，淺灰西裝褲，深灰中式短褂，「哦……」順手指了指馬大夫身後，「喝酒自己來。」

馬大夫起身走到酒櫃。

「李先生回來多久了？」

「不到一個禮拜……二十一號回的北平。」

「前幾天馬大夫提起了你。令師我也久聞。」

李天然微微點頭，心中覺得非常坦然。既然姓藍的如此直爽，就希望此人可靠。

馬大夫回來給了天然一杯威士忌加冰，坐到原來小沙發上，「有什麼消息沒有？」

「唉……就糟在有……豐臺撤了，這你知道……我才又聽說，剛上任的川越大使，就這幾天，正在跟張羣談判，還一再堅持廣田那三個原則。」

「那這邊這個冀察政務委員會怎麼辦？」

「就擺在那兒吧……反正也不過是南京東京之間一個暫時妥協。」

「你怎麼打算？」

藍青峯沒有立刻回答。喝了口茶，「日本二月政變之後，我已經開始把北平的業務轉去了天津……這兒我只打算留個畫報。」

「你覺得北平不保？」

「我看北平天津，河北綏遠察哈爾，都不保……天津租界還可以暫時躲一躲……美國有什麼消息？」

這句話算是在問馬大夫和李天然兩個人。李天然沒有作聲。馬大夫說，「就糟在沒有。」

廚房。

李天然還是沒有反應。藍青峯面帶苦笑地站了起來，「吃吧。」就叫門口伺候的聽差去招呼是有幾道揚州菜。煮乾絲，清炖獅子頭。可是也有板鴨肴肉，乾炸裏脊，栗子白菜，鍋塌大蝦。

三個人打發掉一小罈溫得剛好的花雕。回到客廳，茶几上已經放好了一壺茶。藍青峯等他們兩位分別洗了手，喝了口茶，才問李天然，「我們《燕京畫報》需要一位英文編輯，有興趣嗎？」

李天然也坦白回答，「有，可是沒做過。」

藍微微一笑，「我也是頭一回辦報。我們那位主編金士貽先生，沒來之前，也沒做過。」天下沒這麼容易就謀上個職位的吧？這就算雇了？李天然知道是馬大夫事先打過招呼，可是……「既然您這麼說，那我就接受了。」

「好，那就下禮拜一開始，先試兩個月，薪酬每月三十。兩個月後，如果雙方都同意做下去，則每月五十元，合適嗎？」

李天然點點頭。藍又接下去，「你還沒看過我們的畫報，北平第一家……待會兒帶幾本回去……還有，辦公室就在西廂房。」

「爸！」房門口傳來清脆的一聲，「我回來了。」

三個人都轉頭。一個白衫裙，白短襪，白皮鞋，一身全白的小女孩兒跨進了門，「啊呀！馬大夫，您好！」上來和站起來的馬大夫吻吻面頰，再轉身彎下去親了親藍青峯的額頭。

李天然站了起來。

「過來見見李先生，剛從美國回來，也剛進我們畫報……李先生，我女兒藍蘭。」

都坐下了。聽差的過來給小姐上了杯茶，藍蘭舉起了茶杯，「Welcome back。」

「Thank you。」

「好極了……」馬大夫笑了，「請我們的英文編輯給翻譯一下。」

大夥兒全都笑了。李天然猜藍蘭大概十六七歲。一副大小姐的派頭，而且是洋派大小姐的派頭。打扮不用說了，一切舉止動作，連笑起來都和美國女孩兒差不多。

「藍蘭是麗莎的學生，」馬大夫看著她，可是話是說給李天然聽的。李「哦？」了一聲。

「What？李先生認識 Mrs. Mckay？」

李天然微笑點頭。

藍青峯很舒服地靠在沙發上，「還沒開學。這兩個多月簡直玩兒瘋了。」

「爸！現在不玩兒，等上課才玩兒？而且我也沒玩兒瘋！」她漸漸收回了誇張的語氣，

「爸，我該怎麼稱呼這位李先生？」

「李先生不就很好嗎？」

「不好，不好。生人才叫先生。他是家裏的朋友，又是馬大夫家的朋友……」

她眼珠兒轉來轉去，「可是他又不老，總不能叫他李伯伯李叔叔，可是又不大不小，又不能叫他李哥哥李弟弟……」她笑得說不下去了。

「你就少說兩句吧。」藍青峯滿臉笑容。

「讓我想想……好，姓李……」她抬頭盯著他，「叫什麼？」

「天然，李天然。」

「李天然……天然李……Tian-Jan Lee ……好……我有了……」她一下子坐直，「T.J.，以後

就叫你 T.J.，什麼叔叔伯伯哥哥弟弟的，都不對勁兒！」

馬大夫看了看錶，「差不多了……咱們該回去了……T.J.」

藍蘭高興地拍手。

「藍蘭！」她父親沉住氣喊了一聲，「夠了！」

他們出了客廳，下了臺階。馬大夫抬著頭問，「你們搭蓬了？」

「唉，都是他們兩個吵著要的……」藍青峯在經過西廂房的時候，叫聽差的進去取畫報，「在這兒上班……」他接過一疊畫報，遞給了天然，伸手拉著藍蘭，一直送他們出了大門，看他們上車。

李天然發動了福特，剛開始走，突然後邊一聲大喊，「Bye，T.J.。」他輕輕一敲喇叭。

4 燕京畫報

李天然一早就聽見馬大夫在外面打發老劉上胡同口去買吃的。他看看錶，還不到九點，又賴了會兒床才去浴室。

他出了北屋，看見馬大夫在院裏喝咖啡看報。他站在臺階上抬頭張望。天空顯得特別遠，顏色深藍，飄著朵朵白雲。太陽穿過那幾棵棗樹斜射進來。他深深呼吸了幾口清涼乾淨的空氣，「Morning。」

「Morning。Beautiful day。」馬大夫指了下桌上的咖啡壺，「自己來。」

李天然過來坐下，給自己倒了杯。

「我要去西山住幾天，」馬大夫放下了報，「德國醫院一位朋友在那兒租了個莊院，說麗莎不在，約我去過中秋……你要去，我跟他們說一聲。」

「不去了……明天開始上班。」

「那你一個人過節？」

「過節？我幾年沒過了。」

「好吧……我吃完動身，禮拜天回來。」

劉媽給他們上了馬蹄燒餅和果子，還有醬肉。馬大夫吃了兩副，李天然三副。剩下一副，也是兩個人分了。李天然添了杯咖啡，點了支菸，「馬大夫，我也許看見了那個日本小子。」

馬大夫一驚，「你是說……？」

「回來第二天逛街，就在西四牌樓附近……絕對是他……那張圓臉我忘不了……」

「然後？」

「沒有然後……就那一次，就那麼一眼……」他頓了頓，「是命也好，是運也好，反正叫我給碰上了。」

馬大夫皺起了眉頭，「我那年回來，也替你打聽過，可是沒名沒姓，只知道是個日本人，也無從打聽起……不過我倒問起過朱潛龍。」

李天然猛一抬頭，看著馬大夫，沒有言語。

「都沒聽過這個名字。」

李天然沉默了一會兒，「不急，六年都過去了……至少有一個在北平，還活著。」

「天然，」馬大夫站了起來，「別忘了這是北平，也別忘了這是什麼時候……到處都是日本特務，可別亂來，」說著就朝外院叫老劉上胡同口去叫部洋車，再回頭對著李天然，「可別亂來……我該去換衣服了。」

李天然微微一笑，「放心。」這還是六年多來第一次如此清楚地聽見大師兄朱潛龍的名字。

他送馬大夫上了車，回到內院跟劉媽說今兒在家吃，不必張羅，有什麼吃什麼，又說還是院裏坐，給泡壺茶。

除了東屋罩下來窄窄一片影子之外，整個院子給太陽照得發白，曬在身上挺舒服。李天然喝著茶，慢慢翻著《燕京畫報》。

是按日期疊著的。每期像報紙那樣兩大張，對折起來，不過四頁。創刊號是民國二十五年一月四日，星期六。第一期第一頁封面，除了一大堆公司商號的新年祝辭和創刊賀辭之外，上方正中間是一幅旗袍美女全身照。下面兩行說明：「北平之花唐鳳儀小姐近影」，「北平燕京照相館攝贈」。

廣告可真多，不止三分之一。好像什麼廣告都有，而且平津兩地都有。什麼「美國魚肝油，德國維他命」，「頭痛聖藥——虎標頭痛粉」，「鯨魚羊毛線」，「柯達六一六／六二〇鏡箱」，「味之素」，「天廚味精」，「『奇異牌』收音機」，「西門子電器」，「大長城香菸」……妙的是，旁邊又有則「贈送科學戒菸新法」廣告……還有什麼「北平花柳病診療所」，還有「中原公司大減價，平津三店同時舉行」，還有「『雙妹』老牌雪花膏，爽身粉，茉莉香，花露水」，還有「交通銀行」，還介紹說它「資本收足一千萬元，前清光緒三十三年成立」……

內容還相當豐富，有文章，照片，圖片，畫片，全都是娛樂消遣性的。即使有關時人時事，也都涉及社會名流，像「漢口鉅商陳仙老捐贈古物二千餘件‧價值四十萬餘元予湖北省書畫助賑會……」，當然附加陳仙老的照片。要不然就是以照片報導社交際會，或儀式典禮，像「女青年會合唱團演出」，「扶輪社慈善茶舞」，「歐美同學會九名常任理事」，「中蘇文化協會，中國美術會，中國文藝社，在京合辦『蘇聯鐫版藝術展覽』」。連河北省主席就職，都是以一排三張照片為主，文字只不過一行說明：「宋哲元在保定就職河北省主席。宋氏在保定下車時與歡迎者寒暄（右），召集所屬訓話（中），在操場對民眾團體演說（左）。圖中↓所指為宋氏。」果然，圖右宋哲元腦袋上一個黑黑的箭頭……

有國畫：「乾隆御題清丁觀鵬摹宋人繪〈漁父樂〉」（中國借與倫敦中國藝術展者），

有明星：「火車中閱報之影星胡蝶女士」，

有京戲：「坤伶紅雲霞之《得意緣》劇照」，竟然還有一張照片是「德籍女票孺竹君演坐宮時上裝留影」，

有舞蹈：「日本寶塚少女歌舞團之兩舞星」，

有攝影：〈裸女〉（美，保羅西頓），

有藝術：〈少女出浴〉（油畫，孫炳南），

有時人素描：「即將回任之駐法公使顧維鈞」，

有運動：「北平冰運健將丁亦鳴與周國淑女士」，

有風雲人物：「我國女飛行家李霞卿女士在檀香山參觀美國軍用飛機場與我國駐火奴魯魯梅總領事及美空軍司令麥丹路等合影」……

偶爾還出現一兩則外國影壇消息，也是一兩句而已：「華納影片公司現已與黛麗娥解約」。李天然唸了半天，也搞不清這位「黛麗娥」究竟是好萊塢哪位女明星。

不過最使他覺得不可思議，又莫名其妙的是每期的「曲線消息」，像「（津）某二小姐，聞其愛人行將來津賽馬，終日喜形於色」；「（平）某四爺有納名舞女莎菲為小星說」；「（平）某二爺之少姨奶奶日前在某舞廳遺失手提包一只，內有數百元及繡名手絹一方，聞為一名小C者搶去，以作紀念云」……媽的！大概只有其他某某某，才知道這幾個某某某是誰——

「聽老劉說您還沒吃飯哪！」劉媽突然一句話，把李天然從畫報世界中喊回來。

「還不餓，乾脆再晚點兒，早點兒吃晚飯。」他發現劉媽胳膊上搭著一件藍布大褂。

「南小街兒上瞧見了關大娘，說這件兒也好了。」

「就這件大褂兒？」他的心好像多跳了兩下。

「就這件兒……夾的還早著呢……給您掛屋裏去。」

李天然靜了下來。很好，沒提太陽眼鏡，沒交給劉媽一塊兒捎回來。

這天晚上他睡的比較早，第二天起的也比較早。吃完了早飯，他從衣櫥取出一條灰色西裝褲，一件藍襯衫，外面套上那件藍布大褂兒。院子裏的太陽已經很大了，還不到九點。他出門朝東往南小街走。

他沒再猶豫，在虛掩的木門口叫了聲，「關大娘。」過了會兒，又叫了一聲。

「呦，是李先生。」清清脆脆的聲音突然從他背後傳過來。他轉身，看見關巧紅剛拐過小胡同那個彎兒，朝他走過來。還是那麼乾淨清爽，藍布包頭，洗得快發白的藍布旗袍兒，白襪子黑布鞋，左胳膊上挎著一個小菜籃兒。

李天然微微欠身，「我那副黑眼鏡兒是不是落在你這兒了？」

「好像是……」她上來側身推開了木門，跨了進去。李天然後面跟著，院子沒人，又跟進了西屋。

關巧紅把籃子放在方桌上，從個茶盤裏拿起了那副黑眼鏡，「是這個吧？」

他說就是，接了過來，「夾袍兒？」

「少個絨裏兒，明兒上隆福寺去看看，給您挑一塊兒。」

「不急……對了，順便找幾個銅鈕釦兒。」

「那還要等隆福寺……這兒有現成的。」

「麻煩你了。」他告了別，才要轉身出屋，關巧紅伸手從籃兒裏撿出一個蜜桃，塞到他手上，「剛買回來，您嚐嚐……」再跟著送他出了大門。

拐那個彎兒的時候，他戴上了太陽鏡，眼角瞄見巧紅還站在門口。

他出了煙袋胡同，咬了口桃兒。很甜，熟的剛好，汁兒也多，流的他滿手都是。他沿著南小街往北走，還沒到朝陽門大街就吃完了，手有點兒黏。在三條胡同口兒上，看見有家藥舖門口擺了桶茶。一個拉車的剛喝完。他接過大碗也倒了點兒茶，喝了兩口，又沖了沖手。

街上人不少。有的趕著辦節貨，有的坐著蹲著曬太陽。兩旁一溜溜灰灰矮矮的瓦房，給大太陽一照，顯得有點兒老舊。北平好像永遠是這個樣兒，永遠像是個上了點兒年紀的人，悠哉悠哉地過日子。

李天然快十點到的九條藍府。白天看的清楚。一座屋宇式暗紅色大門。門外幾棵大樹。裏頭的樹也看得見。灰磚砌的牆，還帶點裝飾。大門西邊有個車房門。他上了三個臺階，紅門上釘著一對大銅環，可是旁邊門框上又裝了電鈴。他按了下。

開門兒的是那個看起來快五十的聽差，還是那身灰大褂，「李先生，這邊兒請……」他半側著身在前頭引路，穿過前院，走進過道。西廂房的門半開著，聽差的輕敲了兩下。

一個女孩兒的聲音說，「來了。」

「蘇小姐，李先生到了。」

一位臉圓圓的小姑娘開了門，「李先生，您好。」白襯衫，黑裙子，言語形態一點也不忸怩。

李天然給請進了屋。廂房不小。一進門，左右兩旁各有一座屏風。他們從中間穿過去。屋子盡頭一張桌子後面一個人站起來往這邊走。

「我們的金主編……呦！您是李天然李先生吧？」蘇小姐突然才問。

李天然說是。他摘了墨鏡。

「失禮，失禮，李先生，我們該大門口兒上接您……這邊兒坐……」二人握手。金主編帶他繞到北邊那扇屏風後面，「我們的會客室……請……」二人在小沙發上入坐。蘇小姐上了兩杯茶。

金士貽看起來也有四十了，臉白白的有點清瘦，唇上一撇短鬚。一身整齊的藍西服，灰白領帶，比天然矮一個頭。

「聽說您剛回國？」

「才一個禮拜。」

「我們董事長說先看看……」

「畫報就你們兩位？」

「就我們二位……現在三位了。」金士貽從茶几上拿起了菸盒敬菸。李天然取了一支，金主編擦了根洋火替他點，「抽完了，我帶您走一圈兒……」

西廂房原來是留給藍府客人住的，現在改成了辦公室。裏面一共四張辦公桌。最裏頭那張是主編的。中間靠窗並排著兩張空著，再過來挨著屏風那張是蘇小姐的。房間北邊有道小門，是洗手間，附帶澡盆。小門靠牆左邊幾層書架和一個檔案櫃，右邊一張長方木桌，上頭擺著一大堆報紙雜誌，一疊疊照片。後面牆上掛著一張全國地圖和五張美女封面，都認不出是誰。一道屏風擋住了接待室。另一道後頭堆滿了文具用品，還有個小電爐。桌上都有臺電話，可是金主編說，畫報就一個號碼，有電話全響，通常是蘇小姐先接。

繞完了一圈，金士貽說，「這就是燕京畫報社，總部兼編輯部。」又指那兩張空桌，「隨便你用哪個，隨便移動，只要不礙路……還有，需要什麼，找蘇小姐……啊呀，還沒給您介紹……這位是蘇靜宜蘇小姐……」

蘇小姐站起來鞠了個躬。

「我們的業務副理。」

「什麼業務副理！跑腿兒打雜兒！」

「小蘇，勞駕，給訂個桌子，『來今雨軒』，就十二點吧……你也一塊兒去。」

「我不去了……待會兒要上印刷廠。」

金士貽也沒接下去。他們回到接待室坐。

「有時候也跑跑印刷廠……」金主編又敬菸。李說不了。

「您府上哪裏？」

「通州。」其實李天然根本不知道他是哪兒的人，只不過從小跟著師父一家說北京話，後來護照上的「李天然」也註明是河北省通縣，就這樣就成了河北人了，儘管他都沒去過通州。

金士貽可是道地的北京人。這個，他說，再加上念北大的時候受到新文學運動的影響，還發表過一些白話散文，是藍青峯找他來當主編的原因。不過，他自己也承認，做了主編之後，文章反而回到「五四」之前了。

他說是介紹《燕京畫報》，但也只提了一下畫報是「華北實業公司」下面一個小小嘗試，才開辦了八個多月，只銷平津兩地，每期各一千多份，業務歸公司北平辦事處管，薪水也由他們發。

天然很少看北平報紙。這六年他又根本不在這兒。金主編提的什麼《晨報》，《世界日報》，

《民言報》，《北平晚報》，《導報》，《北京時報》，《新中國報》，他大半聽都沒聽過。

可是最使他驚訝的是聽金士貽說，北洋時期，有一大堆不肖文人記者，專為騙錢，辦了三百多家通訊社和小報。他看李天然不懂，就解釋說，「這些小報每天就一大張，專抄上海《申報》和天津《益世報》，只留一個社論篇幅。山東那位出錢，這篇社論就捧山東。山西那位出錢，就捧山西。新疆那位出錢，就捧新疆。每天就印一百份兒，全都只寄給出錢的主兒。這些土包子可樂了……好嘛！京城報紙都說山東、山西、新疆當局的好話……」

金士貽故意暫停，喝了口茶，等李天然問。李天然就問，「結果？」

「結果？」金士貽哈哈大笑，「結果歐亞航空公司的客機一通航，每天都有北京天津上海南京好幾份兒報紙，不是當天就隔天運到。一比之下，才明白上了當。」

李天然一直在耐心等他說一下雇他來究竟幹什麼。金主編一直也沒說，只是順便提了提，藍董事長可不搞這些玩意兒，也不搞政治，只希望為城市居民，辦個娛樂消遣性畫報。不過，他戲劇性地壓低了聲音說，他聽到外邊兒在傳，《燕京畫報》是辦給「少爺小姐，姨太太少奶奶們」看的。

李天然心中微微一笑，「曲線消息」多半是他寫的了。

直到去中山公園的洋車上，李天然才感覺到，這位金主編很會講話，沒明講他該寫什麼，還是等於說了。反正看這份兒畫報的人，都是些少爺小姐，姨太太少奶奶。

他們從南門進去，經過兩排老柏樹，穿過了「公理戰勝」石牌坊，順著東邊曲曲折折的長廊，沒走多久就到了「來今雨軒」，一座很講究的宮殿式建築。

二人剛上了軒前磚地，一位白制服領班就上來招呼，「金主編，裏邊兒坐外邊兒坐？」

金士貽看了看上空藍天，又左右瞄了下一個個位子上的客人。「外邊兒坐。」領班引著他們穿過幾桌客人，在罩篷下一排雕欄旁邊一張白檯布方桌前停住，拉開了椅子。

「來過這兒嗎？」金士貽坐了下來。

「沒來過。」

「這兒地方好，西菜也不錯……」他掏出菸點上，「看看比美國如何。」

李天然請他介紹。金士貽想了想，跟領班叫了兩瓶「玉泉山」啤酒，兩客炸雞。

啤酒送來之後，上菜之前，金士貽已經和進出好幾位客人打過招呼了。

李天然別說沒來過這家餐廳，連中山公園都沒進來過，小時候跟師父他們進城，也從來沒到過這種地方。金士貽建議他吃完了去逛逛走走。什麼水榭，花塢，蘭室，金魚，什麼五方土，社稷壇，什麼鹿園，溜冰場，都值得看看。他又問剛才經過石牌坊，有沒有注意到那兒有兩尊銅像。李天然說沒留意。

「這兩位……一位姓王，一位姓施。當年在清軍當兵……咱們董事長的老長官馮玉祥，就在他們手下。辛亥那年，搞了個『灤州起義』，給是給朝廷壓下去了，可是也算是反清革命……這兩尊銅像就是逼宮之後，民國十七年那會兒，馮玉祥給鑄的。」

軟炸的雞很棒，啤酒也夠冰。李天然也不插嘴，坐在陣陣輕風之中靜靜地聽。金士貽還建議他沒事可以來泡泡這兒的茶館兒，像西邊兒老派的「春明館」和「長美軒」，還有今天北平摩登人士喜歡去的新派西式「柏斯馨」，是個人看人的好所在。不過他說要留神，去那兒的女的，不少都是交際花和胡同兒裏的姑娘。

李天然忍不住逗了一句，「這不都是咱們的讀者嗎？」

金士貽聽了大笑，「這幾年北平可真變了不少，」他抿了口啤酒，「政府一南下，錢也跟著跑了……從前，我還在北大那會兒，西單那邊兒有個『白宮餐廳』，裏頭有位女招待，可紅了，叫『小一號』……做官兒的不來了，也沒幾個人有這個錢去捧場了……前幾年她還在，可是聽說每月賺不到三十元。好傢伙！民國十五年那會兒，她每個晚上都不止這些……八大胡同的館子，十個關了九個……」他喝了口酒，臉上微微感慨，「如今，清是清靜了不少……也就是一批文人教授偶爾湊湊熱鬧，可是哪兒能和從前比……什麼意思都沒了，連玩兒的地方都沒幾個了……這麼說吧，如今，你上哪兒去找個『小鳳仙』？」

他又叫了兩瓶啤酒，「您剛從外國回來，真不知道這幾年北平有多少怪事……前年吧，市長還是袁良，他以為掏糞的好欺侮，可以隨便加稅……」

啤酒送來了，他敬了李天然，「……說到哪兒了？……哦，好嘛！那些山東糞夫，一個個揹著糞桶，把市政府給圍了起來抗議……哈！」他又敬了一杯。

「後來有人在報上寫了副對聯兒……你聽，『自古未聞屎有稅，如今只剩屁無捐』……哈……你聽過以前在三慶園，後來去了廣德樓，那個唱評戲的白玉霜沒？……沒？……她唱的可真夠騷，尤其是《珍珠衫》，《馬寡婦開店》，結果硬給我們袁市長給趕出了北平，說是有傷風化……可是……」他又敬了天然一杯，再替二人添了酒。

「可是你猜怎麼著？現在袁市長早下臺了，可是人家白玉霜，今天在上海可大紅特紅……喲！」他突然想起了什麼，「我差點兒給忘了……」立刻從上衣口袋掏出一個小紙盒，遞給李天然，「董事長交代的。」

李天然打開了紙盒……是一疊名片。正面直排印著「李天然」三個楷字，右上角是「燕京畫報，英文編輯」，左下角是郵政信箱和電話。他取出一張，翻了過來。是英文。他微微一笑。除了英文頭銜等等之外，正中橫排著「T. J. LEE」。

金士貽看了看手錶，乾掉了啤酒，「我不回九條了。得去拜訪個人」。他們就在「來今雨軒」門口分手。

李天然懶得逛公園，一個人慢慢遛回藍府。蘇小姐不在。他自個兒繞著屋子走了走，看了看位置，把張辦公桌移了移，背對著窗，既不面向金主編，也不面向蘇小姐。電話響了，他猶豫了片刻才接，「喂？」

「T.J.？」

「Oh，Hi，藍小姐。」

「別叫我藍小姐，就叫藍蘭。」

「好，藍蘭，找誰？」

「找你。」

「Yeah？」

「我和哥哥晚上夜車去天津，和爸爸過節，禮拜五回來。」

「哦。」

「我想請你來參加我的 party。」

「哦？」

「禮拜六。」

「什麼party？」

「你別管，就在家裏，晚上七點。」也沒等李天然說去還是不去，就掛上了電話。

5 八月節

他第二天還是差不多十點到的報社。只有蘇小姐在。還是那身白衫黑裙，只是上面披了件綠色坎肩兒，她點頭招呼了一聲就沒再說話，坐在那兒喝茶看報。

李天然呆呆地坐在他的辦事桌後面，看著上頭的筆紙硯臺墨水瓶，幾疊稿紙，也不知道該幹什麼。

他去屏風後頭倒茶，「有什麼消息？」

「符保盧回國了。」

「誰？」

「撐竿國手，剛從柏林回來。」

「哦……」他回到他桌子，才想起剛開過奧林匹克。在船上就聽說了，不過都是關於美國黑人選手 Jesse Owens 的消息，根本忘了中國也參加了，「還有什麼？」

「您先聽聽這段兒世運新聞……《北平晨報》，是咱們代表團副領隊下船的時候跟記者講的話……」她清了清嗓子，「我國籃球代表隊，當與日本比賽時，因精神過度興奮，致上場時之緊張，幾如犯人之赴法場。失敗後精神之頹唐無以復加，見人俯首無言，口中喃喃曰：『算了，算了』。帶隊之職員雖均極力勸慰，有擬請其看電影者，亦均堅謝不往。故至第二週與德國比賽，亦遭失敗，蓋精神刺激過深，迄未恢復也……」，她闔上了報，看著李天然，語調有點憤恨，

「怪不得人家說咱們是東亞病夫！丟臉死了！」

電話響了，蘇小姐拿起來就衝了一句，「燕京畫報！」然後臉色聲音都恢復了，「哦……一大早兒就取走了……來了……好……那後天見。」一掛電話，就起來揹上個小書包，轉頭高興地笑，「金主編，說回家吧！」再又像是提早放學那樣興奮，說明兒中秋也不用來，星期四才上班，又說去找朋友去趕「真光」中午那場電影兒，又急的關照「房門兒給帶上……」，跑的之快，話音未落，人就不見了。

李天然給自己添了茶，從小蘇桌上拿起了那份報，回到他桌上，翹起了腳，點了支菸，無聊地翻著……「英大使許格森抵平訪問」……「諾那呼圖克圖法師骨灰由川運抵漢口」……「西班牙內戰，名詩人劇作家洛爾卡遭捕槍決」……他翻了頁……「社會局訓令各戲團禁演《風波亭》與《走麥城》，謂該兩劇表現忠臣末路，英雄氣短……」……再翻到影劇版，發現「真光」正在上演《劫後英雄》，宣傳廣告說它是「新羅賓漢，米高梅蓋世珍品，舉世稱贊鐵血英雄。華納伯士達，繼《絕島冤痕》更驚人傑作……」。李天然也不知道這是哪一部電影，可是「華納伯士達」，他又唸了一遍，應該是 Warner Baxter。廣告還說此片「異族壓迫污辱冤痕。誓為民族粉身碎骨！雖死猶榮。鐵騎狼煙白骨撐天。為祖國流一腔熱血！鞠躬盡瘁。」……原來蘇小姐去看這部電影去了。

他弄熄了香菸，把報紙放回蘇小姐桌上，又把茶杯送到屏風後頭，出了房間，輕輕帶上。剛進前院，碰見那個聽差領著一個送冰的去廚房。他問了下聽差的名字，說是叫長貴。

他出了大門，記得隆福寺就在東四大街迤西。不錯，就在頭條對面看見了隆福寺大街。

李天然稍微有點兒迫不及待的感覺。這是他小時候跟師母師妹來過不少次的地方。買點兒這個，吃點兒那個。可是就是不記得廟是什麼樣兒。這次才發現隆福寺可真又老又破。可是好像沒人在乎。來逛的人，除了幾個小子在叫在跑之外，個個都那麼慢騰騰地瞧瞧這兒，看看那兒。李天然覺得他已經沒這個福了。你要在北平真正住家過日子，才會有這份閒情，才這麼悠哉，才這麼清平世界。

他穿過了賣鴿子賣鳥兒的攤兒，穿過了賣什麼長袍馬褂，遜清頂翎的攤兒，又穿過了賣菊花賣哈巴狗波斯貓的攤兒，進了廟門。

李天然沒興趣去逛，也沒什麼東西要買。他一邊隨便低頭看著地上擺的簸箕，雞毛撣子，一邊不時抬頭四處張望。沿著殿階排著好幾個賣藝場子。他站在那等了會兒，半天也沒人下去露兩手。倒是拐角有人在為幾個摔跤的喊好。他擠了過去，摔完了。出來，聽見前頭有人在唱落子，又有人在吹笛。他找了個攤兒，吃了盤灌腸，又換了個攤兒，喝了碗油茶。他接著走，經過了一排排賣古董的，賣舊書的，賣毽子的，賣泥人兒的，一直走過了看相算卦，賣洋煙畫，一直走到了後門，到了錢糧胡同，也沒看見關巧紅。

他進了胡同，朝東口過去，後頭跟了幾個要飯的。他給了幾角錢，還有好幾個小子在叫爺爺地跟，一直跟到東四大街才不跟了。

李天然覺得自己真有點兒胡鬧，也沒搞清楚人家是不是真的要來，更別說什麼時候來，就跑這兒來瞎逛，好像他想碰上就能碰上似的。

往回走的路上，他在四牌樓附近一家南紙店看見門口擺著一堆堆兔兒爺，進去選了一個一尺來高的薛平貴，跟一個挎籃兒買菜的兔兒奶奶。又在接壁糕餅舖子買了兩盒月餅，一盒自來紅，一盒自來白。

進了家門，老劉上來把東西接了過去，「您真有興致。」李天然也笑了，說月餅大夥兒吃，兔兒爺兔兒奶奶給找個地兒擺起來，又叫他待會兒進屋裏來。

李天然問老劉哪兒有租自行車的。他說燈市口。又問家裏有隨身帶的水壺沒有。有，馬大夫有個外國大兵用的水壺。李天然叫他給找出來，告訴他明天要出門，後天才回來。

李天然第二天一早收拾完，揹了個小包和水壺，就去租車。

天氣很好，大太陽，不冷不熱。他捲起了黑短褂的袖子，騎在街上，心情就和迎面過來的風一樣輕鬆。

出西直門可費了點功夫。洋車，汽車，卡車，自行車，還有馬車，騾車，水車，排字車，大板車，正好又碰上門頭溝來的一隊駱駝進城，總有十好幾頭，雙峯之間揹著一袋袋煤，直到到最後那頭掛著叮叮噹噹駝鈴的，跪倒了馬路邊黃土地上，其他車子才流暢起來。李天然也沒下車，扶著電線杆子耐心地等。

一出城門，一過護城河，一過鐵道，就已經是鄉下了。

這條瀝青大路又平又直，兩邊還專為馬車貨車鋪了青石板，再過去是好幾丈高的蒼松垂楊。偶爾幾聲鳥叫，幾陣鴿笛，遙遠灰藍天邊飄著一兩只風箏。太陽曬得黑焦油路面閃閃發亮。

可是秋高氣爽，身上沒見汗就到了海淀。

進了正街，李天然下車扶著走。路邊大荷塘那兒有幾個小子在玩兒。街上挺熱鬧。這麼多年沒來了，可是覺得海淀沒怎麼變，還就這麼一條大街。後邊那些胡同也好像還是那麼幾條。他繞了繞。以前來的時候就已經沒落的那些大別墅大花園，現在從外邊看，還那麼蕭條。可是說沒怎麼變，又有點不認得了。正街上的店鋪一家接一家，賣什麼的都有，不少是新的，有的門口還停著大汽車。

他在正街上又來回走了一趟，經過一條小橫街，看見胡同裏邊有個「平安客棧」紅漆招牌，就推著車過去。

這是一座住家改的兩進四合院，一共才隔成十來間客房。掌櫃的帶他前後繞了下，大半空著。他最後租了內院一間西屋。說不上布置，倒還乾淨，兩面紙窗，一張掛著蚊帳的硬舖，小方桌，兩把椅子，一臺洗臉盆，兩盞油燈，一個銅痰盂。棉被枕頭還是付了錢才有個黑不溜秋的小夥計送過來的。問了問，才知道毛坑在跨院兒。

他換了身大褂，只揹了水壺，出了客棧，直奔正街路南那家「裕盛軒」。門面相當講究，院子也很寬敞。進進出出的客人，西裝洋衫大褂都有，看樣子不少都是燕京清華的學生。這麼年輕，有說有笑，無憂無愁，李天然真覺得自己過了好幾輩子。

他還記得師父師母來這兒點了些什麼。夥計帶他一入坐，他就叫了清油烙餅，過油肉，四兩蓮花白。

最後那張餅吃的有點撐，可是真過癮。

他離開了飯莊，在正街上遛了會兒，拐上了往北的那條公路。沒多會兒就看到燕京大學那些宮殿式建築和校園。他也沒停，繼續朝前走。沿路看見的，大部分是學生，也有些附近村裏的。又沒多會兒，遠遠的已經是清華校舍了。

前頭不遠是個三叉口，他上了折往西北那條。再走了一會，拐進了一條小土路，還是那個樣。

這一帶開始荒涼起來。路邊不遠，這一段，那一段，還埋著早已經倒垮了的一截半截虎皮石頭圍牆。李天然知道已經到了圓明園廢墟。

他總有四年多沒來了。反正他沒生的時候就已經是廢墟了。沒給槍砲打垮的，沒給大火燒光的，那能偷能拿的，也早就給偷拿走了。剩下一些誰也搬不動，也沒人要搬的，都還在那兒。他不時止步觀望。有些當年的湖沼已經變成了水田，可是一眼看過去，一片空地，沒什麼大樹，全是一堆堆，一叢叢蘆葦，起起伏伏的土坡，低的地方還積著水，偶爾還得跨過半埋在地裏的花崗石，跟他上回來的時候沒什麼兩樣，一樣荒廢。

他看了看太陽，盤算了下位置，朝著荒園北邊偏東的方向走過去。

他老遠就瞧見了。

一座兩座漢白玉破石門，一根半根石柱。

這就是了。斜陽之下，陣陣秋風，幾聲雀叫，幾聲蛙鳴，一片蕭條。這就是當年長春園的西洋樓。

他上了幾個臺階，在根石柱旁邊找了塊石頭，坐了下來，舉起水壺灌了好幾口，點了支菸。師父究竟是師父。在大好的日子裏，也在為不好的日子打算。李天然十二歲那年，顧劍霜借著一次師門聚會，交代下一輩，「萬一發生巨變，師徒分散，失去音訊，則切記，圓明園西洋樓廢墟，每逢夏曆初一午夜，是本師門倖存者約會時地。」

他又喝了幾口水。太陽西垂，這個夕陽殘照下的廢墟更顯得淒涼。他乘天沒全黑，又繞著走了一圈，摸摸清楚附近，看有什麼變動。晚上再來一趟。

他還是沒在客棧吃飯，在大街上找到一家烤羊肉串兒的館子，要了兩串兒。帶點兒肥的羊肉塊兒，又在一尺多長，像把短劍似的鐵串兒上，外焦內嫩，就著硬麵兒饅頭，半斤燒酒，吃了個飽。臨走之前，跟掌櫃的買了些鍋盔，油炸花生，半水壺白乾兒，帶回旅店。既然是中秋，還要上野地去看月亮，總得準備點兒吃的喝的。

他在硬鋪上打了個盹兒，醒來快十點了。外邊有點涼。他在黑短褂下面套了那件運動衣，再把吃的喝的全塞進了背包。小方桌上那盞油燈一亮一亮地閃著暗光。他等了會兒，聽聽院裏和櫃臺那邊都沒聲音了，吹熄了燈，探頭掃了外邊一眼，揹著小包，一閃身出了房門。

八月十五的月亮還沒升到頂頭，可是滿院子還是給照得夠明。小偷慣賊老說的「偷風不偷月，偷雨不偷雪」，的確是經驗之談。

他一動不動地立在屋檐下暗影之中，總有小半支菸的工夫。然後上前邁了兩三步，吸了口氣，一矮身，躥上了房。

他伏著身子，前後左右巡視了一圈，伸手試了試屋瓦，還挺牢，瓦溝裏有些半乾不潮的落葉。他站起來查看了下自個兒的影子。

內院外院全黑著，帳房也睡了，只有大門口射上來一小片昏暗的光。再麼就只是前頭大街上露點亮。夜空之中，隨著微風隱隱傳來一兩起笑聲。正在過節吧。

他在房頂上輕輕彎身走過兩戶人家，下了房，上了大街。這條正街空空的沒一個人，沒一輛車，就兩個路燈亮著。店鋪全都上了門。月光之下，大路像條灰白色帶子伸入消失到盡頭的黑暗。

他順著白天走過的路摸過去。究竟是通往兩所大學的要道，沿途都有路燈。燕京那邊很亮，隱隱還有人影移動。他拐上了折向西北的小土路。清華那頭可什麼也看不見了。

他從白天下小路的地方上了野地，高高低低地摸到了西洋樓。十一點半。他四處查看了一下，在白天那個石座上歇腳，點了支菸，靠著背後那半根石柱，靜靜地等。

初一是有道理，又沒月亮又好記。當然，今兒是八月十五，中秋月亮分外明。可是每月十五，月亮都挺圓挺亮。他一眼看過去，明月之下，一片空曠的野地，百步之內，幾乎一目了然，無處可躲。

再看錶，午夜十二點正。廢墟一片慘白淒涼，只有陣陣風嘶。他試著輕輕一擊掌。

師父的交代是，不論是誰在西洋樓廢墟午夜先擊掌，另一人數到十，以回擊兩掌來反應。再數到十，首先擊掌的人再回擊一次。這就是自己人相會的記號。如果第一次沒有回音，數到十再試一次，再沒回音就離開。

幾年沒來了，李天然以不同輕重手力擊掌三次，發現在這樣一個靜靜的深夜，以最輕手力擊拍，掌聲也可以傳到至少十步以外。他不記得上回來這兒是用了多重的手力。

事情很清楚，只是沒有答案。不錯，他還活著。可是下月初一來這兒碰面的會是誰？師叔還在不在人間？這麼多年下來，他老人家還會出現嗎？就算師叔來過了，也來過多次，可是會連來六年，四年嗎？

他打開水壺，仰頭灌了口白乾兒。

真要戒備的是朱潛龍。他既然能勾結日本人一塊兒殺了師父一家，那只要他沒死，他也知道這個初一密約，他也可以祕密來此赴約，身藏暗處，看師門之中誰會出現，再斬草除根。

朱潛龍肯定來過。他知道只有四具燒焦的屍骨，還有一個漏網之魚。他只是不知道是誰。當然，他也知道師叔還在。

還是這小子幾年下來不見動靜，以為我們爺兒倆早都沒了？

李天然又仰頭喝了一口。

不過，朱潛龍真要來了倒省事了。就地結帳。

李天然點了支菸，跟自己說，反正就是這麼回事兒，只要初一那天晚上是他來，就只能有一個活著出這個廢墟。

他起身熄了菸，從帆布包裹取出了鍋盔，炸花生，和那小半壺白乾兒，一起擺在那塊石座上，心中唸著師父，師母，二師兄和師妹的名字，對著上天晴空一輪中秋明月發誓，下次再祭，不會再是鍋盔花生白乾，而是朱潛龍。

他朝著石座跪下來磕了三個頭。

他把鍋盔掰碎了和花生一塊兒撒在野地，留給鳥兒吃，也把剩下來的酒給倒了。

6 藍蘭的舞會

星期四快中午才去上班。金主編不在。蘇小姐在那兒喝茶看報，跟他說桌上有件東西，是董事長派人送來的。

一個大牛皮紙包，上頭草草地有他名字。他撕了開來，裏面是一本本英文雜誌。蘇小姐過來給他端了杯茶，「我猜就是雜誌……」

全是半年好幾個月前的舊玩意兒……*Reader's Digest*、*National Geograghic*、*New Yorker*……還有一本厚厚的 *Sears Catalogue*。蘇小姐順手拿起了一本，「照得真好，印得也真好……看看人家的紙……」

李天然瞄了瞄，點點頭，發現蘇小姐一身洋裝，「新衣服？」

「才不是呢！」

他沒接下去，隨便翻著雜誌，「金主編今天不來？」

「不知道……還沒電話。」她站在桌子前頭繼續翻。

李天然也大致明白，不管誰來編這種沒有時間性的消遣刊物，來不來上班不是那麼重要。可是，他除了第一天來見過一次，吃了頓飯，就再也沒見過金士貽。他有點不好意思，不過還是說了，「我該幹什麼也不知道……金主編也沒說。」

「沒說就不做，您急什麼？」

他雖然沒把這份工作當真，可是究竟是一份拿薪水的工作，總不能老是這麼閒著。小蘇的話雖然沒錯，可是未免有點小孩子氣。不過他沒說話，他不想在她身上打聽。

可是蘇小姐一看他的表情，卻主動地說了，「李先生……」她闔起了雜誌，「您別急。咱們這份兒畫報，您也看了幾期，是不是？我跟您說，文章相片兒大半兒都是他朋友給的，剩下來的自個兒動手……您看……」她轉身走到大桌上取了一份上一期的，隨便翻著，「您看，這篇兒談『歇後語』的『石人』是他，這篇兒寫『妙語共賞』的『鐵弓』也是他……還有……『關於戀愛』的『木易』也是他……『曲線消息』的『本刊』當然是他……其他這些講戲的，講電影兒明星，話劇演員兒的，捧什麼名媛閨秀的，寫運動的……還有一大堆相片兒圖片兒，都是他朋友寫的，給的，硬塞過來的……」她停了下來，偏頭等李天然的反應，看看沒什麼，又接下去說，「您再看後邊兒那個檔案櫃，」她回手一指，「裏頭全是稿件，還有插圖……足夠幾個月用……我們每個禮拜等的，只不過是一兩張關於時人時事的照片兒……您說，他不急，我不急，您還急個什麼勁兒！」

李天然給她這一大堆話說的笑了。小蘇自己也笑了。他接著問，「你給畫報寫過什麼沒有？」

蘇小姐臉色微微一紅，「試著寫過一篇兒，他沒要……」

李天然看了她一眼，沒說話。小蘇也就回她桌上繼續看報。整個西廂房非常安靜，偶爾聽到前院有人說話。看樣子，藍府家裏人都不在，就幾個下人在料理事情。他看看窗外，又看看錶。問小蘇要不要一塊兒出去吃個午飯。蘇小姐很高興地答應了。他請她選個地方。她想了想，說是去「法國麵包房」。

遠是不遠，可是還是坐洋車去的。「法國麵包房」就在哈德門大街法國醫院旁邊，其實就是醫院開的。蘇小姐自己也沒來過，說她一個人不好意思進去。

李天然進了門才發現，說是麵包房，可是布置什麼的，都挺講究氣派，古典歐洲裝飾。一桌桌客人的穿著也都很整齊，儘管西裝旗袍都有。他本人就是一身藍布大褂。可是因為他的身材體形，他那外表氣質，再加上一副墨鏡，還是引起了不少人注意。蘇小姐今天可是一身淺綠色衫裙，深綠色開襟毛衣，只是帶點兒日本味兒。

兩個人都是頭一次來，都不知道該點些什麼。李天然只好叫了菜單上介紹的特別餐，海鮮湯，紅酒燒雞，生菜沙拉，又問了問蘇小姐，點了一瓶 Bordeaux。

蘇小姐很興奮，有說有笑，幾乎輪不到李天然插嘴。她說她本來想念大學，可是去年會考沒考好，在家待了好一陣兒，才因為她哥哥和金主編以前在朝陽女中一塊兒教過書，才來畫報。又說金士貽在北平文化圈兒內，小有名氣，還出過書，只是書教的很不開心。後來給北平卓家做了幾年事兒，認識了些人，有了點兒社會關係，才稍微好一點兒。不過當上了主編之後比較得意，一張名片給出去，很受尊敬。

李天然幾次想轉變話題。他不想從小蘇這兒聽太多。可是小蘇好像悶了幾個月才有機會吐口氣一樣，一直在談金士貽，說他有三個小孩，全是老媽子帶，太太什麼也不管，每天打牌。

李天然乘她放下刀叉擦嘴，趕緊問，「畫報在哪兒印？」

「哦……」她喝了口紅酒，「前門外，江西會館那邊兒。」

「稿子我們送，還是他們來拿？」

「都有……多半有人來取。」

「下一期文章都齊了？」

「早就齊了……就差一張上海電影界慶祝蔣委員長五十大壽的照片兒……聽說還有一張獻機，跟北平這兒獻劍的照片兒。」

等他們喝完咖啡付帳，都兩點了。

兩個人還是叫車回的九條。長貴說金主編來了又走了，沒留話。蘇小姐進房撥了個電話給印刷廠，一掛上就跟他說回家吧，沒事兒，明後天來不來都可以。

他第二天還是來了一趟，問起長貴，才知道禮拜五通常沒有人來。又問起藍家。老爺還在天津，少爺回宿舍了，小姐還沒放學。他回桌上選了幾本雜誌，一個人沒什麼目的走了幾條街，瞧見一家小茶館，進去泡了壺香片。

回來快兩個星期了，除了初一的事兒還要等等之外，什麼打算也沒有。那個日本圓臉是誰，叫什麼，幹什麼的，怎麼去找，大師兄的影兒在哪兒，連怎麼去打聽都無法下手。師父以前煤市大街上那些鏢行裏的朋友，多半都不認識不說，現在連鏢局子都早就一個個關門了。馬大夫是肯幫忙，可是他也說了，根本幫不上。他自己這麼多年沒來北平，人生地不熟，孤掌難鳴。藍青峯那裏，照馬大夫說可靠。但是能有多大用處又很難說，而且也要慢慢來。

他一直覺得這份編輯工作不是白撿來的，可是又琢磨不出是為什麼。金士貽表面上，照他吹的。再照小蘇說的，似乎很吃得開，可是都是些曲線消息，那能跟他打聽嗎？問一句話，就跟回一句話一樣，都暴露出一點點說話人的祕密……

走著瞧吧……反正師父一家四口人的命，不給要回來，他這輩子算是白活了……

天有點陰，剛下了幾滴雨，還帶點風。李天然不覺得冷，可是慢步走在黏滿了零落槐蕊的大街上，還是感到一層秋雨一層涼。他發覺這兩天連蟬都不叫了，是該穿夾的了，可是他沒去拿，深深呼吸著那雨後的清涼鮮爽的空氣，遛達著回到了乾麵胡同。

他脫了大褂，靠在床上翻看帶回來的那些雜誌。人家不催，也該交點什麼了。好在沒時間性，這些過期的英文刊物裏頭，總有點什麼可以抄抄。

老劉用雞子兒給他炒了一大盤饅頭，做了碗黃瓜肉片兒湯。他吃完繼續翻。有不少玩意兒都很有意思，一張張照片尤其精彩，像舊金山的「金門大橋」，泛美剛開闢的太平洋航線，班機像輪船一樣，還有個名兒，叫China Clipper，「中國飛剪號」，法國那艘「諾曼地號」大西洋處女航……直到第二天才決定用《國家地理》上的一幅照片，是去年十一月剛試飛成功的一架DC-3。吸引他的不光是這架銀色新飛機，還有飛機升空剎那的背景，洛杉磯西邊 Clover Field 機場。李天然和 Maggie 在那兒看過一次飛行表演。

除了在學校交作業以外，這還是他第一次寫任何東西。好在有英文可以抄，可是還花了他半個早上才搞出兩百多字。又抽了支菸，才給它取了個標題，「試航」。

他出了北屋，問院子裏撿落葉的劉媽，「馬大夫去人家家裏做客，都送什麼？」

「看是上誰那兒……外國酒，外國糖，也送盆花兒什麼的。」

「人家來這兒呢？」

「也差不多……也有人送蜜餞，點心……」

李天然站在臺階上想了想，也不知道晚上是個什麼 party，「家裏有什麼現成的？晚上藍家小姐請我過去。」

「有洋酒，洋菸，巧克力，餅乾……」

「就巧克力吧。」他覺得第一次去，送盒糖比較合適，「你這兒完了，找一盒兒來看看。」

劉媽過了會兒給他捧過來三盒外國巧克力。他選了一個紅色鐵盒裝的，也不用再包裝了。他換了身咖啡色西裝，淺黃領帶，帶著巧克力和稿子雜誌，遛達著上九條。

一進胡同沒多久就瞧見藍府大門口上搖動著一些人影。天剛開始暗，大門前頭燈光之下停著好幾部汽車，還有好幾輛漆得黑亮的洋車，大門沒關，長貴正在那兒跟幾個司機和車夫說話，看見了李天然就上來招呼……「不用了，」他自個兒去了西廂房，把《國家地理》和稿子放在金主編桌上。

他已經聽見音樂和笑聲了。一進內院，各色燈光立刻傳了過來。天棚四周掛著十好幾個彩色燈籠，院子裏擺著四、五張桌子，鋪著紅檯布，都有人坐，正房門大開，裏邊傳出來很響，也有點耳熟的音樂。北邊廊下一排長桌，全是吃的，還有個白制服侍者。李天然下了院子，覺得有人在看他。他一個也不認識，有好幾個外國小孩兒。

「T. J.！」

他也看見了藍蘭，正在門口和幾個女孩兒說話。她沒有動，招手叫他過去。李天然上了臺階，把巧克力給了她。

「都是我同學……Carol，Pauline，Rose……他叫李天然，我叫他 T. J. 你們也這麼叫，」她挽起了他手臂，「來，你還沒見過哥哥……」，順手把糖交給了一個侍者，帶他進了北屋。

屋裏沒亮電燈，可是不暗，到處掛著燈籠，點著蠟。家具全都給搬到牆邊，有的給架了起來，地毯也給捲到一邊，空出來中間一片場地。還沒人跳。西邊一張桌子上有架留聲機，幾個男孩兒在那兒選唱片。藍蘭問哥哥在哪兒，說是去了睡房。

「那先吃……」藍蘭又挽著他出了北屋。

李天然給帶到門口自助餐桌。她也陪著取了一小碟。很豐富的西菜，有雞，有牛肉，有青菜。

「『歐陸』飯店叫的，」她低聲說，「還附帶兩個 waiters。」

李天然要了一瓶冰啤酒。他們下了院子，找了個空桌。

「你怎麼這麼晚才來？」

「不是說七點？」

「六點。」

「那我來晚了。」

他發現藍蘭今天晚上完全是成熟的打扮。銀灰色緊身上衣有點閃亮，無領無釦，半露肩，下面一條黑長裙。半高跟鞋，烏黑頭髮，剛好落肩，雪白的臉，鮮紅的唇，還戴著耳環，項鍊，手鐲，戒指，一下子大了至少五歲。她也不吃，只用刀子玩弄著盤裏的東西。李天然覺得很好玩兒，這種年紀，說小孩兒是小孩兒，說大人又是大人。問她天津過的節。藍蘭聳聳肩，只說是去看了場回力球。

「全是你們美國學校的？」天然掃了眼院子裏的人。

「差不多，有些燕京……」她爽朗地笑起來，「女的多半是我的同學，男的多半是哥哥的……」

「原來如此。」

藍蘭做了個鬼臉兒，「原來如此。」

「藍——」，李天然打住。這種時刻，不好稱呼藍董事長，「藍老伯不在家？」

「在的話我們還敢開？」她抬頭張望，「最後機會，明天拆棚，後天爸爸回來。」

別人好像都吃的差不多了。白制服侍者到處在收杯盤刀叉。李天然還沒吃完，可是算了。院裏的人一下子少了許多，一個個全擠進了北房。擠不進去的擁在門口。有兩對在院子裏就跳起來了。

「你跳舞嗎？」藍蘭拿起了桌上的香菸，抽出一支。李天然擦了根洋火，搖了搖頭，替她點上。

「不會還是不想？」

「都有一點兒。」

「那我可只能幫一半，」她吐出長長一縷煙，「不會我可以教，不想就沒辦法了。」

李天然沒有接下去。他突然覺得今天根本不應該來。年紀不對不說，他也不是一個社交人物。好在有藍蘭陪，使他不至於在這種場合落單。

剛這麼想，來了個外國男孩兒，拉她進屋跳舞去了。

「看樣子我們都老了……」一句洋腔很重的中文，從他身後傳過來。

他半回頭，是個年輕的外國人，不像是學生，灰白西裝，沒打領帶，棕色頭髮垂到耳邊，手中一杯啤酒，微微笑著。李天然請他坐下。

「John Henry Robinson，」他伸手出來握，「中文名字是羅便丞。羅斯福的羅，方便的便，丞相的丞。」

「李天然。李白的李，天然的天，天然的然。」

羅便丞坐了下來，偏頭想了會兒，「哦……你不像是美國學校的。」

「我不是。」

「也不像燕京。」

「也不是。」

「好，我投降。那你為什麼在這裏？」

李天然望著對面這位年紀和他差不多，又天真又成熟的面孔，一副無所謂的態度，就將頭湊過去，壓低了聲音，「我也不知道。」羅便丞大笑。

二人碰杯，羅便丞也不用問，就說他在中國快兩年了，不過中間去過幾次東京，香港，河內。中文是他一來就請了一位老旗人教的，現在還是每禮拜一次。會說一點，勉強看一點，寫還不行，還在描紅字，他是紐約「世界通訊社」駐中國記者，不過可以投稿給雜誌，否則錢不夠用，沒能力去過他以後要過的生活。

「什麼生活？」

「哦，你知道……廚子，老媽子，四合院，汽車……」

正屋爆出一片笑聲，又一支曲子響了起來，院子裏跳的人多了。羅便丞聽了會兒，「啊……Pennies from Heaven……」

他對李天然很感興趣，尤其聽說李不但在加州念過書，現在的工作竟然同行，「我剛從通州回來。」

「哦。」

「訪問了殷汝耕，去看看他們那個『冀東防共自治政府』到底是怎麼回事，快一年了……你應該比我清楚。」

「不見得。」李天然很坦白地跟他說，他只抄舊聞，不跑新聞。

羅便丞似乎明白是怎麼回事，「不過《燕京畫報》還是必要的。每個大城都應該有……不管這些了，你才回來，不能怪你，可是，你要知道，『滿州國』之外，這是你們中國領土上又一個日本傀儡政府。」

李天然沒有什麼反應，只是心裏有點不好意思，尤其是一個外國人對他說這種話，而且他又感覺到，羅便丞也覺察出來了。

「Hi，John！」藍蘭還沒到跟前就喊，然後拖著一個比她高一個頭的男孩，跑了過來，「T. J.，這是哥哥，藍田……哥，這就是李天然……T. J. 是我給他取的。」

藍田很像他父親，只是高很多。西裝褲，白襯衫。相當帥。握起手來也很有勁，一副運動身材。他抖著襯衫透氣，「好熱，中秋都過了，還這樣兒。」

藍蘭招手叫來侍者，低聲吩咐了幾句。

「羅便丞先生，」藍田鬼笑地問，「您最近在忙什麼？Cathy 怎麼沒來？」

「不要提 Cathy……她傷了我的心。」

藍田大笑，「所以今天才找你。」他一指北房，「裏面隨你挑，找藍蘭給你介紹。」

「藍田，你要我帶小孩兒？」

「少缺德！」藍蘭斜著盯了他一眼，「我的同學還看不上你哪！」

「對不起，藍蘭，我的中文不好。」

白制服侍者送過來一瓶紅酒，四支酒杯。藍蘭接過瓶子為每個人倒，再一一碰杯，「Cheers。」

「Cheers。」羅便丞抿了一口，抬頭看了看，「我想問一下，很多住家都搭這種棚子嗎？」

「不少，」藍蘭搶著說，「讓我再教你一句北京話，『天棚魚缸石榴樹』，大的四合院兒都有。」

「是嗎？……天棚，魚缸，石榴樹。」

藍田忍不住笑，「下一句你怎麼不教了？」

「你就是貧嘴！」藍蘭跟著笑。

羅便丞有點糊塗了。他看了兄妹一眼，又看了看李天然。李天然等了會兒，可是發現兄妹二人都不言語，只好接了下去，「下面一句，看你是老北京，還是新北平。」

羅便丞點點頭。

「新北平……也不新了……反正，新的說法是，『電燈電話自來水』，指的是，只有大戶人家才有。」

「那老北京怎麼說？」

「老北京下一句說，『先生肥狗胖丫頭』。」

「什麼意思？」

藍田搶了過來，「以前大戶人家，有錢請得起老師在家教課，所以是『先生』，再又家裏有錢，吃得好，所以狗也養得肥，丫頭也胖……」他戲劇性地頓了頓，拍了拍他妹妹的肩膀，「就像我們家裏這位。」

藍蘭假裝氣的要潑酒，瞪著她哥哥，「你還想找 Rose ?!」說著站了起來，順手拉起了羅便丞，「走，去跳舞。」

李天然喝了口酒，放下酒杯，「我想先回去了，跟藍蘭說一聲。」

藍田也站了起來，陪他往前院走。

「你運動嗎？」藍田打量著李天然的身材。

天然說偶爾。

「網球？」

不打。

「游泳？」

可以。

「溜冰？」

馬馬虎虎。

「橋牌？」

不會。

「開飛機？」

李天然哈哈一聲大笑。二人在大門口握手告別。

7 小跨院

他很快吃完老劉剛買回來的燒餅果子焦圈兒，甜豆漿，回房套上了馬大夫那件短褂。今天不用上班。天兒又好。他記得燈市口上有幾家綢布莊，還有賣絨線的。找了過去，挑了幾尺黑布，幾斤黑毛線。大街挺熱鬧。路上來往的人有說有笑，悠哉悠哉，連幹活兒的都不急。這兒的人真會過日子。他也悠哉悠哉地，順著內務部街往南小街遛達過去。

他沒再猶豫了，拍了拍虛掩的木門，輕輕喊了聲，「關大娘？」

關巧紅在院裏喊他進來。他推開木門，看見關大娘正坐在正屋門前，跟老奶奶和徐太太剝栗子吃。他點點頭，打了個招呼，跟著關大娘上了西屋。

她先把手上幾個栗子放在桌上，「嚐點兒，徐太太剛買回來……」又端把凳子請李天然坐，「夾袍昨兒晚上給您趕出來了，正好天兒涼，您試試。」

李天然脫了短褂，接過來夾袍。是該穿夾的了。他套上了新的藏青色襯絨夾袍，身上一下子暖和起來。從鏡子裏他看見關巧紅在他後頭上下打量，又繞到前頭拉了拉領子，幫他繫脖上的銅釦兒。

她今天穿的是他第一次來那天那一身兒。灰褲褂兒，綠滾邊兒，還是沒塗脂粉，清清爽爽，黑黑的頭髮還是結在後面，乾乾淨淨的白皮膚，光光滑滑的瓜子臉，亮亮的眼珠兒，只是那細長的手指，剛進屋，碰到他脖子有點兒涼涼的。

「還有幾件活兒。」

「成。」

李天然打開了紙包，取出那幾尺黑布，「手絹兒。」

「手絹兒？……」她瞄了桌上的布一眼，有點兒迷糊，「黑手絹兒？」

他頓了頓，「耐髒……」就沒接下去了，用手比了比，「差不多這麼寬，四方的，打個邊兒就成……先下下水……」他推開了黑布，「就這點兒料子，看能做幾條就幾條……」又在拆另一個紙包，「忘了先問你，會打毛線嗎？」

「會是會，只是打不出什麼花樣兒。」

「用不著……一針一針那種就行，沒花樣兒。」

「平針？行。織什麼？毛衣？背心兒？手套兒？」

「帽子。」

「沒打過……有樣子沒有？」

這倒把他給問住了，「沒樣子……你見過他們溜冰的頭上戴的那種？沒帽沿兒，圓圓的包著頭？」

「哦……像個瓜皮帽兒？」

他笑了，「差不多，再長點兒，拉下來可以蓋著耳朵，不拉可以疊上去。」

「試試看吧，不成拆了再打……」她用手比了比他的頭，一雙黑眼珠直在溜，「呦喝！壓頭壓耳黑帽，黑手絹兒蒙臉，再穿身黑，綁上褲腿兒……這不成了小說兒裏頭說的夜行衣靠了？」

李天然一下子醒了過來。他微微一笑，面部表情也隨著一動，「我喜歡黑的。」

他回家路上越想越覺得自己昏了頭。怎麼可以給人機會聯想？他在腦子裏一再重覆剛才那一幕……巧紅一臉天真，應該只是無心無意地逗著玩兒。他稍微安了點兒心，可是還是提醒自己，往後連這種可以逗著玩兒的機會都不能給任何人……

「您真是穿什麼都像樣兒……」劉媽接過來他胳膊上搭的另一件夾袍，用手摸著，「關大娘的活兒可也做的真好。」

李天然不想再出門兒了。他又開始翻那些舊雜誌。反正一個禮拜給它交一篇，不難打發。他決定以照片為主。挑幾張他喜歡的，別處不常見的。這樣也可以少寫幾個字。

照的好的，有意思的，可太多了。加州沙漠那張，希特勒和墨索里尼那張，紐約的時報廣場，巴黎的咖啡館，柏林的夜總會，黑人爵士樂隊，美西偷搭火車的流浪漢……最後決定用的也是張老照片，可是實在過癮，是電影《金剛》的劇照，大猩猩正在爬「帝國大廈」……他突然聽見外頭有陣聲音，知道馬大夫回來了。

他又抽了支菸才出他的房間。劉媽已經在大客廳預備了一壺茶。過了會兒，馬大夫銜著煙斗進了屋。

「玩兒的好嗎？」

「很好，謝謝。」馬大夫坐了下來，等劉媽倒完了茶，「這兒沒事了……」喝了一口，等她出了屋，「日本人可真多，每天遊山都會碰上幾拔兒。」他又喝了口茶，「山上葉子全紅了，下了次雨，又掉了不少……他們租了個莊院，在櫻桃溝，還記得嗎？」

「記得……後山有塊幾丈高的大石頭。」

「還在那兒……」馬大夫點上了煙斗，「你這幾天都幹了些什麼？」

李天然講了講，幾句話就交代完了。馬大夫沒言語，默默地噴著煙。李天然又等了一會兒，「我該找個房子了。」

「我這兒還不夠舒服？」馬大夫笑了起來，「也好……可是不用這麼急，麗莎不是要過了年才回來？」

這找房子的事很快就傳到了劉媽耳朵。老劉也問說要不要他上茶館兒去打聽打聽，看看東四一帶有什麼合適的。馬大夫說不用了。等第二天下午李天然從報社回來，馬大夫剛送走一位老太太病人，就把天然叫進了西屋診室。

「我沒記錯，還是去年跟我提的，」馬大夫洗完了手，「胡老爺公館……就在東直門南小街附近……」

「什麼房子？」

「算是個四合院，不過是個小跨院……胡家宅院很大，是他們花園裏另外起的……你先過去看看……這位胡老爺子在我這兒看病，總有三年了吧……唉，都是些富貴人得的富貴病……」

「有錢還分租？」

「富貴人除了得富貴病以外，還老是招惹些富貴麻煩……三年前吧，這位胡老爺，五十剛過，已經有了兩房小的，突然在天橋看上了一個十八歲的大鼓妞兒。可是大太太說什麼也不許這個唱大鼓的進門兒。胡老爺只好在他們家花園，緊靠著外院，又蓋了一座小跨院，還另外開了個門……就這麼，還是給接回來了……」

馬大夫把桌子收拾好，「可是不到半年就跑了，到現在也不知道跟誰……老劉在茶館兒裏聽說，是個南邊來北京上大學的少爺……也有人說是天橋戲園子裏一個武生……反正就打那會兒開始，胡老爺就有了胃病，我也多了個病人。」

「這位胡老爺是幹什麼的？」

「什麼也不幹，早上遛鳥兒，晚上聽戲，要不就和姨太太們抽菸打牌……他老太爺給他留下大把錢。」

「他老太爺又是幹什麼的？」

「好像也不幹什麼……可是人家可有個好弟弟……是個太監。」

馬大夫在診室門口喊了老劉進來，叫他陪著去看胡老爺的房子，說去過電話了，又說路不算近，開他車過去。

李天然開著老福特出了九條東口。南小街沒電車也挺擠。老劉一邊在旁指路，一邊說胡老爺給唱大鼓的蓋的小院子，已經給封了好幾年，現在要租出去，大概是家產坐吃山空，給折騰得差不多了。

他們剛過陸軍醫院，老劉就說拐彎兒，進了王駙馬胡同，立刻瞧見前頭一座大宅院門前站著一位中年人。李天然才靠牆停了車，這個人就上來招呼。老劉在車裏小聲兒說，這是胡老爺的管家，姓孫，外頭人都管叫他孫總管。

二人下了車。孫總管兩步搶上來一哈腰，「李少爺？我們老爺吩咐過了……請這邊兒走……」

他們沒進大宅門。孫總管半側身領著又往前走了十幾二十來步，到了一個小點兒的紅門。門虛掩著，他一推就開了。

一穿過大門洞就進了前院，南邊一排倒座。院子正當中一個大魚缸，有半個人高。北面臺階兩旁各一個大花盆，可是空的，沒花兒沒樹，東西北房的門窗大開著，白粉牆紅柱子，迴廊地上濕濕的，像是剛灑過水，就這麼一進院子。老劉說他在這兒等。孫總管陪著進各屋去看。

房子看得出來才給清理過，至少把封了幾年的氣味全給洗刷乾淨了。東房西房裏頭還有幾件紅木桌椅。北房比較完整，中式西式家具都有。正房後頭的臥室非常寬敞，中間一座大銅床，還有帳子，新的。再裏邊是間蠻大的西式洗手間。

「這北屋後頭是哪兒？」

「後邊兒是花園兒。」

「從這邊兒過得去嗎？」

「呃……本來正房西邊兒牆上有道門兒通，現在給釘上了。」

「那這個跨院兒四周都是什麼？」

「後邊兒，北邊兒是花園兒，再過去是西頌年胡同兒，也是後門兒。您剛才進來的大門兒在王駙馬胡同兒上。跨院東邊兒是個小胡同兒，扁擔胡同兒。我們這座宅院兒三面兒臨街。」

「出去看看。」

他們出了大門。李天然叫他們在門口等，自己一個人繞著外牆走。花園裏的樹不少，也挺高。扁擔胡同的確很窄，跟煙袋胡同差不多。緊靠著這小胡同的東房有三面窗，都比人高。拐角有根電線杆，不知道晚上有多亮，能照多遠。

李天然很喜歡。倒不是房子有多好，而是位置好，尤其後邊接個大花園，必要的時候，他有好幾個地方進出。

他一直走到西頌年。看上去跟王駙馬差不多。這個時候，胡同裏沒什麼人。一眼看過去，左右兩邊也不像有什麼大雜院。他原路回去，跟孫總管打聽了一下。大門有外國鎖。暖氣電燈自來水都現成。要檢查一下，好幾年沒開了。

他回去路上問老劉，這樣一個也算是獨門獨院兒的房子，每月得多少錢。老劉不敢說，猜也不敢猜。回家問，馬大夫也搞不清楚，只是叫他別急，讓他去問問看。

當天晚上，馬大夫告訴他，「每月三十五。」李天然也不管行情對不對，叫馬大夫立刻掛電話，說他要了。

這一下子李天然可忙了起來。第二天下了班又自個兒敲門去看了一次。回到乾麵胡同，找來了老劉和劉媽，交代他們辦點兒貨，什麼枕頭棉被褥子，茶壺茶杯茶碗，筷子盤子碟子，還有廚房要用的……反正是，住家過日子需要些什麼，都叫他們給準備，再給想想別的。

他自己也跑了幾趟王府井和西單，買了些毛巾胰子什麼的。他又向馬大夫借了一百元。

馬大夫在旁邊瞧著好玩，「天然，你這幾天像是小孩兒等著過年。」

禮拜三那天，馬大夫抽空陪著他去胡公館簽了一年的租約。胡老爺竟然一身長袍馬褂。李天然發現他才五十幾就已經老成這個德性，一臉沒勁兒，眼睛都睜不開，大概是還沒抽足了煙。

馬大夫說去看看他新家。兩個人進了小跨院。李天然發現大花盆兒裏給栽上了樹，認不出是什麼，倒是有半個多人高。大魚缸裏有了水，還沒魚。廚房感覺上很齊全，油鹽醬醋都有瓶有罐兒，竈邊兒一大筐煤球兒。馬大夫說一個人住，最好再弄個小電爐，生火太麻煩。

到了西屋，飯桌上很顯眼地擺著三個大大小小的盒子，包裝的很漂亮，還有彩色絲帶。李天然就知道是馬大夫送的。

「這是你北平第一個家……嘿！是你自個兒的第一個家。我要是不送點兒什麼，麗莎，馬姬，會怪我一輩子……我知道你用得上，只希望你喜歡。」

三個大盒小盒裝的是個美國咖啡壺，全套英國藍白瓷的糖杯奶杯咖啡杯碟。

李天然非常喜歡，非常高興，非常感動……

第二天禮拜四，馬大夫一早去了協和，他也去報社晃了一圈。金主編和小蘇都在。這還是他來了之後第二次見到金士貽。他給了他們新地址，說找到房子了。金士貽沒提他頭篇稿子，也沒提昨天他給小蘇那兩篇，只是堅持為他喬遷請客。李天然說等他先安頓下來再說。

他下午不到半小時就把東西收拾好了，又給了老劉和劉媽每人十元。

他先打發老劉上胡同口去給叫輛車，又請劉媽給他找個合適的人，收拾屋子，買菜做飯，洗洗衣服什麼的。可是不住在家裏。

李天然就這麼住進自個兒的房子了。他隨身也沒什麼東西，只多了幾件大褂和夾袍。他每個房間走了走，開了燈，關了燈。回到正屋，想喝杯酒，可是什麼酒也沒有。想喝杯茶，可是沒火，是需要個電爐。他半躺在綠色絲絨沙發上抽著菸，想想還有什麼需要買的。應該有個冰箱，附近總該有送冰的。還有，劉媽給他找到人之前，家裏總要有點可以放幾天的吃的。還有，應該看看這一帶的情形。

他出了家門先往東走。一過扁擔胡同就成了蔣家胡同，再過兩條小街就到了城牆根。他又往北走。不遠就是朝陽學校，占地不小。過去是東直門大街，挺熱鬧，車不少，進城出城的都有。他路過一家五金行，買了個電爐，完後順著南小街下來。這才又發現王駙馬胡同對街就是十二條。

李天然很滿意。這一帶除了學校醫院之外全是住家。倒是有好幾個大雜院兒，可是打門口兒經過，並不覺得有多雜多亂。

這麼繞了一大圈兒，回家插上了新電爐，坐上了水，可是找了半天才找到茶葉。他沏了一壺，搬到院裏坐，天有點兒涼了，可是涼的挺舒服，尤其是披著夾袍。正在愁晚上吃什麼，門鈴突然響了。

是藍蘭，扶著一輛自行車。

「T.J. 我是頭一個嗎？」

「你是。」

李天然幫她把自行車抬進了大門，靠在門洞牆上。藍蘭一身學生裝，美國學校那種學生打扮。白色尖領棉毛衣，藍白格子褶裙，剛過膝蓋。白短襪，白皮鞋。一根銀色絲帶紮住了後面的黑髮。她一進大門就從自行車前筐子裏取出一個大紙盒，又把揹著的一捆紙捲交給了天然。二人進了北屋，他把東西放在沙發上。

「先帶我參觀。」藍蘭非常興奮，到處在看。他領著她走了一圈。

「院子裏還少幾盆花兒。這個客廳應該掛窗簾兒，睡房也該掛……還有，席夢思銅床還勉強，可是那個化妝臺太女人味兒了，得換……」

「我兩個鐘頭前才搬進來……還有，要不是我剛買回來一個電爐，你現在連茶都沒得喝。」

藍蘭還在左看右看這間北房，過了一會兒才好像想了起來，「快打開看，是我爸送你的，」伸手從沙發上拿起了那捆紙捲遞給了他，「先拆這個。」

他一看就知道是字畫。打了開來，果然是。陳半丁的春夏秋冬四副花卉。

「謝謝藍老伯……可是沒掛鈎兒。」

「我帶著哪！送禮送到家！」她從還揹著的小皮包裏掏出來四個銅鈎，「待會兒我幫你，再看下一包兒。」

不很輕，大概是杯子。打了開來，果然是。一套八個玻璃杯，四高四矮，沒有花紋，底厚杯沉。

「這一套算是我和哥哥送你的……先掛畫兒，完了出去吃飯，it's on me！」

李天然找了個凳子。藍蘭遞一捲，他掛一捲，就掛在北牆。她站在那兒指點，一會兒秋不正，一會春再左邊點兒，搞了半天，她才滿意。他下了凳子，退了幾步看，也很滿意。

天剛黑，南小街上還有不少人，大大小小的店舖都還沒上門，可是都上了燈。二人慢慢走著。藍蘭說不遠，就在北小街上，一過東直門大街就到。說是家俄國餐廳。她同學凱莎玲家裏開的，叫「凱莎玲」。

餐廳是座紅磚小洋樓，就在俄國教堂胡同口。客人不少，也很吵。領班認得藍蘭，帶他們上樓。二樓地方不大，只有三張桌子，兩張有人。他們入坐。領班點上了蠟，說凱莎玲的父親正在廚房忙，她跟母親姊姊弟弟出去了。又說今天的蝦好。

蝦炸的非常好。剛吃完，凱莎玲的父親，還戴著廚師白帽，繫著白圍裙，出來看藍蘭，又叫侍者上咖啡的時候送一盤奶油栗子粉。藍蘭一副主人派頭，替天然點了一杯白蘭地。自己繼續喝著剩下小半杯白酒。

她說她們畢業班明年全要離開了。十幾個外國學生全回國上大學，剩下幾個中國學生也都要去美國念書，連凱莎玲這種白俄都要去美國。

她的聲音表情都有點傷感，兩眼空空，「人生難道就是這樣？相聚一場，歡歡樂樂，然後曲終人散？」

李天然無話可說，抿著白蘭地，注視著一閃一閃的燭光，「是，人生就是這麼一回事。」

他們原路走回家。俄國教堂的鐘聲響了十下。街上空無一人，只有幾盞路燈不聲不響地亮著。兩個人就這麼並排走著。藍蘭幾次想要說話，可是又沒說，最後問他要不要再去北京飯店坐坐。李天然看看她，沒回答，只是開了大門，把自行車提了出來，又陪她走回九條。

8 圓明園廢墟

劉媽非常勤快，第三天就領了個人來見他，竟然是和關大娘一個院兒的徐太太。

李天然一開始覺得不太合適。說生不生，說熟不熟。又想了想，這麼也好，至少可靠，而且雖然五十出頭了，身子還很健，又是一雙大腳。這麼就說好了。每天大早來家幹活兒，逢十休息，每月五元。

禮拜一上班，他又查了下月份牌兒，農曆九月初一是十月十五，還有三天。他坐在辦公桌，盤算著還有什麼事該辦。蘇小姐過來給他端了杯茶，又遞過來前天出的《燕京畫報》，「您可真沉得住氣兒……」，然後就不言語了，笑咪咪地站在那兒。

他這才發現他的東西登出來了，三版左下角。照片滿清楚，文字草草看過去也沒什麼改動，只是「試航」下面多了個「木子」筆名。他朝者小蘇微笑點頭。

「就沒別的話了？」

「都是人家的玩意兒……」他聳聳肩，「我只是抄抄……」

「那也得懂點兒英文才行！」

「說的也是……只不過沒什麼好吹的。」

「誰叫你吹?!」小蘇一賭氣，轉身回她桌上看報去了。

李天然立刻發現他的話有點兒衝。人家一番好意過來說話，就給他這麼一句給頂了回去。他想了想，拿起了鋼筆在稿紙上寫了「無心得罪，有心賠罪」八個大字，起身走了過去，把那張紙放在埋頭看報的小蘇面前，「該剮該殺，明天再說，我得先走……」就出了西廂房。

他在路上再又警告自己往後要注意。言者無心，聽者有意。否則，還沒打聽出來人家的下落，自己早已亮在明處。

他先回家。邁進了大門，心裏突然產生一陣陣溫暖舒服的感覺，馬大夫不提，他也沒想到，這個小四合院還真是他第一個自己的家。再又看到徐太太已經在廚房生了火，更使他感到回家了。

徐太太炸了鍋醬，一聽說餓了，趕緊給切麵。他叫徐太太一塊兒吃，她說什麼也不肯上桌兒，說老奶奶和關大娘在家等著她回去。李天然聽了，叫她等會兒一塊兒走。

從王駙馬胡同到她們小雜院說遠不遠，說近不近，兩個人慢慢晃蕩，走了幾乎半個小時。他叫徐太太這幾天把家給弄齊全，看缺什麼短什麼，就全給補上。他能想到的，就是買個小冰箱，再去給找個送冰的。

一進她們大門，連老奶奶都興奮地拖著小腳，下院子來迎接。關大娘也替徐太太高興。每月休息好幾天，又不是從天沒亮做到半夜，就伺候一個人，就能拿五塊錢，實在比在別人家幹老媽子強多了。可是李天然總覺得關巧紅隱隱地有點不大自在。他意識到她的心裡，本來簡簡單單地做裁縫，現在一下子變成了他老媽子一個雜院兒裏頭住的。

他不想多留，取了手絹和帽子，試也沒試就離開了。只是提了句，錢要是夠，再給做件棉袍和絲棉袍。

他決定不去多想。晚上馬大夫過來看他，帶了兩瓶威士忌，說正屋東西兩壁，還該掛點什麼，又說他家裏有好幾幅病人送的水彩，叫他有空去挑幾張。馬大夫興致很好，兩杯酒之後，拉他上「東來順」吃涮鍋。

回家已經九點多了。他洗洗弄弄，去各屋查看了一遍，關上了燈和門，回到睡房，躺在床上養神。

十一點左右，他起身戴上了剛打好的黑帽子，將帽沿拉到眉毛，又將黑手絹斜著疊成一個三角，再按照他西部片裏看來的那些搶匪劫盜的做法，從鼻梁那兒蒙住了下半截臉，又在後頭把手絹打了個結。他看了下鏡子，藏青棉短褂，藏青工人褲，黑襪子，黑膠鞋，黑手套，全身漆黑深藍，只露著兩只黑眼珠。

他關上了睡房的燈，帶上了門，在院裏仰頭稍微觀望，就從北屋躥上了房。

他伏在瓦上一動不動，只用眼睛四處掃瞄。夜空又黑又靜，無星無月，可是帶點風。偶爾飄過來一陣微弱的吆喝聲。

他從扁擔胡同下房，一個人影也沒有。那盞路燈也不亮。他摸黑走了十來步，矮身一躍，上了胡家花園那一人多高的磚牆。

這還是李天然第一次在京城深更半夜翻牆上房。他很小心，也不想走遠，只是出來探探，再試試他這身夜行衣靠。關大娘倒是眼尖心細。

他在胡家宅院上頭繞了一圈。花園裏黑黑的，什麼也看不見，只聽見樹枝在響。院子裏各屋的人都睡了，門窗關的緊緊的，只有一間下房還亮著，在院子上空冒出一小片暗暗的光。他在西屋上頭看見一輛空洋車，慢慢地在王駙馬胡同往西走。李天然屏住氣，趴在瓦上，看了看左腕上的手錶，淺綠螢光時針和分針幾乎重疊在十二。

他一下子全身發熱。

也許不那麼緊要，可是他躺回床上還有點嘀咕。好在我有個夜光錶，我先擊掌就是了。這才安心入睡。

之後兩天他照常上班。下了班就去逛街，買點家裏用的東西。

可是他從來沒布置過家，只是聽馬大夫和藍蘭都說牆上該掛點兒什麼，就去了趟琉璃廠。結果在一家什麼齋的舖子裏看到一副對聯兒。掌櫃的說是溥伒寫的海淀：

雲外樓臺樓外塔
水中樹影樹中山

裱的挺好，價錢也還可以，十八元。

接著又上了馬大夫家挑了兩副水彩，都鑲好了框，一副畫的是北海白塔，一副是駱駝隊進西直門。是個外國人畫的。

擺設什麼的，可就麻煩了。他不懂古玩，買了幾樣必需的茶具，菸具，文具之後，就只在護國寺地攤兒上買了幾件半新不舊，也用得著的小玩意兒。香爐，蠟燭臺什麼的。還買了兩個種水仙的花盆兒。他又在王府井大街一家拍賣行看上了一座歐式穿衣鏡。可是那個夥計一個子兒也不肯少，說六百就六百。只好不買。就只抱了個電風扇回家。

小跨院慢慢給他收拾的有點人味兒了。

禮拜三下班臨走的時候，他跟小蘇說他明天有事，可能後天也不來。蘇小姐只是像沒事兒似的點了點頭。

十五號那天下午，李天然去燈市口那家自行車店租了車，揹著帆布包上了大街。

他剛騎上去，還在人行道上，一聲喇叭響讓他抬起了頭。幾步路前頭，一輛黑汽車差點兒撞上一輛洋車。司機伸出頭來大罵。可是拉車的也偏頭回了一句，「吹鬍子瞪眼兒的幹嘛？有能耐打東洋去！」然後雙手把著車弓子，沒事兒似地，慢慢拉著那輛空車走了。

李天然看看沒出什麼事，就沒再注意，只是聽到汽車一上檔加油，順便瞄了一眼。是藍田和一位打扮時髦的女人。只是短短一瞥，又只是上半身的上半截。他突然覺得好像哪兒見過她。可是立刻又覺得可笑。才回來沒幾天，就只見過這麼幾個人。或許是時髦人士的打扮都差不多，看起來眼熟。他沒再去想，原路騎去了海淀，還是住進了「平安客棧」，還是那間西屋。

他進了客棧就沒再出去。晚飯也是打發夥計叫了碗麵在屋裏吃的。九點，他開始準備，跟大前天晚上夜行的裝扮一樣。只是因為天冷，又更陰了一點，上身多了件黑皮夾克。他又從帆布包裏取出前兩天買的一支手電筒，試了試，插進了褲口袋。十點，他吹熄了油燈，閃身出了屋門，輕輕帶上，在黑暗之中觀察片刻。

有幾間屋子還透著亮，也還聽得見前頭櫃臺那邊傳過來的人聲。可是他沒再猶豫，吸了口氣，躥上了房。

海淀正街上還有好幾家舖子沒關門，燈光挺亮，不時還有部汽車呼地一聲飛過他的面前。他在街這邊等了等，過了馬路，順著朝北的那條大道走去。燕京大學校園的燈光老遠就看得見。路上偶爾還碰到一雙雙，一對對的學生。他不去理會，正常穩步地走他的路。

天很黑，也有點濕，像是要下雨。過了燕京沒一會兒就瞧見了清華校舍遠遠的亮光。他這才開始注意看路。

他很快找到了那個三叉口，上了折向西北那條。又走了一會兒，拐進了小土路。再沒多久，他摸黑繞過一堆殘石，進入了野地。

四周很暗，雲很低很厚，只是天邊一角偶爾透出一小片慘白，使他勉強分辨出三步之內的亂石，葦草和窪地。他不敢用他帶來的電棒，只好慢慢一步步邁。鞋早就濕了。無所謂，只要不踩進泥沼就好。

他幾乎撞到那根石柱，用手摸了摸，盤算了一下方向，找到了上回坐的那塊石頭。可是他沒停，又朝前走了二十幾步，在另一個不到半個人高的石座那兒打住。他看了看錶，淺綠時針說是十一點零五。石頭座很潮，他就蹲在旁邊，四周張望了一下，什麼也看不見，風聲有點淒涼。他耐心沉住氣地等，也不敢抽菸。

他知道這麼黑，沒有必要，可是還是掏出那條黑手絹，蒙上了下半截臉，又把帽沿拉到眉毛。就算五步之內認不清，可是萬一來的不是師叔……是朱潛龍反而簡單了，就此了斷……可是要是萬一是別人，誤打誤撞地來了個全不相干的別人……那還是不能就這麼露相露臉……

他一身黑地蹲在黑夜之中，覺得整個這檔子事，這個揹了六年的血債，最後怎麼個了法，就跟這片漆黑荒野一樣渺茫。五年前來過那麼多回，一無收獲。那今夜呢？他盡力不去多想，就知道越是去想，那前景就越像這黑夜一樣，伸手不見五指。

再看錶已經差十分十二點。他感到心在跳，再一次用盡目力四周查看。

唉……六年了……還會有人赴這個約嗎？師叔和大師兄說不定早都死了……再看錶，還差三分。

他眼不眨地注視著那淺綠螢光分針慢慢移到了十二。

他深深吸了口氣，「拍」地一聲輕輕一擊掌。然後從一數起……八、九、十。

沒有任何反應。沒有任何掌聲。

他的心快跳出來了。

再又數到十，這回稍微多用了點力，「拍」！……八、九、十——

「拍！拍！」

兩聲輕脆的擊掌。他偏偏頭，好像從他右上方過來。

李天然的心快炸了。他盡力沉住氣，眼睛向掌聲方向搜過去，心中慢慢數到十，回擊了一掌，站了起來，往前一躍，壓低了嗓子，「哪位？」

「什麼人？」

聲音有點沙。

李天然不再遲疑，「師叔？」

對方稍微停頓片刻，「再不回話，我可要動手了。」

李天然覺得暗中人影一閃。他本能地倒錯半步。一道白光照亮了他上半身，逼得他眼睛睜不開。

「師叔？是我，大寒。」

他打開電棒，上下左右一掃，伸手拉下蒙臉。

他的電棒也找到了對象。

是個矮小的老頭。

模樣兒有點熟，他還不敢認，往前跨了一步。

下巴一撇短鬍，清瘦的臉，兩眼有神。這才把記憶中的師叔和面前的老頭對上，「師叔？德玖師叔？」

小老頭也用電棒上下照了照天然，「大寒？」

李天然關了手電筒，往前邁了三步，叫了聲「師叔！」，跪了下去。

老頭兒也關了手電筒，攙起了李天然，把他摟在懷裏。兩個人在黑暗之中緊緊抱著，誰也沒說話。許久，許久，老頭兒放開了手，往後退了一步，單膝下跪，雙手抱拳，低著頭，「掌門，太行派二代弟子德玖拜。」

李天然一陣恐慌，扶起了師叔，在暗夜裏盯了面前黑影片刻，「您來了多久？」

「半個鐘頭吧。」

「好在是一家人……」李天然感到慚愧，「就一點兒什麼也沒聽見……您在哪兒？」

「後邊破石頭門上頭。」

李天然抬頭看了看，什麼也看不見，「那您知道我在哪兒蹲嗎？」

德玖沒接下去，拉著天然走到石階旁邊，伸手摸了摸，有點濕，可是還是坐了下去，「我沒瞧見你，也不知道你在哪兒躲著，也不知道誰會來……咱先別去管這些了，要緊的是，咱爺兒倆這回碰頭了……我問你，」他拉天然坐下，「這回是你頭次來？」

「不是……出了事以後，我來過總有十次……您哪？」

「我？這回是連著五個月五次。」

「您是說您以前來過？」李天然心頭一震，「真就沒碰上？」

「是啊……來過……三年多前，那回也來了有半年多。」

李天然心頭又是一震，幾乎說不出話來。真是陰錯陽差。他緊緊握著師叔的手。雲好像薄了點兒，斜斜天邊呈現出大片淡白，勾出了廢墟一些模模糊糊的輪廓。面前的師叔身影，也可稍微辨認出少許。他有太多的話，又不知從哪兒說起，「您是什麼時候聽說的？」

「十九年九月出的事？」

「是。」

「那是出了事之後……我看……一年多快兩年我才聽說……我那會兒正在甘肅。一聽說就趕了過來。話傳的很不清楚……反正那回我赴了七次約，誰也沒碰見……」

李天然心中算了算，十九、二十、二十一，民國二十一年，一九三二，那他已經在美國了。

「……這邊兒也沒人知道內情，只聽說從火堆裏撿到了四條燒焦的屍首，兩男兩女，也不知道是誰活了下來……這回是過了年……可是也不知道會碰見誰……你哪？……」

「這回還是頭一次……我上個月才回的北平。」

「好，這都先別去管了。這次能碰上可真……唉！」德玖頓了頓，「要不是你師父當年有這個安排，我還真不知道該怎麼辦……該上哪兒去找誰。」

李天然也嘆了口氣，「說的是……要是沒這個安排，我也真不知道該怎麼，該上哪兒去找您……可是……」他突然有點緊張，「可是，大師兄也知道這個初一約會……不知道他來過沒有……」

「不知道，我上回來了七次，這回五次，都沒碰見他。」

「我上回……，我看，四年多前吧，一共來過九次，也沒遇上他。」

「好！」德玖一拍大腿，「至少他還沒咱們爺兒倆的消息，也不知道咱們今兒晚上碰上頭了……很好，這些待會兒再聊……你在哪兒落腳？」

「海淀，平安客棧。」

「好……我這回住在西邊一個廟裏，不太方便。咱們上你那兒去說話……這兒別待太久。」

「這就走吧。」李天然先站了起來，扶起了師叔。

9 夜店

兩個人沒再言語，一前一後在野地奔走，從小土路上了小公路。

二人腳步慢了，就像任何夜歸村民一樣，有一句沒一句地並肩經過了還亮著燈的燕大校園，一直走到海淀正街。

李天然左右看了看。大街上的舖子全關了，就只剩下幾盞靜靜發亮的路燈。

他用手示意，二人過了正街，順著路邊走了一段，拐進了那條小橫街。再用手示意，前頭路東大門上給盞煤油燈照著的『平安客棧』木牌，躥上了房。德玖也緊跟著上了房。內院黑黑的。他們趴在瓦上等了會兒。沒聲音，沒動靜，只聽見遠遠幾聲狗叫。

李天然這才下了房，輕輕推開西屋的門。德玖隨著飄身而下，也進了客房。李天然在暗中一按師叔肩頭，示意先別走動。

他摸到床前，拿了條棉被，虛搭在窗沿上，把窗戶遮住。這才點亮了桌上的油燈。

他拉過來兩把椅子，請師叔把有點濕的棉襖給寬了，鞋給脫了，再從掛在椅背上的帆布包中取出一瓶威士忌。

「外國酒行嗎？」他開了瓶，倒了半茶杯。

「行。」德玖仰頭喝了一口。

兩個人面對面坐著，中間那盞閃閃的油燈，一小團黃黃暗暗的火光，只照亮了桌面和二人的臉。李天然玩弄著手中的酒杯，面帶苦笑，望著對面師叔那張蒼老的臉，「該從哪兒說起？」

「待會兒……讓我先好好兒看看你……」德玖舉起了油燈，又把頭往前湊了湊，「怎麼變成了這個樣兒？路上我還真不敢認……」

李天然喝了口酒，深深吐了口氣，「我先說吧……」他掏出菸捲兒。德玖搖搖頭。他自己就著油燈點上了，「那年您走了之後，沒三個月就出事……」聲音有點抖，他把才抽了兩口的菸丟在地上踩熄。

「別急……慢慢兒說……」

「六月，六月六號……您該記得，您也在場……師父傳給了我掌門之劍，交給了我『太行山莊』，晚上安排了師妹丹青和我的婚事……您還給了我們倆一人一副金鐲子……」

「第三天您就回五臺了。我們一家五口兒也就像往常一樣過日子……練武，種菜，跟平常沒什麼兩樣兒。九月底，已經八月初九了，我們那天剛吃完了晚飯，正圍著桌子商量過節，誰去買月餅……師父上座，師母和二師兄一左一右，丹青跟我下座……天才黑沒多久，二師兄正在說他就喜歡吃翻毛兒棗泥的……」

「第一槍打中了師父，就在我對桌，子彈穿進他的額頭，眼睛上邊，一槍就死了，緊接著十來槍，從我後邊窗戶那兒打了過來，我們沒人來得及起身，師母倒了，丹心倒了，丹青也倒了，我也倒了，兩個人進了屋，我身上，後背，頭上，中了三槍，可是大師兄我一眼就認了出來，另一個不認得，矮矮胖胖的，一張圓臉，嘴裏咕噥了幾句，我也聽不懂，後來才知道是日本話……」

「他們兩個在屋裏點了火就走了，一下子燒的很大，上頭的大樑已經垮了下來，我不記得我趴在桌上有多久，反正衣服頭髮都著了，我滾下了地，打了幾滾，弄滅了身上的火……」

德玖給天然倒了半杯酒。李天然沒理會，兩眼盯著桌上一閃一閃的油燈。

「我勉強還能動，全屋子都在燒，我去看了下師父他們，全都死了，師母，二師兄，丹青……我沒時間拖他們出去，我自個兒也是連滾帶爬才出的屋……」

他端起了茶杯灌了一大口酒，又就著油燈點了支菸，德玖始終沒出聲，只是從腰帶解下來一根旱煙袋鍋，又從一個小皮袋裏掏出一撮菸絲填上，也就著油燈噴了幾口，「所以的確是你大師兄朱潛龍幹的！沒錯？」

李天然半天半天才慢慢點頭，「沒錯，是他……和那個小日本兒。」

德玖輕輕吐著旱煙。

「我不記得我在前院倒了有多久，反正再抬頭看，莊上的房都在燒，正屋已經塌了，後院的火苗冒得老高，我當時沒別的念頭，只是不能就這麼就死……」

「您記得咱們莊子離大道有一里多路，附近也沒別的人家，那一里多路，我是連走帶爬，也不知道花了多少時候，反正一到公路，我就昏了過去……」

他喝了口酒，踩滅了手中的菸，又點了一支。

「我醒過來是在床上，一間白屋子，什麼都是白的……這已經兩天以後了……救我命的是馬大夫……」他臉上顯出了少許慘笑，「唉，師叔，您怎麼想也想不到，我這條小命叫一位美國大夫給救了……馬大夫，馬凱大夫……」

「那會兒他是『西山孤兒院』的醫生，正打城裏回來，是他在車子裏看見路邊躺了個人……回北平太遠，附近別說沒醫院，沒別的大夫，連個房子都沒有，他只好把我帶到孤兒院，不是外科也只好自個兒動手，取出我身上那些子彈，又把傷口給縫上，只是我流血太多，是死是活，他當時也不敢說……」

李天然撩起了上衣，給師叔看他前胸後背上的疤，「身體總算不礙事，只是右邊頭上給燒的厲害，肉是合上了，燒的疤可去不掉……」

「怎麼看不出來？」德玖又端起油燈往前湊，來回來去看，伸手摸了摸。天然沒直接回話，「我在孤兒院……您知道那兒有個孤兒院吧？」

「聽說過。」

「就在咱們『太行山莊』西南邊兒，往下走，離永定河不遠。」

「哦。」

「我在孤兒院一住半年……還不止……民國十九年九月出事，過了年九月瀋陽事變，又過了年夏天才去的美國。」

「什嘛?!」德玖突然插嘴。

「唉……」李天然嘆了口氣，「您別急，反正我跟著馬大夫一家去了美國。」

「美國？」

「美國……越洋渡海去了美國……您總聽說過美國吧？」

「別跟你師叔神氣……」德玖喝了口酒，又點了袋菸，「開國之父華盛頓，林肯解放黑奴，現任總統羅斯福，還有個武打明星飛來伯……」他噴了幾口煙，「你這小子真當我們老西兒都是土包子啊！」

李天然笑了，似乎掃掉一些苦痛。可是他發現很不容易說清楚馬大夫為什麼把他帶了去，還有，為什麼他也就跟了去，而且一去將近五年。

他頭幾個月躺在病床上就一直在想，怎麼向救他的馬大夫一家人解釋這一切。剛能開口說話的時候，光是求馬大夫不去報警就已經費了些功夫。他最後決定只有全說清楚，全抖出來。好在馬大夫是個外國人，就算不幫忙，也不至於把消息傳到大師兄耳朵裏。

他花了幾天幾夜的時間才解釋清楚他是誰，他師父是誰，中國江湖是怎麼回事，「太行派」又是什麼。又花了幾天幾夜來說服馬大夫和麗莎，這種暗殺和仇殺，在中國武林是常有的事，而且當事人絕不會求助官方。自己的圈子，自己人料理。江湖有江湖的正義和規矩，王法不王法，民國不民國，都無關緊要。

馬凱醫生在路邊抱起來奄奄一息的李大寒的時候，這家人已經在中國住了快二十年了。中國的事多多少少知道了一些。他們雖然從來沒碰見過像李大寒這種身上有功夫的武人，可是這類人物和故事，無論從小說，戲裏，還是電影，連環圖畫，也都接觸了不少，大略知道什麼虬髯客，紅線女，林沖，黃天霸，南俠北俠，十三妹之類的傳奇，以及鏢局鏢客的傳聞，甚至於因為剛好趕上時候，還從北京大小報上看到「燕子李三」這位民初京城俠盜的故事。可是他們也花了很久的時間，很大的努力，才接受李大寒也是這一類的人物。還是李大寒身子復元了之後，給他們稍微露了幾手，才使他們真正信服。可是又過了好一陣才逐漸體會到，這種血仇的確不是官家可以管得了的。

然而馬大夫他們究竟是美國人，又是教會派到中國來行醫的。所以據他後來自己的坦白，他們午夜夢迴，還是掙扎了很久。最後，明明知道李大寒的解釋和要求，完全違反了他們的宗教信仰，道德標準，法律責任，甚至於他們的人生觀世界觀，可是面對著李大寒，從不到一歲就成為孤兒，到這次再度死裏逃生，而這個生命又是馬大夫給他的，他們還是接受了。

李大寒休養了好幾個月才算是復元。身體是不礙事了。暗地裏試了幾次拳腳，也都沒有影響，只是右額頭上的燒疤非常顯著。院裏的孤兒們還無所謂，儘管突然出現一個帶傷帶疤的大個子，小孩子們也私下編了不少故事。不過李大寒非常小心。幾個月下來，小孩兒們也都習慣了。倒是在附近走動是個問題，會引起這一帶村子裏的人的猜疑。他因此盡量不出大門，只是在孤兒院裏出個勞力，幫著幹點活兒。他知道整個事情的真相沒有大白之前，這個「西山孤兒院」是個相當理想的藏身所在。大師兄如果知道或懷疑他沒死，再怎麼找，再怎麼打聽，也不會想到這個地方，更不會想到躲在外國人家裏。

但是過了年之後，他雖然不知道師叔在哪兒，可是知道只要師叔得到消息，而且知道或猜到或假設，師門之中有人逃過這場災難，那師叔必定會按照師父當年的安排，每逢陰曆初一，前往西洋樓廢墟赴約。

當然，大師兄一旦發現只有四具屍體的時候，也會前來赴約。可是，他倒真希望朱潛龍來，就地了結。在他隨馬大夫一家去美國之前，他曾前後赴約九次，而九次都是失望而歸。

「那是民國二十年吧？……唉……我去了甘肅……」

李天然給二人添了點兒酒，自己喝了一口，「師叔，您可以想像我當時的心情，悲痛，絕望……我盡往壞處想……您也許死了，大師兄遠走高飛……而我可揹了一身一輩子也討不回來的血債……」

「你最後一次去，是哪年哪月？」

「我想想……我們是民國二十一年六月初天津上的船，那應該是那年陰曆五月初一，對了……陽曆是六月四號，是個禮拜六……」

「那我還在甘肅……那會兒，我連師門遭劫的事都還沒聽說。」

李天然出國前最後一次赴約之後，也曾想到師叔人在江湖，師門血案和火燒山莊，很可能還沒傳到他耳裏。他也只能這麼去想。要不然更絕望了。

後來聽馬大夫說北京好幾家報紙都有這個消息，但也只說是宛平縣一個莊子起了火，死了一家姓顧的。如此而已。也沒人再提，更沒人理會。

那最後一次失望而回的第二天，李天然特意去了趟「太行山莊」，發現莊子早已經給宛平縣政府貼上了封條。土牆還在，裏面沒有任何房舍的痕跡，只是堆堆殘瓦，處處廢礫，朵朵野花，遍地雜草，一片荒涼。

「這位馬大夫……你什麼都跟他說了？」

「差不多，只是沒提咱們這個初一密約。」

「他怎麼想？」

「怎麼想？」

「怎麼打算……我是說，他救了你一命，也知道你是怎麼回事，也替你瞞著，也知道你這個仇是非報不可……」

李天然從活了過來到現在，也一直都在想這些問題。他在夜深人靜的時候，也自問自答。

馬大夫是趁女兒馬姬回美國上大學這個機會帶了他一塊兒走的。一開始說的非常有道理。美國有好大夫。尤其是洛杉磯有個好萊塢，永遠有一大堆電影明星要修整儀容，所以那兒有一大堆世界一流的整形外科，絕對可以把他右額頭上的燒疤給去掉。

不過，李天然當時心裏也感覺到，這一年多下來，馬大夫他們是像兒子一樣對待他。傷養好了，一家三口還教他英文。他意識到馬大夫是想利用這個機會，讓他離開中國一陣，躲一躲，遠離是非之地，能重新開始就重新開始。馬大夫很誠懇地跟他說：

「大寒，我既沒有資格要求你寬恕你的敵人，也沒有能力說服你，要你接受，只有上帝可以作出裁決，更不要說懲罰。你還沒到二十歲，你還有一輩子要過……你想想，就算你報了這個仇，那之後呢？就算法律沒找到你，也是一樣，那之後呢？這個年代，你一身武藝又上哪兒去施展？現在連你們的鏢行都沒有了，你還能幹什麼？天橋賣技？去給遺老做護院？給新貴做打手？……跟我們去美國走一走吧，出去看看世界……我告訴你，這個世界很大，大過你們武林，大過你們中國……去看看，這不也是你們老說的跑江湖嗎？」

絕望，走投無路，是在這種心情和處境之下，李天然才跟著馬大夫一家人去了美國。

「師叔……我現在不叫『大寒』了，叫『天然』。」

出國手續全是馬大夫給辦的，李大寒非但沒有身份，而且還是「太行山莊」血案中的關鍵人物，哪怕是在逃受害人。馬大夫利用他們孤兒院裏死了半年，年紀和大寒相近的一個叫「李天然」的水災孤兒的證件，再通過他南京政府裏的朋友的幫忙，弄到了一本護照。簽證反而簡單，就是在史都華‧馬凱醫生的贊助下赴美留學。「太平洋大學」是他們教會辦的，就在洛杉磯北邊，靠山臨海，而且和馬姬同學。

「師叔，這麼些年，我也只是在家跟著師父師母讀書寫字，在縣裏上了幾年中學，也沒念完，又在孤兒院裏跟馬大夫和麗莎和他們的女兒，學了幾句英文，可是哪兒能這麼去念美國的大學？我四年多上到大三已經不容易了……我跟您說，每一行都有個江湖，都不容易混，更別說混出頭。學英文也好，學什麼數學物理化學也好，就跟咱們練武一樣，沒十幾二十年，見不出功夫來……」

「沒錯，只是如今，練武的……唉，別提這些了……那你怎麼又不念完就跑回來了？」

「大概是我命不好……」他把洛杉磯的事說了一遍。連久闖江湖的太行刀德玖，聽了都搖頭嘆息。

「大寒……呦！該習慣著叫你天然了……天然，這是你命好……命不好的話，你早沒命了……」德玖站起來去洗臉盆那兒洗了把臉，又回來坐下，「天然，我問你，潛龍如此喪盡天良，你怎麼看？」

李天然呆住了，半天答不上來。德玖輕輕點頭，又輕輕嘆了口氣，「唉……怪不得你師父把太行派交給你……好，你我心裏都有數，反正我跟你說，你師父沒看錯人，丹青她也沒看錯人……」他查了下懷錶。「天快亮了，下一步你怎麼打算？」

李天然喝完了杯中的酒，「您先搬到我那兒。」

「那人家問起來，我算是你什麼人？」

「就算是我遠房九叔……」他等了等，看師叔沒說不行，「王駙馬胡同十二號，東直門南小街路東……可別敲大門兒，我在隔壁，是人家的小跨院兒，是個小紅門兒。」

「好，就這麼辦，我現在先回廟……」說著站了起來，「我看後天晚上吧？」

德玖披上了短襖，套上了鞋，正要下跪就給天然攔住了。

「掌門，後天見。」一邊說邊伸出右手，朝桌上油燈一揮，「噗」的一聲，屋子黑了下來。

他輕輕拉開房門，向外稍微張望，再一閃身，出了屋子。

10 無覓處

還不到八點，李天然給院子裏說話聲吵醒了。洗完弄完，他披了件睡袍，點了支菸，出了正屋。

院裏沒人。他進了西屋。師叔在那兒喝茶看報。

「這麼大早兒？」

「這還早？」

「徐太太來了？」

「來了，還買了燒餅果子，小焦油炸鬼，熬上了粥。」

李天然坐下來倒了杯茶。徐太太進屋問，「煎個蛋？」他看了看師叔，說好。再等她出去了才問，「有什麼消息？」

德玖放下了報，摘了老花鏡，「小日本兒又在演習……」

「我是說這兩天您在外邊兒聽見什麼。」

德玖半天沒言語，悶聲喝茶，「這事急不得。」

李天然知道師叔跟他一樣急，只是不露而已。他也知道，雖然小時候跟著師父在外頭跑過幾趟，而且現在又是他在掌太行派之門，可是還是算是初入江湖，還有點兒嫩不說，北平他也不熟。爺兒倆不用說也都知道，這師門血債不光是掌門人的事，可是天然也明白師叔這句「這事急不得，急也沒用。」又是實話，又是門中長輩對年輕掌門的規勸。

他們初一在廢墟碰了頭，又在夜店深談之後第三天，德玖住進了小跨院。這麼安靜整齊的宅院，每天有人來伺候，德玖就說，「我這輩子也沒享過這種福。」可是說是這麼說，該辦的事還是得辦。德玖每隔一陣，就向掌門交代他幹了些什麼。

他搬進來第二天就一連好幾天，每天一大早就去外面泡茶館，有時候還先泡個澡堂子。德玖笑著說，「可真是裏外一塊兒涮。」

幾天下來，不論上帶樓帶院的大茶館，還是只有幾把破椅子板凳的小茶館；不論是一壺茶一袋煙獨占一個雅座，還是跟幾個人合用一個散座，他可見了不少人。李天然聽了，更覺得自己沒什麼閱歷。

有剛趕完早市的，有寫字算命的，有提籠掛鳥兒的，買房賣地的，有車行裏的，櫃臺上的，一大堆成天沒事兒幹的，一個比一個能說能聊，一個賽一個的嘴皮子。德玖說他連口都不必開，就聽了亂七八糟一大堆瑣事。誰做買賣賠了本兒啦，誰要租個四合房啦，誰又打了誰啦，誰要分家啦，誰家小子要娶誰家丫頭啦，誰賣了鐲子買煙土啦，誰要辦個紅白喜事兒啦，誰家夜裏給人偷啦……

這樣在東城，西城，跑了十幾天也沒聽見什麼要緊的。這還不算，德玖說他走了幾趟天橋，還把他走得心情萬分沉重。

德玖回憶他上回來的時候，奉軍才入關，北京還叫北京，用的還是銀元。可是就連那回，天橋幾家他有過來往的鏢局子都已經關門了。連有了三百多年歷史的「會友鏢局」都在民國十年關了張。幾位有點交情的鏢師鏢頭，也早就沒鏢可走了。不是給大戶人家護院，就是給大商號看門。有的在天橋，隆福寺，白塔寺，護國寺的廟會下場子賣藝，有的棄武經商，開了茶館飯莊，有的去跑單幫，闖關東，有的甚至於淪落到給巡警跑腿。

可是他說這回去天橋，可把他嚇了一跳，剛在正陽門大街和珠市口拐角下了電車，就讓黑乎乎人羣和灰土給吞了進去。

一鼻子臭味兒不說，沿街到處都是地攤兒，修皮鞋的，黏扇子的，鋸碗兒的，剃頭刮臉的。磨剪子磨刀的，賣估衣的，打竹簾子的，捏泥人兒的，吹糖人兒的，編柳條筐的，焊洋鐵壺的……「也沒人管，愛擺哪兒就擺哪兒！」

德玖感嘆萬分，什麼「新世界」，「城南遊藝園」，「水心亭」，這些他從前逛過的場所全不見了。戲園子，說書館，落子館倒是跟從前差不多，只是一個個都更顯得破破舊舊，「我在棚子口上瞄了瞄，裏頭黑呼呼的，那些大姑娘一身破破爛爛，紮根兒綢帶子就上臺……說是穿破不穿錯……可也太寒磣了……」

「我倒是挑著看了幾場耍把式的，有個崩鐵鏈的氣功不賴，還有個『彈弓張』打的也挺準。可是大部分都只說不練，全在那兒賣什麼『大力丸』……場子上倒是掛著『以武會友』的布旗，也只是個招牌……沒人下去比劃。」

逛天橋的人也變了，可是他也說不上來這種變是好是壞。有西裝革履的少爺，有奶媽跟著的小姐，有穿著校服的學生，還看見兩個童子軍……

「全變了……連票號銀號都在賣什麼『航空獎券』。能叫我想起從前那會兒天橋的，是在地攤兒上喝的那碗牛骨髓油茶，跟『一條龍』吃的那籠豬肉白菜餡兒包子。」

十幾天下來，德玖說他一個熟人也沒見著。跟幾個練武的打聽沒幾年前還有點名氣的一位鏢師，也都只回說，好像有這麼個人。哪兒去了？不知道。

「這事急不得……」過了會兒，德玖又補了一句，「急也沒用。」

「我明白，」李天然輕輕嘆了口氣。

自從他這次剛回北平就在西四牌樓那兒瞄到那張日本圓臉之後，他和馬大夫談過幾次。一次比一次失望。他們也只能推測，這個圓臉多半是個日本浪人。只有這種人才會跟一個武林敗類混在一塊兒。而且只有朱潛龍這種為非作歹，給趕出師門的武林敗類，在嫉和妒燃燒成恨，又自知無法憑真功夫來發洩，才會勾結一個異族敗類，以洋槍子彈來暗殺自己師父一家。

那張日本圓臉，那張六年前近死之剎那最後瞄見的日本圓臉，是如此之熟悉，又如此之陌生。西四牌樓一閃而過之後，李天然每次上街，只要經過像是一家日本洋行，就會進去繞繞，探兩眼。可是，一個多月下來，那張日本圓臉，就像天上一團雲朵一樣，早就不知道給風吹到哪兒去了。

李天然在師叔一搬進來就約了馬大夫過來吃飯，讓他們兩個見面。那天晚上，三個人喝著白乾兒，各抽各的菸，聊到半夜。德玖有點激動，正式感謝馬大夫拯救了他們太行派第三代掌門……

「還有什麼？」李天然添了些茶。

「沒什麼了……」德玖喝了口，「哦，倒是聽說西城那邊兒這幾年不很安靜……有批人，不像是什麼地痞流氓，是玩兒大的，搞煙土走私……天橋那邊兒的白麵兒房子，全靠他們。」

「哦？」

「咳……要不是咱們眼前有事未了，倒是可以去會會這批小子。」

李天然心裏無限感觸，這麼大年紀了，聽到有人為非作歹，他老人家那股行俠仗義的作風就自然地流露出來。

門口一聲咳嗽，徐太太探了半個身子問晚上想吃什麼。李天然看看師叔。德玖笑了，「剛喝過粥，吃了燒餅果子，兩個雞子兒……我說就吃麵條兒吧。」

徐太太走了，他接了下去，「天然，你這個日子可太好過了，菜有人買，飯有人做，衣服有人洗，屋子有人掃……」

「您饒了我吧，」天然也笑了，「日子好歹總得過……我該去上班兒了，」說著站了起來，「哦，先跟我去個地方。」

德玖等天然換了身服，一塊兒出的門。

還不到十點，天很好，路上挺熱鬧。他們遛達著朝南走。剛過了內務部街，德玖仰頭看了看一道牆後頭幾棵大樹，「天可真涼了，棗樹葉子全都沒了，那邊兒那棵核桃樹的葉子，也快落乾淨了……」

「是啊，咱們這就是去給您做件絲棉袍兒。」

二人一前一後拐進了窄窄的煙袋胡同，再右拐到了那扇半掩著的木頭門。

「關大娘！」

「李先生？」關大娘的聲音從院裏過來，「自個兒進來吧！」

李天然推開了門。德玖後頭跟著邁了進去。

「先請屋裏坐，我這就好……」關巧紅正蹲在她西屋門口檐下，就著一個大臉盆洗頭。老奶奶在旁邊提了把水壺給她沖。她一偏頭，看見了德玖，「呦，還有客人！」就急忙擰乾了長長烏黑的頭髮，用條毛巾給包住，站了起來。

她上身只穿了件白坎肩兒。雙手按著頭，露著兩條白白的膀子，和夾肢窩下那撮烏黑的腋毛。胸脯鼓鼓的。微濕的坎肩兒貼著肉，「真對不住，太不像樣兒了……，」說著就跑進了屋。

李天然他們等到裏頭說了聲「請進來吧。」才進去。屋裏有股淡淡的桂花香。

關巧紅已經穿上了一件白短褂。李天然給介紹說是他「九叔」。麻煩她也給做件絲棉袍兒。

「我看今天有好太陽，又沒風，才洗頭，就叫您給碰上了……」關巧紅越說越不好意思，說的李天然也有點不太自在。他只好打了個岔，「小心著涼。」

德玖打過招呼之後就沒再言語。

「全好了，本來還說請徐太太給您捎去，」她的聲音平靜了點兒，「過來試試……」

李天然脫了皮夾克，套上了新棉袍，一下子全身暖和了起來，也就沒再脫。等關大娘給德玖量了量身子，李天然跟她借了個包袱皮兒，把另一件棉袍和絲棉袍兒和穿來的夾克給包上，再又塞給她二十塊錢，就和師叔離開了。

「她的活兒不錯。」

「人也不錯。」

天然沒接下去。

可是德玖又說了，「人好就好。」

天然還是沒接下去。等二人上了朝陽門南小街，他才問，「您打算上哪兒去？」

「想去通州走走。」

「通州？」

「去看看，說不準兒住上幾天。」

李天然掏出來三十塊錢，遞給師叔，「您先拿著。」

「用不了這些。」德玖只取了張五元的。

「總得吃得住吧。」

「吃沒幾個錢……住？五臺山來的，還怕哪個廟不給個地兒睡？」

李天然目送著師叔消失在大街人羣裏頭，揹著大包袱去了藍府。

他老遠就瞧見大門口前榆樹下頭停了部黑汽車。大概是藍青峯回北平了。車子漆黑明亮，是部Packard。長貴正在那兒清洗，看見了李天然，彎腰笑著問候了一聲。

他進了西廂房辦公室，瞧見金主編在那頭向他招手。正埋頭寫什麼的小蘇，抬頭招呼，「這是打哪兒來？嘿！新棉袍兒！」

李天然微笑點頭，過去先把包袱放在他椅子上。

「好些朋友都在跟我打聽『木子』是誰。」金士貽一身灰西裝，紅藍領帶。靠著椅背，滿臉笑容，「怎麼樣？高興吧？」

「非常高興。」李天然站在老金桌前微微一笑。

「你那些照片兒都好極了……」金主編彈了一下菸灰，「有這麼精彩的圖片兒，文章不妨再短點兒。」

「成，再短點兒就是了……」他等了幾秒鐘，發現金士貽沒別的話了，就回他桌上，又把包袱移到地上，坐了下來。小蘇過來給了他杯茶和一個信封，「這個月的薪水……對了，剛才問你也不理人。你是打哪兒來？還是上哪兒去？揹了這麼大個包袱？」

「打裁縫那兒來，待會兒家裏去。」剛說完就有點後悔。上次一句話沒回好，惹得她生氣，還賠了不是。可是他再看，臉蛋胖胖的小蘇還帶著笑容，就補了一句，「做了幾件棉袍兒。」

「挺像樣兒的。」

李天然看她微笑著回她桌，放了點兒心，喝了口茶，把薪水袋擱在一邊，掏了支菸點上，隨便翻著面前一疊畫報。上星期交了五篇，暫時不用愁。

短點兒更好辦……「圍棋聖手吳清源返國」……師叔像是聽到了什麼，要不幹嘛去通州？……「（本市）某七爺妻在滬提起離婚，條件索回妝奩費三萬元」……他老人家這一個多月下來究竟探聽出來些什麼？……「本市開演偉大影片《仲夏夜之夢》之兩幕」……就算瞄到了日本圓臉，又表示什麼？……「（本市）羨慕世運代表一球員之某女士，見報我國代表遠征柏林結果，全軍覆沒，竟怒而改嫁某文學家，謂棄武就文」……至少表示這小子沒死，而且還在北平……「梅蘭芳由津返平」……北平究竟有多少日本人？……「天寒了，近來，天氣漸冷，已到深秋時候，夜間非毛氈不暖，晨起風冷如剪，偶爾不慎，感冒至易，是以居家出門，應備虎標萬金油，八封丹等良藥，以防不虞」……巧紅是比丹青豐滿一點兒，那烏黑長長的頭髮……「余漢謀代表蔣委員長為朱執信先生銅像行奠基禮」……那濕濕貼肉的白坎肩兒……「魯迅所遺之家屬：弟健人，子海嬰，夫人許廣平」……那鼓鼓的胸脯……「雙十節宋哲元委員長在北平南苑舉行閱兵禮」……那黑黑的腋毛……「冀察當局和日本簽署『中日華北航空協定』」……那——

什麼?!他立刻翻回上一頁，又再細看這句說明上面那張照片。

前排站著五個人，後排站著六個人。是後排左二那張日本圓臉吸住了他。

他足足看了三分鐘。只見上半身。西裝。可是那張圓臉！

是他嗎？是他！絕對是他！

難道真是踏破鐵鞋無覓處，得來全不費功夫?!

他在這張相片上下左右找了找，除了「冀察當局和日本簽署『中日華北航空協定』」這個說明之外，下邊還有一行字：「前排左二，宋哲元委員長。左三，日本駐天津總領事堀內干城」，和一小段報導：「中日雙方於十月十七日在北平簽署『中日華北航空協定』，並於二十三日合組惠通公司，負責華北航運，資金五百四十萬元，中日各半。」

李天然又看了一遍。沒有，報導沒有提到任何其他名字。他翻到頭版，是上禮拜十月三十一號星期六那期。

他弄熄了菸，不由自主地看了金主編一眼，真想馬上衝過去問他這張照片是誰拍的，上面都是誰，尤其後排左二那個日本圓臉是誰，叫什麼名字，怎麼會在這種正式場合出現……

他全身發熱，深深吸了幾口氣，連著喝了幾口茶，又點了支菸，心跳平靜了下來。

好，先不找金主編打聽。這小子有點兒輕浮，有點兒貧嘴。反正現在確知日本圓臉在北平就好辦了。才不過兩個多禮拜前的事，總能打聽出來。

電話鈴聲使他一震。他看見小蘇接了，嗯了幾聲就朝他一喊，「李先生，電話。」

李天然拿起電話，「喂，哪位？」

「我是藍董事長的蕭祕書，董事長說明天不上班兒，沒事兒的話，想約您見個面兒。」

「明天？成，幾點？」

「早上十點。」

「在哪兒？」

「麻煩您來九條。」

「好，我十點來。」

李天然掛上了電話，弄熄了菸，靠回椅背，有點納悶兒。能有什麼要緊事？還是董事長主動來約？

他把《燕京畫報》那一頁撕了下來，疊上，跟薪水袋，香菸洋火，一塊兒揣進了棉袍。

11 長城試槍

星期天一早滿涼的，太陽出來好一會兒才暖和了一點兒。今兒徐太太不過來。本來說是逢十，沒三天就改成星期天休息。

李天然自己隨便弄了點兒東西吃，穿了條卡其褲，長袖藍棉運動衣和黑皮夾克，下邊一雙白色網球鞋。出門之前帶上了那一頁的《燕京畫報》。

他不知道藍青峯有什麼事找他。也許就是說說話。可是又為什麼這麼早？

藍青峯正在大門口那部 Packard 前頭跟長貴說話。李天然眼睛一亮。藍老竟然如此瀟灑的打扮。一條灰色法蘭絨西褲，黑皮鞋，開領藍襯衫，黑棉襖，大銀鈕，脖子上繞著長長一條白絲圍巾，手中握著一根烏木拐杖，腰板兒筆直地站在那兒。

「咱們走，你開。」藍青峯等他一到了跟前就上了車。李天然坐進駕駛位，掏出來墨鏡戴上，發動了車，上了檔，慢慢朝著東四大街開，「怎麼走？」

「出城，走西直門。」藍青峯也戴上了太陽眼鏡。

大街上車子很多，人也很多。有好些老頭老太太坐在背風牆邊曬太陽。李天然不快不慢地繞過鼓樓，什剎海，順著軌道，躲著電車，拐上了新街口。

城門給塞住了。他擠在汽車，洋車，板車，自行車中間等。聽街邊看熱鬧的人說，前頭有部日本卡車撞了個推車的。等吧！李天然點了支菸。才抽兩口，前邊兒車開始動了。

他們出了城，都沒說話，不到二十分鐘就過了海淀。藍青峯這才指著一條叉路說，「往西北望開。」

這兒已經非常鄉下了。大道兩旁一排排柳樹，過去就是田野。也不知道種的都是些什麼，反正早都給收了割了。剩下的是一片一片黃土。路上沒什麼人，偶爾繞過一輛騾車。農地上也沒人，只是遠遠的右前方，從地面上揚起了好大一片沙土，遮住了半邊天。微微陣陣「隆，隆」的聲音隨著風傳了過來。藍青峯叫他停下來。

「你知道那是怎麼回事嗎？」他在車內用手杖頭一指遙遠前方上空像烏雲似的一片塵土。

李天然搖搖頭，點了支菸。

「日本華北駐屯軍大演習。」

「哦？」李天然注視了一會兒，「離城這麼近？」

「已經搞了一個多禮拜了……步兵，騎兵，坦克……還是實彈……在向二十九軍示威。」

「哦？」

「南苑那邊也在演習，石景山那邊也有……都是以攻打北平為目標……」藍青峯舒了口氣，「走吧。」

就這麼一條土路，可是李天然過了西北望之後還是問了一句，「咱們去哪兒？」

「南口。」

「那怎麼不走清河，沙河？」

「這麼走是來看看他們演習。」

李天然沒再問了。他們又開了二十分鐘，到了那個破破舊舊的小鎮陽坊，也沒停，也沒慢下來，穿城而過。李天然覺得這位藍青峯不是一個簡簡單單的董事長。

南口不比陽坊大到哪兒去，只不過因為有條京張鐵路經過這兒到青龍橋，再奔張家口，所以大街上多了幾家飯莊客棧。藍青峯叫天然把車停在路口一家「天壽山飯店」門前。門口等著一個人，像是掌櫃的，跟藍青峯打了個招呼，再一揮手。李天然從反視鏡中看見後頭有個十來歲小子，牽著兩頭土色毛驢兒過來。

藍下了車，「後頭有個背包兒。」李天然搖上車窗，也下了，到後車箱取出一個皮背包。「咱們上驢吧……」藍青峯跨上了頭一匹。李天然揹上了包，剛騎上，藍青峯那頭已經篤篤地往前走了。

李天然小時候跟師父來過這兒，不過是從西直門站搭火車上青龍橋。他也走過南口，居庸關，八達嶺幾個關口，可是沒多少印象。今天，騎著顛顛的毛驢兒，他才看清楚前面是一層層高山峻嶺，有尖有禿，有陡有斜，樹不多，不時可以瞄見一段段，一截截半垮不垮的城牆，偶爾依著山脊露出來一兩座望樓。

天氣非常好，藍天很高，清涼乾淨，太陽照在身上挺舒服，陣陣微風，順的時候聽得見遠遠傳過來一聲聲微弱的火車笛嗚。

兩頭驢一前一後，沿著一條碎石子小道，慢慢往高處爬。下了一個小山谷，又順著一個禿坡騎了快半小時，藍青峯才把他的驢穩住，前後左右掃了一眼，「就這兒吧。」

李天然實在看不出這一帶有什麼特別。前面不遠的山頭上是一截沿著很陡的山坡脊梁升起來有一丈多高的城牆。倒垮得很厲害，高處轉角有個敵臺和一些垛口。再過去是一層比一層高的山峰，灰灰綠綠的，並不出色。回頭看也是一起一伏的山嶺，不見絲毫人煙。他們下驢的一片斜地上稀稀落落長了些雜草，幾棵一兩個人高的樹，幾叢灌木。石頭縫之間流動著一股淺之又淺的溪水，不時反射出閃閃日光。有幾隻鳥在飛在叫。

藍青峯把口繮拴在小溪旁一棵矮樹上。李天然跟著下驢照做。二人伸了伸手腳。太陽很大，微風帶點涼。碧藍天空難以覺察地浮著幾朵淡淡的白雲。兩頭毛驢低頭靜靜喝著溪水。

他們找了一塊還算平的草地坐下。藍要過來背包，取出兩大瓶「玉泉山啤酒」，一條用蠟紙包著的滷牛腱和四個饅頭，再掏出來一把萬能刀，先用它開了啤酒，又用它來切牛肉。

「揹了老半天，原來是這些玩意兒。」李天然仰頭灌了幾口啤酒。

「沒叫你白揹吧！」藍也喝了兩口，然後用酒瓶一揮，「這一帶你熟不熟？」

「不太熟。」

「我們打南口過來，正前方那座山偏東就是居庸關，再翻幾層山就是北口八達嶺。這三道城牆是守北京的內長城……」他又喝了兩口，「外長城的關口可多啦，光是這一帶，往西是張家口。東邊沒多遠是古北口，當年戚繼光在那兒練過兵……再往東還有喜峯口，冷口，一直到山海關。」

「您都去過？」

藍青峯點點頭，邊吃邊說，「差不多，還有我們山西那邊的娘子關，平型關，雁門關，就是那個『趙家天子楊家將』那個雁門關……都去過。再往西，甘肅也去過，可是玉門關，陽關，早就沒了，最多一兩個土堆，就只剩下了一個嘉峪關……」

這些地方李天然可全沒去過。十二歲那年跟師父跑過好幾個省，可是那幾次是跟著師父去料理些事情，不是遊山玩水。他突然覺得，等目前的事給了了之後，應該獨自一人，大江南北跑上幾年。

「這些年在美國，聽說過這兒的長城抗戰沒有？」

「聽到過一點兒，電影院裏也看過一些新聞記錄片，像喜峯口的大刀隊，還有什麼『唐沽協定』，美國報上也都登過。」

「最近一兩年的事兒呢？」

「馬大夫給我說了說，報上也看了些。」

兩個人靜了下來，慢慢地吃，望著亂峯，藍天，白雲。

「那你怎麼看？我是說華北今天這個局勢？」

李天然對著瓶子喝了幾口，今天是來探聽我嗎？何必跑這麼老遠來打聽？「我看不怎麼妙。」

「紅軍給趕到了陝北，聽說了吧？」

天然點了點頭。

「委員長的『安內攘外』，你也知道是怎麼回事吧？」

天然又點了點頭。

「那你怎麼看？」

李天然沉默了會兒，搖搖頭，「這種國家大事，我搞不懂……反正，管你什麼政策。成功就對，失敗就錯。」

藍青峯笑了，「原來你是一個實用主義者。」

「那我不知道……我是這麼看，誰贏誰講話。」

兩個人吃完了，四處走動了一會兒。藍青峯又開了兩瓶，「我沒見過你師父，可是聽馮玉祥提過幾次……顧大俠顧劍霜，武林尊稱太行劍的是吧？」

李天然點點頭。他知道馬大夫也說了。

「你們俠義道，還有綠林道，我年輕時候見過幾位……可是說來慚愧，我還從來沒見過會功夫的露兩手……」

原來費了這麼大勁兒來到這個山窪子，是要我露兩手……李天然看了看他坐的草地四周，看到左腳跟前兒土裏半埋著一個核桃般大的石子兒，就挖了出來，擦了擦，圓圓的，又掂了掂，重量還可以，再用眼睛一瞄草地上躺著的空啤酒瓶。藍青峯會意，拿起了空瓶，站了起來，向前方上空用力拋出去。李天然仍坐在草地上不動，兩眼注視著瓶子升空，把小石子兒換到了右手，身不搖，肩不動，只一振手腕——微微一聲「嗖」，小石子兒在十幾步外二十來尺空中追上剛要下降的酒瓶，「拍」一聲給打成碎片，散落下來。

「好！」藍青峯輕輕一喊。

他偏頭看了一下李天然，「練這麼一手功夫，得幾年？」

李天然陷入了陣陣回憶，「暗器好像是十歲那年開始練的……」

藍青峯彎身從皮背包裏取出一把鐵灰色手槍。李天然一愣，呆呆望著。藍查了下彈夾，開了保險，右手緊握著槍把，左手往回一拉，上了膛，也用眼睛一瞄另一個空瓶。李天然面無表情，撿了起來，坐在地上又一振腕，把瓶子丟到差不多高度。藍青峯舉起右臂，稍微一瞄，一扣扳機，「砰」——酒瓶給打的粉碎。山谷裏響了兩聲回音，驚飛起十好幾隻麻雀。

「好！」李天然也輕輕一喊。

那兩頭毛驢一驚，仰著頭叫了幾聲，跺了幾下腳，喘了幾口氣，又低頭吃草了。

「這是把 Colt.45，半自動……」藍青峯撫摸著槍膛，「是位美國上校送給我們馮先生的。我離開部隊的時候，他又送給了我……看不出這把手槍有二十多年歷史了吧？還參加過歐戰……」他用左手反握著槍，伸出給天然，「要不要試試？」

李天然又一呆，仰頭盯著面前那把手槍，猶豫了幾秒鐘才慢慢起身，接了過來，握在手中，又注視了好幾秒鐘。

他四處張望，往前走了幾步，盯著看二十幾步外那段陡陡斜斜，大半倒垮的城牆，用左手一指，「從下邊兒數，第三個垛口兒左邊兒夾著一塊發白的石頭……」

藍青峯摘下了墨鏡，找了一會兒，才看見那塊拳頭大的白石頭，臉上浮起一絲懷疑的笑容——

「砰！」

又有十來隻麻雀驚飛亂叫。藍青峯在谷中回音還在那兒飄盪的時候，往前搶了幾步，仔細查看城牆頭倒數第三個垛口。白石頭沒了。他戴上了墨鏡，把白圍巾撩到肩後，轉身到了天然面前，接過了手槍，扣上了保險，聲音有點激動，「天然，天然……你真是天生的！」

李天然沒有說話，坐回草地，仰頭灌了幾口啤酒。藍也坐了下來，「你什麼時候……你哪兒學的？」

「美國……馬大夫女兒有個同學，山上有個小別墅。我們在那兒度過假……就打過三回……不難……」

「老天！你已經一身功夫了，現在槍又打的這麼準……老天……」

「唉……」李天然深深嘆了口氣，「我師父一家四口全毀在這個玩意兒上……太行南北，山左山右，誰不知道太行劍顧劍霜？誰不敬畏太行派掌門？結果？四十年的武藝，一個子彈就完了！」

風微微在吹。藍青峯坐在那兒動也不動。

「這還不說，靠功夫吃飯的人，給這個玩意兒給搞得……如今連飯都沒得吃了……」李天然呆呆地遙望著天空，目送著又一羣野雁南飛。太陽開始偏西。

「我知道，時代變了……」藍靜靜地說，「我都不敢相信今天還有你們這種人……」他又在摸手中的槍，「唉……你大概是最後一批了……」他取出了彈夾，一併放進背包，「該往回走了。」

李天然心中有股說不出來的悶。

他們喝完了剩下的啤酒，清理了下草地上的東西，到樹後解了個手，上了毛驢。

在一步一顛的毛驢上，他逼自己一層一層剝掉離他太遠的事。他沒時間去擔憂日軍大演習，也沒心情來感嘆時代變了。他有眼前的急事未了。他知道今天是個機會，那張畫報就在他夾克裏。不用馬大夫再提，他也看得出來藍青峯認識人多。而且，他也不得不承認，他也沒什麼別人可以託……二人無語地下了驢，上了車。

「聽說你碰見你師叔了。」

「是……半個月前……」果然，馬大夫和藍經常來往。他決定只要藍青峯不提，他也不提是怎麼碰頭的。

「跟你住？」

「是。」

「早知道的話，今兒約他一塊兒來。」

「他上通州去了。」

藍青峯「哦」了一聲。公路上一個人也沒有，很好開，只是路不怎麼平，沒法開快。西下的太陽從汽車後窗，穿過揚起來的黃土，直照進來。

李天然瞧見前頭有棵大柳樹，慢了下來，停在路邊樹下，熄了火，搖下了窗。

藍青峯看了他一眼。天然也沒言語，從夾克口袋裏掏出那張畫報，遞給了藍，「後排左邊兒第二個，那個圓臉日本人，您認得嗎？」

藍摘下了墨鏡，看了一會兒，搖了搖頭。

「他是其中之一，是他和……我大師兄下的手。」

藍青峯仔細看了遍，輕輕「哼」了一聲，「既然能出席簽署『航空協定』……也許是駐屯軍的，也許是領事館的，也許是財團的，日方出資的是『滿州航空株式會社』……也可能是關東軍……你確定是他？這麼些年？就憑這麼一張黑乎乎的照片？」

「就是他。」

「應該不難查，至少叫什麼，幹什麼……」藍還了畫報，「我給你問問。」

「那順便打聽一下朱潛龍……」

二人靜靜坐在車裏，遙望著遠遠幾縷炊煙。半天，半天，藍青峯才慢慢開口，「你想過沒有……就算你找到了你的仇家，那個日本小子和那個姓朱的……也把他們給幹掉了……你知道這會鬧出多大的案子嗎？今天今日……你以為就這麼簡單就可以殺人了事？」

李天然感覺出藍青峯這些問話的走向。他知道很難跟外人說清楚，可是還是說了，「藍老伯，」他平靜地回答，「這是我們江湖上的事……」

「哦……」

「只能照我們江湖規矩來辦。」

藍青峯點點頭，「我明白，報仇是你們的江湖規矩，可是在我們社會，這是法律的事……」他頓了頓，「聽過施劍翹這個人嗎？」

李天然隱隱有點印象，可是不記得是誰，只好搖頭。

「上個月剛給特赦……來了北平。」

「哦，對了，報上提過。」

「天大的案子……」

「哦？」

「去年十一月……你還沒回來……就在天津一所佛堂，施劍翹三槍打死了那個叱咤風雲，不可一世，幹過五省聯軍總司令的孫傳芳。」

「哦？」

「她父親也是軍人，叫孫傳芳給宰了，民國十四年吧……施劍翹那會兒才二十歲……反正，做女兒的從此就一心一意為父報仇……等了十年，給她報成了。」

李天然一下子明白了……真要說的是他。

「她不是你們江湖上的人。她有家有子有女……官司打了一年多，上過天津地方法院，河北高等法院……總而言之，社會輿論同情她，可憐這位孝女……結果，本來應該死刑，至少無期徒刑，最後，今年初，給判了七年有期……可是，就上個月，施劍翹又給國民政府特赦……」

李天然點了支菸，噴出長長一縷，靜靜等著聽。

「我提這些是想說明兩件事……第一，不管她多有道理，也不管社會有多同情，還是得經過法院審判。第二，她給特赦跟這一切都無關……她給特赦是因為她的家世。」

「家裏幹什麼？」

「她父親叫施從濱，做過濟南鎮守使，還幹過軍長……不過特赦不是因為她這位爸爸……她有位更了不起的叔叔。」

「誰？」

藍青峯沉默了片刻，「你去過中山公園？」

「剛去過。」

「沒看見『公理戰勝』石牌坊那邊有兩尊銅像？」

「哦……金主編跟我提了，還沒去。」

「其中之一就是施劍翹的叔父，叫施從雲，前清新軍第二十鎮營長，駐守海淀灤州……我的老長官馮玉祥是他的營附，為了響應武昌十月革命，一塊兒搞了個『灤州起義』，建立了一個『北方革命軍政府』……施從雲做總司令，馮玉祥當他的總參謀長，可是給袁世凱壓下去了，幾個頭頭，只有馮玉祥劫後餘生……」

李天然還是覺得要說到他頭上，只是感到藍青峯這個彎兒，繞得太遠了。

「主要靠馮玉祥在南京替她遊說，請政府照顧烈士遺族……何況孫傳芳又不是什麼英雄偉人，只不過是一個應運而生的北洋軍閥……就這樣，槍殺孫傳芳的施劍翹就給特赦了。」

李天然有點明白了。

「這說明了什麼？」

李天然沒有言語，把菸蒂彈了出去。

「其一，時代變了，多麼有理由殺人，也要接受法律制裁。其二，顧大俠顧劍霜，不論他在你們江湖上多有名氣，多了不起，本領多大，武功多高，幹了多少痛快事，他……他究竟不是搞起義革命殉國的烈士……」

李天然完全明白了。

「所以，你想，就算你得了手，你怎麼下場？」

「下場？」李天然哈哈一笑，「他們得先逮住了我！」

「你以為北平警察都是廢物？」

「那倒不是……可是您再反過來看，朱潛龍他們殺了我師父一家四口，六年了，到現在不還是逍遙法外？」

藍青峯深深嘆了口氣，「說的也是。」

「而且朱潛龍也不是孫傳芳。」

「當然不是……」藍在思索……過了片刻，「施劍翹不是江湖上的人，可是你是……」

李天然發現藍青峯轉了話題，隱隱覺得他又抓到了什麼。

「你們江湖有你們的世界，這個我明白，可是……要是你們那個俠義江湖，你們那個武林世界，跟我們這個世間江湖，我們這個凡人世界……要是有一天這兩個世界碰到了一塊兒，你又怎麼辦？」

「還是照我們江湖規矩辦。」

藍青峯輕輕嘆了一口氣，將車窗搖上，「走吧，天黑了不好開。」

等車子上了土公路，藍才喃喃自語，「唉，一打起仗來，什麼規矩都沒了……」

12 一宇洋行

這幾天報上全是日本進兵綏遠和全國聲援傅作義抗戰的新聞。

李天然心中煩悶得不得了。藍青峯那邊沒有任何下文。師叔去通州快一個禮拜了，也沒消息。前天晚上去找馬大夫吃飯，也沒聊出什麼結果。馬大夫倒是提起，要是再一年兩年也沒苗頭，他又怎麼辦？就這麼無頭無緒地乾等？還是無頭無緒地亂找？李天然也答不上來。

倒是一個多月下來，他和藍家上下的人都搞得挺熟。藍田住校很少回家，可是藍蘭家裏住也很少準時回家。高中只剩下半年了，老爹已經託人在美國申請大學，所以她每天下午三點放學也不回來，不是去看電影，就是去同學家聽唱片，經常晚飯也不回家吃。他們也就不常碰頭，可是碰上了，總是一塊吃吃喝喝聊聊。李天然覺得家裏沒個大人，小孩兒就會這樣兒，沒什麼顧忌。

星期四早上，他照常去上班，沒什麼事也得去坐坐。今天相當冷，他進了西廂房，瞧見小蘇披了件棉袍在看報，儘管屋裏頭有暖氣。金主編正在說電話。他掛起了風衣，給自個兒倒了杯茶。

桌上有個牛皮紙信封：「李天然親啟」。

他心猛跳了兩下。

剛拿起來，那邊兒小蘇就說，「蕭祕書一早兒送過來的。」李天然點點頭，撕了開來，心還在跳。

先是一張便條：「照片乃冀察政務委員會提供。隨附資料，僅供吾弟參閱。朱某情況待查。」

李天然面色沒有變化，至少他覺得金主編和小蘇都沒在注意他，可是他的心快跳到喉嚨上了。

他翻到下頁，一張白信紙，鋼筆正楷：

> 羽田次郎，漢名金旭東。明治三十三年（光緒二十六年）生於廣島。幼年生活不詳。大正五年（民國五年），隻身抵達東北，經頭山滿介紹入黑龍會。曾任馬賊白鬍子軍事顧問，亦曾負責南滿鐵路警衛。傳聞參與皇姑屯事件。後轉移陣地到華北。民國十九年（一九三〇）在天津日租界成立『一宇公司』，由關東軍包庇進行特殊私運貿易。同年，在北平西單西二條胡同口開設『一宇洋行』，並在朝陽門內竹杆巷東口城牆根設有貨倉，營業以日本雜貨為名，煙土交易為實。羽田現以日本僑商身份對外。目前暫代平津日本商會祕書。住址不詳，但『大陸飯店』有其長期包房。

他又重覆看了一遍，盡量克制自己，可是雙手仍在微微顫抖。他喝了兩口茶來平靜自己。

他點了支菸，起來走到金士貽桌前，「沒什麼事兒的話，我想早點兒走。」

金主編點點頭，順手將菸灰碟往前推了推，靠回椅背，「密斯脫李，去過堂會嗎？」

李天然搖頭，彈了下菸灰。

「十月初七是卓家老太太七十九大壽……」他翻著桌上的日曆，「初七，初七……這月二十號。下禮拜五。我們收到兩份帖子，一份給董事長，一份給咱們畫報……呃……」他頓了頓，

「我和卓家有點兒關係，我一定去，也代表畫報……可是董事長說他無法抽身，請你代勞……」

李天然聽他以董事長的名義提出，就點頭說好。

「密斯脫李，這個機會難得……如今，就算在北平，也沒幾個人家有這個譜兒了……」

李天然心裏很急，把菸捲兒在菸灰碟裏弄熄了。

「你有事兒先走，堂會那天咱們一塊兒去。禮不用愁，公司和畫報會去料理。」

李天然點點頭表示聽到，也表示告辭。他回桌取了牛皮紙信封，拿了風衣。向房門走。金主編朝他背影說，「有好戲。梅老板兒去了上海，可是有張君秋，馬連良，李多奎兒，金少山……」

他在九條西口叫了部車去西單。天陰得很利害，風也颳起來了，有點兒要下雨的樣子。他心還在猛跳。這麼多年來，這還是第一次有了點兒具體的消息。他也不知道去那兒幹什麼，只是知道非得先去看看不可。

李天然在西單北大街「哈爾飛戲院」門前下的車，也沒問就順手給了拉車的一元鈔票。那小子直在那兒謝。

他拉起了大衣領子，慢慢朝北走。路上車子很擠很吵，人也都在趕。有些舖子在上窗，地攤兒也在收。空中飛著幾滴雨絲兒。

他一過了白廟胡同就瞧見斜對街的西二條，左右掃了一眼。「一宇洋行」就在胡同口南邊兒。

很窄小的店面。窗板已經給上上了，只留著一扇緊閉的店門。門框上頭是黑底白字的「一宇洋行」橫匾，左右各懸著兩條木牌，也是黑底白字，一邊是「日用雜貨」，一邊是「價廉物美」。在對街看，幾個字像是給塗改過。等他過了北大街才看清楚。「日用雜貨」的「用」字，教人用紅漆在上頭寫了個「本」字，變成了「日本雜貨」。另一個木牌也給人添了兩個「不」字，變成了「價不廉物不美」。天然心想，多半是最近那些宣傳抵制日貨的學生幹的。

他沒進去，繼續朝北走。這西單北大街他回來後至少走過三次，可是就是沒注意到有這麼一家日本洋行。他在一家鞋店門口停住，避著風點了支菸，偏頭望著那扇門。沒人出入。

對上了面就對上了面。認出來就認出來。他轉身往回走，在洋行門口丟掉菸捲兒，推門進去。

裏邊光線不很亮，只有屋頂上掛下來三盞燈。店房窄窄長長的，像是一般鋪子的一半。門裏邊一個小夥計見他一進門就趕緊上來要接大衣，給他伸手止住。櫃臺後頭站著一個中年店員，灰棉袍，胳膊肘兒架在玻璃臺面上，見有人進店，直起了身子，滿臉笑容地招呼，「喜歡什麼……言語一聲兒……」。李天然沒有回答，略略點頭，邊走邊看。

中間玻璃櫃臺下邊，兩邊牆上一層層架子上，什麼都有，還真不少。牙膏，牙粉，牙刷，香皂，毛巾，剃刀，香水，花露水，毛線，布料，針口……全都是東洋雜貨。

繞了兩圈，就店房盡頭有道緊關著的木頭門。李天然買了一小盒仁丹。

羽田已經是可以上報的富商，怎麼會在這兒看店？反正知道他這兒有這麼個窩就是了。他在店門口攔了部車，隨手把那盒仁丹丟進了陰溝，跟拉車的說去朝陽門。

剛過了「北京飯店」，風中雨點兒大了些。沿街好些鋪戶在趕著收幌子，路邊兒行人的腳步更快了。東長安街柏油馬路一片濕濕亮亮的。拉車的慢跑著，偏頭問說要不要下雨布大簾兒。李天然伸頭看了看天。南邊烏雲很黑很厚，北邊天還有點亮。再看沒多遠了，雨布又髒又黏，就說不用了，快點兒拉就成。拉車的說下雨地滑，快點兒拉要加錢。李天然在城門口下的車。要三毛，給了五毛。

他翻起了大衣領子，沿著城牆根一條沒名字的土道往南走。細雨還在飄，還沒走到竹杆巷，頭髮見濕，滿腳是泥。

可是他看見了那幢洋鐵皮頂的倉庫。

還算新。灰磚牆，灰色洋鐵皮庫頂，總有十來個房間那麼長，四五間寬，兩個多人高。它沒依著城牆建造，完全獨立。四周留著一條窄走道。再外頭就是一溜鐵杆子圍牆和一個鐵大門。只有進口的地方有一小片空地，盡頭是庫房大門，緊關著，上面釘著一塊牌子：「一宇倉庫」。李天然腳沒停，過了竹杆巷，又折回來。走了沒三步，突然看見倉庫大門開了。

出來的是一個披著棉大衣的漢子，手中提著一個空的紅花大臉盆兒。那小子三步兩步跑過土道，進了竹杆巷。李天然止步，找了個屋檐，像是在躲雨，一面掏出了根菸點上。

沒一會兒，那小子又捧著裝滿了什麼玩意兒的大臉盆兒奔了回去，關鐵門之前，掃了天然一眼，再轉身進了倉庫，上了庫門。

李天然慢慢也走進了竹杆巷，注意到胡同口裏第一個門口上蹲著一個小老頭兒，在爐子上烤白薯。他走了過去，「勞您駕，給個帶點兒焦的。」

「成……就好。」

老頭兒總有六十了。光著頭，可是一臉幾天沒剃的鬍子。一身破棉襖棉褲。一隻手揣在懷裏，另一隻手用把鐵叉子撥弄著爐筒子裏鐵絲架子上一個個白薯，「這兩個就好，一大堆兒烤熟了的，剛叫對過兒全給買了……」

一大臉盆兒的烤白薯，那裏頭至少也該有三五個人……「您每天這兒擺？」

「不結，下雨天兒才蹲這兒。」

李天然等的時候，抽著菸，瞄著對街，一點動靜也沒有。可是從這個角度看過去，北邊屋檐下頭透氣眼裏伸出來幾條電線，一直接到土道路邊那根電線杆上。庫房東邊上頭立著一個煙筒，可是沒在冒煙。

他丟了菸蒂，伸手接過來用小半張舊報紙襯著的烤白薯。帶焦，帶蜜汁兒。他咬了一口，很燙，可是烤的夠透夠甜夠鬆，「不賴，栗子味兒！」

「可不是嘛。」老頭兒笑了。

「有對面兒這麼個好主顧，一買一臉盆兒，還串什麼胡同兒？」

「人家不常來……幾天見不著人。」

李天然幾口就吃完了，給了一毛錢。老頭兒直謝，說用不了。李天然又掏出那包菸，遞給老頭兒。

「呦喝！洋菸！抽不慣。」

「他們貨車停哪兒？」

「貨車？哦……開進庫房。」

奇怪？「一宇洋行」這麼小一個店面，竟然有這麼一座倉庫，還用了少說也該有十個人……總該有十個吧？守庫房的，上下貨的，司機，看店的……

雨還是滴滴嗒嗒地，可是朝陽門大街上全濕了。他頭髮也早就濕了，一雙泥鞋在馬路上一踩一個泥腳印。他拐上了北小街。路上一下子沒什麼人了。他慢步走著，點了支菸，也不去理會雨……倒是個不錯的安排，「日本雜貨為名，煙土交易為實」，倉庫裏頭主要是什麼，可想而知了……可不是嘛，貨從關外來，要不然直接在大沽口上岸，由天津上火車運到北平。日本雜貨去了洋行，完全公開。煙土私下進了大煙館兒和白麵兒房子……

還沒走過兩條胡同，他慢了下來，看看錶，還早，不到兩點。也不餓，去給師叔取棉袍兒去吧。他轉身回頭走，又過了朝陽門大街，上了南小街。

「李先生！」

他剛過了前拐胡同，就聽見後頭這麼輕輕脆脆地一聲。

他心猛跳了兩下，轉身，果然是巧紅，一身藍色棉襖棉褲，一雙膠皮雨靴，撐著把油傘。

「真有閒工夫，冒著雨遛達。」她走近了幾步。

李天然伸手一接空中飄的幾絲雨點，「這叫什麼雨。」

關巧紅還是把傘撐了過來，「這不叫雨叫什麼？看您的頭髮，不都濕了？」

「我來。」他順手接過來傘。她沒拒絕。兩個人共頂著油傘往下走。

「正打算上你那兒……給九叔取棉袍兒……」

雨下起來了，風也颳起來了，不但斜打到他們下腿，落在地上的雨水還濺回來。傘不太好撐，也不怎麼管用……「上那兒躲躲吧。」他瞧見前邊有個小館子。

他們兩個快跑了幾步，衝進了店門。門口正有個夥計在蓋鍋。李天然收起了傘，抖了抖。關巧紅用她手上拿著的一塊包袱皮擦著臉。

店裏頭就兩張桌子，幾把凳子，一個客人也沒有，也沒亮燈，比外頭還暗。他們選了靠裏邊那張，離門口爐子遠點兒。

這個連招牌都沒掛的館子就只賣麵，一點兒滷菜，和東路西路燒酒。他看了巧紅一眼，見她沒有什麼反應，就叫了兩碗羊雜麵，一碟豆腐乾兒，和四兩通州燒酒。

小夥計先給他們端來一盞帶罩煤油燈，「您包涵點兒，一大早兒就停電，說是中午來，現在都兩點多了……」臨走死盯了關巧紅一眼。

巧紅說她剛去前拐胡同去給人家送衣服。她酒喝的很爽快，李天然也樂得這麼喝。不必敬，也不必勸。可是麵才吃了一半，兩個人幾乎同時注意到那個夥計和掌竈的師傅在店門口一直盯著他們兩個看，還不時咬著耳朵說話，還笑出聲兒。

關巧紅放下了筷子，深深吐了口氣。他也放下了筷子，從口袋摸出了幾毛錢，擺在桌上，「咱們走吧。」

雨還在下，小了點兒。他撐著傘，覺察出身旁巧紅還在用那塊花布抹眼睛。兩個人都沒說話，只是在霧般的雨中靜靜行走。

他們一直到西總布胡同才回頭。雨又小了點兒。路上多了些人。

二人無語地到了她的胡同口。李天然停了下來，她也住了腳。

「巧紅……」他頓了頓，發覺這還是第一次這麼叫她，「聽我說，你誰也不依，誰也不靠。你幹你的活兒，你過你的日子……誰的氣也不用去受。」

兩個人站在空空的行人道上。罩在他們頭上那把油傘，罩住了雨水，罩住了外面的一切，圈出來一個只有他們兩個人的小空間。關巧紅那雙已經帶點紅腫的眼睛，刷地一下子流下來幾串淚珠。

李天然看見她用的那塊包袱皮已經全濕了，就從口袋裏掏出他那條藍手絹，遞給了她。關巧紅接了過來，擦了擦臉，又擤了擤鼻子。

「再走會兒?」

關巧紅輕輕搖了搖頭，突然有點兒臉紅，「沒事兒……您回去吧……傘您帶著，我兩步路就到家……」

他還是把油傘交給了巧紅，偏頭看了看天，伸手接了接空中飄著的雨絲，又一張手，「這叫什麼雨?」

她臉上浮起了笑容，「這不叫雨叫什麼?」

他又抓了把雨絲，再一張手給她看，「這叫天上灑下來的雲。」

關巧紅笑了，「您真是外國住久了，」也伸手在空中抓了把雨絲，也張開了手，「這天上灑下來的雲，我們管它叫雨……」

然後又把傘塞回他手上，轉身跑進了煙袋胡同。

13 火燒倉庫

李天然望著巧紅一身藍的豐滿背影消失在小胡同裏，又撐著油傘站了會兒，才往家走。沒過幾個胡同，就覺得好在有把傘。

他進了院子，瞄見徐太太在廚房裏生火。他上了臺階，脫了濕濕的大衣，順手把油傘立在房門口，進了北屋。

洗完弄完，他換了身便衣，繞著迴廊走到廚房門口，跟徐太太說，天兒不好，早點兒回去。徐太太說還不到五點，火都生了，雨也沒停，就給他用雞子兒炒了一大盤兒饅頭，弄了碗肉片兒湯。

雨還在那兒滴滴嗒嗒，不大，也不停。天可黑了下來。李天然吃完回屋，取了他那把黑洋傘，給了徐太太。

他找出來馬大夫送他的威士忌，倒了小半杯，斜靠在沙發上，呆呆望著北牆那四副陳半丁的春夏秋冬，抿著酒……秋天回的北平，現在都立冬了，至少有了個名字，不再光是一張圓臉了，還有了兩處三處地址……牆邊暖氣吱吱地響了起來，漏出一絲蒸氣。

下午那碗麵可真吃的窩囊。他明白，像巧紅這麼一個年輕寡婦，這種身段，這種長相，什麼事兒不幹，就上個街，買個菜，就已經會招來一大堆眼睛和閒話，那再跟個大男人一塊兒……寡婦好欺，劉媽不就提過，南北小街上的人，不是管她們那個小雜院叫寡婦院兒嗎？他回想當時，真想好好兒教訓那兩個夥計一頓，可是又怎麼樣？這麼大一個北平，就這麼兩個混蛋？從小就聽大的「路見不平，拔刀相助」，不知道包不包括這種人間羞辱？這算是件小事吧？沒流血，沒死人，還是因為是巧紅？而且他當時在場？好在臨分手，她心情好了一點兒，給了他把傘，還逗了他一句……他突然想到，往後說話可真要小心，怎麼連「天上灑下來的雲」這麼肉麻的話都出了口……

他似乎覺得房頂上輕輕一聲瓦響。

他慢慢坐直，沉住氣，又聽了會兒。沒有動靜，只是雨聲和風聲。他添了點兒酒，正要舉杯，上頭又是微微「吧」的一聲。他聽清楚了，有人。

他起身進了睡房，沒開燈，摸黑找出那頂帽子，套上皮夾克，輕輕打開了後窗。外邊後花園一片漆黑，只聽得見滴滴地雨落枝葉之聲，他扶著窗沿，屏著氣，等了一兩秒鐘，翻身進了花園。

他沿著他家後牆摸到了圍牆，矮身一躍，上去了，再從牆頭上了他北房屋頂。牆角那棵棗樹雖然葉子全掉了，可是大大小小的樹枝還是遮住了房頂一角。他一動不動，伏在瓦上，在黑暗之中細細張望。只有雨水滴嗒，北風陣陣。他彎著上身在小跨院上巡繞了一圈。沒人。他下了房，進了東邊的扁擔胡同。路口上的街燈也不亮了，黑黑一片。

一聲微弱淒涼的「夜壺——」，不知道從哪兒飄了過來。

他上了王駙馬胡同，還是沒人。回到了大門口，點了支菸，吸了兩口，彈了出去，摸出鑰匙開門，進了前院。

正屋的燈還亮著，一切靜靜的。他上了臺階，一堆北屋的門，手一停。

師叔正在沙發上脫他布鞋，抬頭微微一笑，「不錯，師父沒白教你。」

李天然進了屋，深深舒了一口氣，過去一口乾掉他那小半杯威士忌，摘了帽子坐下，「您在試我？」

「倒也不是……沒你鑰匙，又這麼晚了……」德玖光著腳站了起來，「我去換身衣服，」順手撿起了地上的布鞋和沙發背上搭著的棉襖。

天然也進他房擦了把臉，換了身衣服，完後帶了那個牛皮紙信封回到客廳。師叔還沒出來，他又取了個酒杯擺在矮桌上，點了支菸。

「你這兒可真講究，還有暖氣……」德玖換了身灰白褲褂過來，「可得燒不少煤吧？」

「都是房東家裏大鍋爐燒的，有暖氣管通過來，算在房租裏頭……」他給師叔倒了點兒酒，「您這幾天都幹了些什麼？」

德玖一仰頭乾了，「沒幹好事，成天抽大煙。」

李天然沒言語，替二人添了酒。

「通州可真完了……有個殷汝耕成天在那兒為非作歹不說，街上到處都是大煙館兒，白麵兒房子……泡了這麼些天，沒聽到什麼要緊的……那個日本小子，連個名兒也沒有……也沒聽人提朱潛龍……可是我也沒問……」

李天然還是沒說話，再等等。

「倒是很快就找到了個廟安身，他們一聽我是五臺山來的，巴結我還來不及……」德玖取出了幾片菸葉，「關東葉子，通州買的……」搓搓揉揉，塞進了煙袋鍋兒，用洋火點上，連噴了好幾口，「可是……」又噴了幾口，「可是，在煙館兒裏頭泡，也聽了些話……」

李天然有點等不及了，冒了一句，「跟咱們的事兒有關係沒有？」

德玖一下子沉了臉，「這是掌門人在問話？」

李天然嚇壞了，趕緊起身，正要下跪，就給師叔伸手攔住，「坐……」

「我聽來的事兒，跟咱們有沒有關係，我不知道……反正通州的煙館兒，還有這兒天橋一帶，聽說連西郊，從海淀到南口……大部分的煙土買賣全在日本浪人和高麗棒子手裏……這些不聽也知道，可是又聽說裏邊兒還有夥中國人，地盤兒就在北平……」

「哦……」

「帶頭兒老大還是個警察。」

「哦？」

「一點兒不錯，我也覺得奇怪……聽他們說，這幫子人湊在一塊兒沒幾年，成氣候也沒幾年，可是圈子裏頭像是有了點兒名，叫什麼『黑龍門』……好像也沒幾個人……有人說有八個，又有人說還沒六個……」

「『黑龍門』？」李天然唸了一遍，搖了搖頭。他回北平這兩個月來，還沒聽誰提過這個名字……當然，馬大夫，藍青峯他們不在圈子裏，不會知道，也沾不上邊兒，可是連老北京金士貽也沒聽他提起來過。

「記得上回跟你說的，這幾年西域有了個什麼幫，不像是羣流氓混混兒，說是把天橋四霸都給收拾了？……別就是同一夥兒人吧？」

天然「哼」了一聲，「也許就是……」他皺著眉頭，「可是跟日本人一塊兒搞？」

「那你再聽，下午在通州，正打算回北平，有部卡車在我待的那個煙館兒下貨。我溜了上去，天黑進的朝陽門，我沒敢躲在後頭，一上大街就下了車……好，那輛卡車一左拐，進了條小胡同，沒走多遠就——」

「就進了城牆根上一座倉庫？」李天然一愣。

「呦？」德玖驚訝地一揚眉毛。

「『一宇倉庫』？」

「呦?!」

李天然把牛皮紙信封遞給了師叔。他真是服了，又有點兒慚愧。老人家可是憑自個兒的闖勁兒得來的消息。自己呢？到目前為止，一半是靠機運，一半靠藍青峯。而且因此還欠了人家一筆人情債。

「原來是這個德性。」德玖沒抬頭，就著燈細看畫報上那張照片，「大寒，咱們爺兒倆這幾天可都沒白跑……這羽田次郎，這金……金旭東，有了這個主兒，我看潛龍也躲不到哪兒去……」他又查了下那張信紙，「你瞧，這個浪人羽田是『黑龍會』的，北平這兒又冒出來一個『黑龍門』……這有點兒巧吧？」

天然也在這麼想……其實，他遠在孤兒院裏養傷的時候就曾想到些事。這幾年在美國，夜深人靜，也一再想，大師兄是那種絕不向誰低頭的人。身為大弟子而未能掌門，已經是奇恥。多年相處而得不到師妹的身心，更是大辱。師父全家滅門慘死，正是他嚥不下這兩口氣。再以朱潛龍的為人個性，和他那一身本領，更是絕對不會安分守己，肯定要去闖出點兒什麼。好，現在「太行派」是沒他份兒了，還是他的死對頭，那這種想做老大的，只能自立門戶……至於「黑龍會」和「黑龍門」是不是巧合，那難是難說，可是，考慮到浪人羽田是「黑龍會」出身，朱潛龍的

「潛」字，又含有點祕密的味道，「潛龍」像是一條人不知，鬼不覺的「黑龍」，那就不但合情，而且合理了……

「太巧了……只是您說老大是個警察，那我可無法想像，朱潛龍肯去幹這麼個差事兒。」

德玖悶聲不響，靠在那兒抽他的旱煙。

「師叔，您給打個主意。」

「遠點兒來看……」德玖噴了幾口煙，「咱們爺兒倆還都站在暗處……那個日本浪人，對他來說很不巧，對你來說很走運，一回北平就叫你給碰上了……他算是站在明處……那潛龍，不管他人還在不在北平，也不管他是不是還跟羽田一夥兒，他人都在暗處……」他喝了口酒，「好，再回頭看咱們倆。你倒是有個好掩護，你也不叫大寒了，你出國多年才回來，你的模樣兒都變了，變得連我一眼都沒認出來，那你算是身在暗處……那我？只有潛龍認得出來，碰見了我，也知道他日子到了，要不然，我也身在暗處……你搞清楚了沒？」

李天然點點頭，抿了口酒，示意師叔接著說。

「火……既可燒毀萬物，亦可照明。」

李天然兩眼注視著手中的酒，臉上漸漸浮起淺淺一絲微笑，輕輕點頭，「先挑了他們這個窩……很好，再等著瞧，暗處變明，明處變亮……好，就這麼辦！」他舉起酒杯一敬師叔，仰頭乾掉，「咱們這就去！」

兩個人都換了身黑，都戴上了巧紅給打的黑毛線帽。臨出門，天然還教師叔怎麼用黑手絹蒙臉。

雨還在那兒細細地下。德玖說，「天兒可真好，偷雨不偷雪。」天然暗中微笑。

他們出了門，沒奔大街，沿著牆根兒出了王駙馬胡同東口，慢慢走到城牆，再沿著牆根那條滿是濕泥的土道南下。

已經是後半夜了，又是城牆根小路，黑乎乎地什麼影子也沒有。路西住家宅院，也沒透出燈光。偶爾經過一杆街燈，也是孤憐憐地在細雨中暗暗亮著，幾根雨絲兒給照得閃閃發光。挑擔子串胡同，叫賣柿子蘿蔔的。也早就沒影兒了。剩下的只是滴滴嗒嗒的雨聲，和那嘶嘶穿過樹梢的陣陣西北風。路口傘形崗棚下頭空無一人，連巡警都不知道哪兒躲著去了。

他們兩條黑影極快地穿過朝陽門大街，立在暗角觀察了片刻。沒見守城門的士兵，也沒一點動靜。二人一前一後到了竹杆巷，並肩站在那個賣烤白薯老頭蹲的大門口。

李天然右肘一頂師叔，二人各掏出黑手絹，蒙住了下半邊臉。土馬路那邊那座「一宇倉庫」，給背後城牆一罩，更是黑壓壓一片。庫房北牆上頭透氣窗露出來的那片黃色暗光，也就更加顯著。

「走！」天然一頂師叔，再兩起兩落，穿過土道，腳剛沾地，又矮身一躍，縱上了鐵門，伸手一按門楣，身子動力沒停，無聲無息地翻進了倉庫場地。

德玖後頭緊跟著落下。

二人直奔那片暗光。李天然抬頭查看，隱隱有兩條電線伸了出來，一直通到圍牆外那根電線杆。離地不過兩個人高那兩根電線，正在風雨中輕輕來回搖晃。他拉緊皮手套，縱身直拔躍起，伸出雙手，一手一根，隨著下墜的身體，輕脆的「叭，叭」兩聲，將那兩根電線給揝斷。

庫房裏頭立刻有了動靜。二人沒打招呼，同時躍上了鐵皮房頂，平臥在那兒。

他們聽見倉庫鐵門開了，再又看到一條死白的光線，上下左右掃射。

輕輕一聲「媽的！」。

電棒在空中，地上，亂照。

「鐵頭，出來！」聲音高了點兒。

輕微腳步聲……「風有這麼大?!」

又一道電光掃過他們頭上，又一個人聲，「有事兒？」

「你過來瞧……不太對勁兒！」兩道光來回照了會兒，「叫他們起來，油燈給點上……我去後邊兒繞繞，你前頭去，有什麼不對，喊一聲……沒事兒裏頭說……」

一道光進了庫房，另一道光繞到了倉庫後邊夾道。德玖一按天然肩頭，跟那道光下了房。

沒幾秒鐘，天然聽見了弱弱的「吭」一聲，那道光也沒了。他也下了房，繞到庫房大門南邊。大門虛掩著，裏頭有了亮光，還有個人影打著手電往外走。天然等那小子才一邁腳出了大門，抖出右臂，右手像把箝子似地卡住了他脖子，朝他下巴一揮左拳。

那小子連吭都沒吭，就昏倒下去。電棒也給摔到泥裏。

李天然撿了起來，看見德玖也繞了過來，二人略一點頭，側身閃進了庫房。

一進大門就停著一輛卡車。他們在這邊蹲下，望著前面沿著北牆隔出來的一排房間。裏頭有光，不怎麼亮。

亮光一閃動，有個人舉著一盞油燈出來，「快點兒，披件棉袍兒不就得了……」邊說邊朝著庫房那頭走過去。

德玖繞過卡車，跟了上去，一個箭步到了那小子身後，右手穩住了油燈，左臂一扣他脖子，又往回猛一帶，再把那個癱瘓軀體輕輕擺在地上。

天然接著起來，繞過卡車，往那排房間走過去。他還沒走到門口，就瞧見裏頭有個人，披了件大棉袍兒，也舉著一盞燈，正邁腳出門。李天然一開電棒，一道極亮的電光直射在那小子臉上。

「老七？」

李天然沒作聲，借這短短一兩秒鐘，用眼一掃屋裏，看還有沒有別人。

「老七？幹嘛這麼照？——」天然一腳踢中了那個傢伙的下襠，油燈嘩啦一聲粉碎在地上，著起了一小片火。那小子大棉袍兒也掉下來了，只剩下一身灰內褲，蹲在地上吭不出聲。天然在他頭上補了一腳，再用電筒朝屋裏一照。一間空房，沒一個人。

德玖過來，取下了蒙臉，「看樣子就這四個。」

「師叔，麻煩您把他們全提到一塊兒。」李天然也摘了蒙面，又用電筒在卡車四周來回照，看見靠牆水門汀地上，有幾個工具箱，再旁邊是個草綠色汽油桶。

他走了過去，轉開蓋子聞了聞，又用手推了推，很沉。他回頭又照了照後頭堆滿了一個多人高，一排排，一箱箱貨的庫房。他順著外邊一條通道，邊照邊看，走到南端。大大小小貨箱分成三排架疊在地上，其中兩排緊靠著庫牆。有鐵箱，有木箱，堆的還算整齊。有些認出來裏頭裝的是日用品。

他繞到了裏邊那條通道。師叔已經撬開了一個木箱，正在用手電照著查看。

「來瞧瞧……這才用得上四個人守……」德玖順手撕開了裏面一個黃色油紙包，露出來像是給燒乾了的黑土，「大煙……倒是國貨，像是這一帶的，張家口，熱河……」德玖又用電棒一指身後好幾摞鐵箱，「那邊兒是『俄國紅包』，『印度大土』，也有高麗『白麵兒』……」他再一照裏邊靠牆一排箱子，「我看這兒總該有幾百萬兩銀子的貨……」

「師叔，您跟我來。」

他們繞回前頭。兩個人合力把那個大汽油桶給半搖半滾到通道口上。靠牆那幾間房已經在燒，冒著黑煙。

「得快。」李天然把桶蓋子扭開，再把油桶給橫倒在地。汽油開始從桶口往外又冒又流。他用腳一推，那個鐵桶就軲轆軲轆地向前面滾動過去，汽油也跟著一股股冒流出來。

李天然從皮夾克裏掏出一盒洋火，遞給師叔。

「掌門人請。」德玖退了半步。

李天然「滋」地一聲劃了一根火柴，往地上一丟。火苗順著地上那片汽油燒過去。一下子一片火。旁邊一排煙土木箱也跟著燒起來了，接著「轟」地一聲，汽油桶也著了。

他們回到庫房門口。水門汀上排著四條半死不活的肉體。德玖踢了踢其中兩個，沒一個動彈，「怎麼打發他們？」

李天然想了想，「總該留個什麼記號……」

他抬頭看了看外邊鐵桿子圍牆，還有裏邊上著鎖的鐵大門，「師叔，您先出去……」

他等師叔翻過了鐵大門，再把那四個昏死過去的小子，一個個像是丟麻袋似地給丟過了鐵大門。

完後他也躍過了圍牆，和師叔一起，把四條肉體給並排擺在土馬路正中間。

他們極快地穿進了竹杆巷。李天然在黑胡同裏回頭一看，那火苗已經從倉庫上頭好幾個地方冒出來了。

14 卓府堂會

李天然覺得有點奇怪，一連三天，北平十幾二十多份大大小小的早報晚報，就沒有一家提到倉庫大火這個消息。不管怎麼說，就算沒死人，也應該是件社會新聞吧？

他第二天就跟師叔閒逛了過去。一片焦土，只剩下幾面破牆和幾根鐵柱子。可是顯然消防隊來過，還給鐵大門貼上了封條。

直到十七號禮拜二，已經過了四天了，《新晚報》上才有了一小段報導：「本市——朝陽門內『一宇倉庫』日前凌晨失火。警方消防人員搶救不及，庫房及存貨全部焚毀。據僑商『一宇公司』總裁羽田次郎先生稱，『幸好庫存不多，僅數十箱日常用品，損失約在兩萬元之下。』云云。」

德玖看了，捋著下巴鬍子，沉默了一會兒，「這小子倒沉得住氣，悶虧吃了就吃了……大寒，這幾天小心點兒，多留點兒神……」他說他前天昨天，在東城西域泡了好幾家茶館，看到至少有兩三撥兒人，全都是便衣，在到處查詢，打聽失火的事。天然說他也覺得有件事可疑，放火第二天，金士貽就已經提起了這件事。

當然，金主編是個報人，消息靈通。要不然就是金士貽認識羽田。可是又怎麼樣？一把火只燒出來這麼一個結果，未免有點兒牛刀殺雞。

星期五上班。李天然交了三篇稿。一篇介紹卓別林的《摩登時代》，一篇關於「不愛江山愛美人」的英王愛德華八世和美國辛普森夫人。最後一篇是張《國家地理》上找來的照片，美西內華達州剛建成的「胡佛大水壩」。

金士貽邊看邊點頭，「很好……」邊示意請天然坐下，「你回來快兩個月了，交了什麼朋友？」

李天然微微苦笑。

「聽說董事長跟你逛了趟長城。」

「是，就上個禮拜。」李天然覺得有點突然。

「真沒想到藍老有這份兒閒工夫。」

既然不像是問話，李天然也就沒接下去，點了支菸，默默注視著老金那身新西裝和大花領結。

「那場大火可燒的有點兒邪門兒。」

又來了，又不像是問話。他吹熄了火柴，「哪場大火？」

「哪場？倉庫那場。」

「哦，那場。」他把半根焦棒丟進了桌上菸灰碟。

金士貽坐直了身子，「沒聽見什麼吧？」

李天然笑了，「主編，燒火的事兒，還是您跟我說的……」他吐了口煙，忍不住又補了一句，「都還沒上報。」

「沒錯兒，沒錯兒……我只是隨便說說，」他看了看手錶，「咱們這份兒畫報雖然不是新聞性的，也總還沾了點兒邊兒……你也算是一位編輯。」

好小子，就想這麼打圓場？李天然弄熄了菸，站了起來，一本正經地，「我沒有幹過記者，也沒出去採訪過，可是您要是覺得有這個需要，我也可以去試試。」

「不必了。」金士貽急忙揮手，「……對了，待會兒咱們五點走。」

「五點走？去哪兒？」

「你怎麼忘了？卓家老太太的堂會，禮都送過去了。」……

李天然溜達著出了九條東口。一片青天，大太陽，涼涼的，空氣又乾又爽。北小街上有好些老年人在板凳上曬太陽。路上人挺多，挺熱鬧。賣什麼的都有，他買了六串冰糖葫蘆。山藥蛋，荸薺，葡萄，各兩串。

今天又提，第二次了。李天然覺得那天晚上留了個記號是留對了。誰著急，誰總有點兒關係。看樣子老金是有點兒鬼。奇怪藍青峯用了這麼一個人……他進了家門。

「吃了嗎？」

徐太太正在院裏曬棉被。李天然把糖葫蘆交給了她，說還沒吃，「不用做了，出去買點兒什麼吧。」

「客廳有個包兒，早上關大娘託我捎來的，說料子有剩，又給您做了一件……您想吃點兒什麼？」

「看著辦吧，九叔哪兒去了？」

「不知道，來的時候家裏沒人。」徐太太收起了糖葫蘆，披了件棉袍，出了門。

沙發上那個紙包兒還綁著麻繩兒，他解了開來，包的是件陰丹士林布面兒絲棉襖，一排亮亮的銅釦子，穿上了身，又合適又舒服。

他雙手插進口袋，覺得有樣東西，是條乳白棉手絹兒。李天然心跳加快，臉也發熱。

他點了支菸，半躺在沙發上，聞著柔軟手帕那股淡香，覺得巧紅也真夠大膽的了。留下了他那條藍的，回送了條白的。這要是再早幾年，不就是後花園私訂終身？……

他腦子有點亂，師父一家的事還沒了，就惹上了這個……

「趁熱……剛出爐！」徐太太院裏一聲喊，驚醒了李天然。他去了飯廳。徐太太已經把切成片兒的醬肘子和一堆火燒擺上了桌，還給他夾了一套。他咬了一大口。火燒還熱著，肥的都化了。他叫徐太太坐下來一塊兒吃。她客氣了半天也沒坐下，只包了兩副回廚房。

他吃了三副。徐太太進屋給他那壺香片續上了開水。

「沒什麼事兒，早點兒回去吧，棉被待會兒我來收。」他取了兩串山藥蛋葫蘆，把盤子一推，「這幾串兒你帶著，回去請老奶奶和關大娘吃……記得跟她提一聲兒，絲棉襖我穿上身了。」

徐太太走了。他又喝了兩杯茶，看見窗外開始西照。好一陣沒練了。他下了院子，脫了棉襖襯衫，光著脊梁，從頭到尾走了趟拳，走的他混身發熱，混身舒服，混身肌肉發亮。這才收了棉被，拾起了衣服，進屋洗澡。

下一步該怎麼走？盯羽田？怎麼去盯？他住兒哪兒都不知道。前幾天不是白跑了一趟大陸飯店？什麼苗頭也沒有……李天然半躺在白瓷澡盆裏，水蓋到他那厚厚的胸脯，兩條結結實實的膀子白裏透紅，鬆鬆懶懶地搭在盆邊。

巧紅除了沒丹青的武藝，其他都挺像。說她弱，她又很強。說她強，她又很弱。丹青不錯死的很慘，可是活著的時候，可比巧紅有福氣，誰都疼她。只是大師兄疼的過分，讓她受不了。丹青不止一次偷偷跟他抱怨，「大師兄歸大師兄，可是不能什麼都是他對，怎麼說都是他有理，什麼都得聽他的……」

李天然選了套藏青西裝，雙排釦，再想到是去參加人家老太太的大壽，就挑了根深紅淺紅斜紋領帶。最後又把巧紅手做的那條白手絹塞進上衣左胸小口袋，只露出一小截白邊兒。

他套上了風衣，到了九條，天開始暗了，長貴正在大門口送藍蘭上車。

「T.J.怎麼不來看我？」

他上去扶著車門，發現藍蘭又是一身成熟的打扮，尤其是她那兩片鮮紅的唇，「老天……這是上哪兒去？」

「我一個同學訂婚。」

李天然一驚，顯然臉色上露了出來，「訂婚？」

「沒聽過嗎？」藍蘭隔著車門微笑，用手一撩天然的風衣，「你又是上哪兒去？」

「代表你爸爸去個堂會。」

「是嗎？……」她進了後座。李天然替她關門，她用手一擋，「Call me。」然後自己帶上了門。

李天然目送著汽車紅色尾燈在揚起的灰土中消失，進了大門。中學就訂婚？他不自覺地嘆了口氣，自己不也是二十歲就成家了？師妹不才十八？不就差不多是這個年紀？他還沒進辦公室，金士貽就邊穿著黑呢大衣出了房間，「走吧。」二人在西口叫了兩部洋車。

街上的舖子早都上了燈。路人還不少，車子也很擠，尤其碰上電車有人上下。他們那兩部洋車一前一後，慢慢穿過了鐵獅子胡同，順著皇城根奔西。

才上了新街口，兩部車都慢了下來。前頭亂成一片，喇叭聲，招呼聲，叫罵聲，好幾個警察指揮交通也不管用。金士貽在前邊車上回頭大喊，「這兒下！過不去！」

北大街上塞滿了車，走道上全是人，都是沒事來看熱鬧的。進了板橋頭條，也不見好，只是人沒那麼雜了，可是一個個馬弁，衛兵，聽差，車夫，跟班，一批批拜壽聽戲的，還是把這條胡同給擠得滿滿的。

路燈全亮著。李天然老遠就瞧見卓府那朱紅大門上掛滿了彩燈，「可真夠氣派。」

「等你進去看看。這是以前的昆王府。七進院子，還有大花園兒。卓老太爺甲午那年接過來的，又花了二十幾萬兩銀子在上頭……」他們還沒上大門石階，已經有位認得金士貽的知賓過來招呼了，引著二人進了院子，接過了他們的大衣，給了張收條兒。

「壽堂在二院。我早上行過禮了……」金士貽四處張望，「你怎麼樣？」

「還得磕頭？」

「可以不必……人這麼多。不在乎你一個。你也不認識，反正壽禮上頭有你的片子……」他讓著一個個客人往裏頭走，「戲臺搭在三院兒，下午四點就開始了。你要是喜歡聽戲，可就別錯過……有言菊朋的《擊鼓罵曹》，還有全本兒《龍鳳呈祥》……張君秋，馬連良，程硯秋，楊小樓，郝壽臣，李多奎兒他們全來了……」有人跟他招呼，他搖了搖手，「本來還有梅老板兒余老板兒的《打漁殺家》，可惜兩位都不在北平……」他住了腳，跟對夫婦握手。李天然在旁邊等著。

「對不住，有些人就不介紹了……你是打算跟著我走，還是自個兒去逛？」

「我看你去忙你的，我逛我的吧。」

「成，就這麼辦……哦，流水席設在東院兒……還有，花園兒裏頭有洋樂隊……」又有個人手拉著一位少婦在喊他。金士貽招了下手，轉頭說，「那我就不管你啦。」

李天然慢慢擠進了二院。到處掛著壽幛。正房前頭，迴廊下面，院子裏邊，站滿了拜壽的。有的等著進去，有的剛出來。有的在那兒湊熱鬧。聲音又雜又吵。什麼打扮都有。長袍，皮統，軍裝，西裝，和服，旗衫，露肩，還有幾位全身燕尾服。他一個也不認識，也不知道該先去哪兒。好幾個小孩兒在人羣裏頭鑽來鑽去。三院鑼鼓聲陣陣傳了過來。

「李先生！」

李天然覺得非常意外，回頭，「啊，羅便丞！」

羅便丞那一頭棕色捲髮，招引了不少眼光。他躲過好幾個人，上來握手，「李天然，李白的李，天然的天，天然的然。」

「你的北平話有點兒味道了。」

「吃了沒有？」

李天然搖搖頭。

「你知道還有盤餐嗎？流水席我去看了，擠不上去，十幾張大圓桌都坐的滿滿的，還有人在外邊等……我看去吃點外國玩意兒吧。」

「外國玩意兒？」李天然大笑，「由你來說，應該是你們家的玩意兒。」

兩個人身材差不多，都高過四周的人半個頭，很引人注意。他們順著迴廊，繞過一堆堆賓客，進了三院。裏頭黑壓壓一片，不光是上頭搭著棚，臺前坐滿了一排排聽戲的。好幾位胸前別朵紅花的招待正忙著穿來穿去，給剛進來的人找位子。正屋幾間房的隔扇全給拆下來了，裏邊坐著聽的大半是女賓。李天然不是那麼懂戲，可是也聽出來正在唱《武家坡》。

「中國還有太多事兒我搞不懂，京戲是其中之一。」

李天然在人羣中偏頭看了他一眼，「你太謙虛了。」羅便丞哈哈大笑，立刻發現有人瞪他，才壓低了聲音，「該罵。」

盤餐設在大花園。羅便丞帶著他從四院一道門進去。

李天然一進園子就感到這是另一個世界。而且跨了一個時代。

花園總有好幾畝地。北頭有座小樓。沿著圍牆還有長廊。全都掛著燈籠，還吊著一串串彩色小燈泡兒。傳統設計的大花園真是美。有林樹，花叢，草坪，假山，小溪，湖石，路徑。中間一個比他住的小跨院還大的池塘，水面上躺著半枯不枯的荷葉。塘中跨過一座木橋，連著一個水心亭，也掛滿了彩燈。裏面正有個人在彈鋼琴，旁邊還站著另一個人，撥弄著大提琴伴奏。客人一圈圈，一堆堆，有的圍著草地上幾個炭火盆暖手說話，有的坐在桌邊用餐。輕輕的刀叉聲倒是沒有擾亂水亭那邊飄過來的〈藍色多瑙河〉。這裏的客人沒二院三院多，可是比較突出。大都是年輕點兒的，大都是洋裝。長裙子多，就連這兒的旗袍兒都有點兒洋味兒。

「是老師叫我來的……見見世面。你呢？」

「代表我們董事長。」

他們隨便吃著隨便拿的炸蝦，雞腿，烤牛肉，喝著紅酒，在優美的樂聲和清涼的夜晚園中用餐。

「如果城外沒有日本坦克的話，我的胃口會更好。」

李天然抬頭看了他一眼。

「我下午剛從南苑那邊回來，去看他們的演習，今天晚上……」他看了看手錶，「就是現在，他們又開始實彈演習！」

「會出事兒嗎？」

「會出事嗎？」羅便丞誇張地反問，「你們中國人可真沉得住氣。」

李天然只好點頭，「那倒是我們中國人的本事……」剛說到這裏，他的眼睛被前面十幾步外草坪上一批正在談笑的人給吸引住了。首先入目的是金士貽。

羅便丞邊吃邊四處張望，還沒有注意到李天然的眼神，「你看看這些光光亮亮的露肩，露背，露膀，露腿……蔣夫人的『新生活運動』，好像還沒有打進卓府……」他這才發現李天然在盯著他背後，也回頭看過去，「耶穌基督！」

李天然收回目光，看了他一眼。

「也許我應該過去訪問一下。」

「什嘛？」

「正對著我們，高高瘦瘦的……你知道他是誰？」

李天然繼續盯著那批人，搖搖頭。

「他叫山本，我在東京見過他。現在是日本旅遊協會主席……可是聽我的日本同行說，他還是日本一流劍道。」

山本不山本，他沒時間去想。那邊有四個男的跟一個穿和服的女的。是站在這位山本和金士貽中間那個，讓他的心差點跳出來。就看到半個側面，可是那張圓臉，半邊兒也認得出來。

「我陪你去。」他突然轉頭對羅便丞說。

他們起身過去。金士貽首先看見他們，跟山本耳語了一下，就上來迎接，「好極了，還有羅先生。」他攙著二人往回走。「山本先生，舒女士，羽田先生，讓我介紹兩位朋友，一位同事，一位同行。」

那幾個人微微散開欠身，都沒有伸手。

李天然覺得自己出奇地鎮靜。

羅便丞點點頭，「山本先生還記得我？真是謝謝……請問您這次來中國和北平，是公是私？」

「也是公，也是私。」山本一張潔白清瘦的臉，合身的體服，英俊溫雅。北京話可比羅便丞的漂亮多了。

「我當然不便問您的私事……」羅便丞掏出了記事本和鋼筆，「可是公的性質是哪一方面？」

「私事也可以回答，不過拜訪老友，遊山玩水……至於公事，中日最近通航，我來華北觀察一下運作情況。」

李天然站在旁邊不動聲色，只是禮貌地聽。可是眼角一直圈住羽田，發現羽田也只是站在那裏禮貌地聽，似乎沒有覺察出天然的目光。

山本的神態明白表明訪問結束，同身邊那位舒女士一點頭，就離開了。羽田和金士貽立刻尾隨著走去，連再見都沒說。

李天然看著他們走了十幾步，低聲對羅便丞說，「不陪你了。」

羅便丞有點詫異，可是只補了一句，「保持連絡。」

天然不想讓羅便丞看出他的目的，更不能叫前邊那夥兒人看見，就先只用眼睛跟隨著羽田。他移動了幾次腳步，繞過了兩堆人，在一排松樹下頭，借著點菸，瞄見那夥人送山本和舒女士到了北端那座小樓，似乎是在告別。他一支菸抽完了，山本和那個女的才進去。羽田和金士貽回頭走過來，上了一條小徑，消失在一羣羣賓客之中。

他跟了過去。小徑盡頭是道小門。他們兩個像是已經出了園子。

四院的人少了一點兒，都像是擠不進三院聽戲的人在談話，還有一陣陣麻將聲。李天然心中有點發急，羽田他們一晃眼就不見了。他左推右讓，穿過了響著鑼鼓的三院。這兩個小子沒這份兒閒工夫聽戲吧？他穿過了二院到大門口。有不少客人正在離開，幾個門房忙著叫車子，喊司機，取大衣，領賞。也不見羽田。

他出了大門。胡同很亮。一部部汽車擠著洋車，有的進來，有的出去，各種喇叭聲，亂成一片。也不見羽田。

媽的！他心中罵了自己一句，慢慢往回走，更仔細地搜查四周人羣。一張熟臉也沒有。羅便丞也不見了。

不是有七進院子嗎？他繼續搜過去。

五院比較靜，東房一排門都關著。穿院子走都聞得見一股子大煙味兒。他只在門洞瞄了下六院。屋裏燈挺亮，好像都是女客，院子裏一羣丫頭在說笑。他沒進去。

他只有認了，再又安慰自己，盯上了又怎麼樣？當場宰了他？還是跟著人家車子回去了再殺？三院戲臺上正在「勸千歲……」，進了二院，廊上一陣爽朗的女人笑聲使他轉移了視線。

「密斯脫李！過來！」又是金士貽，在東屋門口一小圈人當中招呼他，「再給你介紹幾位朋友……」

迴廊上頭的燈挺亮。他看到還有兩個男的，一個女的。可是沒有羽田。

女的一身閃閃亮亮淺紅中袖旗袍，蓬鬆的長髮。他覺得有點面熟。快到跟前才想起來，是車裏跟藍田一塊兒那個。

「李天然李先生，我們畫報的英文編輯，剛從美國留學回來……這位是我們的卓公子，卓世禮公子，今天這個堂會就是給我們少爺的祖母大人辦的。」

李天然覺得這位少爺的年紀和他差不多，個兒比他矮點兒，也胖點兒。手握的倒是很緊。穿的可是一身長袍馬褂。

「這位小姐是我們的北平之花，唐鳳儀女士。」

她先伸的手。無名指上一枚豌豆大的金鋼鑽。手很柔軟，冰涼……對了，還上過畫報封面。

「這位是楊先生。我們卓少爺的副理。」二人握手。李天然立刻覺察出這小子練過武。

卓少爺站在那兒一動不動，只瞄著天然結實的身子，「李先生喜歡運動？」

「打打撞球。」

「誰有菸？」唐鳳儀沒在問誰，可是一雙黑黑亮亮的眼睛眨眨地望著天然。

後邊楊副理「卡」地一聲打開了一個金菸盒。唐鳳儀也不看，取了一支。「卡」地又一聲，打火機響了。

「幸會。」卓世禮板著臉，說完轉身。

唐鳳儀朝著李天然頭上輕輕噴了長長一縷煙，慢慢跟著回身，「幸會。」聲音有點沙，非常嗲。

金士貽有點尷尬，「我得去陪陪。」轉身追了上去。在迴廊盡頭拐彎的時候，那位楊副理偏著頭，上下打量了李天然一眼。

15 羽田宅

德玖一連三天沒回家，也沒留話。李天然心裏很急，倒不是怕師叔出事，而是急著找他商量，跟他說面對面見到了羽田。

他怎麼想也覺得羽田沒認出他是誰，也根本不知道他是誰。他本人當年也只是從眼角瞄了那張圓臉幾秒鐘而已。當然，他是受害人，這種血的記憶一烙永存。

堂會回來那天晚上，他激動的喝了半瓶威士忌，躺在黑黑的臥室，無法入睡……還是睡了？一個個影像，一幕幕呈現眼前。師父，師母，二師兄，師妹，就在他床頭。他也身在其中。沒有聲音，可是又很清楚聽見他們說說笑笑。他不想再看下去，這麼多次了，就知道下一幕是什麼。想止住又止不住。一陣亂槍，師父額頭上的血。師母他們，還有丹青，都張著嘴，像是在喊，可是又沒聲音，全叫大火給埋起來了。他無法入睡，還是睡了？就這麼幾顆子彈，就這麼幾秒鐘，四個人沒了，他也完了……

他還是無法入睡。還是睡了？怎麼沒有人？沒有路？怎麼又飢又渴？怎麼出現了一個模糊的影像？是我嗎？混身裹著襁褓，等著媽媽的奶水……是這種飢渴嗎？……

師叔幾天沒見不說，金主編也是一連幾天沒來上班。李天然禮拜一禮拜二都沒見著他。問小蘇也不知道。她倒是掏出來一個小本兒，說是母校朝陽女中在為綏遠大克百靈廟的傅作義官兵募款。李天然捐了十元。

他本來只覺得金士貽有點兒不順眼，可是領教了他在堂會上那副德性，開始感到厭惡。不管怎麼樣，他知道現在更不能從金士貽那兒打聽羽田了，而且根本就不能在他面前說任何話。

金士貽直到禮拜三才露面，問李天然堂會上玩兒的好不好。他沒再提羽田他們，只是笑咪咪地說他打了幾圈兒麻將，小贏兩百元，「有不少人打聽你是誰，還有位周博士要我介紹。」

「周博士？」李天然想不出是誰。

「北平歐美同學會會長，他想拉所有留學生入會。」

李天然心中苦笑，大學也沒念完，還有案在身，「再說吧。」

電話響了，小蘇接的，扭頭，握著話筒偷偷地笑，「說是找李天然。李白的李，天然的天，天然的然。」

羅便丞約他下午三點在北京飯店酒吧見。

李天然放下了電話，看看錶，才十一點，跟金主編說有事，就走了。

他上了東四大街，也不知道去哪兒，一直走過了六條才攔了部洋車到西單。

他還是在「哈爾飛戲院」下的車。這回他更小心，已經正式對上面了。

他在西單菜市場拐角找了家臨街的館子，叫了十個羊肉包子和碗白菜豆腐湯。

他偏頭就看得見「一宇洋行」店門。慢慢吃，又叫了壺茶，一直泡了快兩個鐘頭。夥計沒趕，他也覺得不好再這麼坐下去了。這麼些時候，就只看到兩個女的進去。

他付了錢出門，可是沒往大街走，繞過了菜市場，串了幾條大大小小，彎彎曲曲的小胡同，差點兒迷路，才上了西長安街。他盡量放慢腳步遛達。天陰了下來，涼下來點兒。街邊，胡同，和人家院子裏的樹，都禿的差不多了。除了故宮之外，露出來的全是灰黑灰黑一片矮房。他突然覺得北平老舊不堪。

就這麼慢走閒走，還是早到了十幾分鐘。飯店有點冷清，酒吧裏頭就只是羅便丞一個人在張小沙發上等他。他坐了下來，叫了杯威士忌加冰。

「拜託你一件事，往後不能再說『李天然，李白的李，天然的天，天然的然』了。」

羅便丞大笑，「什嘛?!……我以為那是你的全名。」李天然也笑了，「有事找我？」

羅便丞半天沒說話，悶悶喝酒，最後忍不住了，「你知道我中午是和誰吃的飯？」

「肯定是位女士。」李天然瞄了下他一身漂亮的灰西裝。

「那肯定是，不過女士也有仙女巫女之分。」

「那肯定是位仙女。」

「那你也肯定對了……」羅便丞臉上浮起了神祕的鬼笑，「那天晚上你跑掉了之後，我在伊甸園裏遇見了夏娃。」

李天然開始有點兒煩他這樣賣關子，就逗了他一句，「顯然還咬了一口她給你的蘋果。」

羅便丞臉色又變了，慢慢搖頭，「遺憾的是，她已經訂婚了。」

李天然不好再開玩笑，也不想再問，等他自己說。半天。半天，羅便丞才開口，「我還沒有告訴你她是誰。」

「沒有。」

「Teresa。」

「Teresa?.」

「Teresa Tang。」

「Teresa Tang?」

「Teresa Tang……唐鳳儀。」

李天然一下愣住了。這個圈子可真小，不知道藍田知不知道，「跟誰？」

「卓十一。」

「卓……？」李天然沒有聽懂。

「卓家的小兒子，卓世禮……他排行十一，大夥兒都叫他卓十一。」

老天！訂了婚不說，人家又是卓家小公子，住在王府大院兒的十一少，女的又不管是誰封的「北平之花」，而你這小子，窮光蛋不說，還是個黃毛綠眼的異族……「老朋友，聽我說，你就死了這條心吧！」

羅便丞自嘲地嘆了口氣，「理智當然也如此告訴我，可是……」

李天然除了驚訝才幾天，他就這麼昏頭，又非常同情。兩個人半天都沒說話。李天然想了想，打破了沉默，「晚上有事兒沒有？」

羅便丞悶悶搖頭。

「好，我陪你喝酒。」他舉杯喝了一口，「酒正是為了這個才給發明出來的……頭痛吃藥，心痛喝酒，中外一樣。」

李天然說不出為什麼也想醉一醉。

羅便丞心情好了一點。二人繼續喝，一直喝到五點多。酒吧的人多了起來，也開始吵了。羅便丞建議上屋頂花園。李天然不想多在北京飯店混，就說帶他去吃烤肉，又說這種天氣剛好。可是去哪兒吃？東來順固然很近，人一定很擠。他記得在北新橋西大街看到一個「涮，烤」的招牌，可以去試試。

他們又耗到六點多才離開。剛走出飯店，就開過來一輛乳色 De Soto。

「我跟『美孚』一個朋友借的，總不能坐洋車去接我的夏娃吧，」羅便丞繞過去進了右邊坐位，「你帶路，你開。」

很靜的車，很滑的檔。他從東長安街上了王府井，向北開，再從交道口上了北新橋。收音機正在播一段什麼戲，很吵。李天然偏頭發現羅便丞在靠著車窗打盹兒，就把它關了。

還不到七點，不少鋪子都上了門。大街上顯得冷冷清清。他老遠就瞧見了前頭對街兩盞賊亮的煤氣燈。他慢了下來，等東邊來的電車過去。

「叮噹」一聲過去了，他正打算在街中間掉頭，東邊那頭又過來一部汽車，挺快。他只好一踩檔稍等。

那輛汽車刷地一下從他左邊飛馳過去。就這麼一剎那，對街煤氣燈光掃過了黑車後座兩個人，男的只露個後腦勺兒，沒看見臉。可是旁邊那個女的，面對著這邊，是那個姓舒的。

他回頭看了下羅便丞，還在那兒輕輕打呼兒，就沒再多想，輕踩油門，掉了個頭，跟了上去。

西大街上沒車。他不敢跟的太近。尾隨到了鼓樓東大街，前頭那部拐進了南鑼鼓巷，一直快到了盡頭地安門東，才又拐進了條小胡同。

李天然沒敢跟進去，把車停在胡同口，熄了車燈。

他瞄見那輛車在裏頭不遠路北一個宅院前邊停了下來，車燈還亮著，倒進了門。

小胡同暗了下來。他隱隱看見那個門口前頭有幾棵樹。

這是誰的家？不會是山本。金士貽住東城。舒女士？羽田？反正值得來探探，總有點兒關係

……

他在飯館兒門口停了車，搖醒了羅便丞。

「怎麼？已經到了？」

李天然下了車才看見大門上頭有塊橫匾「順天府」。門兩旁白底黑字兩個布條兒，一個「烤」，一個「涮」，給上頭煤氣燈一照，刺眼極了。

他們邁進了大門。有兩個小夥計上來招呼，領著二人穿過了前院。是個兩進四合院，內院上頭還搭著棚。北房有個二樓。院子當中立著一個半人高的大火盆，上頭架著鐵炙子，縫中不時冒出一縷縷煙。火爐子旁邊有兩條長板凳和一堆松柴。

李天然這才發現羅便丞來了北平這麼些時候，還沒吃過烤肉。也難怪，頭一回在這兒過冬。人不怎麼擠，可是東西北房都有客人，多半都在屋裏頭涮。夥計給他們在西屋找了個座。李天然先叫了半斤汾酒。

「吃這個非喝白乾兒不可，你行嗎？」

羅便丞說行。李天然叫他褪了上衣，解開領帶和領釦，捲起袖子，「準備流汗吧！」

天然夾了十來片兒粉紅帶白的羊肉放在碗裏，佐料兒只是點兒醬油，拌了拌，才放上大把蔥絲兒和香菜。羅便丞一樣樣照著做。

他帶羅便丞下了院子，站在火盆那兒，教他先用大筷子把蔥絲和香菜放在炙子上墊底，再把羊肉撥到上頭，翻了翻，六七成熟，再把碗裏的汁兒往上一澆，再又撥弄了兩下。烤的肉滋滋冒著煙。李天然一下子全撈進了碗，一隻腳踩在板凳上，另一隻立在地上，「來，吃吧！」

羅便丞也學他樣，把隻腳踩在板凳上。

第二趟他們拿進了屋。一口肉，一口白乾兒。

羅便丞直叫好，滿頭大汗，一半兒烤出來的。

李天然看他這麼專心，好像什麼都忘了，心裏也很高興，想說句話又沒說。可是羅便丞立刻感覺到了，「What?」

「沒事。」

羅便丞放下了筷子，舉起酒碗，「朋友，謝謝你，酒的確是治心痛的阿司匹靈。」然後一口乾掉。

李天然付的帳，「規矩，你頭回吃，又是我帶來的，」帳單讓他感到驚訝，倒不是才兩元，而是他們倆竟然幹掉三斤羊肉，一斤半白乾兒。

羅便丞稍微有點搖晃，所以還是天然開。他在空空的夜街上，開的相當快，再照羅便丞的指引，左轉右轉地到了一個大門半開著的小宅院。

「進來喝一杯，看看我住的地方。」

「你還行嗎？」

「我？不用擔心……我母親是愛爾蘭人。」

李天然發現這條胡同就在景山後邊。嘿！他心頭一跳，離剛才那兒不遠。

羅便丞伸手一指，「沙灘二院，我老師住那兒，」他回身前頭帶路，「這個公寓裏頭住的全是北大學生。」

掌櫃的門房探頭招呼了聲，「火給您生上了。」

他們下了院子。東房亮著，一陣麻將聲。

「這兒住的都是窮學生，兩個人一間，我本來還有點不好意思，一個獨占三間北房……可是才九塊錢一個月。」

顯然他也利用這兒工作。李天然接過來一杯威士忌，打量著屋子。真是標準的美國小子的家。亂七八槽。大本小本的書，一疊疊報紙雜誌，滿桌滿地。牆上一張世界地圖，一張中國地圖，一張北京街道圖，全是英文的。

「天然，」羅便丞倒在沙發上，「你怎麼看卓十一他們這家人？」

「怎麼看？家住王府大院兒，還能怎麼看？」

「嗯……」他欠身用鐵叉子撥了撥銅盆裏的炭火，「可是堂會那天晚上我可開了葷……抽了幾口大煙……」他倒回沙發，「你抽過沒有？」

李天然微笑搖頭。

「唉……」他抿了口威士忌，「這個時候，有錢有閒，住在北平，可真舒服……」他閉上了眼睛，沉沒在回味之中，「頹廢是有點頹廢，可是真舒服……唉……那象牙小壺，那黑黑褐褐的煙膏，那細細長長的針，那青白色的鴉片燈，那個老古董煙床，那個伺候煙的小丫頭……我看不到十八，可真會燒，手又白又巧，一個一個小煙泡兒，都剛好塞進煙鍋兒，再給我點上……啊……那股味兒……帶點油香，像烤核桃仁的香味，還帶點焦味兒……啊，一口下去，兩口下去，比抓癢還舒服，比打噴嚏還過癮，你全身都酥了……」

他一下子清醒過來，開始傻笑，「再這麼下去，我可真離不開北平了……說正經的吧。」

李天然只是靠在沙發上休息，沒有說話。羅便丞坐直了，「你知道我在堂會上都見到了什麼人？」

李天然搖搖頭。

「你知道江朝宗吧？連這位遺老都去了……你猜還有誰？潘毓桂！我的老天！全是親日派！」

「你準備把他們寫出來嗎？」李天然有點明白為什麼藍老不出席了。

羅便丞點點頭，「已經訪問了清華的梅貽琦，燕京的司徒雷登，另外還要訪問幾個人……宋哲元，張自忠，都已經安排好了，還在安排市長秦德純和北大教授胡適，校長蔣夢麟……哦，還有你們董事長藍青峯。」

李天然非常佩服。這麼一個美國毛頭小伙子，才來沒多久，剛來的時候連中國話都說不清楚，可是現在知道的事，跑過的地方，認識的人，比他多多了。就憑一個駐外記者的名義，說要找誰就找誰，而且見得著。他腦中突然一閃而過一個念頭，要不要託他打聽一下羽田？還有朱潛龍？不過他沒提。

「你在想什麼？」羅便丞見他半天沒說話，就問了一句。過了會兒。見他沒回答，又接了下去，「我的老板前天來了個電報，叫我寫幾篇長的，把冀東自治以來的華北局勢分析一下……可是那天先去看了演習，晚上又去那個堂會，又碰見那些……唉，我不想下結論，可是皇軍還沒有進城，那幾個小子們已經這麼囂張了，還跟我說什麼『只有中日親善，方能確保亞細亞之和平』……你看，」他用手一指雜亂的書桌，「你看，打字機上的紙一片空白，一個字都還沒寫，三天了……」

李天然還是悶悶地喝著酒，牆上的掛鐘說是十點半……師叔跑哪兒去了？……

「你還在想什麼？我說了半天話，你聽見了沒有？」

「聽見了，你就寫嘛……就寫你看見的，聽見的，知道的。」

「那你在乎我把你寫進去嗎？有個留美大學生，讀者會覺得更親切……只是我還不知道你對很多事情的看法。」

「你別寫我，我沒有什麼看法。」李天然覺得有點不妙，「別寫我，連我的名字都別提！」

他一口乾掉了酒，站了起來，「我該走了……」他發現羅便丞給他的話和他的表情給愣住了，就補上一句，「你要找個留學生訪問還不容易，北大，清華，燕京，輔仁，可多的是，再不行還有個歐美留學生協會……」他說完，也不再去管羅便丞有什麼反應，就走了。

他上了胡同才感到有點過份。唉，管不了那麼多了。西北風正在颳。他扣上大衣，稍微辨認了一下東南西北……哦，這條是月牙兒胡同。

他順著地安門內大街朝北上了地安門東，貼著牆根兒走。路上沒什麼人，經過一家像是個學校的時候，裏頭那個門房一愣，死盯了他一眼。他也沒去理會，再朝北進了南鑼鼓巷。

從南邊進去應該是右手邊第一個胡同。他看了看手錶，又前後掃了一眼。老遠前方有盞暗暗的街燈。一個人影兒也沒有。一點兒聲音也沒有。都睡了。只有陣陣風呼呼在吹。缺了小半邊兒的月亮在雲中躲來躲去。他拐進了胡同，挺黑，直快到跟前才看見門口那幾棵樹。

他脫下了大衣，捲了起來，抬頭瞇著眼打量了一下，猛然平地拔起，將那團大衣塞到上頭分叉枝幹中間。下了地，他翻起了上衣的領子，稍微遮住一下白襯衫。

他轉身邁了幾步，無聲地躍上了房，摸了摸瓦，挺牢。

他還是很小心地踩了過去。是個兩進院子。各屋都黑著。他伏在房上注視著黑黑的內院。一點動靜也沒有。他眼睛已經習慣了這個黑，可是還是在月亮冒出來那一會兒，才注意到前後院之間，一東一西兩個小天井裏各有棵大樹。他慢慢移了過去。葉子全落了，可是還是可以在大枝小枝下頭藏身。左右鄰居也都黑黑的。

總得捅一捅。他喘了口氣，輕輕鬆開了一片瓦，在手裏掂了掂，一甩手丟進前院。

「叭啦！」很響的瓦碎聲震破了這死寂的夜空。他趴在屋脊後邊，只露出小半個頭。

先是南屋那邊兒的門開了，沒亮燈，出來一條人影。李天然決定不管是誰，也不管這是不是羽田的宅院，只要這小子上房發現了他，他就動手。

可是這小子沒上房，在院子裏走了一圈，這才刷地一道電光掃了上來，又照了會兒前後屋頂，再又照回院子……「咦！」那小子照見了一些碎瓦片，彎身拾起了一塊。

南房屋裏有了亮光，也把院子照明了點。又有個人披了件袍子出來，站在房門口輕聲一問，「有人？」

「有的話也溜了，給你這一喊。」

「去報一聲兒吧？」

「待會兒，讓我再繞繞……」他在前院又繞了一圈，查了查各屋門窗，還查了下天井，「你上大門口兒去看看。」他進了內院。

李天然也隨著換了個屋頂趴著。

那小子打著手電上了北屋臺階，在廊下敲了敲東邊一扇玻璃窗。

裏頭有了燈。又過了會兒，正屋的燈也亮了，門也開了。門中間站著一個人。亮光從他背後照過來，只勾出來一個黑黑的輪廓，看不清臉孔。是他？

他們兩個站在門口說了會兒話。那小子用電棒照著手上的碎瓦。又說了會兒話，一句也聽不見。

門裏頭那個人進去了。正屋的燈一個個暗了下去。打手電的又朝著屋頂亂照了一通，慢慢走回前院，很響很清楚地自言自語，「哪兒來的毛賊，也不先打聽打聽。」

李天然趴在房頂上，一直等到下頭那兩個小子全回屋了，燈也滅了，又待了十幾二十分鐘，才從隔壁宅院下了房。

16 掌斃羽田

第二天吃過晚飯，李天然換上了一身黑衣服，出了家門，往南鑼鼓巷逛了過去。

其實還不到八點，可是他知道，好不容易碰上這麼一個八成兒和羽田有點兒關係的所在，不馬上探出個究竟，他醒睡都不安。

李天然小時候跟師父出去跑過幾趟，雖然派不上用場，可是站在旁邊兒看，再聽師父說說訓訓，也學了不少。其中之一就是暗中窺探。

什麼招兒也別使，就找個隱祕的地方躲在那兒，無論白天晚上，一動不動，大氣不出，注意觀察對方的日常生活，或任何意外舉動。就這麼一天，兩天，三天五天地暗中窺探，摸清楚了底細再做打算。

打算他已經有了。如果這就是羽田的家，那就這兒下手。

可是還得先摸清楚了他家都有誰。李天然不想多傷人，萬不得已也不能亂傷人。冤有頭，債有主。天下不平的事多如海沙。只做該做的，只找該找的。

天很冷，他拉緊了皮夾克拉鏈。大街上，小胡同裏，不時還有那麼幾個走路的，個個都低著頭，攏著大衣棉袍，抓緊圍脖，趕著回家。

他一進炒豆胡同就戴上了黑帽子，再用黑手絹蒙住了下半邊臉，前後略一掃瞄，閉住氣，從頭一棵樹後邊輕輕上了房。

他在瓦上慢慢爬到上次蹲的小天井上頭。位置很好，稍微抬頭就可以看見前後兩院。後院黑黑一片。前院東南房有燈。一個老媽子下了院子，一會兒又進去了。裏頭有人說話。

李天然在房上這一蹲就蹲到半夜。除了上回那個小子，打著手電巡查了一趟之外，沒人進出。李天然在那兒又趴了個把小時才下房。

他第二天晚上又去蹲，還是趴在老地方。下邊兒跟昨兒晚上一樣，只是九點多的時候，來了部汽車，進來個人，到後院北屋。可是沒十分鐘就離開了。那個人瘦瘦的，不像是羽田。

禮拜五那天下班，在大門口碰見藍蘭，便留他在家吃飯，瞎扯了半天，搞到快十點了，也沒來得及回去換衣服，就去了南鑼鼓巷。又是一樣，也沒看見羽田。

可是那天半夜裏回家。發現師叔也回來了，都已經在屋裏睡了。他也就沒去打擾他老人家。早上爺兒倆吃著徐太太給買回來的燒餅果子切糕，李天然把這幾天的事都交代了。

德玖邊吃邊聽，完後又喝了杯茶，點上了煙袋，「我也沒潛龍的消息，不過羽田後頭有局子裏的人給他撐腰，大概沒錯。」

德玖說連成天泡茶館，上大酒缸的，以至於連隆福寺裏的喇嘛，都覺得奇怪，光這幾天，北平就有好幾處大火，什麼北池了，天橋，平則門內，工廠民房都燒過，也沒見警察這麼緊張，這麼到處查詢，更沒見這麼許多便衣，這麼勤著打聽。而且亂抓人，連個烤白薯的老頭兒都給叫了進去。外頭謠言不少。有的說是窩裏反，分贓不均，有的說是南京幹的，有的猜是二十九軍裏頭的抗日份子。還有人說，那個「黑龍門」可算是栽了個跟頭，裏邊兒有局子裏的，可是到今天也沒查出點兒什麼……

「我把這些話全歸到一塊兒，就算還沒什麼真憑實據，北平有個『黑龍門』是不假的了。裏邊有警察，也許是便衣，也多半不假。誰建的還不知道，是不是跟羽田一夥兒，我看有這個可能……你想，天知地知，你知我知，那把火是誰給放的。」

李天然可心中一震，「那依您來看，這個『黑龍門』會是朱潛龍搞起來的嗎？」

「可能……」德玖噴著煙，「可是這幾天在外邊兒，沒聽見一個人提過這個名字……唉，這小子也是一身本領，六年前就和羽田一塊兒……」他頓了頓。「不過，也別亂猜，朱潛龍也可能早就得了什麼急病死了……」

李天然下午去九條繞了一圈，晚上跟師叔去了「順天府」，吃了頓兒涮鍋，耗到了八點多，才帶著師叔去炒豆胡同。

兩個人，一個蹲在東邊天井上頭，一個在西邊天井上頭，一直蹲到半夜。情況這是跟上幾回一樣。

德玖到了家跟天然說，是不是羽田的宅院不知道，可是有兩個護院兒倒是不尋常。他覺得每天晚上都應該去蹲蹲。必要的話，有機會的話，進屋去看看。還有，既然像是個住家兒，那家主就不可能永遠不回家。

這也是李天然的打算。第二天，爺兒倆自個兒在家下了碗麵。天剛黑就準備妥當出了門。

他們剛拐進炒豆胡同，李天然就立刻抽身，順手拉住了師叔。黑胡同裏頭那幾棵大樹下邊停著兩部汽車。

他們看看四周沒人，雙雙蒙上了臉，也沒再打招呼，就一前一後上了胡同口路北那座房子。

剛一上房，李天然就心中咒罵。天上一輪明月正從雲中間冒了出來，清清楚楚在瓦上印出兩條影子。媽的！就算偷風不偷月，也顧不了那麼多了。

二人都認得屋頂上的路，各自在老地方趴了下來。

前院後院都挺亮。不時有人語聲，還有笑聲。男女都有。前院有不少人進進出出，收盤子上菜。像是在宴客，只是東房拉上了窗簾，不知道有幾個人，都是誰。

這頓飯吃到快十點才散。李天然趴在天井上頭屋脊後面，在時隱時顯的月光之下，看見東房裏頭的人一個個出來。

頭一個是那位舒女士，一身西裝領帶。後邊跟的是穿著和服的山本。二人在院子裏說話。

過了一會兒，卓世禮走了出來，一邊扣他的長袍。他後面是那個楊副理，還是那身黑西裝。

接著出來的是一位面生的年輕少婦，淺色旗袍。

然後又出來一個人，黑西裝，胖胖身材，圓圓的臉！

李天然的心差點兒跳出來。他一動不動，注視著這夥人慢慢進了後院，在院子裏活動了下身子，又說了會兒話，才一個個上了北房。

有個老媽子也忙著一會兒進，一會出。只是沒看見那兩個護院。

李天然知道還有得等，可是他放心了。這肯定是羽田的家。看這小子在院裏幾分鐘的動作和姿態，就知道他是主人。好，廟是跑不了，你這個和尚也別想溜。他彈了一小粒沙石到對面。德玖露了半個頭。天然打了個手勢，說是等。

然後他仰臥在瓦頂上，望看上空偶爾露下臉的月亮。剛開始缺，看樣子十五剛過。

他真想抽支菸。

不錯，客人早晚要走。然後怎麼辦？

該怎麼辦就怎麼辦。反正就是今兒晚上了……

他突然發現頭上月亮移換了小半個天……而且下邊有了聲音，有了動靜。先往外走的是卓十一和那個副理。接著是山本和舒女士，只有羽田出來送客。

李天然沒動，聽見這夥人到了前院。接著一部部汽車發動，開走。

他微微抬頭，看見羽田在前院跟那兩個護院說了說話，轉身進了內院，回到北房。他看了看手錶，一點半了。他又趴了下來，繼續等。別急，跑不了，廟跟和尚都在這兒。

前院東房沒燈了。

南房的燈也滅了。

內院北房大廳黑著。就只剩下東邊窗上還透點亮光。風越吹越冷。

那個穿旗袍的？看樣子是住下來了。

東窗也黑了……

李天然輕輕爬到師叔那邊。德玖沒言語，只是用手一指前院。

二人飄下了院子，雙雙一起一落，立在南房門口兩邊。李天然掏出一枚銅錢，輕輕一抖手腕，打向院中大魚缸。「叭！」清晰一聲刺破靜夜。

沒幾秒鐘，房門開了，一個人影正要往外探頭，就給德玖伸出鷹爪般的手卡住脖子，哼都沒哼出來。李天然一閃身進了屋。

得快。他一摸右手邊牆，撥開了燈，房間大亮。沒人。右邊有道門。他搶了過去，開了門。外屋燈光照見裏頭靠牆有張床，上面被窩兒裏捲著一個人。他一步跨到跟前，朝那小子後腦一掌甩過去。

德玖進了外屋，壓低著聲音，「這兒我來收拾，還有個老媽子……」又從懷中取出幾副狗皮膏藥，「帶著……燈給關上。」

李天然在廚房門口就聽見裏邊的鼾聲。他擠開了門，老媽子還在打呼兒。他開了燈，找了塊抹布，到犄角床頭推了推她肩膀。老媽子才「啊……」一聲一張嘴，就給抹布塞住了。她給嚇的混身直哆嗦。李天然也不言語，先拆下來兩副膏藥貼住了兩隻眼睛，再撕下幾條被面，把老媽子給綁了起來，關了燈。

爺兒倆在魚缸前頭會合，都沒言語，也沒上房，直奔後院。李天然輕步走到東窗，在玻璃窗上輕敲了兩下。

沒有動靜……他又敲了兩下……

「什麼事？」屋裏傳出來啞啞的聲音。

李天然壓低嗓子，「有人。」

裏邊亮了燈。過了一會兒，北房大廳也有了亮光。李天然移到了正房門口，門正在打開。大廳的燈照著一條黑黑的身影。德玖在門口那邊又一探手，卡住了羽田的喉嚨。

他們進了正房。羽田那張圓臉漲的發紫。德玖稍微鬆了鬆他五根鷹爪般的手指，一瞄天然，再一瞄內屋睡房。

李天然點點頭，進了臥室。現在沒什麼顧忌了，他隨手開了燈。

一張大銅床斜斜地躺著一個熟睡的女人。零亂蓬散的黑色長髮露在寶藍被面外頭。他走到床側，把兩貼膏藥拆下來黏在銅柱子上，又褪下來一個枕頭套，也沒拍醒她，只伸出三指一拉她下巴，把一團枕套塞進去大半截，再用手按著。她這才猛然驚醒過來，剛張開了一雙圓圓的大眼睛，就給天然用膏藥給蓋上。

她死命搖著頭掙扎，喉中發著啞啞的吼聲，兩條腿亂蹬，幾下就踢開了棉被，露出來一身白肉，就一條粉紅色貼肉內褲。李天然揮手一掌，她不動了。頭陷在軟軟的大枕頭上。

他撿起來攤在地上的大紅睡衣，撕了開來，把她的兩隻手兩隻腳都綁了起來，再用棉被把她那身白肉給蓋上，熄了燈，關上門，回到大廳。

德玖黑頭黑臉，只露出一雙眼睛，坐在一張單人沙發上，右手還卡著跪在前頭的羽田的脖子。

李天然繞著客廳走了一圈，隨便觀看。很講究，很古典的布置。深紅絲絨沙發，咖啡色地氈，楠木茶几，銀製煙具，金製擺鐘，青瓷，太師椅，山水字畫，北面牆上一個大橫匾：「八紘一宇」……他轉頭面向師叔，嗓子一沉，「把膀子給卸了！」

德玖起身，也把肥肥的羽田給提直了。羽田的睡袍敞了開來。

德玖稍微鬆鬆手，在羽田還沒來得及喘口氣之前，就把他轉了個身，面向著天然，再又伸出雙手，一手一邊，抓住羽田的兩隻胳膊，上下一錯，輕輕「咯咯」兩聲，羽田一聲慘嚎，昏倒在地。

德玖彎身又一把卡住羽田，提了起來，褪了他的睡袍，就剩下一條白褲叉兒，再輕輕一送，把羽田摔進了單人沙發。

這一動彈，又痛得羽田慘叫幾聲。

爺兒倆站在沙發前頭，緊盯著癱在沙發裏的羽田。

那張圓臉漸漸緩過氣來，睜開了眼，又驚又駭，汗珠一粒粒聚在額頭，呆呆地望著面前一高一矮兩個黑頭蒙面人，「好……好漢……饒命……」

就這麼兩句話都震動得他痛的接不下去了……他緊咬著牙，閉上了眼睛。桌上的擺鐘滴滴嗒嗒地走著。

「錢……都拿去……」羽田說一句，咬一咬牙，「金子……也都給你們……就在裏屋……」

李天然往前邁了兩步，一拍羽田左肩，羽田咬著牙「哼」了一聲。額頭汗珠在往下流。

「聽清楚了，你不動就不痛……」天然示意師叔站到沙發後頭，自己拖了把椅子在羽田前面坐下，「問一句，回一句，也不叫你痛。」

羽田慢慢輕輕點頭。全身肥肉直哆嗦。

「你叫羽田次郎？」

羽田點頭。

「中國名字叫金旭東？」

他又點頭。

「黑龍會的？」

羽田猶豫了一下。德玖在後頭一捏他肩膀。他啞叫了一聲，點了下頭。

「一宇貿易公司總裁？」

羽田點頭。

「來北平幾年了？」

「五……六年……你……你們南京……？」

李天然一扯羽田右手。羽田哀叫。汗往下流。

「一到北平就認識了朱潛龍？」

羽田睜圓了眼睛，沒出聲。

「我再問一遍……你一來就認識了朱潛龍？」

「是。」

「怎麼認識的？」

「他……」羽田似乎在想，又似乎在拖。

李天然抓起他兩條胳膊一抖。羽田大叫大喊，連著喘了好幾口氣……

「他是……我的恩人……」

「什嘛？」李天然驚詫一喊。

「他救了我一命。」

李天然抬頭看了看師叔。德玖取下了蒙臉，微微點頭。

「他人在哪兒？」

羽田有點發愣，「人？……在家……」

「家在哪兒？」

「你們南京來的？……」羽田像是橫了心。「同行好商量……我有情報……交換……」

「交換？什麼情報也換不了你！」

「求求二位好漢……大爺……」羽田臉色鐵青，「饒我命，什麼都說……」汗珠還在往下流，「我回日本，我有皇軍情報……祕密情報……」

李天然一動不動，等羽田暫停了下來喘氣，「『太行山莊』的事兒，你記得吧？」

「什麼？……」羽田滿臉迷惑。

「六年前……宛平縣『太行山莊』……一家四口……給你和朱潛龍槍殺了……莊園也給你們燒了……」

羽田臉色死白，半天說不出話來。德玖在後邊耐不住，雙手一扣羽田兩肩。「啊……」一聲慘呼剛出口，喉嚨就給李天然伸手卡住了……

「聽話就不痛。」

「放……」羽田乾咳了兩聲，每一咳一咬牙，「我欠……他逼我幹的……我欠……我欠大哥一條命。」

「大哥？」李天然微微一愣，「你是說朱潛龍？」

羽田點點頭。他在沙發裏越陷越深。兩條死胳膊似斷非連地接在他軀體上。

李天然慢慢扯下來他蒙面的黑手絹，把臉湊到羽田鼻子前頭，「記得我這張臉嗎？」

羽田給這句冰冷的話給震住了，無法回答，又無處躲藏，兩隻眼睛突突地瞪著。

「我再問一遍……六年前，太行山莊……」

羽田突然略有所悟，「你……李……編輯？……老金同事？」

「再往後想……六年前一個晚上，你跟朱潛龍兩個，背後開槍打死了四個人……」

羽田呆呆的臉色起了變化，「顧家……？」

「對，顧家……有點印象，是吧？」

羽田還呆在那兒，剛要搖頭又止住了。

「我姓李，叫李大寒……朱潛龍沒跟你提過這個名字？」

羽田還在發呆。

「『太行山莊』一家人是我師父顧劍霜，師母顧楊柳，二師兄顧丹心，師妹顧丹青……朱濳龍是大師兄……他沒跟你提過？」

羽田一下子明白了，滿臉驚駭恐懼。

「我中了你們三槍，又差點給燒死……你進屋還瞄了我一眼……記得吧？我可沒忘記你這張圓臉！」

羽田吭地一聲垂下了頭。

「就我還活著！才有你今天！」

羽田下巴抵到前胸，一動不動。

「朱濳龍怎麼跟你說的？」

「沒說什麼……」羽田吃力地抬起了頭，兩眼空空，滿臉絕望，「他要我幹，我就幹了……我們是哥兒們。」

「哥兒們？」李天然一聲慘笑，「那倒省事兒了……」

擺鐘突然清脆地敲了三聲。

李天然抬頭望著師叔，微微點頭。

德玖在沙發後頭一欠身，伸手抓緊羽田的脖子，硬把他給提直了。

「羽田次郎！看我！」李天然冷冷一喝。

羽田兩眼緊閉著。

「看我！」

德玖一使力捏，羽田「哼」了一聲，睜開了眼。

「聽著！羽田！你這輩子造的孽，等著閻王跟你去算吧！」李天然臉色冰冷，聲音也冰冷，「我這一掌……」他往回一收右臂，運足了力，「為的是我師父，師母，二師兄……和丹青！」

語音未落，閃光似地一掌過去，「砰！」一聲悶響，滿滿地擊中羽田前胸。

羽田喉中乾咳了半聲一聲。

德玖鬆開了手。羽田屍體癱進了沙發。

李天然慢慢收回右臂，一雙眼睛冷冷地盯著羽田那張死白的圓臉……

還有那嘴角鼻孔往外冒著的血……

17「燕子李三」

李天然上前院巡視了一趟。黑黑的，沒一點動靜，只有幾聲弱弱的狗叫。

老媽子還在廚房後邊坑上哼。那兩個護院躺在地上動也不動。李天然過去試了試他們身上的綁。死死的，夠緊。

他回到後院正房內室。德玖正在翻一個五斗櫥。銅床上那個女的，不時在掙扎滾動。李天然上去輕揮右掌，又將她擊昏。

「您在翻什麼？」

德玖回頭，「去看桌上。」

紅木寫字臺上擱著一個比鞋盒大點的鐵箱子，沒鎖，就兩個明釦。他扳了開來。

「五條一捆兒，一共七捆兒。」

李天然先取出來上面幾疊鈔票，下頭整整齊齊排著幾捆金條，都用根黑布條綁著。他關上了鐵箱，「還有什麼？」

「沒什麼……幾堆信，好幾摞帳本兒……到是有把槍。」

李天然點了支菸，在房中來回走，「還是得留點兒什麼……」他到處張看。四面牆，一面有窗，一面有道通洗手間的門。兩面白牆，上頭掛著兩幅日本仕女圖。沒什麼顯眼的地方。

「咱們得借用一下三爺的大名……」李天然繞回到書桌前頭。

「三爺？」

「李三爺。」他選了支大字毛筆，連同墨盒一起拿著，朝客廳走出去。

「李三爺？」德玖聲音有點茫然。

李天然停在北牆，伸手拆下來那條「八紘一宇」橫匾，再用毛筆沾飽了墨，在白粉牆上直著寫了比拳頭大的四個黑字：燕子李三。

「大寒！」德玖在睡房門口哈哈大笑，「你可真淘氣！」

「夠他們琢磨的了……」他隨手丟了毛筆墨盒，「走吧！」

「那個拿不拿？」德玖一指睡房。

「三爺拿不拿？……」李天然想了想，「拿！……槍也拿！」他踩熄了菸。

到了前院，德玖一拉天然，「那兩個狗腿子，在屋裏暖和著，也太便宜了他們吧！」也沒等天然接下去就進了南房。

李天然站在院裏，放下鐵箱，正想點支菸，德玖出來了。

他一手一個，像是拎包袱似的，提著那兩個小子，往院子磚地上一丟，「咕咚，咕咚」，兩聲悶響。又走到院子當中，提起右腳一頂那個大金魚缸，「嘩啦」一聲兩聲，缸碎，大小魚跳，水潑了滿院子，也澆了地上那兩個護院個透，「在這兒涼快涼快吧！」

「您還說我淘氣！」

他們出了大門，李天然一把拉住師叔，「路人咱們不管，可是不能叫巡警瞧見，更不能叫他們攔住問話。這麼晚了，又帶著這些玩意兒。」

德玖前頭探路，天然夾著鐵箱後頭跟。黑乎乎地穿走一條條大小胡同，沒二十分鐘就到家了。路上一個鬼影兒也沒有。狗都睡了。

李天然混身是勁兒，不累，也不睏。他半躺在沙發上，一杯威士忌，一支菸，一遍又一遍想著剛才的事。他覺得他太急了點兒，羽田就快抖出來朱潛龍了……

德玖進了客廳，一身本色褲褂兒。他給自己倒了杯酒，站在天然面前，雙手舉杯，「掌門人，請。」

天然趕緊站起來回敬，「師叔，請。」

他們乾了。德玖給二人續了杯，坐了下來，微微一笑，「過癮吧？……再也比不上一掌斃死仇家更過癮的了，是吧？」

天然無聲滿足地微笑點頭。

「什麼感覺？」

「好比……」天然兩眼望著屋頂，嘴角掛著笑容，「好比解飢解渴。」

德玖大笑，「你師父算是沒白收你，也沒白教你。」

李天然臉色沉了下來，「是不是急了點兒？」

「這是你頭一回？」

天然輕輕點頭。

「頭一回就這麼乾淨俐落……聽我說，大寒，打死個人不容易。」

「沒來得及多問幾句。」

「當然也是，不過不那麼要緊。要緊的是，咱們找對了人，也知道了潛龍人還在北平，還活著。」

「沒逼他說住哪兒……」

「要緊關頭上，這也只能算是一個小疏忽。」

「也沒問他手上有什麼情報……還說要交換。」

「那是因為他起初把咱們當成是南京派來的特務……你想，要是他一眼認出了你，再死不承認山莊的事，更沒聽過朱潛龍，那我問你，你是殺這是不殺？」

李天然默默無語。

「還有，他說是什麼皇軍情報……這跟咱們這檔子事兒有什麼關係?!」

李天然悶悶喝酒。

「還有，他打算拿命來換……你肯換嗎？」

「當然不。」

「那不結了？聽著，大丈夫做事，幹了就幹了……」德玖鬆下了臉，一指茶几上的鐵箱，「你數了沒？」

「還沒。」

德玖起身開了鐵箱，拿出來三疊鈔票，都是十元一張的，每疊一百張，共三千元。金條一捆五根，七捆三十五條，三百五十兩金子，「金價現在是每兩法幣一百一十四……」他沒算下去，抬頭看了看天然，「你怎麼打算？」

「還沒去想。」

「不急，可也得想想……這都是靠走私大煙得來的不義之財，咱們拿了也對得起三爺……」

德玖坐回來，抿了一口酒，「想想……我是說，了完了這檔子事兒，你也該收個徒弟了……『太行山莊』還空在那兒，收不回來，也可以買回來。」

「完了事兒再說吧……」

李天然把現鈔放進了書桌抽屜。跟師叔說，要用自己拿。金條擺回鐵箱，塞到床下頭。手槍是把白郎寧。他上了保險，也放進了抽屜。

他睡得很好，起得也很晚，都下午兩點了。徐太太今天不來。好在冰箱裏還剩的有醬，德玖就胡亂擀了些麵條。李天然吃完了去胡同口想買份報紙，早都賣光了。

他在南小街上站了會兒。有太陽，可是風挺大。滿街都揚著灰土。他知道應該趕緊告訴馬大夫。

劉媽開的門，沒等他問，「上醫院去了。」

李天然進了前院，決定不了是走還是等。院子裏一片片落葉在隨風打轉。

「屋裏坐會兒，風大。」

李天然進了北屋。劉媽給端來杯茶就走了。他也沒脫大衣，坐在窗前小書桌，找出來紙筆，喝了兩口茶。

親愛的馬大夫，

您六年前的藥發生了效用，我昨晚終於睡了一場好覺。

這像是多年的飢渴得到了滿足。

忠實的，

李天然

又：錯了，只解了飢，尚未解渴。不過也應該快了。

十一月二十九日，下午四時

李天然喝了口茶，點了支菸，疊起了信紙，放入信封，寫上「馬凱醫生」，再用菸灰碟壓著，弄熄了菸……

第二天禮拜一，他十點去上班。剛出王駙馬胡同就碰見一個小孩兒喊著賣報。他買了份《晨報》。

頭版頭條：「日商遇刺」。

（本市）日僑羽田次郎，平津富商，昨日居家慘遭匪徒殺害。

警方透露，現場尚有兩名助手，一名女士和一女傭，均被倒綁堵口，幸無傷害。

羽田先生係一宇貿易公司及洋行總裁，並兼任平津日本貿易協會祕書，年三十六歲。

據稱，兇嫌似共二人，黑色衣靠，蒙頭蒙面。羽田死因似被重器迎胸打擊所致。犯案時間估計為昨日清晨。

警方尚不知有無貴重財物損失。

問及此一凶案是否與週前一宇倉庫失火有關，警方拒答……

李天然又看了一遍，沒有其他細節，沒提粉牆留名。不上報沒關係，有心人心裏有數就行了。他丟掉報紙，去了九條。

辦公室很安靜。金主編桌子空著。小蘇打了個招呼。沒再說話。

連著兩天都是這樣。師叔又不知道哪兒去了，又是幾天沒回家。李天然像平常一樣上班，交稿。這回是兩篇，都以圖片為主。一篇是好萊塢童星秀蘭登波兒，另一篇是年前舊照片，「諾曼地號」郵輪破記錄航越大西洋，正在進入紐約港口。

他剛把東西擺在金主編桌上，金士貽就進了辦公室，手中拿著幾份報。

李天然打過招呼，回到他的桌子。

金士貽一坐下來就撥電話，聽不清楚在說什麼。一個完了又撥一個。連著打了三通之後才去倒茶，「你看看這個！」

李天然抬頭發現金士貽站在他前面，手上一張報，往天然桌上一攤，「真是謠言滿天飛！」是《北京新聞》晚報。

「三版。」

李天然翻到三版。左下角，標題相當醒目，四個大字：「古都俠隱」。作者署名「將近酒仙」。後面是一首打油詩：

「燕子李三」，一命歸天，陰魂不散，重返人間。

上蒼有眼，懲戒日奸，替天行道，掌斃羽田。

李天然的心猛跳了好幾下……

然後就像慢慢品嚐十八年威士忌似地，又默唸了兩遍，再才硬裝出一臉迷惑，「什麼意思？」

「什麼意思?!唯恐天下不亂！」老金音色漸漸緩和下來，「唉……這個小報記者，真敢自稱什麼『將近酒仙』……真不知天高地厚，這麼件大事兒也敢拿來消遣……」

「怎麼回事兒？」李天然混身舒服。

「怎麼回事兒?!」金士貽又開始火了，「我告訴你，華北軍總司令多田說是違反了『何梅協定』，今天一大早兒就向宋哲元提出了正式抗議，限兩週破案，否則一切後果……」他沒接著說下去，一屁股斜坐在天然桌上，要了支菸點上，猛吸了幾口，「還有，土肥原認定是南京幹的，還認定是『藍衣社』！」

「慢點，慢點……」李天然捨不得放棄這個機會，「怎麼死了個做買賣的，惹出來這麼些麻煩？」

「你不明白？」金士貽彈了彈菸灰，「羽田是個日本人，這種時候，又在北平，殺了個日本人還了得！」

李天然心裏舒服極了，比餓了吃碗西紅柿炸醬麵還過癮，只是又想細嚼慢嚥，又想一口吞吃半碗，「這個我明白……可是遭偷遭搶，就算遭殺，也不是什麼新鮮事兒。」

「你真不明白?!……」金士貽瞇起了眼，「唉……南京沒這麼笨……也沒這個種……」

李天然的癮還沒過夠，「怎麼會扯上燕子李三？」

「說的是啊！……奇就奇在這兒！偵緝隊也說不上來……便衣查了這麼久，連倉庫的案子都沒著落……還有，那個老酒鬼怎麼知道的？啊？報上都沒提……」

「會不會是有人在給燕子李三報仇？」李天然剛說完就覺得話說多了。

「替那麼一個小偷兒報仇？」

「我只是亂猜，要不然詩裏頭提他幹嘛。」

「報仇倒是有可能……」他彈彈菸灰，「可是，李三給正法的時候，羽田還沒來中國……這當中關係在哪兒？」

李天然覺得他的話還是說多了，給金士貽多添了個想法，只好再找句話來捅捅，「羽田沒準兒不光是個日商吧？」

「那誰知道?!」金士貽弄熄了菸，起身回到他桌子，又打了兩個電話，也沒打招呼就離開了。他腳才出門，小蘇就過來問，「剛剛是怎麼回事兒？」

李天然遞給她那份小報，「三版，有首打油詩。」

小蘇看完了，「怎麼回事兒？」

「跟上禮拜死的那個日本人有點兒關係吧。」

「哦？……這種小報上的玩意兒也值得大驚小怪。」

「我可沒大驚小怪。」

「燕子李三？……不是個飛賊嗎？」

「好像是。」

「不早就給砍頭了嗎？」

「好像是。」

「這個羽田又是誰？」

「開了家東洋行。」

「那活該他死！」她帶著報回了她辦公桌。

李天然微微笑著回味這句話。羽田是誰，她也不知道，就憑他是個日本人，開了家東洋行，就說該死，真不知道看報的人是不是都這麼想……

房門開了，長貴過來交給他一封信。

信封上沒寫字。裏頭一張便條：「今晚九時，馬宅。藍」。

他揣進了口袋，「小蘇，快十二點了，請你吃午飯。」

「謝啦……我帶了飯盒兒，廚房給熱上了。」

李天然一個人離開了藍宅。才邁出大門，撲面就來了一陣沒頭沒臉的寒風黃沙，吹得他眼睛都睜不開。他戴上了墨鏡。好在回家走的不是頂風。迎面過來的一個個路人，都縮著脖兒，彎著腰，女的還用手帕圍巾蒙著臉。

幸虧小蘇沒答應出來吃，這麼大的黃風。他都忘了北平冬天會這樣。

滿頭滿臉灰土地到了家，洗了半天。中午吃了兩個烤饅頭就鹹菜，一壺龍井。又睡了會兒。下午天剛黑，風就停了。徐太太給他烙了兩張豬油餅，一大碗片兒湯。

他一直耗到八點半才出門。心中還是有點嘀咕。顯然藍青峯找他是為了羽田的事。可是他哪兒做的不妥當？是沒事先打招呼？還是事後沒打招呼？

老劉開的門，陪他上了北房才下去。

屋裏暖呼呼的。馬大夫抽著煙斗，坐在藍青峯對面小沙發上。咖啡桌上有瓶威士忌，幾支杯子，和那份《晨報》跟《北京新聞》。藍點點頭，沒起身。馬大夫上來緊緊抱了天然好一會兒，也沒說話，只接過了他的大衣。

沒人言語。李天然給自己倒了半杯酒，點了支菸，坐在長沙發上等。

是藍青峯先開口，「從頭說。」

李天然整理了一下記憶，很詳細地把經過講了一遍。藍聽完，半響無語，最後深深嘆了一口氣，「就沒多問一句是什麼情報？」

李天然沒有答話，可是馬大夫插嘴了。「青老……你是國仇，他是家恨。」

「我明白……」藍青峯頓了頓，「只可惜了這麼一個機會……」他瞄見天然在沙發上移動，「有什麼話，你說。」

李天然猶豫了一下，「羽田到底是怎麼回事兒？」

「怎麼回事兒？」藍青峯反問了一句，注視著天然，「剛才你說你摘下了一條橫匾……再說說看，上頭是哪幾個字？」

李天然剛才也唸不出那第二個字，就掏出鋼筆在他手掌上寫下了「八紘一宇」，「像是他洋行的招牌……」他伸出了手，先給藍青峯看，又給馬大夫看。

藍青峯「哼」了一聲，冷冷微笑，「招牌沒錯，可是不是『一宇洋行』的，是他們天皇的招牌……」他注意到天然和馬大夫都一臉疑問，「這是他們抄咱們那句『普天之下，莫非王土』……」

馬大夫和天然同時「哦」了一聲。

「羽田是日本特務，土肥原的左右手。」

李天然慢慢點著頭，「那您是南京派來的？」

藍青峯面無表情，也沒回答。

「『藍衣社』？」

藍青峯這才微微一笑，「我？跟過馮玉祥……還扯得上『藍衣社』？」

李天然無法再接下去問，只有等他們開口。

藍似乎有點疲倦，將頭靠在沙發背上，「馬大夫，你不是也有話？」

馬大夫握著早已經熄了的煙斗，抿了一口威士忌，「這些話天然早都聽我說過了……當然，換了一個時空，還可以再說一次……」他兩眼望著天然，「現在沒有羽田了，再假設你也把朱潛龍給去掉了……之後呢？」

「之後再說。」

「這個世界上，可多的是羽田，多的是朱潛龍。」

李天然發現話題轉到這裏，有點奇怪，「我只能說，只做該做的。」

馬大夫點了點頭，「我記得你提過你師父幾句話，什麼『行俠仗義』，什麼『平天下之不平』……這在你師父那個時代，還說得過去，可是……今天，日本人都打過來了。」

李天然非常不安。他不想頂撞馬大夫，也不想在藍青峯面前示弱，「我師父還有句話：『任它弱水三千，我只取一瓢飲』。」

藍青峯輕輕嘆了口氣，「天然，有件事你應該知道……昨天秦德純找了我吃飯，完後還問起了你。」

李天然一愣。

「他說上個月收到了南京外交部一份公函，通知北平市政府，有位『李天然』，給美國驅逐出境，現定居北平馬凱醫生家……」

李天然掃了馬大夫一眼。

「這當然是例行公事。美國政府照會中國政府……只是市長問我知不知道這件事和你這個人。」
「您怎麼說？」
「我只在公函範圍內補充了幾句……當然，也提了提你在我這兒做事……問題不在這裏，問題是市長必須關照警察局備案……就算你的前科是在美國。」
「我明白。」
「我可緊張了半天……我這一替你瞞，就成了你的共犯。」
李天然無話可說。這種忙你無法謝。
「好在暫時，這邊還不會把你美國的案子聯想到羽田身上……不過，從現在開始，你可得更小心。」
「我知道。」
「從今以後，萬一你出了什麼事，馬大夫，我，可都幫不上任何忙。」
「我知道。」
「人家封了你『俠隱』，你可真得『隱』啊！」
李天然微微一笑。
「戶口報了？」
「房東給報的。」
「好……」藍青峯看了馬大夫一眼，起身到門旁按了下電鈴，「先就這樣吧。」他回來拿起了酒杯，「我還沒恭喜你……幹的漂亮……你報了仇，也為國家除了一害。」

李天然急忙拿了酒杯站起來。馬大夫也跟著起來。

「虧你想得出……『燕子李三』留的也漂亮，夠他們瞎忙一陣了……」藍青峯一口乾掉。

李天然先回敬藍青峯，再回敬馬大夫。

老劉進屋說車來了。藍青峯問天然，「送你回去？」天然說好，回身取了大衣，緊握著馬大夫的手，「替我高興。」

馬大夫深深嘆了口氣，一把摟住了天然。

18 什剎海

德玖第二天傍晚回來了一趟，取了點兒錢就要走。天然趕緊交代了幾句。德玖還是沒說去哪兒。

連著幾天，李天然每晚都是一個人在家。夜深人靜，一支菸，半杯酒，他好好兒縷了一下最近的事兒。師叔像是摸到點兒什麼。

那天晚上在馬大夫家的談話，讓他覺得好像馬大夫跟藍青峯成了一夥兒。就算藍青峯不是南京派來的，也應該和二十九軍有點兒關係。可是馬大夫一個美國人，又在演一個什麼角色？不錯，藍老的忙已經幫了不少了。又能守住羽田的事，又是一件大忙。小忙更不用說了，那晚回家路上，還給他介紹了一個山西票號，勸他早點兒把錢存進去。

李天然覺得也是。擺在家裏夜長夢多。放進票號，也比銀行強。不但可以隨時取拿，而且要金子給金子，要銀子給銀子，要法幣折成法幣，要美鈔都成。何況這家「怡順和」王掌櫃的又是藍青峯老鄉。

他留了五條在家，其餘的全存了進去，連摺子都沒立。

他還乘這個機會，把馬大夫的錢也給還了。馬大夫笑著說，「骯髒的錢，一轉手就乾淨了。」

李天然難得花了這麼些時間料理生活瑣事。他買了些家具，把西屋給收拾成一間客房兼書房。十二號禮拜六下午，他看著有好太陽，又沒風沒土，就去逛了下隆福寺，還在二院買了件半新不舊的猞猁皮袍。
逛的人挺多。前殿賣古玩珠寶的尤其熱鬧。他懶得去擠，就撿了個攤子吃了碗炒肝兒。
他順著廟旁夾道走。還是那麼擠。人雜不說，鳥市又吵，好像有翅膀的全在叫。他懶得再逛了，打算回家，突然心一跳。
就在前頭一排小吃攤兒上，巧紅一個人在那兒低著頭喝豆汁兒。
他慢慢走了過去。還沒到，她已經覺察了，抬頭一笑。
李天然看她喝完了，站在旁邊等她起來。
他們都沒說話，擠在逛廟會的中間，一前一後出了廟門，上了東四北大街。
「您剛買的？什麼皮？」
天然翻開了大襟給她看。
她伸手摸了摸，「真好。」
「你沒買什麼？」
關巧紅搖搖頭，「就來逛逛，趁天兒好。」
他注意到巧紅今天一身不鬆不緊的藍布棉襖棉褲，紮著褲腳兒，一雙黑絨布鞋，手上抓了個布錢包兒，頭髮打了個鬏兒，別著根銀釵。
「急著回去嗎？」李天然在東四牌樓下頭等著過街的時候問了一句。
巧紅沒說話。他們過了朝陽門大街，順著人行道慢慢走。太陽已經偏西了。
「沒什麼急事兒，找個地方坐會兒。」
關巧紅還是垂著頭走路，沒說話。

「找個清靜點兒的……」

她還是沒說話。

「叮噹……」，就在他們前頭，一輛北上的電車停了下來，正有一兩個人上下。李天然也沒言語，輕輕一挽巧紅右肘，往前趕了兩步，拖她上去了。

他付了錢。車上有的是位子。兩個人並排坐下。過了兩站，關巧紅才開口，「上哪兒去？」李天然看了看窗外，已經過了六條，「看哪兒清靜……」。關巧紅也沒再問，偏著身子，朝著外頭街上看。電車就這麼停停走走，叮叮噹噹，搖搖晃晃地在鼓樓那兒轉彎。

「下車吧，什剎海這時候準沒什麼人。」

他們下了車回頭走，拐進了一條斜街。胡同裏很靜，只有兩個小孩在地上彈球兒。

他們出了胡同，上了一座微微拱起的小石橋。兩個人在橋頭上住了腳。

後海沒什麼看頭，全成了水田。前海在夕陽之下，平平亮亮的一片，連個縐紋都沒有。這裏，那裏，立著浮著幾株黑黃枯萎的殘荷。一片蕭條。

他們下了橋，沿著堤岸向北遛過去。岸邊垂柳的葉了全掉光了。最後幾道晚霞，穿過了遙遠的西山亂峯，射了過來，更顯得空曠死寂的後海一片淒涼。

「冷的話，這兒有現成的皮統子。」

「不冷。」

他們慢慢遛達著。一家家臨海的茶棚和土道西邊的酒肆，全都關著。天可黑了下來。風也冷了。李天然正想回頭，似乎看見前面路左樹影之中有點亮光。到了跟前，發現是家館子，還開著。

「進去歇會兒。」

裏頭挺乾淨，有十好幾張方桌子。只有一桌有三個客人。粉牆上貼著兩張黃底黑字大紙條：「和菜一元六味」，「時菜一角起」。他選了個臨窗方桌，跟夥計要了一碟炸花生，一碟煮毛豆，又抬頭問巧紅，「喝一杯？」巧紅露出一絲笑容，「成。」就又叫了半斤清河老白乾兒。

「來過這兒嗎？」

「沒。」

「我是說什剎海。」

「就五月節那會兒，逛過集市，前海。」

小夥計先上了花生毛豆白乾兒。李天然又點了過油肉，糟溜魚片，拌黃瓜，和半斤蔥花餅。

「哦……」李天然提壺倒酒，「還沒謝你給做的手絹兒。」

「把您的弄髒了，不另外還怎麼行。」

李天然發現他不問話，巧紅也就不說話。兩杯下去還是這樣。靜靜地吃，靜靜地喝，靜靜地聽，偶爾「嗯」一聲。

「你在想什麼？」

「沒想什麼。」

「怎麼不說話？」

「嗯……」

「怎麼回事兒？」

「我沒……沒這麼跟人出來過……」

他一開始沒聽懂，過了會兒才明白她的意思，看她面頰泛紅，不知道是那幾杯老酒，還是害臊。

「不是一塊兒吃過麵嗎？」

「那不算，那是躲雨……也沒吃完。」

李天然忍不住微笑。大概是出了點兒聲音，巧紅的臉更紅了。他趕緊收住，轉了話題，「我也總有二十年沒來這兒了……」他轉頭望著窗外黑黑一片。

「二十年？」

「小時候，五歲還是六歲，跟我師父來過一趟。」

「師父？什麼師父？」

李天然一下子也愣住了，「教我功課的師父。」

「那是你老師。教你手藝的才是你師父……」她開始偷偷地笑，「除非你小時候當過和尚。」

李天然也跟著笑了。

夥計送上了菜和餅。兩個人都靜了下來吃。

他不時偷偷地看對桌的巧紅。臉真有點兒像丹青。個兒也差不多。只是身上多點兒肉。逗起人來可跟丹青一樣，抽不冷子冒出一句，叫你哭笑不得。看模樣，歲數也小點兒。丹青屬豬，那巧紅不屬老鼠就屬牛。他心中嘆了口氣，這麼年輕就守寡。可是又想，丹青沒滿二十就死了，還是新婚……

「那你不屬雞就屬狗。」

李天然一愣。

「你不是說你二十年沒來了？上回來不是才五歲還是六歲？」

「好像是吧……」他心裏頭一下子很亂。

「哪兒能好像又屬雞又屬狗的！」

李天然盡量保持鎮靜，「我不知道我哪年生……」他注意到巧紅聽了，臉上有了點兒變化，「誰是我爹，我娘，也不知道……我是我師父師母領過來帶大的。」

巧紅回看著他，眼圈兒發紅，「我以為就我命苦……」尾音慢慢拖到沒聲了，才舉杯喝了一口白乾兒。

李天然靜靜看著她。

「我兒子屬羊……在的話，今年六歲了……」

他靜靜喝酒。

「也許那天晚上我要是也去了，許就沒事兒了……可是我沒去，就他們爺兒倆去聽野戲……說是我兒子睡了，他爹揹著他回家，就在大街上，一部汽車打後邊兒上來，一滑，就把他們倆給撞飛了……」

李天然握著酒杯，一動不動。

「汽車停都沒停……問縣裏，警察說是日本軍車，他們管不著。問憲兵隊，又說沒這回事兒……怎麼沒這回事兒，一大一小死了兩個人！」

「這是多久以前？」

「前年立秋……」一滴淚珠掉進了她手中酒杯，「屬羊，都快四歲了……」

「在哪兒出的事兒？」

「就在通州大街上。」她仰頭乾掉杯中的酒，又伸出了酒杯。

李天然給她添了，也給自己添了，「通州的家呢？」

「家？……」她用手背擦了下眼睛，「我們本來有個小客棧。出了事兒沒一個月，他大哥，給了我五十個袁大頭，就把我趕出來了……」

「後來呢？」

「虧得徐太太在通州的兒子，勸我來這兒陪他媽住。」

「客棧呢？」

「客棧？」巧紅慘笑了幾聲，「早成了大煙館兒啦！」她頓了頓，抿了口酒，「連店名兒都給改了……現在聽說叫什麼『夜來香』……」

李天然微微苦笑，「本來呢？」

「不跟你說……」巧紅突然有點兒不好意思，「說了你會笑我……」

「我不笑你。」

「『悅來店』。」

可是聲音低的天然差點兒沒聽見。等明白了過來，還是笑出了聲，「像是你給取的名兒。」

「嗯……」她臉上又一紅，「連環圖畫兒上看來的。」

李天然忍住了笑，可是忍不住逗她，「你喜歡十三妹？」

「才不是呢！」巧紅急了起來，「我就知道你會笑……」

「對不住……」接著又補了一句，「我不是這個意思。」

「算了，我知道你也是說著玩兒……」她的表情恢復了，「我只是不明白……這些寫小說兒的，胡謅亂編個故事也就罷了。怎麼好好兒一個十三妹，一下子變了個人，成了何玉鳳?!」

他聽得心直跳，老天，這簡直是師妹在說話……

夥計過來問還要添點兒什麼。李天然看了看巧紅，見她不說話，就說不要什麼了。等夥計走了，巧紅才問，「什麼時候了？」

李天然看了看錶，「快八點了。」

巧紅沒什麼反應。

「回去晚了沒事兒吧？」

「沒事兒是沒事兒……可是不能叫徐太太等門兒。」

李天然點了支菸，付了帳。

外邊可冷下來了。一片漆黑。後海對岸偶爾露出一兩點星星似的燈光。李天然給她披上了皮袍。她沒言語。兩個人慢慢原路往回走。西堤土道還算平。風吹過光禿禿柳條兒呼呼地響。

「你怕鬼嗎？」他黑黑地問。

「沒做虧心事兒，怕什麼鬼。」

他看不見她的臉，可是聽出來聲音很輕鬆。他心裏也舒服了，「你平常都幹些什麼？」

「平常？每天都有事兒做。」

「那我知道，做活兒，買菜燒飯過日子……我是說你閒下來。」

「沒什麼閒的時候，總有事兒幹……就今天，也不是閒，出來找幾根兒絲帶子，順便逛逛……」

「不去看個電影兒？」

走了幾步，也沒見她說話。他又問，「我是說有空去趕場電影。」

「我……沒看過……」

好在黑黑的，李天然的驚訝只有他知道，「那你怎麼消遣？」

「消遣？……」她聲音像是在問自己，「沒什麼消遣……有時候附近胡同裏頭的小姑娘，上門兒找我抓個子兒，踢踢毽子，猜個謎。」

「猜謎？」

「你也猜？——」嘴音挺興奮，「我昨兒才聽來一個。」

「你說。」

「好……『夜裏有一個，夢裏有一個，窗裏有一個，外邊兒有一個』……打一字。」

李天然想了會兒，「我猜不出。」

「不行！」巧紅嗓門兒高了點兒，「要真的猜，好好兒的猜，要不然就沒意思了。」聲音還帶點兒急。

李天然不是逗她，是真的猜不出來，「我真的猜不出來。」

巧紅也不言語，抓起了天然的右手，用她指尖摸黑在他厚厚掌心上畫了幾筆。

那幾筆像是水中給劃了一道似的，立刻消失了，可是整個右手陷入了一團半涼半暖的溫柔……

「再給你寫一遍……」巧紅又畫了幾劃。

他不想失去這團溫柔，反過手來握著。

「還猜不出來？虧您還去過美國……告訴你吧，是個『夕』字……『夕陽無限好』的『夕』

字。」

「啊……這個謎好……」

他的手握緊了點，立刻感到她的手也握緊了點。

快出了斜街，前頭有了路燈，還有個警察閣子，兩個人才幾乎同時鬆開了手。

到了鼓樓前大街，他偏頭看著她，「今兒晚上算是一塊兒出來吧？」

巧紅老半天才輕輕「嗯」了一聲。

他在大街上攔了部散車，也沒問價錢就塞給了拉車的五毛，叫他一定要拉到煙袋胡同口兒。關巧紅上車之前把皮袍脫下來給了天然，「明兒叫徐太太帶回來，給你換幾個好點兒的釦子。」

李天然目送著洋車拐了彎。

很冷。他披上了皮統子，裏頭餘溫還在。他順著大街慢慢往下走，也不想回家。一直走到了地安門，才叫了部車去乾麵胡同。

渾身的甜蜜，稍微減輕了點這幾天的困擾，可是還是得去問問……

馬大夫一身棉袍，坐在書桌那兒，見他進屋，也沒起來，「好久沒給麗莎去信了。現在有了航空郵寄，六天就到，老天！」

李天然自己動手取了威士忌，「我也還沒寫，先替我問候，」他脫了皮袍，倒了杯酒。

馬大夫過來坐下，也給自己倒了小半杯，瞧見沙發上搭的皮統子，「新買的？……」他們碰杯，「有事兒？」

李天然又抿了一口，覺得不如直接問，「藍青峯究竟是幹什麼的？」

「為什麼不問他？」馬大夫塞菸，點菸，噴煙。

「不是問過了？」

「那不就完了嗎？」

「你覺得他答覆了沒有？」

「答覆了。」

李天然覺得無法再追問下去，點了支菸，「那我可不可以問你一句話？」

「當然可以。」

「你和藍……有什麼祕密嗎？」

馬大夫笑了，「我給你這種感覺？」

「是。」

馬大夫看了天然一會兒，噴了幾口煙，「天然，不管是什麼，我絕對沒有瞞你的意思……」他喝了口酒，靠回沙發，慢慢吐著煙，「只是，外人聽了可能會有誤會……尤其是在『天羽聲明』之後……」

李天然一頭霧水。

「天然，我有個大學同學……對了，替你辯護那位是他弟弟……我這位老朋友在 Berkeley 教歷史……前年吧，他和幾個人，有的是記者，也有教授，也有作家，成立了一個非營利組織，叫『太平洋研究所』，聽過嗎？Pacific Institute？……沒有？……沒關係……」

李天然發現馬大夫一下子扯得這麼遠，只好慢慢耐心聽。

「他去年給我來信，說今天全世界……天然，你注意時勢嗎？」

天然猶豫了一下，點點頭，又搖搖頭。

「你知道西班牙內戰還在打吧？……Good。墨索里尼進兵阿比西尼亞？……Good。希特勒納粹黨上臺？……Good。」

馬大夫添了點酒，喝了一小口，那雙深窪進去的眼睛緊盯著天然，「你在美國住了好幾年，你應該很清楚，我們那邊也很慘……當然，羅斯福連任了，可是你看看經濟，還在蕭條，那麼多人失業。我的朋友信上說，至少四分之一，太可怕了……」

李天然不知道馬大夫要繞到哪裏去，只能等。他又添了點兒酒。

「更可怕的是，全世界給搞成這樣，可是美國，從上到下，反而越來越走向孤立主義。中國這麼多年來，給搞得這麼慘，可是我們國會還在辯論，應不應該賣日本廢鐵！……唉，天然，美國對中國一知半解。一知是中國人多。半解是……唉，連我這個做大夫的都不好意思……只要中國每個人一顆阿司匹靈，就是四萬萬顆阿司匹靈……」

李天然抿酒苦笑，可是心裡納著悶兒，這是繞到哪兒去了？

「他信上說，美國一般人只知道有個蔣委員長，有個蔣夫人。他希望有我這樣一個在中國住了半輩子，又會說中國話的美國人，為他們分析一下中國局勢……他們有個季刊，要我寫點東西……」他舉杯向天然示意，「所以你看，雖然這是非官方的，可是……如果……有人硬說我是美國間諜，那我可真是……跳到黃河也洗不清。」他一口乾掉杯中的酒。

已經對馬大夫敬愛無比的李天然，現在對他又多了一份尊重，「馬大夫，你真了不起。」

「是嗎？」馬大夫微微笑著，「我有個好老師，魯迅不就是這樣嗎？……當然，我不能跟他比，可是，我當時也在想，在中國這麼些年，全心全力行醫，總覺得也做了點事，而且，不瞞你說，也多多少少有點成就感，可是——」

電話鈴突然刺耳地響了……

「可是……」馬大夫站起來去接，「面對著日本一步步侵略，全球法西斯主義的囂張，不多做點事，既對不起人，也對不起自己……」他拿起了話筒，「Hello……yes……WHAT ?!」馬大夫一聲大叫。

李天然沒聽見下面的話，偏頭看見馬大夫慢慢地掛上了，扶著書桌，兩眼發呆。

「什麼事?」李天然奇怪。

馬大夫滿臉震驚地走回來，望著天然說不出話，許久才喃喃自語，「蔣介石給綁架了……」

19 盜劍

馬大夫進去換上了長褲毛衣絲棉襖，出來就催天然走，說先送他回家，再趕去東交民巷。

在車上，馬大夫一直保持沉默，直到李天然下車，才嘆了口氣，「我們使館，有這麼多人，武官不在，就連楊虎城是誰都搞不清楚，只知道一個少帥！現在出了事，才急著找我打聽。」

好在黑，李天然的臉紅，馬大夫沒看見。

李天然也只是聽過楊虎城這個名字而已。究竟是老幾，他也說不上來。為什麼跟張學良一塊兒綁架蔣委員長，他也說不上來。當時也不好意思去問馬大夫。直到第二天一清早，他在胡同口上買了張號外和兩份早報，才摸清楚了一個大概。

徐太太今天不過來。他也沒出門。在屋裏頭東搞搞，西弄弄，心還是靜不下來。一會兒想到局勢要大變，一會兒又想到自己的事。

他還在琢磨那天晚上馬大夫那句話，什麼一個國仇，一個家恨。好像是兩回事兒，沾不上邊兒。可是又好像在羽田身上沾了點邊兒。他的世界和藍青峯的世界，像是在羽田那兒碰到一塊兒了。

那朱潛龍呢？也扯得上這個邊兒嗎？要是扯不上，姓藍的還會伸手嗎？

國仇？委員長一國之首，是國仇。張少帥算是國仇又家恨。那李天然呢？不錯，太行劍顧劍霜名揚太行西東，黃河南北，綠林鼠輩聞之喪膽，可是究竟只限於武林世界。他死的再冤再慘，師母師兄師妹死的再冤再慘，今天也就三五個人知道。可是，這就不算回事了嗎？好，你少帥可以去「苦諫」，去「哭諫」，再去現在鬧出來的「兵諫」。那我李天然，我李大寒，又該找誰去苦去哭去兵?!

李天然半躺在沙發上，抽著菸，胡思亂想，沒什麼目的地翻看著《北京日報》。是討伐，還是疏導，南京那邊正在開會，只有等了。西安事變占了好幾版，可是其餘的消息跟平常一樣。

「中原公司」還在冬季大減價……

北平女子文理學院師生上街售賣「航空獎券」……

段祺瑞靈柩抵平……

「扶輪社」昨晚在北京飯店屋頂花園舉辦時裝表演和慈善舞會……

牛津博士，英語會話：閨閣名媛可學交際談……

施劍翹深居簡出……

轟動平津箱屍案情大白，主僕妻妾連環情殺……

我駐古巴公使返國述職……

大成先師奉祀官孔德成將訂于本月十六日與孫琪芳女士結婚……

「美人魚」楊秀瓊初試新款黑眼鏡……

大陸飯店百老匯舞廳整修完畢：爵士音樂，流行歌曲，舞伴如雲，異國情調；汽車接送，每次一元……

唉……李天然心中苦笑。西安事變歸西安事變，「震驚中外」歸「震驚中外」，日子總要過……美國人是怎麼說的？Life goes on……大概也是這個意思吧……

他這才注意到三版左下角的大標題：「中日合作，共防亞洲赤化」，小標題是「日本友人臨別贈言」。

報導並不很長：

日本旅遊協會主席山本一郎，周五在其平寓卓府警告各界：當前亞洲真正敵人乃係蘇共及其在華爪牙。唯有中日聯合抵抗，才能阻止亞洲赤化之禍害。

論及日本在華之立場時，山本強調東京堅決反對歐美殖民主義在遠東之擴張政策。日本政府立場明確，即協助中國及其他弱小民族驅逐一切外國勢力。他並著重指出，亞洲屬於亞洲人。

山本又係日本著名劍道，在展示其祖傳武士刀時，記者請其評論中日武術之異同。山本先生謂稱，日本亦曾受益中國，但近百年來，則「青出於藍而勝於藍」。

山本先生溫文有禮，曾官拜關東軍師長，頗有我國儒將之風。訪問結束前，山本高舉香檳酒杯慶賀平津東京直航，笑曰：「此乃進一步之中日合作也」……

李天然一下子坐直了，心中突然激動起來……「青出於藍而勝於藍」?!

是，堂會上見過一次。沒錯，無冤無仇……可是，青出於藍而勝於藍？就算你是日本的名劍道，這句話也未免太囂張了點兒吧！

他把報紙攤在書桌上，留給師叔看。

禮拜一上班那天，李天然在街上就感覺出人心惶惶不安。一路上看到不少人，三三兩兩地圍在那兒議論。

報上的消息也不知道可信不可信。像《晨報》就說，莫斯科謂稱張學良不但反動，而且叛國。

金主編還是不在。小蘇埋著頭專心看報，見他一進門就問，「真不得了……會給槍斃嗎？」李天然搖頭苦笑，過去倒了杯茶。

辦公桌上有兩封信。白色硬硬的那封是藍田約他去北京飯店除夕舞會的請帖。淺藍那封是藍蘭寫的，請他作陪去她同學家過聖誕。後面還附帶說，爸爸有份新雜誌給他，她留下來了先看。

李天然想了想，放下請帖，提筆婉拒了二人，說早已有約。回完了信，他撥了個電話找羅便丞，聽聽他有什麼消息。可是家裏沒人接。又打到辦公室，一個女孩聲音用英文說他昨天去了西安。

他有點無聊，但也不想再約小蘇去吃飯，把兩封信給了長貴轉交之後，就一個人走了。

李天然微微感到少許寂寞。他突然發現他幾乎沒有什麼朋友。師叔之外，也就是馬大夫一家人。當然，又怎麼去交朋友？一大堆事不能跟人講，而不講真心話又怎麼交得上真心朋友？藍家兄妹都還是小孩兒。藍青峯像是有他所圖。

那巧紅？又應該怎麼對待巧紅？人家已經認為是一塊兒出去過了，也差不多什麼話都說給他聽了。可是他能照辦嗎？

剛推開了大門，徐太太就從廚房裏跑了出來喊，「您給安上啦！」

李天然沒聽懂。徐太太前頭引著進了北屋，一指沙發桌上一架烏黑色的電話，「床頭兒還有一架。」

他進了內室……這準是藍老給安排裝的。他拿起來聽了聽，通。機上印的號碼是「東局——六三二六」。

他放徐太太早回家，順便叫她把那件皮統子捎給關大娘，說是換釦子。

天氣乾冷，大晴天。太陽的熱力雖然不大，倒是在那兒。他光著上身下院子走了兩趟拳。回屋洗了澡，又連寫了幾篇稿子，看看時間，馬大夫該回家了。這才撥他第一個電話。

馬大夫也感到意外，先記了號碼，然後也沒等天然問，就講了半天西安那邊的事。說是南京派了飛機在西安上空示威，又聽說蘇聯正式警告中共不可以亂搞，又說南京方面還是有一些人堅持出兵討伐。

才掛上電話，鈴就響了，把李天然嚇了一跳。他一面猜是誰，一面拿起了聽筒。是藍蘭。

「我是第一個打給你的嗎？」

李天然說是。她說看到了回信，追問他有什麼早約。好在是通電話，李天然撒了個小謊，說是馬大夫請他過節過年。藍蘭有點賭氣地接下去說，因為是馬大夫，所以她可以原諒他。

所以的確是藍青峯的主意了。李天然只是覺得裝這個電話，不是為他方便，而是藍老為自己方便。

第二天報上謠傳更多。有的說委員長身受重傷，而且死了三十多個侍衛。有的說國民黨氣數已盡，剿匪的投了匪。有的說張學良果然是個馬弁護兵丫頭老媽子帶大的小軍閥，才會受楊虎城的騙。有的說，幸虧有個史大林出來警告毛澤東，否則蔣先生早就沒命了。有的說是親日派勢力高漲，才會鬧出這場事變……到了十六號星期三，有份報居然說它有了確實證據，中共已經接受了蘇聯的警告，願意和平解決事變，與南京共同抗日。

他下午回家，一進大門就聽見師叔的聲音，還聽見徐太太在廚房裏咯咯地笑。他進了院子，師叔還在說，徐太太還在笑。

李天然有點兒急。幾天不見，師叔好像沒事兒似的。他脫了大衣，在客廳等。半支菸之後，德玖才進屋。

「徐太太真像個小孩兒，兩個笑話就樂成這樣……」

「什麼笑話？」

「沒什麼，都是糟蹋我們老西兒的。」

李天然不敢催，靜靜地等。

「大寒，」德玖坐了下來，「朱潛龍那小子真當了警察，還是個便衣……」

李天然心差點兒跳出來。可是德玖只說他認識了一個小警察，一塊兒喝過兩杯，覺得這小子有那麼一股怨氣。

「怨氣？」

「對，怨氣……我還沒開始套他話，這小子就沉不住地罵起來了，說什麼好好一個警察局，全叫一幫子為非作歹的敗類給毀了，包賭包娼包煙館兒……我還摸不準這小子究竟是有骨頭看不慣，還是沒骨頭，沒分到好處的混球兒……可是，你聽，便衣組組長朱潛龍，也是由他嘴裏抖出來的。」

「真的?!」天然一驚，半天沒說話，過了會兒才問，「您怎麼打算？」

「我回來取點兒錢，看有用沒用。」

「錢咱們可有的是，裏屋就有五條。」

「別瞎扯！一個小警察，每月帶扣房捐，也掙不了二十元，一年領不了幾個月的餉，你五條不把他嚇死了。」

李天然只有讓師叔看著辦，「可是警察？不會是他在試探您吧？……」他起身往書桌走過去。

「我想過……不像。」

李天然取了《北京日報》，遞給了師叔，用手一指，「您看了這段兒沒有？」

德玖瞄了一眼，「看了……口氣可不小……」然後一抬頭，「掌門人有何想法？」

「想法？」李天然站在那兒皺著眉頭，「公開……在北平……說了這麼一句風涼話……不去跟他打個招呼……也未免太便宜了這位日本友人了吧？」

「玖叔也是這麼想，」德玖微微一笑，「你怎麼打算？」

李天然臉上顯出一絲狡猾的微笑，「倒是不妨借他那把祖傳的武士刀來看看。」

德玖眼珠兒一轉，「好！」

李天然回身找來了紙筆，把他還記得的卓府宅院畫了個簡圖，不時停下來想想，再添幾筆……「他好像是住在這個大花園北端這座小樓，兩層……劍擱在哪兒不知道，反正不在樓下就在二樓……西邊有六進院子……東邊這個大花園，裏頭有山有水有樹，圍牆不低，總有兩個人高……牆外頭是堤邊的西河沿，土道兩旁都是樹，再過去是西海積水潭，晚上天一黑就沒人……」

他頓了頓，沒提他前幾天才走過，「卓府人可不少，總有上百來個，兒子們全跟老太爺家裏住，怎麼住法不清楚……還有，那天堂會晚上人太多，沒注意到，可是一定有人看家護院保鏢……這麼大個人家，這種宅院，這種派頭……」

徐太太等他們吃完了飯，洗了碗，沏了壺茶，悶上了火，就走了。爺兒倆回到正屋接著說話。德玖又拿起了那張草圖，「這卓府是幹什麼的？有這麼一個宅院兒？」

「聽金主編說，這座宅院是以前的昆王府，還是慈禧賜給他們祖上的，大概立過什麼功吧……現在這位老太爺早年留日，城裏城外都有地，還有不少買賣，當鋪，金鋪，藥鋪，醬園碾房什麼的，都是幾個兒子們在管……我就見過小的，還有個保鏢跟著，像是會點兒武……小兒子叫卓世禮，排行十一，又叫卓十一，管他們家的珠寶首飾買賣……」他看了看錶，八點半，「咱們先換衣服吧，早點兒去摸摸……」

爺兒倆九點出的門，一人雇了一輛洋車，在德勝門下。李天然前頭帶路，德玖遠遠後頭跟著。

城牆根下邊小胡同裏黑黑的沒人。一小片新月透過雲層，發著冷冷淡白的光，勾出了高大城垣的影廓。

二人緊貼著人家院牆走，往南拐進了西河沿。西海黑黑一片。風更涼了點兒。他們一前一後到了卓府東北角的外牆根。

爺兒倆早商量好了。先各自上房，在上頭南北西東走一趟，再回到西河沿土道旁那棵大柳樹下碰頭。

二人套上了帽子，蒙上了臉。德玖也沒再言語就矮身一縱，上了牆頭。李天然隱隱見他奔了西。他也跟著上了牆，輕輕往南邊移。

他在牆頭稍微一打量，上了沿著牆蓋的長廊屋頂。他緊趴在瓦上琢磨了一下，看出下邊是另一個小花園，又琢磨了一下，像是那座小樓的後花園。可是一片漆黑，什麼也看不見。他往南抄下去，到了小樓，才有了亮光。

大花園那邊有一陣陣輕微的動響。他兩眼緊搜……媽的！他心中暗罵。是兩條大狼狗。

小樓上下都有燈。上邊比較暗。下邊不但很亮，也很熱鬧。窗簾拉開一小半，可是看不見屋裏的人，只聽見不時傳出來的陣陣話聲笑聲，有男有女。

也不時有人進進出出。趴的這麼老高老遠，只辨得出是端著些碗盤，像是正在吃飯。他看看錶，快十點了。不知道還要吃多久。

他慢慢移動，眼睛追隨著那兩頭狼狗。起了點風。很好，沒事不會有人出屋子逛花園。

一條狗臥在水心亭裏動也不動。另一條在池塘旁邊草地上走來走去，聞聞這兒，聞聞那兒。

他算計了下該怎麼辦。這種狼狗的鼻子眼睛耳朵都靈，可也不能給牠們唬住。他半起身，彎著腿，彎著腰，抄到了長廊南邊盡頭，像是一排房子的後邊。再過去是前院和一排倒座。進出的人不少，像是些聽差打雜兒的，聲音很吵，可是還是聽不見在說什麼。

從屋脊往胡同裏看，大門口燈下頭有好幾部汽車，十幾輛洋車，像是包月的。也有不少人在走動。

他抬頭看了看天。月光是有，可是很暗，不至於把他的身影投進院子。風一陣陣吹，好像又大了點兒。他比較放心地從前院上頭爬到二院。也有燈有人，還有好些小孩兒的聲音。幾個屋都亮著。

四院冷清多了。有燈，也聽得見牌聲。五院六院都黑著，也沒動靜，他又過了一排房，發現又是個後花園，像是有個藤架。上回沒來過這兒。旁邊像是有道門跟東邊小樓那個後花園通。

他沒再多逗留。從後牆上頭下來，沿著外牆根出了胡同，三步兩步越過了西河沿。師叔已經蹲在大柳樹下邊了。

「有什麼扎眼的？」天然扯下了蒙臉。

「至少五個護院兒……有兩條狗。」

「您怎麼看？」他心中一陣慚愧。

「樓下還在吃，不知道都是誰。」

「在小樓那兒吃，山本應該在。」

「應該。」

「二樓有亮，可是沒瞧見有人。」

「我也沒瞧見。」

「您琢磨劍會擺在哪兒？」

「不知道。」

「要是在樓下，那改天再說……要是在二樓……」

「總得進去瞧瞧。」

「好。」天然在黑暗之中輕輕點頭，「咱們動手。」

「請掌門指示。」

「我上二樓。下邊兒交給您。」

「待會兒這兒碰頭？」

「不，家裏見。得不得手，您見我下樓就走。」

爺兒倆還是從剛才那兒上去，一前一後，從長廊瓦頂爬到了東角。再繞過去一丈多就是一樓屋檐。樓下客廳突然傳出來一陣二胡，接著有個女聲唱起來了。李天然覺得時機不能錯過，拉上了蒙臉，輕輕一按師叔肩膀，躍上了二樓木欄，腳剛一點，就上了二樓走道。

他矮著身子，過了樓梯，躡步走過幾間房。只是中間那個屋裏有亮光。他貼著牆聽了一會兒。裏頭沒動靜。樓下還在唱。

他屏住氣，試著推了推門，沒鎖，微響一聲開了一兩寸。沒動靜。他等了會兒再推，又開了幾寸，還是沒動靜。他從門縫朝裏頭一瞄。像是間客廳。沒人。茶几上有盞臺燈在亮。他再一推門就進了屋，隨手關上門。裏頭很暖和。

他眼睛極快一掃，不見有刀。

客廳後牆有兩個窗，半拉著簾。左右牆上各有道門。

他先開了東邊那道。裏邊黑黑的。借著外屋的光，看見裏頭堆著好幾個大大小小的箱子，零亂的衣服，小沙發椅子……正打算回身，房外樓梯輕輕「呀」了一聲。

他兩步閃進了東房，把門關上，只留了一道縫。

推門進客廳的是個短襖長褲的小丫頭，一根長辮拖在背後。她一手抱著個大暖壺，另隻胳膊上搭著像是兩個熱水袋。她哼著樓下正在唱的小調兒進了對面的西房，開了燈。

他沉住氣等。他看不見人，只聽得見她哼的調兒。

過了會兒，她關了燈出來，還在有一句沒一句地哼著。偶爾還扭扭腰身。

她取了把鐵叉子挑了挑沙發前頭那個大青瓷火盆，又放了幾根炭，蹦出來幾點火星。

她走到後窗，推開了少許，帶上了紅綢窗簾。弄完左邊又弄右邊。

她一偏頭瞧見東房的門沒關緊，走了過來。

李天然貼緊了牆。

東房門給拉上了。他一動不動。

小調兒的聲音打他東房前窗過去，樓梯又輕輕「呀」了一聲。

他沒再等，拉門出房，直奔西邊那間。

他沒開燈。外屋客廳進來的光夠亮。

一張大彈簧床占了不少地方。床頭兩邊各有個臺桌臺燈。靠門的臺桌上擺著小丫頭帶來的暖水壺和茶具。裏頭那個臺桌上有些首飾，化妝品，和一個相框，裡面是張合照，山本和舒女士，背景是富士山。床已經鋪好。淺綠色緞子被，一左一右兩個白枕頭上各搭著一件睡袍，深藍和粉藍。

他往床腳走了兩步，心猛一跳。

床腳前頭一張長條楠木凳。凳上一座刀架，上頭托著一長一短兩把帶鞘的武士刀。

他走過去，伸手抄起了那把長的，隨手用劍一挑，撩過來那件深藍睡袍，把刀給包了起來。

正要轉身出房，他止步，繞到了裏邊那個小臺桌，從一堆化妝品中找到一管口紅，攤開了枕頭上那件粉藍睡袍，用那支深紅色唇膏在上面寫下了「燕子李三，借山本劍」。

他又隨手抽出了那把短刀，把粉藍睡袍「奪」地一聲，釘在床頭那面雪白的粉牆上。

20 香檳魚子醬

爺兒倆剛吃過早飯，德玖往沙發上一靠，「盜劍容易還劍難……」仰頭噴出一縷旱煙，望著天然，「你怎麼打算？」

「還沒去想。」

「得想想，明還暗還都得想想。」

「我明白。」

「報上說他就要回日本了。」

「可是刀在咱們手裏，什麼時候還，是咱們的事兒……得叫他急一急。」

「那是明還？暗還？」

「到時候再說。」

德玖又喝了兩杯茶，拿了點錢，套上了他那件老羊皮襖，就走了，說出去幾天。

李天然過了會兒也走了，去辦公室坐坐，看看報。

還是全是西安那邊兒的消息。說是紅軍已經提出了和平解決方案。可是又說中央軍也連夜趕進了潼關。

小蘇在那兒不停地問，是打是和。金主編有一句沒一句地敷衍。給問急了就頂了小蘇一句，「你懂什麼？這回可好了，內沒安成，外也攘不了！」

李天然又耗了會兒，沒到中午就離開了辦公室。

真不知道怎麼給朱潛龍混進了警察局。他也聽說以前一些小鏢頭在當巡警，或站崗守門。可是師叔說朱潛龍當上了便衣偵探。

他也知道沒什麼用，可是總覺得應該去繞一圈兒看看，反正沒事，也算順路。

他先走過前門內的警察總局。還是個衙門兒模樣。門禁森嚴。大門口上站崗的真像回事。一身草黃制服，綁著腿，跨著刺刀，背杆長槍，筆直地立在那兒。

天陰得厲害，跟行人的臉神差不多。就快過陽曆年了，一點兒氣氛也沒有。聖誕節更別提了，只有一兩家洋行掛了幾串兒紅紅綠綠的小燈泡兒點綴點綴。

越走越冷。他扣緊了跟馬大夫借的黑呢大衣，順著正陽門大街往南走。他記得偵緝隊是在鷂兒胡同，離天橋西珠市口不遠。

一幢灰灰的磚房。不像個衙門，倒像個大戶人家，也有人站崗，可是比起總局那幾個可差遠了，一點兒也不起眼，槍都揹不直。進出的人倒是不斷，一個個草黃制服。

他不想在附近多逗留，翻起了大衣領子，低頭而過。

偵緝隊歸偵緝隊。便衣可是另一回事。編制上怎麼安排他不知道，是不是歸偵緝隊，他也不知道，可是他猜，既然是便衣，既然不能讓人知道身份，那他們辦公的地方多半也不公開。

他又猜，藍青峯或許還沒打聽出來朱潛龍，可是也許知道便衣組在哪兒。這種事天然不好也不便打聽，可是對藍老來說，不應該多費事。他也知道不能老依靠別人。自己的事還得靠自己去料理。

晚上他去找馬大夫商量。馬大夫說有件事值得先試試看。他回內屋取了本厚厚的冊子，遞給了天然，「這是我們使館編的，為外國僑民的方便……中央政府你不用管了，可是市政府的主要機關，地址，電話，都有……你看看。」

天然接過來翻。是油印頁合訂本，中英文都有，三百多頁。他跳過了市長辦公室，下面這個廳那個處，找到了警察局。

可把他嚇一大跳，密密麻麻一共十好幾頁。有總局，分區，分局，東西南北郊。而分區又分成內一區到內六區，外一區到外五區。總有三百多個派出所。另外還有偵緝隊，保安隊，騎警隊，消防隊，樂隊，特警，戶籍，女警……可是沒便衣組，「老天！一個警察局，下頭能有這麼些小衙門兒……」

馬大夫微微一笑，「民國了，改成現代官僚制度了……你帶回去，找幾個號碼打打看，就說找朱警官朱潛龍，看那邊怎麼說……可別打太多，別打草驚蛇。」

他回家倒了杯酒，想了想，先試試偵緝隊，總該有人值班，就撥了過去，再照馬大夫的建議，說是找「朱警官朱潛龍」。對方一句「沒這個人！」，就「吧！」一聲掛上了。

他又挑了個特警，心想便衣也許歸他們管。照樣問，對方又是一句「呦，沒這麼個人。」可是還算客氣，說撥到總局看看。李天然想多扯一會兒，故意打聽號碼。對方回了一句，「呦，你問我，我問誰？」也「吧！」一聲掛上了。

李天然憋了一肚子氣，一口乾了酒。突然電話響了。

他覺得奇怪，一看錶都快十一點了，就更奇怪。拿起了話筒，先聽見裏面一片輕輕的爵士樂，接著一個溫溫柔柔的聲音叫他猜是誰。他只好說對不住，聽不出來……

「Teresa。」

「Teresa?」

「您真是貴人，才幾天就忘了。」

李天然「哦」了一聲，「是唐小姐？」

「當然是唐小姐。您認識幾個 Teresa?」

他一下子答不上來。

「抱歉如此冒昧，又這麼晚給您掛電話……」

他說沒關係。

「有件事兒想找您談談……明天，禮拜五，方便的話……請您來『銀座』，飲個下午茶。」

「銀座？」

「大陸飯店的『銀座』餐廳……下午四點。」

李天然只能說好。掛上了電話，他奇怪唐鳳儀會有他號碼……準是金主編給的。

他有點不大自在，好像逼他上臺演戲一樣。演什麼戲不知道。演什麼角色也不知道。而且跟他對唱的又是這麼一號人物。封面女郎，北平之花，卓十一金屋藏的嬌，還認識藍田，羅便丞的夏娃……年輕美豔，風流瀟灑，摩登時髦……

李天然第二天上班，本來想跟金主編打聽一下，後來想想還是算了。最好不提。

金主編正趴在桌上寫什麼，也沒打招呼。只是小蘇過來給了他一杯茶和一份報，「又有啦！」

報上有一小段給用紅筆勾了出來：

盜劍（古都俠隱，之二）　將近酒仙

山本狂言笑武林，夜半刀聲何處尋？
藝高膽大燕子李，三進卓府犬不驚。

李天然混身發熱，又唸了兩遍，喝了口茶，假裝不解地抬頭看看還站在那兒的小蘇，「怎麼回事兒？」

「忘啦？上回那首提的那個小子，像是又幹了什麼……」

「小蘇！」金主編那頭大聲喊叫，「沒事兒就回家！小報上這些廢話你也信！」

蘇小姐也不生氣，笑咪咪地回她桌子。李天然點了支菸，又看了一遍。這位「酒仙」也真是厲害，怎麼給他打聽出來的？卓府家裏有內線？還是局子裏有？可是怎麼來個「三進」？是打算把別人的帳也算在「燕子李三」頭上？……不過他全身舒服，心裏過癮。

「主編，卓府家裏出了事兒？」逗逗他挺舒服。

金主編頭也沒抬，「沒聽說。」

好小子！不多說幾句不過癮，「這位山本，是堂會上您給介紹的那位？」

「不知道！」

李天然覺得很有意思。越喜歡打聽別人的事兒的人，越不肯透露自己的事兒，老金就是這種人。他就沒再問下去，翻了翻幾本美國畫報雜誌，中午也沒回家，就請長貴叫廚房給下了碗麵，一直拖到下午三點半過了，才叫車去大陸飯店。

他去過一次，就在石駙馬大街。洋車一直拉了進去。他在一幢四層洋樓正門臺階前下的車。

他今天一身黑。黑呢西裝，黑龜領毛衣，黑襪黑鞋，黑呢大衣，黑色墨鏡。上來伺候的那個白制服西崽，不知道是沒見過這種打扮，還是給他個子嚇住了。問他銀座在哪兒，說了半天也沒說清楚。

他自己朝著大廳走。過來了一位黑禮服中年人，微微欠身問，「您是《燕京畫報》李編輯？」見李天然點頭，就一伸手，「請這邊兒走，唐小姐在等您。」

這位像是個經理的中年人沒往牆上掛著「銀座」霓虹燈那個方向走，而是帶引著李天然拐了個彎，上了電梯。到了四樓，兩個右轉又到了一個烏黑大門。經理按了下門鈴，等一位黑褲褂白圍裙女僕出現，就一鞠躬離開。

李天然一進房間就覺得眼睛一亮。幾乎全是白色。家具擺設都非常摩登。女僕接過了大衣，引他到一張乳白絲絨沙發前。他邊坐邊取下了墨鏡。落地燈光很柔軟，只是靠牆一排玻璃架上的擺設有點刺眼。斜對面窗簾半掩。望出去是一片灰灰的瓦頂，陰陰的天空，和不遠前方那座黑壓壓的宣武門。

「下邊兒人太雜，還是我這兒清靜點兒……」

他順著這柔柔的聲音轉頭，才發現白白的牆上有道白白的門。中間立著一身白白的唐鳳儀。白緞子睡袍，白毛毛的露趾高跟拖鞋，襯托著一頭黑髮，一雙黑眸，兩片紅唇。裏邊傳出來輕輕一片爵士樂。

「而且我也懶得換衣服……」她走了過來，迷人的聲音，迷人的笑容，「別客氣，不用起來。」

她先從白茶几上一個銀盒裏取出一支香菸，才在李天然對面長沙發上癱了下去，右手中食指之間還夾著那根菸捲兒，兩眼望著天然。

他從茶几上取了一個銀打火機為她點燃。她扶著天然的手，深深吸了一口，然後就跟那次堂會上一樣，從他頭上慢慢噴了過去，才放開了手。門鈴響了。

一位白制服侍者推著一輛手車進了房。唐鳳儀略一點頭。侍者從冰桶取出一瓶香檳，扭開了鐵絲，輕輕一聲「嘣」，開了，往兩支細長水晶杯中各倒了半杯多，然後無聲地退出了房間。

唐鳳儀一手夾著菸，站了起來，先遞給天然一杯，再自己拿了一杯，跟他「叮」地一碰，「為您第一次光臨。」

她抿了一口，放下酒杯，放下菸，打開手推車上一個銀盤，「香檳魚子醬……總該比什麼下午茶有點兒味道吧！」

李天然從來沒吃過魚子醬，伸手接過來她給弄好的一小片烤麵包，上面堆著厚厚一層黑紫色魚子。咬了一口，吃在嘴裏，一陣嗶嗶卜卜之後，有濃濃一股腥中帶香，喝了一口香檳，更有味道。他靜靜望著唐鳳儀，她不僅是美，而且風騷。他突然替藍田捏把汗……

「就不問我為什麼約您來？」

「你總會說吧。」

「這麼有把握？」她抿了一下香檳，「願不願意考慮跟我合夥？」

李天然一愣。這真是越來越像演戲了。

「您進來的時候，瞧見沒有？大廳那兒有個首飾店？……沒有？沒關係，那是我開的。」

「哦。」

「當然，是卓家的東西，可是歸我管。」

「哦。」

「有半年了……北京飯店聖誕節之前開張……六國飯店正在談。」

李天然只有坐在那兒聽。他不知道自己在演什麼戲，更不知道臺詞。

「明白這個意思嗎？」她熄了菸，「卓府有個老字號，王府井那家『寶通樓』和西四分店……生意挺好，可是打不開新局面……這兒日本客人多，北京飯店外國人不少，中國人也是上流社會，六國飯店差不多全是外國人……你懂了吧？」

他點了點頭，轉動著手中香檳酒杯。

唐鳳儀嫣然一笑，「原來您不喜歡說話……這倒是個麻煩。」

他抿了口香檳。

「找你來商量的就是這件事兒……」她欠身取了支菸，自己點上，「我一個人照顧不過來，這還不說，你留過學，住過美國，會說英文，見過世面，長的……」她誇張地偏頭打量，「也還過得去……在老金那兒混，有什麼戲唱？」

李天然覺得老金那兒那場戲先不管，這場戲就不太好唱。是他的身份引起了猜疑？還是他們拿我當孫子？……他起身為二人各倒了半杯香檳，「這才第二回見面，你就信得過我？」

「密斯脫李……」唐鳳儀嬌嬌媚媚地盯著天然，「我又不是黃花閨女兒……」語言剛落，神色換成了嬌柔，「我看你絕不會坑我。」

「那是你心眼兒好……我就不敢說這句話。」

「喲……」唐鳳儀彈了下菸灰，把左腿搭上了右腿，露了出來睡袍下面那光光白白的半截大腿，聲音表情更嬌滴滴了起來，「不說心眼兒好吧，這是誰的心眼兒多？」

他也知道剛才那句話說的太滿，給她這麼軟軟的一頂，接不下去了，只好一舉香檳，「算是罰酒。」

「可別這麼說，」她很舒服地半躺在絲絨沙發上，翹起來的那隻左腳，慢慢玩弄著腳上白毛毛的高跟露空拖鞋，塗著鮮紅蔻丹的腳趾甲，像五粒大大小小的紅豆，上下顛動，嬌豔的臉神之中顯出少許委屈，「那今兒個請您過來，倒有點兒像是我在逼您又吃敬酒，又吃罰酒了……，」然後神色不變，一雙黑眸繼續盯著天然，只略略提高了點嗓門兒，「錢媽！」

錢媽無聲地走了過來。

李天然給她這麼一逗，只有吞了下去。他想早點下臺，可是看樣子後頭還有戲唱。

「去拿。」

錢媽進了白牆上那道白門。

唐鳳儀又為二人準備了幾口魚子醬。

錢媽出來了，雙手捧著一個像是公事包似的黑皮箱，上頭還摞著幾個大大小小的盒子。

「擱這兒。」唐鳳儀一指她身邊，再趁李天然倒酒，先打開了那個扁長黑皮箱，取出一個黑絨盤，嬌嬈一笑，「我可要顯寶了……」

黑絨盤上面整整齊齊地卡著一排排閃閃亮亮的戒指，耳環，手鐲。李天然不懂珠寶，有點兒發呆。

「又不咬你。」嬌美地一笑。

李天然只是看，沒去碰。

「想不到『北平之花』是個做買賣的吧？」她的聲音變了，表情也變了，變得平平實實，不帶任何嬌揉做作，淺淺微笑著看了天然一眼，又打開了兩三個小盒子，都是成套的項鏈，耳環，手鐲，戒指，「這些是上個月從白俄那兒買來的……」她舉起了一串白金項鏈，上面鑲著七粒紅寶石，「我猜你不懂價錢……這麼說好了……這一套，連耳環戒指，我轉手可以賣一萬……可是，您猜我是多少錢收來的？」

李天然搖頭苦笑。

「兩千！」她稍微拉開了睡袍領子，「勞駕……」

他遲疑了一下，起身到她背後替她扣上了。

「好看嗎？」她轉頭面向著他，上身慢慢移擺，細白脛下搖晃著幾點紅，白緞子睡袍下少許亮出來的乳房也隨著抖動……

「非常漂亮。」他回來坐下，只有點頭承認，順手拿起了酒杯。

「還有七天聖誕……送給親密女友的最佳節禮……」尖尖的手指，輕輕撫摸著項鏈和隆起的胸部，紅蔻丹指甲比紅寶石還紅，「有意思的話，多一毛也不賺，兩千。」

李天然笑出了聲，「你可真瞧得起我這個編輯。」

「這不就回到剛才我說的了？」唐鳳儀爽朗地笑，「老金那兒有什麼戲唱？月薪多少？一百？撐死了……來跟我合夥兒幹，只要您現在點個頭，這就算是見面兒禮。」

話說到這兒，的確沒戲可唱了。他放下了酒杯，邊起身邊下臺，「謝謝唐小姐的香檳魚子醬……香檳夠凍，魚子醬夠香，唐小姐也夠客氣……的確要比下午茶有意思。」

唐鳳儀收了笑容，「李先生，請您再坐一會兒……」起身把他按回沙發，「我說話要是有點兒隨便，請您別見怪……我可是句句實話……」

李天然只好又坐下去，發現這個臺還不好下……

不錯，錢都是卓十一的，下邊兒賣的也都是他店裏頭的……可是上等外國珠寶，像這些，可都是她去找去挑的。關係是她的，外國客人也是她去談的，像今年初來北平玩兒的好萊塢大明星黃柳霜……黃柳霜，Anna May Wong，沒聽過？您可真白去了趟美國……反正，她就跟我買了對珍珠耳環，一副珍珠項鏈……

「怎麼外國客人老遠跑到北平這兒來買外國首飾？」

唐鳳儀又嬌媚地笑了，說她手上的貨可不是一般外國珠寶。她好幾個來源都是白俄。這些白俄當年都是貴族，要不就是猶太人，沒勢也有錢……識貨的外國人，一眼就認得出來。有不少玩意兒還是克里姆林宮裏出來的，像她脖子上掛的這套就是……可是，這些年下來，平津一帶白俄手上的好東西也差不多了。好日子也沒幾天了。還有，要是日本人真打了進來，那什麼全泡湯，全玩兒完……

「……我的英文程度有限，一個人也忙不過來，無聊的應酬，無聊的交際……唉，身不由己……你又擺得出去，咱們一塊兒幹。」

李天然還是不明白，「如果錢是卓家的，那你也算是受雇，怎麼由你出面找人合夥？」

唐鳳儀的臉色，冷豔直接，「卓十一的貨，賣了出去是我和他的事。我自個兒的錢，幹什麼是我自個兒的事。」

她繼續盯著他，見他沒說話，「你是擔心我搞鬼？還是擔心卓十一？」

「都不擔心，也用不著擔心。」

「這麼說，你是沒這個意思了？」

李天然先點點頭，又搖搖頭，「不過。謝了。」

唐鳳儀微微嘆了口氣，輕輕自言自語，「是我看走了眼？……」

「什麼？」他假裝沒聽清楚。

「沒什麼……」她嬌嬌地笑了，繼續打量著天然，一面伸手解下來那條項鏈，放進絨盒，整理了下睡袍，欠身在茶几上又一個小銀盒取了一張名片，雙手奉上，嬌媚淺笑，「那就請您多多捧場了。」

名片只有英文：「Teresa Tang。Fine Jewelry。Hotel Continental」

李天然告了辭，在大廳順便去看了下那個首飾櫃臺。全是中國玩意兒，金銀珠寶，玉石翡翠。後邊一位年輕旗裝姑娘鞠躬微笑，說了幾句日本話。李天然一愣，回了一句，「Merry Christmas!」

天已經黑了下來，更冷了點。大街上的舖子都亮著，人也不少。還有七天聖誕？他突然有股衝動，想買些禮物送人。可是送誰？巧紅不能送。師叔藍老可以免了。羅便丞算了。金士貽去他的，那就剩了馬大夫，藍家兄妹和小蘇。他記得平安戲院附近有家寄賣行，就伸手攔了部車。

這究竟是場什麼戲？上臺走了一趟也沒搞清楚。一個可能是她說的是真話。拉他賺一筆。另一個可能是先拉他入夥，下頭有別的戲唱。再一個可能是她和姓卓的串通好了，試探一下。頭兩個可能已經沒意義了。可是這最後一個可能……除非他們不但是一夥，而且認為他和羽田山本的事有關……可是，他一再回想，這些日子下來的一切言行，都沒什麼差錯……

他下了車，到門前才發現是家外國人開的委託行。裏頭東西可真多。繞了一圈，沒看見什麼可以送給馬大夫，倒是給他找到林白那架「聖路易精神號」的鋁製模型，送給藍田。給藍蘭買的是一個皮封日記本，還附帶小鎖。又選了支自來水筆給小蘇。

李天然出了店門，一陣寒風吹了過來。大街上很亮，也很熱鬧。手中捧著大包小包禮物，他突然覺得有點兒過節的味道。

21 冬至

他兩天沒去上班，只是在禮拜六上午抽空把藍家兄妹的禮物交給了長貴。問起董事長，說是還在天津。

也許是煩，也許是悶，也許是吊在那兒乾等，也許是說不出來的無奈和無聊，李天然就沒事找事，趁這兩天沒颳風下雨，上街去看看能不能給馬大夫和師叔買點兒什麼。他總覺得羽田這些不義之財，應該派上點兒用場。

他在王府井中原百貨給師叔挑了頂水獺帽，又在西單商場碰巧看到幅九九消寒圖，有九枝八十一朵素梅那種，覺得滿有意思，倒是可以送給正在迷中國玩意兒的羅便丞，夠他新鮮的了。只是馬大夫的禮不好送。逛了兩天，才給他在琉璃廠找到一塊雞血章，齊白石刻的，就一個「馬」字。雖然這個馬和馬凱那個馬，風馬牛不相及，但究竟都是馬。

他又回到王府井，給自己買了個銀鑰匙鏈環，又挑了一件厚厚沉沉的黑呢大衣。不能老借馬大夫的穿。

師叔的水獺帽很合適。德玖嘴裏說他那件老羊皮襖有點兒配不上，可是挺高興。他摘下皮帽，擱在茶几上，「哦」了一聲，「明兒晚上九點，白塔寺斜對面兒有家包子舖，那小子有點兒意思了。」

「您跟他提了我？」

「我就說有個同鄉來討債，想跟他打聽打聽。」

李天然在客廳裏來回走，覺得師叔有點兒冒失。不管怎麼說，這小子是個警察，「不怕他往上報？」

「又不是叫他殺人放火……就說說話。」

晚上又聊，德玖才說他這些日子住在隆福寺，也在雍和宮睡過幾晚。這個叫郭德福的小警察，也是隆福寺廟裏喇嘛給介紹認識的。

李天然第二天去上班，奇怪小蘇還沒來。

他看了會兒報。西安那邊好像談的差不多了。《晨報》說張學良接受了英國《泰晤士報》的訪問，謂稱委員長已經同意了一些基本條件，什麼停止內戰，國共合作，改組政府，一致抗日。還有，蔣夫人和宋子文，可能還有孔祥熙，也要飛西安，去和周恩來商討細節。可是又有報導說，討逆軍總司令何應欽已電召正在義大利度假的汪精衛回國，共商國事。

最有意思的是，平津古玩商三人，攜名人字畫多件，去陝西售賣，適逢陝變，現仍被困，財物被搶一空。

只能算他們倒楣了，可是李天然心中還是嘆了口氣。不錯，說是「國家興亡，匹夫有責」，那這次西安事變，不論國家因之而興，還是國家因之而亡，又該哪個匹夫負責？

他快九點出的家門。天可變了。空中飛著灰沙。冷得他穿著早上才給捎回來的皮統子，脖子上繞著圍巾，頭上戴著氈帽，也只能說是勉強應付。天上只看得見那麼幾個星星，一閃一閃，越閃越冷。他一出胡同就叫了部車。拉車的說是頂風，要加錢。

李天然在白塔寺廟門口下的車。街燈亮著，人一個也不見，店鋪全上了門。就一家有燈，就是對街那個羊肉包子鋪。

他推開了木門，裏頭還有個棉布簾。一陣暖暖的熱氣撲面而來。他一眼就瞧見了師叔，就那桌有人。

他在德玖旁邊坐下，面對著門。對坐是個還穿著制服的警察。德玖給介紹，只說是李先生，在協和醫院做事，「這位就是郭警官郭德福，督察處二科，管……管什麼來著？」

姓郭的沒答碴兒。

李天然在暗暗燈光之下打量這個小子。白白的臉，瘦矮個兒……

「九爺說您有事兒？」口音河北，聽不出是哪兒。

「唉……」李天然點了點頭，面對面了，不如單刀直入，「朱潛龍，我們都管他叫大龍，他該我們家一筆錢，還不少，一直也沒消息，才聽九爺說是在便衣組。」

姓郭的又不說話了。德玖給李天然倒了一杯，又叫了半斤，「往你們局裏掛電話，都說沒這個人。」

李天然舉杯敬酒，「給指點指點，絕不麻煩您旁的事兒。」

「該您多少？」

李天然心塌了點兒，只要問，就有戲唱，「一百三十兩金子。」

郭德福顯然嚇一跳，喝了口酒。

德玖順著乾了，「不會害你，我信得過他。你信得過我。」他舉壺給三人添酒，「李少爺也不會白叫你幫這個忙。」

李天然覺得熱了起來。他有點後悔昨晚沒問師叔該給多少。剛才既然開口說了個一百三十兩，那就只好以這個數目為準。

他起身脫了皮袍，摘了氈帽，順便從口袋掏出了那條，坐了下來，在桌面上推到德福前頭。

小警察又嚇了一跳，趕緊用手蓋著，直瞪著李天然，說不出話。

「就這一回，」光是小棉襖舒服多了。他又舉杯敬酒，「往後絕不敢再打攪。」

德玖緊跟著補了一句，「又不是打聽你們局裏辦的案子，只是問問組長這個人。」

姓郭的略略遲疑，還是把金條揣進了胸前口袋，「不瞞您二位，我幹了也七、八年了，也就只見過組長一回……」

李天然和德玖一動不動，靜靜地聽。

「不知道是誰，反正是上邊兒介紹進來的，大前年吧？……好像是請來教拳。怎麼當上便衣，我也不清楚……」

「便衣組在哪兒？」

「跟偵緝隊一塊兒。可是不打一個門兒走……便衣組進出在鷂兒胡同後邊兒……北邊兒那條……沒掛牌子，也沒人站崗……」

他不時就扯得遠了點兒。口氣像是局裏上上下下，對便衣組這幫哥兒們，又恨又怕，又忌妒又沒轍。他一會兒像是捧，說什麼肅清了天橋幾家暗娼私窰，賭館煙館。可是一會兒又罵他們到處欺壓勒索，包自己人的賭場窰子大煙館，還包走私……

李天然覺得這麼亂扯下去不是辦法，趁空插了一句，「這幫子人有這麼大能耐？後頭誰給他們撐腰？」

「誰？誰不知道有個卓老太爺。」

「哦，什剎海卓家，怪不得……」李天然頓了頓，覺得值得試試，「聽說還有日本人。」

「聽說……」

「怎麼說？」

「到底怎麼說，不清楚……反正是說組長有批弟兄，其中也有小日本兒。」

「小日本兒有個名兒沒有？」他不想由他來提羽田。郭德福搖搖頭，「那我不知道。」

李天然有點急，「組長家住哪兒？」

「聽說前門外。」

「前門外哪兒？」

「不清楚……」他嚥了口吐沫，「只是聽我們處裏人說，他東城也有個家……」

「沒地址？」

「沒。」

「前門外有個家，那東城是個什麼家？」

「什麼家？養了個姘頭唄……」

「哦。」

「名兒可好，叫『東娘』……」

「東娘？」

「東城的娘娘。」

「還有什麼？」

「沒了。」

李天然覺得這樣子不行，他抿了口酒又問，「那他每天都去便衣組？」

「不清楚……我是在總局當差，偵緝隊，特警隊，內區外區派出所的事兒，我不清楚……」

李天然又抿了口酒，「這位朱組長，現在什麼模樣兒……我有幾年沒見他了。」

「呦……」郭德福瞇起了眼，想了一會兒，「身上挺結實，四方臉兒……我見的那回，留了個小平頭兒……寬下巴……個兒跟……比您矮點兒……粗眉大眼兒……」

這個模樣的確像是朱潛龍。李天然眼角瞄見師叔掃了他一眼，「還有什麼別的？」

「長相兒就我說的了。」

「別的……朱潛龍那夥兒人，有個名兒嗎？」

「名兒？」

「名兒！幹這一行，總得有個名兒……像什麼青紅幫，一貫道，天橋四霸，哥老會……黑龍門。」

「黑龍門？聽過……是不是他們這夥兒人就不清楚了。」

好小子！他發現這個姓郭的一說到節骨眼兒就扯開了。沒關係，可是還是逼問了一句，「你不在裏頭？」

「我?!……」郭德福滿臉不解，張大了嘴，「我這塊料？……可連個邊兒都沾不上啊……」

李天然知道這不是裝出來的，就換了比較溫和的口吻，「該上哪兒去找你們這位便衣組長朱潛龍？」

「那我可不知道……不過組長該您的這筆錢……」郭德福喝了一口酒，用手背抹了抹嘴，「可不能上便衣組去要……」還沒說完就笑了起來。

李天然跟著笑了，敬了他一杯，「這我明白……」好小子，居然來逗我，「就算在大街上碰見了，不管討不討得了債，都請郭警官放心，在下絕不提您的貴姓大名。」

門口棉布簾給撩開了，一股子冷風跟著吹了進來。郭德福立刻收起了笑臉，低下了頭。李天然望過去，是兩個拉車的，縮著脖兒，吹著手，坐了下來。

「郭老弟……」半天沒吭聲的德玖向郭德福敬酒，「聽我九爺一句話……」聲音表情都很嚴肅，逼得姓郭的注意聽，「這條兒金子，說多不多，說少可也不少。憑你那份兒差事，十年也攢不下來……」德玖頓了頓，「北平這兒也沒什麼好待的……是不是？……再說，你在二科管什麼？不就是管繕寫嗎？你看現在這個局勢，要是日本人真打了進來，你幹下去是日本走狗，不幹就上街要飯……」德玖掏出了旱煙點上，噴了幾口，「當然，也不準兒給小日本兒拉了去東北挖煤……」他向姓郭的又敬了杯酒，「我看不如乾脆明後天，告個長假，回你保定去吧！」

郭德福垂著頭。

「有了這點兒本錢，做個小買賣什麼的……」

姓郭的沒再言語，連頭都沒點，披上了草黃棉大衣，就走了。

德玖招呼掌櫃的，叫他下一籠好了，再給拿二十個，接著又給自個兒添了點酒，「大寒，多給了點兒。」

「我身上就這條兒，零的不到三十元，給不出手。」

「也沒什麼。」

「好在是羽田的。」

「好在……回去把他說的好好兒縷縷。反正確知有這個人，還活著，還在北平。」

掌櫃的上了兩大盤包子，還冒著氣。德玖伸手拿了一個，也不怕燙，只沾了點兒醋，「趁熱……」

李天然也拿了一個，「我還是有點兒擔心……輪不到我，可是您要是栽了個跟頭，那我的罪過可大了。」

「大寒，別說這些話……」德玖邊吃邊說，「咱們這幾天小心點兒，多留點兒神……要是覺得有人在跟，那多半是這小子裏外都吃……」他抬頭一笑，「那我德玖可教他……吃不了兜著走！」

他們離開包子鋪的時候，都快十二點了。風還在颳，空中亂飛著片片雪花。地上薄薄一層白。

「掌門，您沒聽說？外頭的小子都在傳什麼『燕子李三，重返人間』……只是，」德玖拉緊了老羊皮襖，「『俠隱』聽起來老了點兒……」

李天然好好兒睡了一覺。早上醒來，徐太太給他熬好了一小鍋粥，買了兩套燒餅果子。可是師叔已經走了。

「李先生，晚上回家吃吧？」

李天然說回家吃，就帶了小蘇的禮物去九條。

風小了點。灰灰的天空還飄著雪，可是落地就化。昨兒晚上那片白也沒了。地上濕濕的。

他把禮物給了小蘇，請她打開。她嚇了一跳，半天說不出話，耐心小心地解開了絲帶，拆開了包裝彩紙，翻開了絲絨盒，又樂又興奮地叫了起來。

「我可沒法兒還您這個禮……」小蘇聲音低低地。

李天然也有點兒尷尬，只好逗她，「好好兒用這支筆，就算還禮。」

他離開的時候，也少許感染上了小蘇的快樂。再加上外頭的空氣新鮮冰涼，一點雜塵也沒有，吸進胸膛，像是大熱天一身汗口渴，灌下去一大杯冰水，混身裏外都爽快舒暢。

他還是想送點什麼給巧紅，可是也知道這個禮不能隨便送。什剎海之後，送什麼都會把他帶上一個無法回頭的途徑。他有點不安，又有點內疚，覺得此時此刻，正事未了之前，他不能走上這條路。

又有那麼一絲一縷的傷感，就像烏雲漸漸遮住了太陽那樣，慢慢罩住了他。

好，禮先不送，那上煙袋胡同走走？去付工錢料子錢？想想算了。過幾天再說吧。他遛達著出九條東口，朝北往家裏逛回去。

他沒忘記師叔的話，在胡同口兒，藉著點菸，前後左右掃瞄了一眼。

剛進院子，就聽見徐太太在廚房裏喊，「回來啦……有好吃的！」

他往廚房走過去，裏邊一陣輕輕爽朗的笑聲，讓他心一跳。

他在院裏就瞧見了巧紅，站在案板那兒，一身藏青棉褲襖，胸前沾了斑斑點點的白麵粉，半挽著袖子，臉有點兒紅。

「今兒什麼日子您都忘啦？」徐太太在案頭兒揉著麵，滿臉笑容。

「什麼日子？」

「冬至。」巧紅搶著說。

「是嗎？」他想了想。

徐太太槌著一小坨麵，「您沒聽過？『冬至餛飩夏至麵』？」她又槌了兩拳，「可是我包的像是給狗啃了，才叫關大娘過來幫個忙。」

「你們可真講究，」李天然脫了皮袍，「哦，關大娘，還沒謝你給做的袍罩兒。」

「緞子面兒不套個罩兒，髒了可惜，也麻煩。」

「李先生外頭住久了，都忘了咱們這兒過日子的規矩了……冬至大如年啊！……還有人拜冬。」徐太太開始擀麵，「剩了點兒，怕您餛飩吃不飽，再給您烙兩張餅。」她坐上了大鐵鍋，「您去換衣裳，這就吃。」

李天然進屋換上了巧紅給做的小棉襖，走到西屋，發現桌上就一副碗筷，就回到廚房，「徐太太，關大娘，你們不上桌，我也不上桌。」

「那怎麼行。」徐太太翻著餅。正在切蔥的巧紅也不言語。

他也不言語，到櫃子裏取了兩副碗筷，「多下點兒，三個人一塊兒吃。」

就要上桌的時候，李天然又去了廚房，藉著幫忙端餛飩，把徐太太和關大娘硬給拉到西屋飯廳一塊兒坐。

薄皮兒豬肉餡兒，豬骨頭湯，蔥花兒，香菜，紫菜，蛋皮兒，幾滴醬油，幾滴麻油，再灑點兒胡椒末兒，李天然吃了兩大碗二十個，外加一張烙餅。徐太太不會喝酒，更沒喝過威士忌，可是給李天然這邊兒一勸，給巧紅那邊兒一說，才抿了一小口，臉刷地一下子就紅了。她起身按住巧紅，「坐，你今兒個不是我的客人，也是李先生的客人……我來收。」說著就端了堆盤碗出了屋。

李天然看著對面坐的巧紅，「不是說有人拜冬嗎？那我就拜個冬吧……」巧紅喝了一口，也回敬了一杯。烏黑的頭髮有幾拔兒鬆了，搭在額頭。她伸手捋了捋，用銀簪子重新給綰住，突然發現李天然在盯著看她，臉上浮起了淺淺羞紅，「今兒晚上不算……」

「不算？」他一呆，「不算什麼？」

「不算是一塊兒出來……」聲音越說越小。

李天然混身一熱，沒敢順著接下去，就起來找了塊抹布擦桌子。過了會兒，三個人喝了壺香片，他把袍子錢給了，徐太太才和巧紅回家。

他按不下心中的激動，光著脊梁下了院子。潑在廚房門口的水早已經結成一層薄冰。李天然走了兩趟拳，心漸漸靜了下去。從西屋頂上颳進院子的刺骨寒風，也好像吹乾淨了他的胡思亂想。

正打算再走一趟，大門鈴響了。奇怪，總有九點了吧。是長貴，一身厚棉大衣。後邊拉車的正給他下兩個大簍子。長貴一看李天然上身光著，嚇了一跳，「您沒事兒吧？」

「沒事。」

「給您提進去……」他跨進了大門，「一簍花旗橘子，一簍天津鴨兒梨……老爺吩咐的……」他把簍子擱進了廚房，從大衣口袋裏掏出一個小盒子，「小姐給您的……」

李天然叫他待會兒，回屋取了一塊錢給他。

他披了件小棉襖，倒了杯威士忌，坐在沙發上，點了支菸，拆開了乳白信封：「T. J. 你送我的，正是我不知道我想要的。Merry Christmas，Happy New Year。蘭。一九三六」。

他打開小盒，是一個沉沉的銀打火機。他「噠」，「噠」，打了兩下。

李天然第二天叫徐太太把水果給分成三份。一份留家，一份叫她帶回去，一份全放進一個簍子，準備給馬大夫。

上班還是沒事。前幾天交的稿子夠用上兩個月了。只有看報。

西安那邊又像是解決了，又像是火上加油。《晨報》說，周恩來向蔣夫人保證「國事如今日，捨委員長外，實無第二人可為全國領導者」。《新晚報》說，楊虎城極力主張槍斃，幾乎和張學良自相殘殺。

小蘇很客氣，算是還禮，給他帶來一大包果子乾兒。裏頭玩意兒還真不少，有梨乾，沙果乾，海棠乾，蘋果乾，葡萄乾，桃乾，杏乾……說是家裏叫她送的。

房門「嘣」地給推開了。

「聽見沒有？」金士貽一進屋就喊，「那小子叫偵緝隊給逮進去了！」

「哪個小子？」小蘇嚇一跳。李天然也一驚。

「還有哪個？」他掛上了大衣，「寫什麼『燕子李三』歪詩那個小子，媽的！什麼『將近酒仙』，真敢把「將進酒」的「進」字都給改了……就昨兒晚上……看這小子經不經得起修理……」

他一坐下就拍桌子，「好嘛！殺人放火偷東西！不是共犯，也是同謀！」

李天然的心突突地七上八下。不是那個姓郭的，放了點兒心，可是無限內疚。姓李的幹的事，寫詩的受罪。到了家裏還在心裏嘀咕。只能乾等。等這位酒仙放出來再說。這得請教一下師叔，看應該怎麼辦。

下午四點，他帶著一簍子水果和圖章去乾麵胡同。馬大夫非常高興，回送他的是一箱Dewar's，說家裏還有一塊也是他給刻的白壽山。李天然覺得馬凱醫生真是越來越中國味兒了。不參加同事的邀請不說，虧他還是教會派來的，也不上教堂。麗莎不在，家裏連個聖誕樹都沒有。

兩個人喝了半瓶威士忌，痛痛快快地吃了頓兒山西火鍋兒。

就這樣，他們度過了一九三六年聖誕前夕。

冬至才過了三天，夜還是很長，可是李天然還是一直睡到下午。還是給馬大夫的電話吵醒的，可是又沒全醒，迷迷糊糊地聽馬大夫興奮地說，委員長給放了……先飛洛陽，再回南京……還說什麼少帥親自護送……

他「哦」了幾聲，掛上電話，翻身又睡了。

22 訪客

可是沒睡多久就給一陣陣爆竹聲吵醒了。他賴在床上抽了半支菸，才想起來是怎麼回事。

連徐太太給他上茶的時候都興奮地說個不停。成批成批的學生在東四大街上打著旗號遊行，熱鬧極了。他接過來那張號外。「領袖脫險」四個大紅字占了幾乎半頁。內容不比馬大夫電話裏說的更詳細，只多了幾條本市的消息。晚上六點太廟集合，然後在天安門前頭火炬遊行。社會局下令明天二十六號星期六各校放假一天，好讓學生參加全市民眾慶祝大會。最後是兩句口號：「慶祝內戰停止，國共合作」，「擁護蔣委員長領導抗日」。

李天然也感到局勢變了，搞不好真要打起來。

不用上班，他也就在家悶了兩天。報上多半都是在評論國共二度合作的基本原則，也有不少關於張學良的推測。直到星期天才有了些新聞照片。蔣委員長抵達南京。林森主席率眾接機。平津和京滬各地的民眾大會。甚至於還有一張西安殉難的中委邵元沖在南京的靈堂，及其夫人張默君致弔的相片。只是沒有一張關於事變的。張學良全副武裝那張，還是民國二十三年剿匪總部成立的時候拍的。

他禮拜一去上班，在路上就可以感到興奮氣氛。每過幾條胡同，總有那麼幾個人在街頭議論。一羣羣學生沿著大街張貼海報，散發傳單。有個女學生，老遠看真像小蘇，在電線杆上糊上了「還我河山」。另外幾個在人家牆上貼上了「國家興亡，匹夫有責」。李天然隔街站著看了一會兒。

老金不在。小蘇也不在。李天然一個人在辦公室坐著喝茶看報。接了兩個電話。一個說是印刷廠，問下下期的封面決定了沒有，是用王人美，周璇，還是唐鳳儀。另一個帶有濃重的日本口音，找金先生。李天然都留了條。

又接到一個電話，是找他的，是羅便丞。說他昨天才從西安回來，想見個面。又說還沒去過天然的新家，晚上有空，就過來拜訪。

李天然一回家就打發徐太太去再買點兒菜，吃什麼都行，就一位客人，叫她看著辦。

羅便丞六點多到的。李天然去開門，發現這小子穿了件中國部隊裏那種軍用灰色棉大衣，雙手抱著兩瓶威士忌，後頭停著那輛白色 De Soto。

「『美孚』那位朋友調回去了，」他把酒遞給了天然，「我留了這部車……Merry Christmas。」

他們進了上房，「……好像還有個電氣冰箱，G E，蠻新的，你有興趣，我哪天給你搬過來，不貴，只要五百。」他四周張望，「Nice。」又在睡房門口向裏頭看，「Very nice。」

剛坐下來開始喝酒，李天然就把他買的禮物攤在茶几上，「好，羅便丞，你也算是半個中國通。你通這個嗎？」

羅便丞放下酒杯，很有興趣地研究那幅九九消寒圖，嘴裏慢慢唸著上面那副對子：「試看圖中梅黑黑，自然門外草青青」。

「應該和季節有點關係吧？」

李天然有點兒佩服，「你沒見過？」他算了下日子，過去七天了，就掏出筆，描黑了七朵梅花。

「啊！……」他點著頭，繼續在想，「我投降。」

「從冬至——」

「冬至？……冬至是……？」

「Winter Solstice。」

「我懂了！」羅便丞大喊一聲，「可不是！一共九枝，每枝九朵，九九八十一圈梅瓣……原來是這樣！非常聰明，非常好玩……」

「梅花一天天——」

「我明白了。梅花一天一朵全給染黑了，八十一天，差不多三個月，冬天就過去了……這個好，妙極了！謝謝你。我要去買幅送給母親。」

徐太太給他們弄了二葷二素一湯，吃烙餅。

「唉……」羅便丞入了坐，「你知道去一趟西安有多麻煩？前門西站上車，先去石家莊，換車去太原，又換車到了楓凌渡……光是這幾站，就走了我們四天四夜。過黃河到潼關又是一天一夜。然後越走越慘，從潼關搭了一段軌道車，騎了一段毛驢，最後在臨潼才趕上一輛軍車到的西安……」他一口餅，一口爆羊肉，一口炸丸子，「好吃……」又連著幾筷子蝦米大白菜，幾口拌黃瓜……

「我們三個，美聯社的理察德，他的翻譯孫祕書……花了十天才到。路上差點兒把我們給凍死，可比北平這兒冷多了……」

他已經兩張餅下了肚子，「回來運氣好，理察德認識人，搭了個便機。」

李天然吃了三張，羅便丞吃了五張。徐太太上最後一張的時候有點兒緊張，說全烙了。李天然示意給了羅便丞，「再教你一句話……『有錢難買末鍋餅』。這最後一張，你吃不下也得吃。餅是越烙越好。」

徐太太給他們在客廳準備了壺龍井就回家了。二人才喝了半杯，就又接著喝威士忌。羅便丞說他在西安，成天吃泡饃，幾個主角一個也沒見著，倒是靠孫祕書的關係，訪問了一些老東北軍。

「國共一合作，仗是要打了。你有什麼打算？」

李天然沒有接下去，聳聳肩。

「天然……」羅便丞一臉神祕的微笑，「你有的時候忘了我是記者。我有一個記者的鼻子，嗅覺敏銳……」他慢慢從上衣口袋掏出一小張剪報送了過來，「上次你在我家，我只不過隨便提到想訪問你，你臉色就變了……」

李天然感到有事，他盡量鎮靜。

「才使我覺得有點奇怪。第二天我就發了個電報給我的總編輯……昨天回到辦公室，就看到這個。」

李天然垂眼掃了下手中剪報。果然，標題就很清楚了：「CHINESE STUDENT DEPORTED」。

他沒看下去，也不必看下去，微微笑著還給了羅便丞，「你的老板沒白雇你……只可惜是舊聞了……」

好，既然給這小子打聽出來了，那只好解釋一下。他藉著喝酒點菸的機會，把可以說的和不可以說的分清楚，輕輕一筆帶過他是民國初年黃河水災的難民，給送進了西山孤兒院。他說馬大夫覺得他有出息，保送他去了美國。他提到和 Maggie 一起長大，在 Pacific College 同學。加油站和打官司的經過，他說的詳細一點……

「耶穌基督！」

「你也知道，這不是我的錯，是你們美國歧視中國人，可是宣揚出去的話，很容易引起誤會，以為我到處為非作歹，給美國趕了出來。」

羅便丞的驚愕還在臉上，「有多少人知道？」

「馬大夫全家之外，只有藍青峯……和現在你。」

「我們使館肯定知道。」

「我想是。」

「肯定會有通知過來，」羅便丞平靜了下來，「絕不會再給你簽證。」

「無所謂……美國的經驗夠了。」

「我可以向你保證……」羅便丞拿起了那個銀打火機，先點了支菸，再燒掉了那小張剪報，丟進菸灰碟，「你這件事絕不會從我嘴裏傳出去……還有，抱歉我們美國這樣對待你……」他玩弄著銀打火機，「漂亮。」

李天然轉了話題，「你的稿子發出去了？」

「三天三篇，」他喝了口酒，「不談這些了，中國局勢，現在是幕間休息，等著看下半場吧……」他放下打火機，起身借用洗手間。

李天然點了支菸，再次警惕自己，往後一言一行，一舉一動，都得注意。

「這一陣北平有什麼新聞？」羅便丞回到了沙發。

「也都在談西安事變。」

「我是說花邊新聞……有誰家的姨太太跟司機跑了？」

「那我可不知道。」

「好，那先不管……倒是有件案子很有意思。」

剛剛遭到一次小小突擊的天然，一下了警覺起來。

「兩位受害人，你我都見過，在卓府堂會上……」

李天然知道不能假裝無知，「哦……那兩個日本人？」

「對，給打死的那個，名字我忘了，可是『鴨媽摩多』山本，我可記得。他的武士刀在家給人偷了……」羅便丞開始有點自言自語，「這個時候，又全是日本人，可夠東京亂猜的了……而且殺人的和偷刀的，還是同一個人，什麼『燕子李三』……這還不說，還有人寫打油詩。」

「你連打油詩都看？」李天然確實驚訝。

「本來不看，也看不懂……是我中國同事說給我聽的。」

李天然覺得最好再拖一下，「還是了不起，快成為全中國通了。」

「你知道我怎麼想嗎？」羅便丞沒理會天然的話，「我覺得像這種針對正在發生的社會事件而作的打油詩，有點像希臘悲劇裏面的Chorus……中文怎麼說？……沒關係，反正表現出民眾對這個事件的一種心聲，一種評論……我老師跟我講過那個真的燕子李三的故事，也不過幾年前的事……現在又冒出來一個『燕子李三』……哦，我想起來了，那個給打死的日本人叫羽田……這不簡單！盜把劍只是偷竊，可是羽田是謀殺……可比你給美國驅逐出境嚴重多了……」

李天然不動聲色，可是心裏直嘀咕，尤其是最後一句話竟然聯想到他。

「打油詩給這個自稱『燕子李三』的蒙面人取了個外號，叫什麼『俠隱』……耶穌基督！真有點民間英雄的味道了。」

李天然聽他這麼說，就順著補了一句，「既然兩個受害人都是日本人，那這小子應該算是民族英雄了。」

「也可能……只是……」

「什麼？」

「我老師叫我最好少去碰這件事，說這有點像是江湖上的恩怨……他給我說了半天，我才明白『江湖』是怎麼回事……可是……」

「又可是什麼？」

「我只是奇怪，今天今日，不管健全不健全，還是有警察，有法院，還能有這個江湖嗎？……我是說，你們這個江湖，聽起來不太像是我們的黑社會……你們這個江湖，好人壞人都有，而且好人殺人都對，都說得過去，法律管不了，還算是……什麼？……『俠義』？……老天！」

李天然聽的心裏有點兒發毛，「唉……」他開始打岔，「中國這麼老，這麼大……什麼事兒都有。」

「當然，怪不得美國人說你們中國人 inscrutable……不可思議……你們這個江湖，就不可思議……」

李天然覺得最好把羽田山本的案子引到抗日頭上。他實在擔心羅便丞這麼左推右敲，結果誤打誤撞，歪打正著，給他摸清了自己的事。他突然想起來，山本那把劍就在他睡房衣櫃，還有羽田那把槍。太危險了，真憑實據，就在隔壁。

「你打算寫出來嗎？」

「什麼？……哦，暫時不……案子還沒破……而且……」

「而且？」

「而且要寫的話，也不會是新聞稿。」

「那寫什麼？」

羅便丞嘆了口氣，「天然，聽我說，十個記者，八個想寫小說。我也不例外，都在找故事，等靈感……」他喝完了小半杯，又添了點，「像西安事變這種百年不遇的大新聞，竟然給我錯過了……看樣子，我的新聞鼻子還是不夠靈，得不到普利茲……可是，我告訴你，這個再生的『燕子李三』，倒是一個可以寫寫的故事……不過不急，案情正在發展……還有，主角還沒出現，還有動機……而且，」他一臉狡猾的微笑，「這當中還少了一位美女。」

「寫小說兒怕什麼，編一個出來不就完了。」

羅便丞笑了起來，「一點不錯，我已經有了一位。」

「誰？」李天然又覺得話多說了。

「Teresa。」

「Teresa？」也好，藉這個機會打亂一下羅便丞的思路，「她最近還請我喝酒。」

「真的？」

李天然發現羅便丞有興趣，就提了下她想拉他入夥，「不過我沒接受。」

「不能接受，她的真話都是騙人的……」羅便丞有點不好意思，「你知道嗎？她根本沒有訂婚。」

「那我不知道……我只知道她所謂的未婚夫家裏，早有個大老婆和三個女兒不說，還有兩房姨太太，全住一塊兒。」

「好！」羅便丞臉色正常了，「希望那兩個姨太太也都跟司機跑了！」

「你忘不了唐鳳儀？」

「那倒不是……唐鳳儀是我一時糊塗，只是那個姓卓的太不是東西。」

李天然點頭同意，敬了他一杯酒。

「奇怪沒有人揭他們的底……山本住他們家不說，我第二次訪問殷汝耕，已經給南京通緝了，就在北平卓府。卓十一也在，還得意地說殷汝耕是他乾爹！」

李天然腦子裏突然有了個念頭。以羅便丞一個美國記者的身份，可以到處打聽訪問，而不引起猜疑。尤其這個時候，羽田和山本都是日本人，一個美國記者跑新聞，更說得過去。這倒值得試一下，看能不能引他到另一條路上。

「卓家不但有日本朋友，漢奸朋友，就連警察局裏，都有他們的人。」

「真的？」羅便丞果然有了興趣，「誰？你怎麼知道？」

「茶館兒裏聽來的。」

「哦……」他有點失望，「茶館兒。」

「也別小看茶館兒，不就是你說的希臘悲劇裏的 Chorus 嗎？……還有，這兒的茶館兒就像你們美國的酒吧，可以聽到不少事情……你想，寫那兩首打油詩的，又怎麼會知道這麼多？作案留名，報上都沒提。」

「這我很快就會知道，」羅便丞臉上又顯出來那種神祕狡猾的微笑，「我已經通過我老師，聯絡上了那位大眾詩人……叫什麼？將近酒仙？好奇怪的筆名……反正，他剛給放出來。我們後天見面。」

「真的？」李天然又驚訝又佩服，「這位酒仙是誰？」

「抱歉，等我訪問完了再告訴你。」

李天然覺得可以再冒險一次，「你去問問，他是不是警察局裏有內線。」

羅便丞站了起來，喝完了杯中的威士忌，半開玩笑地指著天然，「還要你來教我訪問？告訴你，我還要去訪問卓老太爺和小太爺，還有偵緝隊……」他披上了棉大衣，摸了摸，「臨潼一位少校送給我的……我該走了，」他捲起了消寒圖，「謝謝你的禮物……」轉身對著天然，「我告訴你，這個地方案件要是給一個美國記者首先揭露真相，那北平的大報小報可要丟臉死了……唉，得不到普利茲，在北平出出風頭也不錯……晚安。」

李天然送走了羅便丞，回到沙發上點了支菸，回想著晚上的談話，大致沒什麼漏洞。唯一讓他嘀咕的是提到作案留名。報上都沒說。幸好羅便丞沒有追問。還有，民國初年可能還沒個西山孤兒院……唉，算了……不過，幸好下午把武士刀放進了衣櫃，要不然他一上廁所就看見了，那可就全完了……可是，衣櫃也不妥當，還是得找個地方藏……對，存在馬大夫家最保險……連羽田那把槍……

他洗完了澡就上床……

「卡吧。」上頭輕響一聲。

他迷迷糊糊，撐起了上半身再聽……不錯，房上有人。

李天然摸黑下了床，套上衣服，輕輕把後窗推開。花園漆黑，沒有動靜。他鑽了出去。

他蹲伏著，沿著牆繞了半圈。沒人。

他矮身上了房，緊貼著瓦，集中目力巡望。沒人。

快滿的月亮，在雲後頭閃來閃去，忽明忽暗。風颼颼在颳。

還是沒人。

他下了房，進了胡同，從王駙馬慢慢搜到北邊西頌年，再又從南小街繞了回來。還是沒人。

他走大門進去，回到北屋，開了燈，巡視了一下。客廳裏沒什麼不對。

經過茶几回內屋，才突然瞧見菸灰碟下邊壓了一張小卡片。

他的心猛跳了三下。

是張彩色小卡片，他拿了起來，是「大前門」香菸附送的那種菸卡。

他看了看。正面是幅大前門國畫。他翻了過來。廣告反面有兩行成語：「若要人不知，除非己莫為」。

他的氣，他的急，老半天也過不去，消不了。這個臉可丟的真不小。

他把菸卡放回碟子下邊，倒了杯酒，點了支菸，靠在沙發上。

可不能氣，更不能急……

這不像是上門挑戰……沒指名，沒道姓……也沒留字報萬兒……

試探？……姜太公釣魚，願者上鈎？

最好的辦法，至少目前，是裝傻……

23 藍氏兄妹

李天然年三十一那天吃過午飯，多給了徐太太一個月的工錢，就叫她回去了。

他進房從衣櫃取了那把武士刀，解開包，握著刀鞘，另隻手「嗆」地一聲抽出了刀，在空中刷刷揮了兩下。

非常稱手。的確是一件兼具中國刀劍長處的武器。他一手握著劍把，一手輕輕托著刀尖。冷冰冰的劍身閃動著陣陣寒光。

他記得師父傳給他的那把三尺鐵劍，來歷不明，下場更慘，可也是綠鯊魚皮鞘，銀吞口，灰絨挽手，每次出鞘，琅琅地一聲龍吟，也是一縷寒光，跟了他老人家一輩子，劍身染了不知多少武林敗類的髒血……

可是沒有像這把身上帶有斑斑暗痕的武士刀這樣讓他渾身發毛……

他插刀入鞘，找了條被單包住，又發現形狀還是會引人注意，再用大衣裹住，揣上了手槍，出門攔了輛散座，上馬大夫家。

雖然沒幾個人那麼講究過陽曆年，他還是給了老劉和劉媽一人一份兒紅包。

劉媽知道該怎麼伺候。馬大夫還沒回來，可是客廳小桌上，已經擺上了一瓶威士忌，一桶冰塊，一壺冷開水，一盤炸花生，一個煙灰碟。

李天然倒是盼望師叔能回來過這個年。看樣子，等陰曆年吧。而且最好早約。師叔一輩子沒家，飄來飄去，早就說過住不慣這麼舒服的四合院兒。有人伺候不說，還有暖氣。

馬大夫七點多才回來，說辦公室有個小酒會，已經喝了點兒香檳。他一進屋就直奔內室洗澡，李天然跟了進去，指著床上那把武士刀和手槍，說想要在他這兒寄放一下。馬大夫也覺得應該存在他這兒。

兩個人在家過年真沒什麼年味兒。只是老劉包的豬肉白菜餡兒餃子吃的過癮。

馬大夫說麗莎回信了，下個月就和馬姬回來過年。馬大夫很興奮，在那兒抽著煙斗算日子。年初一是二月十一號，還有一個多月。天然也很高興，又覺得馬大夫很好玩兒，還正在過這個年，就在想那個年。

他也很想念她們。他比馬姬大一歲多。兩個人雖然不是一塊兒吃奶長大的，但是究竟十幾歲就在一起。而且一起去美國，念的同一家大學，然後再加上他們那段關係。

在美國頭一年，兩個人都很痛苦。一個是獨生女，生長在中國，第一次離開父母，第一次回自己國家生活。而在學校裏，雖然不像李天然那樣引人注目，但是一言一行，一舉一動，甚至於身上的衣服，還是經常被同學們嘲笑。

李天然面對的問題更嚴重。種族歧視之外，功課可夠他受的。他只在縣裏中學念過幾年書，又只在孤兒院裏跟馬大夫家裏人學過點英文，一下子進了美國大學，簡直不知道應該從哪兒開始。

是在這種相依為命的處境之下，他們兩個好了起來。

時間不長，一年多。可是好的夠熱夠烈夠濃。馬姬是第一次。李天然也是丹青之後第一次。初期激情一過，又拖了半年多，二人才開始冷靜了下來。只是李天然有更多一層的考慮。他無法欺騙恩人，無法背著馬大夫和麗莎，繼續和馬姬這麼搞下去。

不過，天然有的時候在想，會不會是因為和馬姬有過這段情，出手才那麼重？不到兩分鐘就重傷了四個身材高大雄壯的足球員？……

「陽曆年，不必守歲。」馬大夫大概以為躺在沙發上沉思的天然睏了。「十點多了，你要回家就回家……不必陪我。」

李天然微笑搖頭，捨不得離開這近來少有的溫暖，「再坐會兒。」

大門的鈴突然響了，還不止一聲，還很急，還有陣陣捶門的聲音。兩個人一下子都坐直了。老劉在院裏就喊，「馬大夫！快來！是藍家少爺！」也沒敲門就進了屋，「滿臉是血！」

他們出了正屋。

藍蘭和劉媽正攙著藍田進內院。馬大夫一看就直奔西屋診室，開門開燈，叫她們扶他上病床。

馬大夫先對著燈從頭到腳查了一遍才去洗手。天然幫著藍蘭，給她哥哥褪下了披在身上的呢大衣。裏邊黑禮服好幾個地方都破了。

「你們去北屋等。」馬大夫擦著手。

老劉夫婦下去了。天上開始飄著零零落落的雪花。李天然挽著藍蘭回到上房，替她脫了大衣。

她那白色露肩晚禮服上也染著片片血漬。長長的頭髮有點零亂。臉上的化妝給淚水洗掉不少。

「你沒事兒吧？」天然盯著她問。

藍蘭一下子癱在沙發上，沒說話，兩眼空空地望著房頂。天然給她倒了小半杯威士忌。她一口乾掉。還是沒說話。他抽了半支菸才又開口，「怎麼回事兒？」

她長長嘆了口氣，「我們玩兒的好好的……突然來了這麼一個女的！……」她伸出空酒杯。李天然又給她添了點兒。

「哥哥兩個月前定了個桌子，本來還請了你……她一過來，我們全都呆了……都沒想到這麼個女人會認識哥哥，還這麼熟……她可真時髦，真摩登，一身銀色旗袍兒。叉兒開到大腿，妖裏妖氣的……」

李天然已經知道是誰了。

「她們也有一桌，在舞池那邊兒……」藍蘭突然看了天然一眼，「你說不定見過……聽說以前在天津租界做過舞女，還是歌女……姓唐，叫什麼 Teresa。」

唉！他輕輕點頭。

「我知道哥哥永遠有一大堆女朋友，可是就沒想到會認識這麼一位！……不太對勁兒，哥哥還是學生，才十八，怎麼會混進了這個圈子……反正她一過來就又說又笑，又拉著哥哥跳舞，一支接一支，貼的又緊，全場都在看他們……」

藍蘭喘了幾口氣，抿了下酒，「先過來一個男的，叫她回他們桌。她沒理。又跟哥哥跳。這個時候又過來一個，硬拖她走。哥哥伸手去攔，給那個人打了個耳光。哥哥回手就是一拳……唐……大概怕鬧出事，揪住了那個人。跟他回去了。」

李天然面無表情地聽，點了支菸。

「我們都以為事情算是過去了。大夥兒尷尬了會兒……北京飯店特別為今天晚上請了一個外國樂隊，人擠得不得了。那場架沒幾個人注意到……我正想偷偷問哥哥怎麼認識她的，過來了一個侍者，說櫃臺有電話找密斯脫藍。哥哥遲疑了一下，還是去了……他剛走，我就覺得有點兒不對，也起來跟了過去……前頭人也很多，可是沒見著哥哥，問櫃臺，也說不知道有這麼個電話。我就知道糟了，就跑到大門口。外邊停滿了車。可是我一下子就看見了，隔了幾部車，有幾個人正在打。我跑了過去，哥哥已經倒在地上……」

他等了會兒，「那些人是誰？」

「只知道一個姓卓。」

果然是這小子。

「你知道這個人？」

「見過一次。」

他不想說太多，還不知道究竟是怎麼回事。是唐鳳儀有意挑撥？還是三角關係一時失控？還是卓十一有什麼別的打算？……他轉了話題，「待會兒先聽聽馬大夫怎麼說。」

「我不能送他上醫院，會鬧出去……這回不知道能不能瞞住爸爸……唉，哥哥這一年可真惹了不少事兒……」

「都跟姓唐的有關係？」

「那倒不是……反正不是女朋友就是學校，」她站了起來，「我用哪個洗手間？」

李天然帶了她去客房那間。他出來看見馬大夫他們剛進屋。藍田頭上包著厚厚的紗布，左臂吊著掛帶，半邊臉又紅又腫。他已經脫下了上衣。馬大夫讓他躺在沙發上。天然給馬大夫倒了杯酒，「怎麼樣？」

「不輕，對方動了棒子，還動了刀，不過……」馬大夫喝了一大口，「主要是自尊心受了傷……怎麼回事？」

天然望著閉眼休息的藍田，簡單地說了說。

藍蘭出來了，跪在沙發前頭和她哥哥耳語。藍田沒有反應。她起來換了個沙發坐下，「多久可以去掉掛帶？」她臉洗乾淨了，沒再化妝。

「三五天……這可不能瞞你父親。」

李天然看出藍蘭有點兒為難，就岔了一句，「你們怎麼來的？」

「飯店給叫了部車。」

「待會兒我送你們。」

馬大夫看了看臺鐘，「就快十二點了，過了年再走。」

藍田睜開了眼睛，有點不好意思，示意藍蘭要杯酒。她看見馬大夫點頭，就給他倒了半杯，又給每個人添了一點。自鳴鐘開始敲了……

「Happy New Year!」她和哥哥慘笑碰杯，再和馬大夫和天然碰杯。

「Happy New Year!」，「Happy New Year!」

「這就是一九三七？」藍蘭忍住了眼淚。

他們又坐了會兒。藍蘭心很細，出門之前打了個電話，叫楊媽把床給準備好。

藍田一直沒說話。李天然才停了車，長貴已經在大門口上等著了。

這還是李天然第一次進藍田的房間。楊媽跟藍蘭扶著他去了內室上床。李天然在外屋等。牆上貼滿了飛機和飛行員的照片。他送的那個「聖路易精神號」模型就擺在他書桌上。

「下午再來看你。」天然在睡房門口跟藍田說再見。

藍蘭拖著李天然上她屋裏去坐。就在後院小花園對面，跟她哥哥的一模一樣。

她打發楊媽到前頭去找瓶酒，自己進了內室換衣服。

楊媽小腳，好半天才抱著半瓶白蘭地回來。天然一個人坐在那兒慢慢等，抿著酒，看著牆上幾張有大人有小孩的相片。好半天藍蘭才穿了件紅邊白睡袍出來。乾乾淨淨，有一點倦容，「那是我母親，懷裏的娃娃是我……」

「多久以前拍的？」

「我剛滿月……再半年她就死了……T. J.，給我倒杯酒，」她一下子倒進了沙發，「這個年可過的真好。」

李天然起身遞給她酒，「別想太多，年輕人挨頓揍不算什麼。」

「我是怕他嚥不下這口氣。」

他也知道這是個問題，也明白這個年紀還不容易勸。

「哥哥的事兒可多了，我沒辦法再幫他瞞……」她連喝了兩口，「去年我過生日那天，他跟我說他要去當空軍。」

李天然感到非常意外，「真的？」

「說他已經報名了，筧橋中央航空學校……他也真本事，還偷偷去找張伯伯寫了封介紹信。」

「張伯伯？」

「張自忠。」

「你爸爸不知道？」

「我們猜還不知道。」

李天然覺得不太可能。老朋友的兒子要考空軍，找他寫介紹信，他能不告訴老朋友嗎？……「已經考了？」

「考了，也收了……體格特優，筆試第一，口試特優……本來他打算這個月就去杭州，結果出了這檔子事……他們這期二月開學……沒想到空軍這麼難考，華北區三千人報名，只取了一百飛行，一百機械。」

李天然還是覺得有點意料之外。藍田怎麼說也還是個公子哥兒。考取是一回事，畢業又是一回事，「他怎麼想到要去當空軍？」

「唉……我的感覺是，從軍報國，大概事後才想到……也許還沒想到……」

「那事先？」

藍蘭輕輕一笑，「事先？……事先只想到怎麼才能離開這兒……」她笑容沒了，「怎麼離開大學，還有這個家，怎麼離開這個環境……反正他不想再在北平混了，覺得沒意思。他本來就喜歡飛機，你也知道，你還送了個模型，他樂死了……去年，他看見那幾位從義大利開回來的飛將軍，他一下子就決定了。」

這倒是非常可能。飛行員給人的印象都是飛來飛去，自由自在的空中英雄，大明星，很能吸引嚮往獨立的年輕人。可是，如果藍田受不了爸爸管，學校管，那不知道他有沒有想過，進了空軍，管得更嚴。

「他能作這個決定，那挨頓打也許不會放在心上。」

「希望了……」她微微淺笑，「何況只是這次他吃了點兒虧，讓他嚐嚐味道，說不定是件好事兒……」她喝完了酒，伸出了酒杯，「再來一點兒……」

「還要？」他在倒，有點猶豫。

「再喝點兒就去睡……我的心定不下來……」她抿了一口，「爸爸有次跟我們說，天下沒有不栽跟頭的人。問題是，栽了之後能不能再站起來。」

李天然很驚訝藍蘭十七歲就能體會這種話，「你覺得他會去？」

「當然。」

他舒了口氣。這的確是件好事。這種家庭，這麼一位年輕瀟灑的少爺，十八歲就能迷上一個交際花。這麼下去，就算沒變成另一個卓十一，也好不了哪兒去。

「那你呢？」

「我？……前途第一步已定。」

「哦？」

「夏天走……兩家大學收了我。」

「你是說去美國念書？」

「其實跟哥哥去考空軍沒什麼分別。去美國也是次要的。」

「那主要的是什麼？」

藍蘭的嘴唇輕輕沾了下酒杯，想了想，又抿了口酒，「主要的是，我也不想待在北平了……太老了，太舊了，不管你想做什麼，都有幾百上千年的傳統約束著你……」

李天然感到心裏一震。他記得沒多久以前，這個小女孩兒還在天真地感嘆曲終人散。可是現在這種話又難道是成熟的體驗？

「好！T. J.」藍蘭爽朗地笑起來，「我們的祕密你全知道了。該談談你了……先說你怎麼認識那個姓唐的。」

「我怎麼認識她的？」李天然重複了一遍，整理了一下他的腦子，「是金主編介紹的，在卓老太太堂會上。」

「就這麼一次？」

「是。」他不想在她面前說謊，可是又知道不能透露太多。

「你覺得她美嗎？」

李天然稍微放了點兒心。這樣談下去大致不會出什麼紕漏，「相當漂亮，非常摩登。」

「真奇怪……」她玩弄著手中酒杯，「我們桌上十個人，五男五女……男的一下子全給迷住了……我們女的……當然也覺得她貌美時髦……只是……就是看她不順眼。」

李天然覺得他的話還是出了個小紕漏，可是一時又想不出應該怎麼回答，只好輕輕一笑，「通常都是這樣。」

「那當然是……」藍蘭眨了眨眼，緊盯著他，「所以我才有點兒好奇。」

「你同意，還好什麼奇。」

「我好奇的是，你會去交姓唐的這種女朋友嗎？」

「我想不會。」

「可是不能保證？」

「我保證不會。」

「好！」藍蘭起身，擱下酒杯，「放你回家！」

她送他到小客廳門口。李天然正要說再見，藍蘭伸手把他拉過來，踮起了腳，仰起了頭，雙唇非常溫柔地封住了他的嘴。

相當短暫，但非常真實的一吻。

二人慢慢鬆開。

藍蘭還仰著頭，兩眼半睜微閉，胸脯一起一伏。

他吸了口氣，輕輕在她額角印了一吻，輕輕說了聲「Happy New Year」，就轉身離開了。

24 卓十一

過了年去九條已經是四號禮拜一了。他先到後院。楊媽說馬大夫一早兒來過，給他換了紗布繃帶。李天然在房門口張望了一下，藍田正在熟睡。

進了他辦公室，總覺得有什麼地方不對。掛了大衣，倒了杯茶，才發現今天是金主編早到，小蘇反而還沒來。

「看今天報了沒？」金士貽抬頭問。

「還沒。」

「你聽聽，《世界日報》轉載『路透社』的消息，說南京政府決定立即裁撤『西北剿匪總司令部』……真是完了……」

「完了？」

「你還不懂？」金士貽離開了他的坐位，邊看邊走到李天然桌前，「國共一合作，下一步就是聯俄，再下一步就是打！」

李天然取了支菸，給了金士貽一支，點燃了，沒說話。

「可是又怎麼打？」金士貽噴了口煙，「你沒看見前些日子皇軍演習？看看人家的裝備……飛機，大砲，坦克，裝甲，機關槍……你再看看咱們的軍隊，喜峰口那回，大刀都上陣了。」

「沒白上啊。」

「沒白上？贏一塊輸一百！……我去年夏天跑了趟青島，沿路倒是看見不少中央軍……你猜怎麼著？地方上都在笑，說國民黨的軍隊，官比兵多，兵比槍多，槍比子彈多。」

李天然哈哈大笑，「還有什麼？」

「年前的事兒了……張學良給判了死刑，立即特赦，現被監管……」他闔上了報，「對了，有件事兒跟你商量，好些人都想多看點兒那個愛什麼老八……」

「什嘛？」李天然莫名其妙。

「英國那位……不愛江山愛美人的那位，叫什麼來著？愛德華八世？……跟那個叫什麼來的美國女人？……你再給弄篇長點兒的，多找幾張相片兒……」金士貽弄熄了菸，往回走，「天下可真有這麼糊塗的國王，為了一個女人，還離過兩次婚……還是咱們皇上會享福，後宮佳麗三千！」

李天然最討厭這種貧嘴，可是金士貽回頭咪咪一笑，又補了一句，「不玩兒也可以擺在那兒啊！」

房門開了，小蘇一身肥肥厚厚的大棉袍，白圍巾，還揹了個書包，進了屋。

金士貽一聲大喊，「大學生來了！」

小蘇有點兒羞，沒說話，脫了棉袍，掛起了書包。

李天然沒聽懂。金士貽也沒解釋，打完了電話就走了。

「怎麼回事兒？」李天然坐在那兒問。

「沒什麼……今天開始去朝陽女師上半日學。」小蘇故作鎮靜，可是掩不住滿臉的興奮。

李天然非常驚訝，「好極了……唸什麼？」

「生物。」

他看見小蘇還在那兒一副無所謂的表情，可是給他這麼一問，就什麼全抖出來了。是去年偷偷兒去考的。幸虧現在有了半日學，又是師範，否則考取了也沒法兒上，也上不起。完後又跟金主編說了些好話，又託她哥哥去說，才能每天早上去上三小時的課。李天然只能搖頭苦笑。她末了的話更讓他驚訝。每個星期天，小蘇還去學校上二十九軍教官辦的軍事訓練。

李天然望著小蘇一身黑毛衣黑長褲，黑棉背心，一張給暖得紅紅的小圓臉，真覺得她了不起。上班做事，貼補家用，上課受訓，抗日救國，不知道她是不是還想寫東西。他很想幫點忙，又不知道該怎麼去幫，「我能幫什麼，儘管說。」

「好！」小蘇一下子又興奮起來，說有本兒《初級生物學》，是英文的，很多地方看不懂。李天然叫她隨時來找他。還有，生物有問題，還可以帶她去找馬大夫。

他看得出來小蘇非常滿足，那種做到了想要做的那種心滿意足。他不知道等他的事完了之後，臉上是不是也會顯出這種笑容。

小蘇打開了她的飯盒。他上後院去看藍田。

又一個驚訝。不是掛帶沒了，不是手腳靈活了，而是藍田一臉愉快的表情。

「我在床上想了三天三夜……」藍田拉他進屋坐下，「你大概很難想像，我頭上挨的這一棒，臂上給劃的這一刀……有點兒像……」他偏頭想了想，「這麼說好了，我現在明白爸爸說的了……我是昨天晚上十一點半開的竅。」

李天然非常感慨，微帶笑容，注視著他那張漂亮的面孔，現在充滿了光明磊落。

「這一頓揍，像是老天給我的一個啟示……當頭棒喝！回想的話，當初去考空軍，開始也許真是一種逃避……一直到昨天半夜我才恍然大悟，這正是我要的。」

考慮到藍田才十八出頭，李天然更覺得佩服，「打算什麼時候走？」

藍田輕輕笑了，「本來是下禮拜，現在……」他伸手摸了摸他左半邊小片禿頭，「現在可能要二十幾號，等頭髮再長一點兒……」

李天然大笑。就算是年輕人愛美，這也是可被原諒的虛榮。

他回到辦公室。小蘇剛吃完，說有位姓羅的來電話找他。李天然打到辦公室。不在。又打到他家。也不在。

外頭乾冷。風挺尖，有太陽，可是就是穿不過雲層。天空一片淡灰慘白。他呢大衣夠暖，只是耳朵凍的發痛。路上的人都像是有目的那樣走動，沒人閒逛。

剛拐進王駙馬胡同就瞧見那部乳白色 De Soto。這小子，原來是從我家給我打的電話。他進了大門。院子裏立著一個半個人高的白色電氣冰箱。廚房裏有人說話。

「回來啦！」徐太太在爐子前邊轉過了頭。羅便丞站在後邊看她烙，一隻手端著盤子，另一隻手，也沒用筷子，白手捏著一張餅，「我已經吃了兩張了。」羅便丞轉身把盤子擱在案板上，「下邊兒都是你的……」他擠了擠眼睛，「聽過嗎？有錢難買末鍋餅。」

「這張好了，誰吃？」徐太太看見羅便丞搖頭，就給了天然。「可沒什麼就的……有點兒鹹菜，炒了幾個雞子兒。」

天然脫了大衣，站在案頭連吃了兩張。羅便丞說冰箱在他家擱了一個多星期，沒時間送。他昨天才從天津訪問了張自忠回來。

廚房沒地兒擺，也太油。於是兩個人把冰箱給抬進了東屋餐廳，上了正房去坐。羅便丞說還有架收音機。天然說不要，沒什麼節目好聽。

「你以為日本軍隊在長安街上演習過分嗎？」羅便丞陷進了軟沙發，「那你上天津去看看……日租界不用提了，英租界，法租界，義租界，到處都是浪人，漢奸，特務，便衣……這還不說，日本駐屯軍總司令部，就在市中心的海光寺！」

顯然羅便丞很欣賞這位現任天津市長，這位三年前在喜峯口以大刀擊退了鈴木部隊的三十八師師長張自忠，「不是『辛丑條約』不許中國在天津駐兵嗎？張自忠就把他的三十八師一批官兵改編成了保安隊，換上了保安隊的土制服，來維持天津的治安……不是這樣的話，去年夏天他剛上任，就有日本特務在金剛橋鬧事，不可能不流血，也不可能不擴大……駐屯軍司令田代皖一郎，肯定藉口護僑占領天津……」他頓了頓，慢慢自己笑了起來，「你聽過英租界洋車夫的事件沒有？」

「沒有。」

「也是去年夏天，也是他剛做了市長，英國巡捕打了個洋車夫……結果市長下令，英國不道歉賠償，洋車不去英租界，不拉英國人……」他哈哈大笑，「這還不算，就上個月，又因為英國貨進出都不交稅，我們這位將軍市長又下令禁運，不許開船……天津人都佩服他。」

徐太太進來端了壺剛沏好的香片。李天然叫她收拾完了就回去。

他倒了一杯給羅便丞，「你的訪問寫完了嗎？」

「早上就發出去了……」他吹了吹，喝了一口，「哦，對了，他還跟我談起了那個日本人。」

李天然知道指的是誰，還是問了一句，「哪個日本人？」

「上次我們談的……那個給打死的羽田……」羅便丞微微搖著頭，「顯然這個羽田不簡單。

張自忠說，土肥原為了這個案子找過他兩次。」

「張自忠怎麼認為？」

「他說羽田是土肥原派到北平的特務。」

難怪藍青峯覺得沒多問就一掌劈死了他，有點可惜。這些都不去管了，李天然想知道案情給偵察到了什麼地步，就稍微誇張地說了聲，「是嗎？」

「你聽，土肥原一口咬定說，不是藍衣社幹的，就是共產黨。」

「是嗎？」

「你再聽。張自忠還看到了那首詩，還問我知不知道那位『俠隱』是誰。」

「你怎麼說？」

「我說內幕消息沒有……不過建議他把這首詩當作證據，轉給土肥原，就說有個燕子李三，重返陽間，替天行道，掌斃羽田。」

李天然搖著頭笑，「只有你們美國記者能這麼亂開玩笑……你怎麼安排到這個訪問的？」

「跟訪問北平市長秦德純一樣，都是藍先生幫忙。」

李天然心中微微一動，「可是訪問是你一個人？」

「藍也在場，他陪我去的。」

「他沒說話？」

「說了……」羅便丞揚了下眉毛，「他說要是日本人肯接受這個，也不會搞個瀋陽事變了，更不會駐兵華北。」

李天然平靜了下來，「藍先生沒提他兒子的事？」

「藍田?沒有。」

李天然喝了口茶，把藍田給卓十一那幫人打了一頓，現在要去當空軍的事說了一遍。

「真的?!」羅便丞嚇了一跳，「那位少爺?去當空軍?」

「一點兒不錯。」

「我看是北平玩兒夠了，也可能失戀了……要不然就是愛上了飛行員制服。」

「可能，但主要不是。」

「不管是為什麼，祝他好運……」他舉起茶杯一敬，喝了一口，「可惜不是酒……」

「以茶當酒……祝他好運……」

「希望他知道當空軍是要打仗的……尤其現在，」他喝完了茶，看看錶，「說到酒，差不多是那個時候了……走，出去喝，我請。在天津賭了場馬，贏了八塊。」

李天然進屋換了身雙排釦人字呢灰西裝，套頭黑毛衣。他覺得現在最好先不付那五百元冰箱錢。家裏有這麼多現款，肯定讓羅便丞起疑。這種記者，有時候真像個偵探，不動聲色，到處打聽，追根問底。

「去哪裏?」他上了車。

「先去探望中國未來的空中英雄。」羅便丞開出了胡同。

一大堆男男女女在藍田屋裏。留聲機響著。有個男孩兒在彈吉他。到處都是吃的喝的。藍田搶上來招呼，使了個眼色。李天然猜，大概是叫他不要提筧橋的事。二人坐了會兒就走了。李天然順便帶他參觀了一下他的辦公室。

「去哪裏?」他又上了車，又問。

羅便丞沒立刻回答，過了東四才說，「大陸飯店。」

「哦。」李天然提醒自己要警覺一點。

「記得那位寫打油詩的嗎？」他穩穩地開車，「我去天津之前，就在那兒的『銀座』訪問他……再去看看。」

「他怎麼說？」

「是位老先生，六十出頭，瘦瘦高高的，可真能喝酒，的確有點酒仙的味道……說牢裏倒沒吃什麼苦，都挺照顧他的，只是沒酒喝……關了一個晚上，問了兩次話，就放了。」

「問了些什麼？」

「主要是問他哪兒得來的消息……你猜他怎麼回答？」羅便丞一臉服氣的微笑，「他說他是詩人，寫的是詩，不是新聞。」

李天然也笑了，「還說了些什麼？」

「亂七八糟一大堆……說他的別號『將近酒仙』是張恨水給他取的，表示他又能喝酒，又能寫詩，比不上李白，也快了，所以封他『將近』酒仙……」

「沒提他哪兒來的消息？」李天然有點耐不住了。

「沒提……他沒告訴偵探，當然也不會告訴我……不過，他倒是提了一件事，很有意思……我們在『銀座』喝酒。他說大陸飯店有個地下賭場……而且，你聽，老板是卓家那小子和羽田……有意思吧？」

李天然望著窗外漸漸暗下來的街道……很像這幫子人幹的事。那個小警察的話沒錯。走私大煙，地下賭場，肯定還有別的見不得人的玩意兒。可是混這種生活，做這種買賣，跑這種江湖，不能只靠卓十一和羽田。後邊總得有人玩兒硬的。可不可能就是朱潛龍和他那些便衣?可不可能這夥人就是「黑龍門」?走著瞧吧……「你去過那個賭場沒有?」

「沒有,只去過舞廳,」羅便丞開上了石駙馬大街,「賭場是個私營俱樂部,只有會員和會員的客人才進得去……而且,通訊社老板允許我的交際費,可不包括賭。」他又一拐,進了飯店前邊的小花園。

兩個人下車,直奔「銀座」。

剛過四點。裏邊人不多。日本紙燈照的半明不亮。才進了酒吧,右邊傳來嬌嬌的一聲,「John-……Mr. Lee-!」

都聽出來是唐鳳儀,可是習慣了酒吧的暗光,才看見門右邊一個角落圓桌坐著三個人。他們走了過去。除了她沒動之外,另外兩位微微起身,等他們入坐。

「見過吧?卓世禮先生。楊副理……」唐鳳儀一揚手,「羅便丞先生是位美國記者。李天然先生,記得吧,在老金那兒做事。」

這還是李天然在堂會之後第一次和卓十一碰面。大家都客氣地略略點頭。只是羅便丞幾乎是有意地,上前伏身親吻了下唐鳳儀的面頰。

他們三人在喝香檳。羅便丞看了李天然一眼,跟女招待點了兩杯威士忌加冰。

唐鳳儀西式便裝。上身淺灰毛衣,下面深灰法蘭絨長褲,黑高跟鞋,屋子裏還戴了頂黑捲沿帽。卓十一寶藍長袍,細白面孔,左手小指上的金鋼鑽,比唐鳳儀手上那顆還耀眼。那位楊副理,面無表情地坐在那兒,壯壯的身材,把那套黑西裝給繃得緊緊的。

「真是巧……」唐鳳儀舉杯,「新年快樂。」

每個人都抿了一口。

「密斯脫李近來忙嗎？」唐鳳儀放下酒杯，向他敬了一支菸，自己也取了一支。

「還好。」他掏出他的銀打火機為二人點菸。

唐鳳儀仰頭噴出一縷煙，彈了下菸灰，「藍田沒事兒了吧？」

「沒事兒了……」羅便丞搶著回答，「正在家裏開 party。」

卓十一舉杯抿了口香檳，揚了下眉毛，嘴角露出一絲笑容，「年輕人比較莽撞。」

楊副理跟著輕輕微笑。

「莽撞，是……」李天然也微微一笑，拿起了酒杯，「一頭莽撞到木頭……」他敬唐鳳儀，「真也是巧。」

卓十一收起了那少許笑容，「小夥子走路不睜眼，還會撞上別的！」

羅便丞似懂非懂。唐鳳儀垂下眼光。

李天然還在微笑，右手中指輕輕攪著面前杯中冰塊，「說的也是……」

氣氛有點僵。唐鳳儀藉這個冷場又叫了瓶香檳。

桌上沒人說話，默默地等著一位經理過來「嘣」地一聲開了瓶，又默默地看著他倒酒。

李天然臉上仍帶著微微淺笑，左手夾著菸，右手大姆指扣住了中指，用了五成力一彈，把指尖沾的一滴威士忌，像一粒沙一樣，打向對面卓十一的右眼珠——

「哎呀！」卓十一剛拿起才倒滿的酒杯，就嘩啦一聲掉在地上粉碎，兩隻手同時按住了右眼。

全都嚇了一跳。經理呆呆地站在那兒，手中還握著瓶子。那位穿和服的女招待小碎步地跑了過來。吧臺那邊有一兩個人回頭往這邊看。

「怎麼了？」唐鳳儀急叫著，用手去扶卓十一的膀子，給他一下子摔開。

「媽的！什麼玩意兒！」卓十一用手一會兒揉，一會兒按，「不像是蟲……」又眨了幾下，「不對……這隻眼有點兒花……」

楊副理很快起身，到他身邊查看，偏頭瞄了李天然一眼。

「別動！」唐鳳儀又湊了上去，托著他的頭，「得上醫院……有血！」

卓十一猛然把她推開，手還握著右眼，站了起來，「走！」

楊副理給他披上了皮領大氅，扶著他離開了。

唐鳳儀有點兒尷尬，輕輕舒了口氣，恢復了正常，「怪了！……這麼大冷的天兒，會有蟲？……還這麼厲害？」她抬頭望了望屋頂，「也不像是上頭掉下來什麼……」

羅便丞滿臉疑容，搖搖頭，「的確奇怪……會有血？」

唐鳳儀木木地點著頭，有點自言自語，「邪門兒……」

「不信邪的話，那就是巧了……」李天然經鬆地喝了一口威士忌，「人頭能莽撞到木頭，不也是巧嗎？」

25 查戶口

小小整了卓十一那天晚上，李天然有點後悔。

他責怪自己為什麼這麼沉不住氣，竟然當著這麼多人的面，玩兒這種花招兒。

他知道唐鳳儀和羅便丞完全沒有覺察有人搞鬼，也知道連卓十一本人也不會想到是他作了手腳，可是不敢確定那個楊副理會不會往他身上猜。

再想到就上個月，藍青峯還提醒他不要引人注意，就更後悔發洩這一時之快了。

所以他這幾天上班也就特別注意金士貽的表情。

是有點異常。他禮拜五交那篇〈不愛江山愛美人〉的稿子的時候，老金只是半抬頭「嗯，嗯……好，好」幾聲，而沒有正眼看他。

是不是他在卓十一身上搞的小動作有了反應？

他不去猜了。不過，每次出門，是比平常更留意，看有沒有人在注意他，看有沒有人在後邊兒跟。

一切都很正常。一切也都很平靜。好像連局勢都很平靜，也許是見怪不怪了。

南京那邊還是有人主張派軍隊去攻打西安。北平這邊兒，比較引人注意的，是一批教授學生演講反對。

這還不算，就連八號那天，日本華北駐屯軍在豐臺大閱兵，也只是一兩張照片而已。還不如那天晚上那場大雪，把每個人都搞的手忙腳亂。

倒是禮拜二下午，他給藍田藍蘭硬拖了去北海溜冰。他沒下場，冰鞋都沒換，就坐在五龍亭最裏邊那個亭子裏，遙望著他們兄妹二人，一個一身白，一個一身藍，在冰上紅紅綠綠人羣之中滑來滑去。

藍田沒事了，心情很好，還摘了溜冰帽給天然看他左邊頭髮。長的差不多了。藍田說機票買好了，二十二號飛上海。他取出照相機，請一位遊客，替他們三個拍了一張照。

三個人並排靠著欄杆，望著遠遠對面的漪瀾堂，和再後邊襯著陰陰厚厚雲層的白塔，默默無語。藍蘭眼睛有點兒濕。

他晚上在藍家吃的飯，都沒提卓十一。回家都快十點了。翻了會兒藍蘭先扣下來看的幾本兒美國雜誌才上床。

他心中有一種說不出的感觸。藍田現在反而是最快樂的人了。藍蘭的難過也應該只是暫時的，何況她自己夏天也要去美國……

床頭電話刺耳地響了。是藍蘭。

「哥哥又出去了……我睡不著。」

「幾點了？」他扭開臺燈。

「不知道……」，聲音啞啞的。

「沒事兒吧？」

「我在想……」

李天然點了支菸，等她說。

「我是不是晚生了幾年？」

「什嘛？」他忍不住笑了。

「不許笑。我是不是晚生了幾年？」

他不知道該怎麼去接，只好反問，「怎麼想到這兒去了？」

「剛剛才突然想到的。」

「別這麼胡思亂想。」

「誰胡思亂想？早生幾年就好了……現在大學也畢業了。」

他感覺到她話裏有話，「慢點兒……」

「什麼事也都懂了。」

他又想笑，忍住了，「哪年生都一樣。」

「我不是這個意思。」

「那是什麼？」

「我……我也不知道。」

「哪年生都一樣，都得過這一輩子。」

「不能往前往後挪幾年？」

「哈……」他還是笑了，「來不及了……就像你搭火車，搭上哪班是哪班……」他就著菸又點了一支，「好壞也就你搭的這班……」他吐了口煙，等藍蘭說話，可是沒聲音，就接了下去，「聽我說，別急，一站一站地走吧。早晚你我全都到站下車。」

「可是你我搭的好像不是同一班。」

「好像不是。」

「唉……」，柔柔地一聲嘆息。

「睡吧。」

半天，半天，「好……」

李天然掛了電話，熄了菸，關了燈，在床上翻了幾次身才入睡……

好像才剛睡著，突然又給叫醒了……聽見是徐太太在他房門口喊……

「啊？」他半抬起頭。

「查戶口！」

「查……」他眨了眨眼，看看錶，八點零五。

「在大門口兒等呢。」

「這麼大早？」

「是啊。」

他掀開了棉被，坐在床邊，一下子清醒了過來，「問你話了沒？」

「沒。」

他起身去洗手間，「問的話，就說我一個人住這兒……請他屋裏坐會兒。」

「請誰？來了四位。」

李天然中途止步，「四位？有這麼查戶口的嗎？」

「沒見過……四位，一位是接壁兒的孫總管。」

「請進屋吧，沏壺茶，我就出來。」

他很快洗漱，換衣服。好，別急，別慌，暗的來過之後，現在人家明的找上門兒了。

李天然走進客廳。四個人幾乎同時抬頭轉頭看他。

孫總管搶一步上來，一哈腰，「對不住，這麼大早兒……這幾位是咱這兒內三區的戶籍警員……」再偏頭跟那幾位介紹，「這位就是我們胡老爺的房客。李少爺。」他頓了頓，向其中一位警察一哈腰，「嗯……還有事兒嗎？」

另外三個人，兩個全身草黃制服，警帽，臂章，佩帶，掛著捕繩，別著手槍刺刀。其中一個搖搖頭，「辛苦了……這兒沒你的了。」

李天然等孫總管跟著徐太太出了屋，示意他們入坐。可是沒人坐下。茶也上了，也沒人去碰。

兩個制服警察站在客廳中間，一位捧著像是本兒戶口冊，另一位拿著個記事本兒。只有第三位，一身黑棉袍兒，在客廳四周漫步走著，欣賞牆上的字畫。

一個制服警察問，「李天然？」

「是。」

「居留證兒。」

李天然交了給他。那個警察照著戶口冊核對了一會兒，還給了天然。

「你是去年十月八號住進來的？」

「是。」

「沒自個兒去報戶口？」

「房東給報的。」

「打哪兒來？」

「美國。」

「先住哪兒？」

「乾麵胡同十六號，馬凱醫生家。」

「這兒一個人住？」

「一個人。」

「有工作嗎？」

李天然說有，掏出來《燕京畫報》的名片遞了過去。

兩個警察聚在一起看了看。其中一個轉頭跟那位穿便服的說，「您有話嗎？」穿黑棉袍的正在觀賞北牆上陳半丁那四副春夏秋冬……「嗯……畫兒也好，字兒也好……」回身朝李天然略略點頭，用手一指西牆，「這道門兒通哪兒？進去看看？」

李天然沒立刻回答，點了支菸，噴了一口，「檢查的話請便……參觀的話，我看免了吧。」他偏頭對著那兩個制服警察，「勞駕給介紹一下。」

兩個警察都愣住了。

其中一個機靈點兒，急忙說，「李先生，這位是我們偵緝隊宋探長。」又搶上去把名片雙手遞給了這位便衣偵探。

宋探長慢慢遛過來，翻著手中的名片，「呦！可要我命了，還有英文兒……」一張長臉，黑黑的，像是剛剃過頭，個兒不高，很壯，手指禿禿的，「本來查戶口沒我們的事兒，不過……我們局長前些時候收到一份兒外交部公函……市長辦公室轉過來的……局長打發我來拜訪拜訪……」

李天然抽著菸，沒吭氣。好，果然來了。走著瞧吧。

「說什麼您在美國出了點兒麻煩，教人家給趕出來了……有這檔子事兒嗎？」

「有。」

「犯了什麼法？」

「公文上沒說？」

「是公文想聽我說，還你們局長想聽我說，還宋探長您想聽我說？」

宋探長微微一笑，「公文是給我們的，現在想聽聽你說。」

「不敢當……」宋探長收回了微笑，「順便兒問問。」

「順便兒問問的話，我想就算了。不過……」李天然微微一笑，彎身在茶几上弄熄了菸，順手拿起碟子下面那張菸卡，「如果公事上有這個需要，我倒是可以陪宋探長局子裏走一趟。」

「那可更不敢當了，」宋探長稍微欠身，瞄了下李天然手中那張「大前門」菸卡，「那可得我們局長親自下帖子。」

「也成……」天然一亮菸卡，「這兒也這麼說，若要人不知，除非己莫為……成，帖子下到這兒，下到報社，我都接。」

宋探長盯著李天然，「有您這句話，我回去也好交代了……」他偏頭衝著旁邊乖乖等著的兩個制服警察說，「咱們在李府這兒打擾夠了吧。」

李天然過去推開了房門，朝院子一喊，「送客！」

再等他們三位出了正屋，下了臺階，雙手一拱，「慢走。」

他站在廊下，點了支菸，望著團團黑雲的天空，等徐太太回來。

他招手叫她進屋，「沒再問你話？」

「就問還有誰住這兒。」

「你怎麼說？」

「就說您一個人兒住。」

「還問了什麼？」

「有誰來過……我說馬大夫來過，還有個外國人來這兒吃過烙餅。」

「沒問別的了？」

「沒。」

李天然知道這是藉他美國的事來登門摸底。就算摸不到羽田山本頭上，更扯不上朱潛龍，都不是件好事，至少成了他們注意的對象……

前幾天的懊悔，變成了今天的自責，現在的警惕。

他當天晚上去馬大夫家談這件事。馬大夫的看法也差不多。不過他認為，暗留菸卡是來嚇唬他，查戶口也是早晚的事。宋探長的出現也理所當然，南京那邊來了正式公文。倒是拖了這麼久才來，反而顯出警察局辦事的效率不怎麼高。

馬大夫顯然疲倦了，右手揉著那雙深窪進去的眼睛，慢慢分析。羽田死了，可是他的煙土走私還是有人在搞。卓家肯定有一份。問題是，朱潛龍是不是他們一夥的？這種玩兒命的買賣，後頭總得有人扛刀揹槍流汗。不是朱潛龍和那個「黑龍門」的話，你李天然可以暫時不必去理會這夥人。可是如果是，你又怎麼辦？你一個人，就算還有你師叔，能照顧得了這麼些人嗎？何況裏頭還有便衣？那個小警察的話，寧可信其有，不可信其無。更何況，如果是的話，朱潛龍，還有卓十一，就不光是你們太行派恩仇的問題了。這幫子混蛋根本就是民族罪人。好，南京或許鞭長莫及，二十九軍也或許無暇應付，可是藍青峯，他會怎麼想？怎麼看？

心情本來已經相當低落的李天然，聽馬大夫這麼一分析，心情更低落了。他早就明白，在北平這麼一個大城，去找一個有意不露面的便衣，已經不容易了。現在他又可能參與了這麼一個地下組織，那就難上加難了。既然外邊沒人知道他李天然的祕密，那他又如何去知道朱潛龍的祕密？

更使他自責的是，馬大夫說他根本不應該在「銀座」那種場所去玩這種非但於事無補，反而會引火燒身的把戲。他感到萬分慚愧，馬大夫有些話，像「要沉住氣」，像「不要逞能」，跟他師父當年說的一模一樣……

和馬大夫談了一個晚上之後，心情稍微好了一點。他盼望師叔能早點回來，爺兒倆說說話也好，可是德玖一直沒露面。

李天然也就照常上班下班。他又交了三篇。其中一篇介紹美國去年十一月創刊的 *LIFE*。本來早就可以寫了，只是藍蘭先扣了一個多月才給他。

禮拜六他沒上班。徐太太等他吃完了午飯才進屋說她想告幾天假去通州兒子家過年。

「打算幾號走？」

「臘八兒前。」

「幾號回來？」

「過了元宵。」

他算算還有一個多月，可是還是答應了，跟她說乾脆下禮拜就不用來了，去辦點兒年貨。他回睡房取了她這個月和下個月的工錢，又多給了二十元。

「你兒子在通州幹什麼？」

「在家學堂當門房兒。」

他不想多問人家的事，就叫她走以前給蒸幾籠包子饅頭，反正有電氣冰箱，可以吃上一陣。

「哦，關大娘說要給您熬鍋臘八兒粥。」

李天然有點意外，可是挺高興。冬至一塊兒吃了餛飩之後還沒見過，「跟她說不用麻煩……她挺忙吧？」

「可不是。家裏每天都有活兒，還總有人找上門兒……」

「那夠她忙的了，不用熬了。」

「有時候還得上人家家裏去改改弄弄……」

他發現他插嘴也沒用。

「今兒一大早兒就又去了前拐胡同兒……」

「送活兒？」他記得下著小雨那回，好像就是在這條胡同口上碰見的她。

「是啊……有時候也去改舊的……可是沒男人在家的人家兒她才去……」

他點點頭，覺得話這種家常也很溫暖。徐太太簡直像是自己家裏人，出門遠行之前交代事情一樣說個沒完。

「像前拐胡同兒林姐……」

「哦。」他覺得差不多了。要去聽老媽子嘮叨街坊上的事兒，那三天三夜也聽不完。

「只比咱們關大娘大幾個月……我見過一回，可嫩啦！又嬌！養她那位，聽說可有錢啦！給她雇了一個老媽子，兩個小丫頭，就只伺候這麼一位沒過門兒的太太……」

李天然覺得又好玩兒又無聊，可是也只能等她說夠。他點了支菸。

「就是哪兒也不許去……要出門兒還得那位老爺派大汽車，小丫頭陪著……」

他慢慢吐著煙。

「聽關大娘說，家裏可講究啦！打牌有牌房兒，抽大煙有大煙房兒……」

他有點兒嘀咕。雖然只是去送送改改衣服，可是總覺得這個家不怎麼規矩，「去這種人家兒合適嗎？」

「關大娘說不礙事，這半年下來也去過……好些回了，還從來沒見過她們家的男人。」

他弄熄了菸，「哦」了一聲，表示說的差不多了。

徐太太可沒停，「我也說過她。我說像她年輕守寡，又有個模樣兒，不出門兒都有閒話，何況……」她頓了頓。

他只好聽下去。

「何況還跟爺們兒養的來往。」

「來往？」李天然覺得徐太太的話，什麼爺們兒不爺們兒的，不太乾淨，「不就是做個活兒嗎？」他皺了下眉頭。

「我不是這個意思……」她也發現剛才的話有點兒過份，「我是說這位林姐，平常沒人陪她說話，把關大娘當妹妹看待，還叫她關妹兒……」

「關妹兒？」李天然微微一笑，倒是好過關大娘。

「我說叫關妹兒就叫關妹兒……可是下邊兒人叫她可就不好聽了……」

「下邊兒人？」

「下邊兒老媽子，我菜場上見過好些回……您猜老媽子管關大娘叫什麼？」

李天然沒問，等她說。

「關娘。」

「關娘？」他腦子裏繞了一圈，沒繞出什麼，只覺得有點兒刺耳。

「哦，」徐太太發現她講的太快，「先有個東娘，老媽子背後管這位林姐叫東娘。」

「什麼?!」李天然這才感到一把劍刺到心窩，「東娘？」

徐太太給他嗓門兒嚇了一下，愣了會兒才接著說，「是啊，東娘。她老媽子告訴我，司機說她們院兒叫『東宮』，還說西城還有個『西宮』，那邊兒那位叫西娘。」

李天然逼著自己沉住了氣，又點了支菸，發現手還在微微抖著。太可怕了。遠在天邊，近在眼前。他深深吞了兩口氣才鎮定下來，「那家男人，姓什麼？」

「姓什麼我可不知道，反正不是皇親，就是國戚。」

李天然打發走了徐太太，心裏越想越亂。

得趕緊跟巧紅談談，先把姓什麼叫什麼搞清楚。

可是內心深處又已經很確定。媽的！北平再大，遺老遺少再多，也不會巧到一個東城冒出來兩個東娘。

沒錯。前拐胡同這個東娘，絕對就是朱潛龍那個東娘。

那又怎麼去跟巧紅講？是全抖出來？還是只談朱潛龍？而只談朱潛龍又怎麼談？

非得全抖出來不可。

祕密全部公開，這可太冒險了吧？萬一她在東娘面前說漏了嘴……那連巧紅都有危險。

還是他可以相信巧紅？

媽的！師叔上哪兒去了？

26 臘八

緊接著八號那天晚上的大雪，清道的才把幾條大街給鏟得可以行車走路，住家的也才把各自門前雪給掃到門旁牆根，十八號下午又下了一場，把好不容易才清理出來的地方，又給鋪了差不多一尺來厚。

胡同裏可慘了。剛給走出來的一條條腳印子小道，又都給蓋上了。好在天冷，雪沒化，沒變成雪泥。也好在乾淨，雪還是白的。

李天然悶在家裏兩天沒出門。徐太太臨走前給蒸的包子饅頭，也吃的差不多了。星期三早上，他打了個電話到畫報，金主編接的，說沒事，就在家寫稿吧。

他也知道自己幾乎是有意在拖。這幾天他差不多無時無刻不在想，結果都一樣。必須全抖出來。就算這位東娘不是那位東娘，他也覺得應該把他的事全告訴巧紅。

就這樣，他那天下午，看到外邊是個大晴天，乾冷，沒風，就套上了皮統子，繞上了圍脖兒，戴上了氈帽，又戴上了墨鏡，踩著表層剛開始結冰的白雪，去敲巧紅的門。

她那條小胡同一片雪白，沒什麼腳印子。

門前像是剛剛給清掃過，露出一小方石磚地，只夠跺跺鞋上的散雪。

巧紅屋裏生著燒煤球的白泥爐，挺暖和。可是李天然沒脫皮袍，手套都沒摘，就跟巧紅說有件事想跟她談談。她一開始給天然的語氣和表情愣住了，剛想問就打住，轉身進了裏屋。

出來的時候，天然發現她在毛衣長褲外頭穿了件藏青絲棉袍兒，腳上一雙高筒黑靴子，繞著灰圍巾，手上掛了件黑大衣。還有，唇上點了淺淺的胭脂。

他們出了大門，出了煙袋胡同，踩著雪地上給走的亂七八糟的黑腳印，上了內務部街。

「去哪兒？」

「怕冷不？」

「不怕。」

街上人不多。大太陽，藍天有雲，沒什麼風，空氣又乾又清又爽。他招手叫了兩部車。東四大街上的雪都給清到兩旁路邊，堆的有半個人高。車拉的挺快。路不擠，也好走，也不遠。一過北池子就到了。他們在景山公園北上門下的車。

「來過這兒嗎？」

「煤山？來過。」

他叫醒了在那兒打盹兒的老頭兒，給了一毛，買了兩張門票。

「應該沒什麼人。」

「誰大冷天兒來這兒？」

他們從東山腳下，繞過給圍了道小土牆的老槐樹上的山。顯然有人來過，那塊「明思宗殉難處」的木牌前頭，堆了個小雪人兒。

兩個人一前一後順著山道慢慢爬。石階兩旁的松樹枝上積著雪，有的還掛著一根根閃閃的冰錐子。

又繞過了兩座亭子，李天然才引著巧紅進了一座有好幾重檐的方形大亭，「上回來這兒⋯⋯

有八年了吧……剛開放。」

巧紅微微喘氣，兩頰給凍得發紅。她站在欄杆後頭，脫了毛手套，用手暖她的臉，瞭望著下面靜靜一片白色。

「這座中峰……」李天然帶著她在亭子裏繞了一圈，「城裏就這兒最高。」北邊是那條筆直的地安門大街和過去不遠，峙立在北端的鼓樓。旁邊是那一片白的什剎前海，後海，積水潭。往南看過去，從腳底下一層層，一堆堆的宮殿，白白一片的北海，中海，南海，可以一直望到前門外。

「對稱得可真好，」巧紅伸手一指，「這邊兒是太廟，那邊兒就是社稷壇……再過去，你瞧，這邊兒是天壇，那邊兒就是先農壇……」

「你找得著你家嗎？」

她偏過頭朝東看，「東四牌樓……下邊兒燈市口……呦！找不著……全蓋著雪，都一個樣兒了。」

全蓋著雪，都一個樣兒了，連皇宮屋頂的金黃琉璃瓦，都顯不出來了。

「巧紅……」天然靠著欄杆，遙望著雪地藍天交接的遠方，「有件事兒想問問你。」

「你問。」

「前幾天徐太太跟我說，你常去給送衣服，前拐胡同那位林姐……」

「林姐？……也不常去。」

「那位林姐，聽徐太太說，司機老媽子背後叫她東娘，有這回事兒嗎？」

「有，也不用背後，」巧紅笑出了聲，「她自個兒有時候也這麼說著玩兒。」

李天然深深吐了口氣，「這位東娘……她有沒有跟你提過她男人姓什麼？」

「沒。」

「什麼都沒提過？」

「提過家裏請客什麼的……」

「沒別的了？」

「沒。」

「你見過那個男的沒有？」

「沒……」巧紅頓了頓，遲疑了一會兒，「可是林姐有回提起，說那位龍大哥——」

「什嘛?!」

「怎麼了？」巧紅給他聲音嚇了一跳。

「你剛才說……」

「龍大哥？」

「是。」天然抑止了呼吸，在等。

「林姐這麼叫她男人。」

李天然渾身發熱，緊抓著欄杆，深深吸了幾口氣。

巧紅注意到了，伸手挽著他胳膊，有點不知所措，「你這是怎麼了？」

「沒事……」他又覺得渾身一陣熱，「接著說，那位龍大哥？……」

「哦……奇怪，我去幾回都沒瞧見過他，可是又聽林姐說，她那位龍大哥覺得我長的有點兒像他妹妹……」

李天然心裏一急，雙手一推，「卡喳」一聲，欄杆斷了。

巧紅滿臉驚愕，手縮了回去。「你這是在氣我，還是氣誰？」

半天，半天，他喘過來氣才說話，「對不住……」

「我沒事兒……像是你有事兒……」她瞄了天然一眼。

李天然微微苦笑，「是有點兒事兒，可是我得先問清楚了東娘……」他掏了支菸點上。

「問夠了嗎？」

「夠了……」他朝空中吐出長長一縷煙。

「好，那等你說。」巧紅在地上輕輕踏步，望著山下那一片白，「下雪天兒還沒來過。原來北平一蒙上了雪，是這個樣兒……你瞧下邊兒，全都這麼白，這麼乾淨，什麼髒也看不見了，什麼臭也聞不見了……」她偏頭瞄了一眼，「你說啊……」

李天然一下子又不知道該從哪兒說起，把半截菸彈出去老遠，摘下了墨鏡。已經下午三點多了。下面一片白色的故宮民房，一點動靜聲音也沒有，像是在冬眠。太陽還沒西下，可是也已經過了平則門。他驚訝地發現，西山就這麼近，好像就在城牆外頭。

「我本來不叫李天然……」他望著冷冰冰的太陽一點點斜下去。

巧紅剛要說什麼，可是沒出聲。

「我爹我娘是誰，也不知道，只知道姓李……己酉那年，也許是庚戌那年生……反正是民前了……」他偏頭看了愣在那兒的巧紅一眼，「所以屬什麼也不知道，也許屬雞，也說不定屬狗……反正我全家……後來聽我師父說是一共八口，就在五臺山東邊，全叫土匪給殺了，就我一個人活命，給我師父救了出來……還沒斷奶……反正那年是庚戌……還有，那天剛好是大寒，我師父師母就這麼給我取的名兒，李大寒……」

巧紅輕輕唸著，「大寒……李大寒……」

他沒理會，望著右邊又西沉了不少的太陽，「我師父是個練武的，你大概沒聽過，可是黃河以北，從山海關到嘉峪關，會兩下子的全都知道……我師父姓顧，叫顧劍霜，江湖上有個封號，叫『太行劍』，是我師父照我師祖的傳授，又花了二十多年創出來的……老爺子名氣很大……」他又點了支菸，吸了兩口，「收養我的時候，師父已經不在外邊闖了……一家人，我師父顧劍霜，師母顧楊柳，二師兄顧丹心，師妹顧丹青……」他頓了頓，「還有我大師兄朱潛龍……」他兩眼直盯著巧紅，「聽過這個名字沒有？朱潛龍？」

巧紅皺著眉想了會兒，搖了搖頭。

「我想就是東娘的龍大哥。」

「怎麼說？」巧紅驚訝之中帶著疑問，「你的大師兄，是她的龍大哥？」

李天然點點頭，「為什麼這麼想，你待會兒就明白……」他抽了幾口菸，望著頭上開始變色的白雲，「反正我師父一家人，和我這位大師兄，已經在西山腳下，永定河北岸不遠的山窪子裏，開出來一個小農場，叫『太行山莊』……說是農場，也只是種點兒果菜什麼的，也不是靠這個過日子。我師父半輩子下來有了點兒錢，就在莊上閉門教徒……後來多了個我……」他抽了一口，彈了下菸灰，「打三歲起，我是說跟了師父師母三年之後，開始學藝，然後就沒斷過……」他又吸了兩口，輕輕把菸頭給彈了出去，望著一點火星落進了雪地，「那十幾年是我這輩子最好的日子，無憂無愁……什麼革命，什麼民國，都沒我的事。我最早的印象是那年聽我師父說，『他媽的稱帝了！』，後來才知道說的是袁世凱……」

巧紅靜靜聽著。天然望著天那邊快碰上了西山的太陽，「我們不常進城，每年就幾次，一進城就全家，騎馬騎駱駝，有什麼騎什麼，住上十天半個月，辦事辦貨……我師父城裏挺熟，煤市大街鏢局子裏頭的人，全都認識他……」天然的聲音有點哽塞，抬手看了看錶，「人家要關門兒了，咱們換個地兒……」

下山有點滑。李天然在前頭帶著巧紅的手，一步一步走，「冷嗎？」

「嗯。」

他們還是從北上門出的公園。就這麼一會兒工夫，天可暗下來了，還起了點風，開始陰冷。李天然在門口叫了洋車，還叫拉車的給巧紅下了大簾擋風。

「順天府」大門口的煤氣燈賊亮賊亮。街上可真冷。進了院子好多了。大火爐正燒的旺。罩棚上邊的遮檐都拉了起來。李天然說上二樓。夥計帶他們去了樓梯拐角那間大的。

他記得巧紅能喝兩杯，就叫了半斤二鍋頭，一盤炒羊雜，說喝兩杯再涮。

都寬了外衣。為了解寒，誰也沒說什麼就都乾了一小杯。

「他很早就在外頭鬧事，先在宛平縣裏跟人打架……你想，他是師父教出來的，一身本領，誰打得過他？後來又開始賭，開始偷……縣裏地方小，沒什麼混頭，就開始往北平跑，一跑就是三天五天不回莊……別看我師父是位大俠，太行派掌門，可是就是管不了我大師兄，也不能宰了他……就這樣，本來應該傳給他的太行派和山莊，就全給了我……」

巧紅為二人斟滿了酒，「沒給你二師兄？」

「沒……二師兄的功夫弱了點兒……還有，沒給大師兄掌門不說，他一直喜歡師妹……師父師母當然不答應……」

「你師妹喜歡他嗎？」巧紅插了一句。

「也不。」

「喜歡你？」

天然點點頭，「我們從小就好……」

「他覺得我長的像他妹妹，說的是你們師妹？」

「呃……」天然頓了頓，「我想是。」

「後來？」

「後來那年，民國十八年……夏天，師父就把大師兄趕出了師門……第二年，六月六號，我掌了太行派，接了山莊……還跟丹青結了婚……然後九月底出的事……」他說不下去了，乾了酒。巧紅也陪他乾了。

院裏有了聲音。他們從二樓窗口看下去，像是來了老老小小一家人。掌櫃的讓進了西屋。

出事的經過，他說的很簡單，比他在店裏跟師叔說的還簡單。本來能說的也不多。幾分鐘，什麼全完了。

巧紅一直靜靜坐在那兒，只是偶爾問一句，「開槍的就他們兩個？」

李天然沒立刻回答，叫她慢慢聽。

他其實不很記得是怎麼從山莊爬到公路邊上去的。他只是說昏倒在路邊，給開車經過的馬大夫給救了。

「你聽過『西山孤兒院』沒有？」

「沒聽過。」

「美國教會辦的，為了河南水災……我去的時候，有五百多個小孩兒……」

李天然說他半年就養好了傷，又在孤兒院躲了一年多。這些話她都能懂，只是不明白為什麼去了美國，而且一去五年。

他耐心解釋，說只有美國有這種外科大夫，可以把燒疤給去掉。

「倒是看不出來……」

「那你沒看過我以前什麼樣兒……反正是為這個去的……可是我也知道，馬大夫希望我能利用這個機會去美國念念書，好忘掉這邊的恩恩怨怨……他說，這種仇報來報去，以牙還牙，以眼還眼……幾輩子也報不完。」

巧紅輕輕嘆氣，「話當然是這麼說……可是，像我……一大一小兩條命，想報仇都不知道該上哪兒找誰……」

掌櫃的領著小夥計給他們上了涮鍋，又招呼著弄佐料兒，自我介紹說姓石。陝西口音，半臉鬍子。

巧紅喝的臉有點兒紅，暖和起來，脫了絲棉袍兒，「馬大夫那個閨女兒？叫什麼來著？馬姬？……她小你幾歲？」

「小我兩歲吧。」

「劉嬸兒提起來過……說她滿嘴中國話。」

「一口京片子，生在這兒，長在這兒……」他邊涮邊說，只是沒再提馬姬了。

樓上一下子來了不少客人，熱鬧了起來。一桌去了隔壁包房，他們這間坐了兩桌，有說有笑。

天然把聲音放低，「我回來第二天就在西四見著了羽田……這是命吧！」

「這麼些年？一眼就認了出來？」

他點點頭。「那張圓臉？那是我最後的印象……後來又在卓府堂會上碰見了，還有人給我們介紹……面對面。」

「他沒認出你？」

「沒認出來……我又長了，臉也變了點兒樣……」他摸著額頭。

巧紅真是餓了。一碗佐料用完，又調了一碗。天然也又調了一碗。桌邊臺架上摞著好幾十個空碟子。他們又叫了半斤羊肉，半斤二鍋頭，和四個燒餅。

羽田的死，他沒細說，只說他確定了是羽田，就一掌斃了他。

「那首詩上說的是你？」她的聲音又驚訝，又興奮。

李天然微微一笑，奇怪她也知道。

「菜場上都在聊，好些人都說燕子李三根本沒死，在牢裏就飛了……後來給拉去菜市口刑場的是個替死鬼。」

「不是替死鬼，就是他……」天然心中唸著燕子李三，默祝他老人家在天之靈，乾了一杯，「我在牆上留下了三爺的大名，是為了叫辦案的人明白，這不是一般的謀財害命，是江湖上的事，順便警告他們別亂冤枉好人……也叫偵緝隊，便衣組，朱潛龍這幫子人，瞎忙胡猜一下……」

他有點後悔用「謀財害命」這句話，可是沒再解釋，也沒提那幾根金條。

小夥計過來給加了兩三根兒木炭，添了點兒湯，上了一小碗兒熟麵條兒。

「你九叔呢？」巧紅為二人倒酒。

「師叔？不知道哪兒去了。」

「挺老實的。」

「可別惹了他。」

「你說的這些，都有他一份兒？」

李天然下了麵，「一塊兒放的火，一塊兒殺的人……」他一邊攪著鍋裏的麵，一邊注意看對桌的巧紅，發現她並不震驚，還伸筷子幫他攪。

他撈了小半碗麵，澆上湯，撩了點兒白菜粉絲凍豆腐，遞給巧紅，「是我師叔先交上了個小警察，我也見了，是這小子說他們便衣組的朱潛龍，在東城有個姘頭，叫東娘。」

巧紅停了筷子，「就憑這麼一句話？」

「這句，跟你在煤山上說的，東娘管她男人叫龍大哥……一個巧夠難了，兩個巧？」

裏邊桌上客人開始劃拳。聲音很吵。

「差不多了吧？」他點了支菸。

「等我上個茅房。」巧紅站起來，披上了絲棉袍兒，下了樓。

李天然叫夥計上茶算帳。結果是石掌櫃的親自送來的，說他記起來了。個把月前吧，跟個外國人來這兒吃烤肉。

還不到八點，北新橋一帶已經沒人了。幾杆路燈把地上的雪照的白中帶點黃。兩個人吃的喝的很暖和，在冰涼清爽的黑夜中踩著雪走著，都不想說話。拐上了東四北大街，天然望著那條直伸到看不見盡頭的馬路，問了聲，「能走回去嗎？」

「幾點了？不能叫老奶奶等門兒。」

「八點了。」

「走走吧……挺舒服。」

電車都不見了，只是偶爾過來部散座兒，問了一聲，「要車嗎？」

「我還以為就我命苦……」

他沒接下去。大街上靜靜的，就他們腳下喳喳踩雪聲。

「你冤有頭，債有主，還能報仇解恨……我呢？」

他只能在心中嘆氣，還是接不下去，無話可說。過了鐵獅子胡同，口兒上兩個站崗的在閣子裏盯了他們半天。

「冷不冷？」雪地裏走了會兒，渾身熱氣也散的差不多了。

她搖搖頭，沒言語。

一輛黑汽車在朝陽門大街上呼呼地飛駛過去。

「你沒說怎麼改了名兒。」

李天然跟她說了。又一輛汽車呼呼過去，按了聲喇叭。

「我給你熬了鍋臘八兒粥。」

「不是說不用了嗎？」

「還是熬了。」

「我也不過節。」

「那你臘九喝。」她故意賭氣。

他笑了。她也笑了。他們在內務部街過的馬路。

「東娘的事兒，可不能跟人說。」

「我知道。」

「再去前拐胡同，也得像沒事兒似的。」

「唉……我又不是小孩兒！」

他們拐進了煙袋胡同。李天然一腳踩進了半尺來厚的雪，「這兒就沒人掃。」

「掃了……又下了。」

木門虛掩著。巧紅輕輕推開，又輕輕說，「都熬好了，回去熱熱就行。」

他邁進了院子。裏邊一片黑。巧紅隨手上了大門。

他們摸黑進了西屋。只是泥爐上頭閃著一小團紅光。「卡」一聲，巧紅拉了吊下來的開關。房間刺眼的一亮。

她脫了大衣，褪了手套，解了圍巾……

「回來啦？」北屋傳來老奶奶的喊聲。

巧紅轉身到了房門口，扶著門把，朝著北屋也喊了聲，「回來啦！」

「大門兒上啦？」

「上了！」

「早點兒睡吧。」

巧紅關了房門，回到他站的那兒。頭頂上的燈泡兒照著她緋紅的臉。她伸出來左手，抓住了天然的右手，按到她胸脯上，微微羞笑，「大門兒都上了，你也回不去了……」，再伸右手一拉，「卡」一聲，關上了頭頂上的燈。

27 東宮

他天沒亮翻牆回的家，粥也沒拿。

他明白，巧紅也明白，這種事不能叫老奶奶她們知道。

一進屋，就知道回對了。客廳茶几上有個紙包兒。師叔！真就這麼巧。

他一覺睡到中午。師叔已經在客廳抽著旱煙喝茶，也沒問他怎麼快天亮才回家。他也沒講，只是順口說了聲，「回來啦，您。」

德玖一指茶几，「沒什麼，就兩瓶酒。」

李天然解開了捆的緊緊的舊報紙。是兩瓶老汾酒，又瞄了眼拆下來的報，「回了趟山西？」

「去辦點事。」沒說什麼事。

李天然也沒問。過去倒了杯茶，在師叔對面坐下，「差不離兒了。」

「哦？」

「他東城那個姘頭，像是有個準兒了，就在前拐胡同，離這兒不遠……」天然舒了口氣，喝了口茶，把這幾天的事交代了一下。

德玖閉著眼睛抽他的旱煙，沒言語。

「我還跟她提了提我的事兒。」

「跟誰？」

「巧紅……關大娘。」

「大寒，你也太……」德玖睜開了眼，嘆了口氣。「全都抖出來了？」

天然臉一紅，點點頭。

「你真就這麼相信人？」

「師叔，我放心就是了。」

「你放心？」

「我放心。」

「好。」德玖頓了頓，改了話題，「去探過沒有？」

「還沒……昨兒才聽說。」

德玖噴著煙，「差不離不行。」

「我知道。」

「這小子可真夠渾……就真敢給他女人取這麼個名兒。」

「哼！」

「媽的！老婆孩子擱在天橋……還有位西娘……」德玖掏出了小把菸葉子，在手裏揉了揉，搓了搓，慢慢往煙鍋裏塞，「你算過沒有……」他劃了根洋火點，「現在知道的就有三個……」他連噴了好幾口，「你算算……光是養這幾個家，就得多少錢？」

「是啊。」

「這些都別去管了，先弄清楚是他再說。」

「要碰運氣了……」他也點了支菸，「關大娘這半年去過……有五回吧。還沒見過家裏頭有個男人……」可是巧紅那句話又一次閃過他腦海……像他妹妹？……是在哪兒見過她？……

「運氣可得去碰……等可等不來。」

李天然收回了零零亂亂的思緒，微微一笑，「那可真叫『守株待兔』了。」

「可不是……已經給你待到了一個羽田，北平哪兒有這麼多便宜兔子。」

「再跟那個姓郭的談談？」

「早就回保定去了。」

「哦？……」他看師叔沒別的反應，又等了會兒，「那咱們先去繞一圈兒看看……」

爺兒倆又坐了會兒出的門，在南小街上找了個館子。德玖說倉庫又蓋起來了。二人都沒什麼轍，也都知道燒不勝燒，還是等眼前的事有了點眉目再說吧。天然又問該怎麼對付暗留菸卡，明查戶口這些手腳。德玖只說了句，「甭理它。」

他們回家打了個盹兒，晚上隨便弄了碗麵吃，又磨蹭到半夜才換的裝。

外邊陰冷。風颼颼地颳。胡同裏就一個挑擔子老頭兒在那兒吆喝，「蘿蔔……賽梨！」大街上沒什麼動靜。德玖在路上囑咐，得留神，瓦上冰雪滑，還會濺下房。

他們一前一後走了趟前拐胡同，認準了二十二號是哪座房子，又串了南北兩條胡同，才蒙上了臉，在接壁院子躥上了房。

像是個很平常的四合院。德玖東南，天然西北，靜靜一動不動地趴在屋頂上。

一片漆黑。什麼也看不見，也沒聲音。他們在房上蹲了個把鐘頭。一直死沉沉的沒什麼動靜。李天然輕輕一擊掌，下了房，沿著牆根，三起三落，出了前拐胡同。

二人先後到家，都是翻牆進來的。德玖在客廳脫他的老羊皮襖，「睡吧，明兒再說。」

李天然就是睡不著。

他知道師叔不太高興他把事情全說給了巧紅。他也問了自己好幾次，是不是太大意了。

他都覺得不是，而且還覺得說對了。

下一步往哪兒走？也不能上便衣組去找。那他平常是在哪兒落腳？老婆孩子家在前門外哪兒？他常住這個「正宮」？那「西宮」又在哪兒？還是先耐著性兒守住這個「東宮」？

藍青峯那邊，這麼些時候了，也沒消息……那巧紅？什麼時候再過去？……總得跟師叔馬大夫他們有個交代吧？……還是先就這樣？背著人……

第二天早上喝完了茶，李天然還是想去看看倉庫。爺兒倆打朝陽門大街進的城牆根邊土道。果然，起了一幢新的庫房，樣子差不多，只是鐵杆圍牆上頭多了道鐵絲電網。

李天然點了支菸，「買賣照做。」

德玖「哼」了一聲。

他們腳沒停，拐進了竹杆巷。烤白薯的老頭不在。

「再沒什麼戲唱，就給它再來把火……點名叫陣。」

「大寒，別說傻話。」

李天然噴了口煙，他也知道這麼一來，成事不足，敗事有餘。可是又沒別的轍。

他們從西口出的胡同。斜對過就是前拐胡同。李天然左右瞄了一眼，進了南小街這邊有三間門臉兒的大酒缸。

裏頭人不多。喝酒早了點兒。爺兒倆在曲尺型櫃臺旁邊揀了個靠街的大缸坐下。朱紅缸蓋兒挺乾淨。他要了兩個白乾兒，一碟韭菜拌豆腐，又勞駕掌櫃的去給叫四兩爆羊肉。

偶爾有人進出。棉布簾一拉一合，帶進來陣陣冷風。可是只有這個座兒可以從北邊那扇窗，看見前拐胡同。

爺兒倆不用招呼，輪流盯著對街看。

雪早就不下了。街上人來來往往的，還不少。也有幾個進出前拐胡同。

酒缸上頭已經堆了四個二兩錫杯。德玖又叫了兩個，再來四兩爆羊肉，和四個麻醬燒餅。

「奇怪這東宮沒個護院兒。」

德玖一抬頭，「有又怎麼樣？」

「如今有的帶槍。」

「這不是咱們使的玩意兒。」

「可也得提防。」

「唔……」德玖沉默不語。

李天然吃完喝完就先走了，可是沒回家。他順著南小街遛下去，過了內務部街，進了煙袋胡同。

巧紅正在給兩位太太量衣裳。他站在屋檐下頭等。老奶奶北房沒聲音。院子裏白白靜靜的。他一支菸沒抽完，巧紅已經送那兩位出了門。

「還不進屋？」

他把小半根菸卷兒彈到雪裏，跟她進了西屋。

頭頂上的燈泡兒亮著。白泥爐子正燒著。巧紅一身藍布褲褂，敞著領兒。

「得開點兒窗，別薰著。」天然瞄了下拉起來的窗簾。

「開著哪。」巧紅低著頭收拾桌子。

李天然脫了大衣，呆呆地看她忙。

「你粥也沒拿。」她還沒抬頭。

他把大衣搭在椅背上，覺得平靜了點，「這回拿……臘十喝，也不算晚。」

巧紅這才正眼看他，「有活兒？」

兩個人面對面，站在前天晚上站的那兒。天然忍不住瞄了下她頭上垂下來的燈泡兒和那根開關。巧紅刷地臉紅到了耳根。她低下了頭。

他伸手輕輕托起了她的下巴，「有件事要麻煩你。」

「你說。」她恢復了正常。

他拉她在方桌那兒坐下，「給畫個圖……東娘家裏頭什麼樣兒，給畫個大概……你進過哪幾間房？」

巧紅迷糊了一下就明白了，「上房客廳，林姐睡房，小丫頭們那間……吃飯的東房……」想了想，「打牌抽煙的西房沒進去過……廚房，老媽子睡的也沒去過……」她羞羞地笑了，「上過茅房……洋式的……」

「成……這幾天還會再去嗎？」

「最近沒她的活兒……可是前些時候，她叫我給找幾個繡荷包兒，鄉下大姑娘做的那種……我還沒空兒去找。」

「這得上哪兒去找？」

「隆福寺，天橋……大冷的天兒，我懶得去。」

李天然知道不能叫她去冒任何險。可是這幾個月下來，也只有從巧紅這兒搭上了邊兒，就補了一句，「天兒好了去找找……」

「你想打聽什麼？」

「不打聽什麼，也不能叫你去打聽……說說你看見什麼，聽見什麼，就夠了……可別亂問。」

「我又不是小孩兒。」

「我知道……可是這是我的事，不能把你給扯進去。」

「天然，」巧紅一下子發覺這是第一次這麼直叫他的名字，有點兒不好意思，遲疑了會兒，「現在還分你的事兒，我的事兒？」

他覺得渾身一熱，「不是這個意思……東娘那邊兒，弄不好會出事兒。」

「我又不是小孩兒。」

他微笑著摸了摸巧紅的手，「我知道……」

巧紅的臉又紅了。

李天然收回了手，「這可不是鬧著玩兒的。」他站起來穿上了大衣。

「誰沒事兒去鬧這個玩兒……」她也跟著站了起來。

「還有件事兒……」他慢慢扣他大衣，覺得最好還是直說，「我在想東娘那句話，什麼龍大哥說你像他妹妹……你想他是在哪兒見過你？」

「我也在想，就一個可能……哪次我去，他剛好在，沒打屋裏出來就是了……要緊嗎？」

「大概沒什麼。」

巧紅抓住了他的手。「你是擔心他……欺侮我？」

李天然沉默了會兒，反抓住巧紅的手，「我是這麼想過……別忘了他殺師父一家，不光是沒給他掌門，還有師妹。」

「我明白……」巧紅輕輕揉著他的手，「拳腳刀劍，我沒法兒跟你師妹比。長的……八成兒也比不上……可是別的……」她拉起他的手，一塊兒拍著他胸膛，「你就放心吧！」

天然心中一熱，伸手把她摟了過來，親著她的嘴。

他們出了西屋，往大門走。

「師叔前天回來了。」

巧紅靠著木門，盯了他一眼，「你沒說什麼吧？」

「沒。」

她安心地微笑，突然「呦！……你待會兒。」回頭就跑。

李天然正要點菸，巧紅回來了，提著一個小網籃，裏頭是個封得緊緊的瓦罐，「臘八兒粥。」

「師叔會住上一陣兒。」他接了過來。

「那你來我這兒……」她直爽地說，接著一臉鬼笑，「反正你會上房，不用給你等門兒。」

他出了煙袋胡同，想去找馬大夫，看錶才四點多，就慢慢朝家走。

他拐進王駙馬胡同，老遠瞧見他大門口前頭停了部黑汽車。像是藍青峯的。

果然是，藍蘭正在跟司機說話。李天然開了車門，「等我？」

「在你家門口兒，不等你等誰？」藍蘭提了個小皮包下車。他們進了北屋。李天然把網籃擱在門口。藍蘭四處看。

「你找什麼？」

「跟你說再掛幾張畫兒，到現在才弄了這麼兩幅水彩，一幅對子，」她脫了大衣，裏邊是件粉紅套頭毛衣，黑呢長裙，「不像個住家。」

「喝點兒什麼？」

她搖搖頭，倒在長沙發上。天然給自己倒了半杯威士忌。

「剛送哥哥上飛機。」

「他走了？」李天然一下子愣住。可不是，二十二了。

藍蘭眼圈發紅，可是忍住了，「走了……」她打開手提包，「有封信給你……哦，爸爸也有封……」她沒起身，懶懶地舉著兩個白信封。

他過去接了過來，坐進小沙發，先撕開了上面草草寫著「李大哥」那封，抿了口酒：

李大哥：

反正只有六個月的訓，就在紙上說再見吧。

聽說有個小子瞎了隻眼，連我都要信上帝了。

現在家裏就剩下妹妹，有空陪陪她。

藍田

二十二日下午

南苑機場

「我能看嗎？」藍蘭半躺在沙發上問。

天然過去給了她，回來猶豫了一下，還是打開了藍青峯的信。就兩行：

天橋福長街四條十號。

側室住址不詳。

「爸爸信上說什麼？」

「畫報的事。」他把紙條插進了信封，揣進了口袋，「什麼時候給你的？」

「上個禮拜……還叫我親手交給你。誰知道你一連幾天沒去上班兒。」

「藍田的事，他知道了？」

「還不知道。他給爸爸的信，也是上飛機前才寄的……」她又看了遍手上的信，「誰瞎了隻眼？」

「欺侮他那小子。」剛說完，就有點後悔。

「真的？」藍蘭一下子坐直了，「怎麼你們什麼都不跟我說？」聲音賭氣，滿臉委屈，「看我以後還幫不幫他忙！」她頓了頓，「怎麼瞎的？」

「沒瞎，就受了點兒傷。」他不想多說，怕她一問再問。

「怎麼受的傷？」

「不清楚……」他微微一笑，「說不定叫燕子給叼了。」

「臘月天？還下著雪？叫燕子叼了眼？你也真會哄小孩兒！」可是她笑了，「反正活該！」

「對，活該！」他點了支菸，玩弄著那個銀打火機，「還沒謝你。」

「什麼?」

「這個。」他「噠」一聲打著了。

「哦,」她又笑了,「給我撿了個便宜……不知道誰送給爸爸的。」

「我正用得上……」他喝了口酒,「那我送你的,用上了嗎?」

「你送我的,是件害人的禮。」

「害人?」他納著悶兒微笑。

「寫日記,好是挺好,可是要寫就得天天兒寫,還得寫心裏話……」她坐直了,「真沒意思。」

「也不用那麼當真。」

「要寫就得當真。寫心裏話還不當真,不是開自己玩笑?」

李天然點頭承認。

「你知道嗎?T.J.看著哥哥上飛機,我才悟出個道理。」

「哦?」

「這一棒子把他給打醒,也把我給打醒了。」

他笑了,「怪不得你剛才說的,有點兒像是大人的話。」

「對!」她一拍她大腿,「這就是我的意思。你猜飛機門兒一關上,我怎麼想?……我在想,一九三七年一月二十二號下午二時,北平藍家小女長大成人!」

「好!」他舉杯一敬,抿了一口,「可也別長的太快。」

「那就看我的造化了……這就是人生。」

李天然一下子無話可說。

「本來我還不怎麼想去美國，可是現在，我真巴不得明天就走。」

「也用不著巴不得，沒幾個月了。」

藍蘭站了起來，拉了下毛衣，把手上的信還給了天然，「哥哥不是叫你有空兒陪陪他妹妹嗎？」

「你說。」

她看了看手錶，「先去吃飯，再去趕場電影兒。」

「電影兒？不是沒夜場了？」

「就『平安』還有，外國人多。」

幸好有車。李天然帶她先上「順天府」吃了涮鍋，接著去看八點半那場《齊哥飛歌舞團》。回家車上，藍蘭心情好多了。

他出了九條東口，在北小街上住了腳，用手遮住那陣陣颳過來的風，點了支菸。真夠冷。街上只有那麼幾個昏昏暗暗的路燈亮著。月亮也不知道躲哪兒去了。

快十一點了。他戴上了手套，翻起了大衣領子，踩著冰雪，往南走過去。

朝陽門大街上連站崗的都不見了。前拐胡同更是沒有絲毫動靜。本來還想再去東宮瞧瞧，可是再看四周住家全都是黑黑暗暗一片死寂，都給嚴冬風雪給封的牢牢的，就沒停腳，過了內務部街。再又拐進了煙袋胡同。

他在小木門旁邊躥上的房。院子裏真有點伸手不見五指。

他摸黑到了西屋裏間牆根，在玻璃窗上輕輕叩了兩下。

還沒換過氣，裏頭也輕輕回叩了一聲。

他移步到了房門前。門靜靜開了條縫。他輕輕一推，閃進了房。巧紅軟軟熱熱的身子黏住了他，火燙的面頰貼住了他冰涼的臉，在他耳根喃喃細語，「我就知道你會來……」

28 順天府

風比前半夜還尖，颳在臉上都痛。李天然翻下了牆，用圍脖兒包住了鼻子耳朵。踩著喳喳的冰雪，頂著風回家。

師叔睡了。他也上床了。第二天早上，德玖還是沒問他怎麼這麼晚回來。他也沒說，只是在一塊兒喝茶的時候，把藍青峯那張紙條給了師叔。

沒人給做飯，爺兒倆個收拾了一下出的門，在虎坊橋找了個小館，吃了頓韭菜盒子。天然請師叔先上福長街遛一趟，他要乘便上「怡順和」取點錢，再跟過去。他們約好四點左右在電車終站碰頭。

福長街幾條胡同裏都是些矮矮灰灰的老房子。大雜院，小雜院，沒幾家獨門獨戶。再下去不遠就是先農壇。附近一帶有點像是鄉間野地，一片冰雪，只有那麼幾根黑黑禿禿的樹幹子算是點綴。他打西口進的四條。空空的，每家大門都上得緊緊的。地上的雪給清掃的亂七八糟。他認準了十號大門和房子，走出了胡同，上了天橋南大街，再又繞進了三條。

他今天特意沒穿大衣，也沒穿皮袍，只是長絨褲，毛線衣，皮夾克，毛線帽，皮手套。毛圍巾。

三條走了快一半，他前後看看沒人，一矮身上了房，在屋頂上爬伏著，摸到了朱潛龍家的北屋。

這一連幾家院子裏都沒什麼樹。一座座房子也都不怎麼高。一身黑色，趴在雪白的屋頂上，非常刺眼。他也知道大白天，哪怕是個陰天，就這麼來，實在冒險。可是他也知道這個險又是非冒不可。

他聽見了幾個小孩兒的聲音，稍微抬抬頭，從屋脊往下邊院子裏瞄。只能瞄到南端一半。有三個小孩。最小的是個男的，有三歲吧，在兩個大點的女孩兒後頭跟來跟去。他們都穿著厚厚腫腫的棉襖棉褲，在結了層薄冰的院子裏，推了小木頭箱子，滑來滑去。

都是朱潛龍的孩子嗎？看不清面孔。那個小男孩兒一下子哭了。南屋出來個老太太，在屋檐下頭罵了幾聲兒又進了屋。不像是他老婆，年紀不對，又是小腳。

他趴在房頂上一動不動。瓦上冰雪的寒，已經刺進了他的骨頭。蹲了這麼久，就沒個像他老婆模樣的女人出來。小孩子們一個個進了屋。再也沒人下院子。

「叭！」他頭上挨了個小冰塊兒。

李天然嚇的一身冷汗。四周一瞄，一點動靜也沒有。他換了個地兒又等了會兒，還是沒動靜，就是些颼颼風聲。他心跳慢了下來，從三條下的房。

到了電車總站大門，已經快五點了。他瞧見師叔跟他微微點頭就上了輛電車。他也跟著上了。師叔沒再招呼。天然在師叔對面找了個坐，也沒招呼。車上一下子擠上來十幾個人。

他們搖搖晃晃地進了內城，又叮叮噹噹地坐了半個多鐘頭，走走停停，到了北新橋。德玖下了車。天然也跟著下了，心裏一直在嘀咕。

他尾隨著師叔回頭上了東直門大街，後腳跟著進了個小酒館兒。

師叔已經揀了個位子。他跟著坐下來。德玖叫了壺白乾兒，一碟蠶豆，一碟酥魚。等夥計一離開，德玖悶著聲訓他，「你這小子！大白天，在上頭待那麼久！」

李天然垂著頭，沒言語。

「你看你這身打扮。天橋是什麼地方？就這麼亂走！」

天然羞慚地微微點頭。

「你急什麼？」

夥計上了酒，上了小吃，給二人各倒了一杯。

天然舒了口氣，敬了師叔一杯，也不敢先問，就交代了下他看見的。德玖火氣像是平了，說他只串了幾條胡同，覺得四條那個家不像是朱潛龍常去住的地方……「即便如此，你也太大意了，就這麼高來高去。不招呼你一聲，你還不下來。」

爺兒倆在酒館分的手。德玖說目前只有東宮值得盯盯。應該每天都去看看。現在天黑了，他這就去。

天然上馬大夫家坐了會兒，聊了聊，一塊兒吃的飯，完後在客廳，馬大夫遞了張黃黃的紙給了天然，「來電報了。」

是洛杉磯打來的。她們這月底飛舊金山，二月一號搭「泛美」，三號到香港，休息一天，五號一早再搭「中航」，小停上海，下午四點到北平南苑機場。

「現在最緊張的是劉媽，已經開始打掃房子了……」馬大夫慢慢抿著威士忌，好像他不在乎似的。

李天然又坐了會兒。他沒回家，去東宮繞了一圈，什麼也沒看見，就又去了巧紅那兒。

他這禮拜去了三次，都是在探了前拐胡同之後。早上起來喝茶，再跟師叔一塊對對。幾天幾晚下來，德玖說他只見過一個老媽子早上出來買菜，前天下午有個人過來送煤。就這些，東娘跟那兩個小丫頭，真是大門不出一步。

連屋子都少出，還沒瞧見過東娘的臉。

臘月十五那天，關大娘一早兒過來給他們掃房子，說是徐太太臨走前囑咐的。她給了天然一張草圖。很簡略，可是這是他們爺兒倆第一次看到屋子裏一點點模樣。

李天然有點兒不好意思她過來幫徐太太這個忙，還合了麵，給他們蒸了兩屜饅頭，又問說要不要給他們去辦點兒年貨。

他還了盛粥的瓦罐，送她出了門，發現師叔還是像沒事兒似的喝茶抽菸。他心裏有點兒嘀咕，「說是替徐太太幫忙，總不能白幫，該怎麼謝謝人家?」

德玖抬頭微微一笑，「自己人了，還謝什麼。」

天然感覺到臉紅了。他沒接話，點了支菸，看師叔沒再說，也就假裝那句話沒說到他身上。先就這樣馬虎過去吧。您不直說，我也不。

德玖沒再提，每天進進出出，在前拐胡同附近泡泡茶館，下下酒館。天一黑，不論是誰，總會過去繞繞。

李天然倒是趕出來幾篇稿子。想到麗莎他們是坐飛機回來，就寫了篇介紹「泛美」的「中國飛剪號」。這班飛機的太平洋航線可真不簡單。從舊金山起飛，沿路停火奴魯魯，中途島，威克島，關島，馬尼拉，才到香港。全程八千五百英里，才四天。可是也真不便宜，單程八百五十美元。他算了算，以他五十元的月薪，再以美元法幣一比三塊七毛五……老天，他五年的薪水都不夠。

五號那天，他在馬大夫家吃的午飯。劉媽偷偷兒跟他說，晚上包餃子，是馬姬早就來信點的。

他們兩點就出發了。馬大夫那麼沉著的人，現在都有點心急。一年沒見老婆，三年沒見女兒，而女兒去年又出了這麼大件事。

李天然也充滿盼望。不是一家人，也是半個家人。

他開著車，從永定門出的城，照馬大夫的指引，往南開就是了，就這麼一條大路。路可不大好走。好在雪還沒化。大陰天，沒什麼人，就幾輛騾車和軍車，兩三個挑擔子的。他開的很慢。二十華里，四十分鐘才到。四周非常荒涼。遠處隱隱有些人家，幾縷炊煙像是給凍死在空中。偶爾路過當年南海子的一段段苑牆。此外一片白色原野，黑黑的點著幾棵樹。

機場大門內倒是停了不少車，還有大客車和軍車。門口站了兩個大兵，揹著長槍，在冷風中挨著凍。

「中航」和「歐亞」合用的候機室不大，相當簡陋。十好幾個人圍著一個大洋鐵爐坐在那兒烤著火等。不少外國人。都不認識，可是都來接飛機，二人一進門就跟幾個目光相對的人禮貌地點了點頭。

這趟「中航」班機非常準時，四點五分降落。銀色的飛機，襯著灰白的天空，從跑道盡頭慢慢繞回來，滑過了兩座機棚和幾架單翼雙翼的小飛機，一直滑到候機室門外不遠的一小片水泥地上停住，機聲螺旋槳也同時停了。

他們兩個沒有跟其他來接機的湧到外邊去。乘客開始下了，不多，不到十個，提著大大小小的箱子。麗莎和馬姬最後下的飛機。

天然有點激動，可是一直等到她們進了候機室，輪流和馬大夫又摟又親完了之後，才上去擁抱她們。麗莎還是那樣，豐豐滿滿的。馬姬可時髦多了。

「北平會這麼冷。」馬姬倒是穿了件呢大衣。

李天然覺得她瘦了點兒，更顯得苗條，「當然冷了，你們一路飛過來，都是熱帶。」他和馬姬把三件皮箱塞進了後車箱，上了前座。

他在土公路上慢慢尾隨著前頭一連好幾部回城的汽車。問候了幾句，交代了幾句之後，半天沒人開口，結果還是他隨便問了問，「想北平嗎？」

「想死了！」麗莎馬上說。

「想死了！」馬姬緊接著補上一句。四個人都笑了。

剛過了永定門，順著天橋大街往北開，馬姬瞪著正前方那座黑壓壓的龐然大物，突然冒出一句，「要說九，全說九，前門樓子九丈九。」

大夥兒又都笑了。麗莎從後座拍了拍女兒的肩膀。馬大夫高興地笑，「虧你還記得這個。」

「記得……你們教我的全記得。」

天然看見馬姬得意地微笑，忍不住逗她，「那你再說一個聽聽。」

「賭什麼？」馬姬立刻挑戰。

「賭……賭頓飯。」

「好！你接著！……四牌樓東，四牌樓西，四牌樓底下賣估衣。」

「你亂謅。」

「亂謅？再給你一個……四牌樓南，四牌樓北，四牌樓底下喝涼水！」然後伸手一捅天然的腰，「亂謅？你來謅謅看！」

天然只有服了，而且服的非常舒服……

乾麵胡同的家一下子熱鬧了起來。劉媽他們還在北房門上橫著掛了兩條紅綠綢子，幾個頭兒垂在門兩旁，真有點兒要過年的味道。馬姬像是小了十歲，剛洗完收拾完，就每間屋子亂串。四個人喝完了一瓶香檳就上桌。豬肉白菜餃子，馬姬一個人就吃了……數到三十二就沒勁兒再數下去了。

李天然捨不得走，一直耗到半夜，約好後天晚上一起吃飯，又嚐了幾塊昨晚上老劉他們祭竈剩下來的關東糖，才離開。

他慢慢遛回家，經過煙袋胡同也沒進去，也沒去探東宮。到家，師叔早睡了。第二天早上跟他提吃飯的事，德玖說他不去。

李天然打了三通電話才找到羅便丞，叫他明天七點半去接藍蘭。順天府見。

他第二天下午六點到的乾麵胡同。麗莎她們剛做了頭髮回來。馬大夫顯然心情很好，又開了瓶香檳。馬姬打量了天然一會兒，回房蘑菇了半天才出來。長長的褐髮，鬆鬆地搭在肩頭，一條深藍呢裙，上身一件灰棉長袖運動衫，鼓鼓的胸前。印著深藍的 Pacific College，跟天然的打扮一樣。全都笑了。

好在李天然昨天抽空訂了座。好在石掌櫃的還記得他。二樓幾個單間早都給包了，大間也滿了，就給他騰出來樓下西北角一張桌子。

他們四個剛入坐，羅便丞和藍蘭也到了。他給羅便丞介紹了。藍蘭做過麗莎的學生，只是頭一次見馬姬。

六個人一張大圓桌，很寬敞。馬大夫和麗莎上座。天然做東，藍蘭最小，二人下座。馬姬坐在她爸爸和天然中間。羅便丞夾在麗莎和藍蘭當中。

先上了四碟兒小菜，一斤老白乾兒。除了藍蘭抿了一小口之外，全都乾了門前一小杯。

天然給大夥兒添酒，「咱們先烤，饞的話再涮。」

這間北屋樓下的幾張圓桌方桌全坐滿了。很吵，不斷有人起身進出院子去烤。樓上倒沒什麼人下來，像是都在涮。

他們這桌，一個個都在忙著拌佐料，下院子去烤。頭半個多小時，桌上好像從來沒坐滿過。不知不覺，一個個脫了上衣，開了領口，捲起了袖子。藍蘭也脫了她那件黑緞子面兒絲棉襖，裏面穿的也是灰棉長袖運動衫，只是前胸上頭印的是 Peking American School。大夥兒全在笑。羅便丞說他後悔沒穿他那件 Michigan。

從麗莎她們的神情，天然猜馬大夫還沒跟她們提他這半年來的事，至少沒全提。他也不去多想，抽空問了問藍蘭她哥哥的消息。她說爸爸知道了，沒講什麼，又說還沒收到哥哥的信。

藍蘭年紀最輕，桌上又全是大人，所以話不多，偶爾回答一兩句。而馬大夫老半天只跟麗莎說話。李天然覺得有意思的是，馬姬話少多了，也不頂嘴了，吃相也沒那麼饞了。最明顯的是羅便丞，每次馬姬起身下院子，就跟著起來去烤。兩次下來，連藍蘭都偷偷跟天然擠了擠眼。

大夥兒差不多同時放下了筷子休息。羅便丞給每個人添了酒，抬頭問馬姬說，「美國有什麼消息？」

「沒什麼好消息……」她抿了一口，「加州尤其沒有。」

羅便丞等了會兒，看見她沒有意思解釋，就轉問麗莎，「這麼糟嗎？馬凱夫人？」

麗莎點點頭，「是這麼糟……失業的人很多，到處都是流浪漢，打零工的活兒都難找……你是記者，這兒呢？」

「中國？……西安事變之後倒是相當平靜。這幾天也沒在打。只是……」他喝了一口，「我昨天還在跟一位加拿大記者談這件事。他覺得太平靜了……平靜的有點可怕，像暴風雨前的平靜。」

馬大夫點上了煙斗，「這種表面平靜是有點可怕……」他連吸了幾口，「上個月蒙古自治……想想看，中國北方，加上滿州和冀東，日本搞了三個傀儡政府。」

「美國……」羅便丞嘆了口氣，「不要說一般人不關心中國，連新聞界都不大關心……我兩個多禮拜前就寫過這件事，到現在也沒登。」

「Daddy？」

馬姬抬頭問，「那你覺得我們美國這種孤立主義，會持續多久？」

羅便丞苦笑，「我不知道。我只知道，光靠我們這些駐外記者，作用不大。」

馬大夫也苦笑，「他說的沒有錯，光靠他這種駐華記者，有什麼作用的話，也只是向皈依的傳教。」

「天然？」

他也只是苦笑，「我覺得美國一方面自我中心，一方面自顧不暇。」

「當然也是……」馬姬用筷子撥弄著碗裏的肉汁，長長的睫毛一眨一眨，「我還覺得，美國要上一次當，才學一次乖。」

麗莎望著她女兒。「那可太危險了。」

「而且可能要上不止一次當，」馬大夫咬著煙斗，「亞洲的日本，歐洲的德國。」

羅便丞緊接下去，「別忘了軸心國還有個墨索里尼。」

「啊！墨索里尼！」馬姬故意誇張，「那可是希特勒上的當！」

全都笑了。只有藍蘭有點跟不上，似懂非懂地陪著笑，手中玩弄著她送給天然的銀打火機。

李天然乘便取了支菸。藍蘭立刻給點上。

「怎麼樣？」天然噴著煙，「接著烤？還是涮？」

馬大夫看沒人有什麼反應，「就吃烤肉吃個飽吧。」

「好……改天再涮。」羅便丞眼睛望著馬姬，「我請。」

李天然招呼石掌櫃的，說不涮了，上幾個燒餅，再給來三斤肉，一斤老白乾兒。

這回休息了再吃可就慢多了。聊天的機會也多了。麗莎問藍蘭打算怎麼過年。藍蘭說去天津。馬大夫問她決定去哪家大學。她說還沒決定。Barnard 和 UCLA 全收她了。馬姬勸她去紐約，又方便又熱鬧。

突然後邊樓梯一陣笑聲，說話聲，腳步聲。羅便丞正對面，抬頭看了看，「啊！」了一聲。大夥兒都轉了頭。

第一個下來的是唐鳳儀，一身淺綠色緞子旗袍兒。她立刻看到了這桌人，微笑著點頭，繼續繞著桌子往門口走。後邊跟著卓十一，眼睛像是沒事了，正給她披一件皮大衣。

接著下樓的是一個一身黑西裝的矮個中年人，一看就知道是日本人，正在笑。

再後面——天然的心一下子跳到喉嚨，頭髮都直了——粗眉大眼，個子很壯，小平頭！

他壓制自己，靜靜舉杯抿了一口，兩眼緊盯著朱潛龍。

他看見朱潛龍也覺察到這桌上有人在盯他，回盯了一眼，又盯了一眼，走出了門。

李天然直覺地感到朱潛龍沒認出是他。

他放下了酒杯，發現馬大夫在看他。

馬姬回過頭來，輪流看看羅便丞和天然，「你們的朋友？」

「我們的朋友嗎？……」羅便丞把問題丟給了李天然。

「有一兩個見過一兩次面。」

「非常漂亮。」馬姬輕輕點著頭。

「外號是『北平之花』。」

「護花的是誰？」

「是個壞蛋！」藍蘭大聲一喊，引得別桌好些人回頭看。

「壞蛋沒錯，」羅便丞點頭同意，「可是你們知道那個日本人是誰嗎？」

「我知道……」馬大夫舉杯喝酒，「今井，大使館武官。」

「兼特務。」羅便丞加了一句。

「另外幾個呢？」

李天然完全平靜了下來，「大家都認為是壞蛋的那位，是什剎海卓家的小少爺，卓世禮……後頭那個沒看清楚。」

「可能是今井的侍從。」羅便丞想了想。

馬大夫搖搖頭，「不像。太神氣了……」他站了起來，「我再吃點，天然，你怎麼樣？」

「好。」

二人在碗裏各拌了點肉，端了酒，下了院子，站在火爐旁邊，也沒烤，放下了碗，各翹起隻腳在板凳上，望著面前的火和煙。

「你沒事吧？」

「是他。」

馬大夫愣住了，「沒錯？」

「沒錯。」

「確定沒錯？」

「確定沒錯……壯了點兒。」

「他沒認出你。」

「大概沒有。」

馬大夫沉默了片刻，「天然，可別急……」

李天然一動不動，注視著炙子縫中冒著的煙。

「等過了年……等青老回來。」

李天然還是一動不動。

「答應我。」

李天然凝視著冉冉升起的煙，一口乾了碗中的酒，輕輕點了點頭。

29 春節

他明白馬大夫的意思。那句話是叫他耐著性子，不要輕舉妄動。

他也明白他要報的這個仇，只能天知地知，和他們這幾個人知。

可是，儘管他暫時壓住了心中的急和恨，壓住了當場，親手，置朱潛龍於死地那種飢渴，他回家上了床，還是久久無法入睡。

他下了床，光著上身光著腳，下了那蓋著一層冰雪的院子，進了那烏黑乾冷的夜空，吸著那刀子般的寒風，活動了下他那身緊緊扎實的肌肉，深深運了幾口氣，一招一式，在冰地上走了一趟太行拳。

「好！」北房屋檐下爆出低低啞啞一聲喝采。

李天然猛然掉頭。明知是師叔，也驚嚇了一下。

漆黑一片，沒人影兒，只聽見聲音說，「進屋吧。」

他進了屋，開了燈，回房套了件睡袍。

「不壞……」德玖坐在那兒滿意地微笑，「你這些年，功夫倒沒擱下。身輕如燕，手重如山。」

天然心裏頭可有點兒慚愧。只記得回來的時候，師叔已經睡了，可是就沒聽見他老人家起了身，還站在廊子下頭看了半天。

他心倒是平靜了下來，慢慢喝著威士忌，把順天府的事，一句一句交代給師叔。

「沒認出你？」

「沒。」

「只掃了你一眼？」

「也許兩眼。」

「沒別的反應？」

「沒。」

「他氣色？」

「挺好……壯了點兒。模樣兒沒怎麼變，還是那兩道粗眉毛，方下巴兒。」

德玖沉思了會兒，「他怎麼也料不到是你。」

「他根本料不到我還活著！」

「還出現在北平……」德玖點著頭，「只有看見了我，這小子才會想起了你師父一家，想起了山莊的事，想起了你。」

「唉……天下的事，可真是可遇不可求。」

「別嘆氣了。可遇的全叫你遇上了……可求的，」德玖添了杯酒，「可求的就要看咱們自己了……」他抿了一口，「馬大夫叫你等姓藍的回來？」

天然點了點頭。

「你怎麼看？」

天然搖了搖頭。

「他有他的打算，這絕錯不了……可是咱們的事已經夠咱們愁的了，還去伺候他？」

「說的是。」

「他幫的這些忙，咱們得感謝……可是要是他有個條件，那可得想想。」

「是。」

「大寒，你年輕，可是你是掌門。我這個師叔，也只是師叔，全得你決定。你怎麼走，我怎麼跟。」

天然有點緊張，「可不能這麼說。」

「不這麼說，還像個師叔？只是別忘了你師父那句話。」

「哪句？」

「不為非作歹，不投靠官府。」

「我沒忘，只是……」天然頓了頓，「就像那回藍老說的，要是咱們的事，跟他的事，碰到了一塊兒？」

「先辦咱們該辦的。」

「我知道。」

「那不結了？」

「可也不這麼簡單……」

「大寒，你那位藍董事長，八九不離十，是在給官府做事……別看他擺明的是什麼實業家。暗地裏，不是南京，也是二十九軍……你想想，幾次找你談這個，談那個，還不是知道了你的出身，你的本事，想拉你入他們一夥？」

「這些我也都想過了。」

「那就好……一塊兒幹是一回事。幹完了怎麼著？你一入了他們那夥，就得聽他們的……要是派你去扛槍，你也去？」

李天然無話可說。

爺兒倆又喝了會兒酒才進去睡。不過，李天然倒是有少許安慰。師叔答應一塊兒上馬大夫家過年……

這幾天麗莎她們可忙壞了。一大堆老朋友請客吃飯。直到二十九號除夕那天下午，馬姬才拖了天然去東四和西單繞了一圈。她買了好些絨花絹花，當時就順手在頭上插了枝蝙蝠。

這還是李天然這麼些年來頭一回在北平過年，又是跟馬大夫一家人。自從山莊出了事，他什麼年節都不過了。這回可好，馬大夫全家不說，師叔也來了……就可惜巧紅不在。

別看馬大夫他們在北平住了這麼久，過起年來的味兒可還不足。全是基督教徒，天然不怪他們屋裏不設什麼供桌。那祭竈，祭祖，接財神什麼的，也只是跟著劉媽湊湊熱鬧。外頭小孩兒來送財神，也都是老劉去打發。

倒是正屋牆上，馬大夫掛了幅「桃園三結義」年畫應景。麗莎還在茶几上擺了幾盆水仙和海棠，還有一盤帶枝帶葉的幾串金橘兒。屋子門口也貼了幅春聯：「爆竹聲聲辭舊歲，銀花朵朵迎新春」。

李天然本來有點兒擔心師叔跟外國人沒什麼話說。這才是白擔心。一身新棉袍的德玖，新修的頭，新修的鬍，坐在上座，把麗莎和馬姬兩個人給逗得你捶我，我捶你。

「全是你小時候淘氣的事兒！」馬姬上氣不接下氣，「怎麼你都沒跟我們講過？」

桌上有三位大人在場，天然只能抿著酒微笑，「太丟臉了。」

「那當然是，」馬姬緊追不放，「哪兒有這麼笨的小孩兒，伸手到地洞裏去抓狗，還不給咬，就算是為你師妹。」她突然收住，又覺得收的太快，又補了一句，「難怪給你師父打。」

劉媽他們給準備的倒是相當地道的除夕菜。豬羊肉凍兒，辣蘿蔔，酸白菜，肉丁兒炒黃瓜丁兒……光是這幾道，加上喝，就搞了一個多鐘頭。最後上的是羊肉餃子。

胡同裏突然傳進來嗶嗶啪啪幾聲響。天然看了看錶，「小孩兒就是忍不住。」

「呦！」馬姬給提醒了，「下午忘了買炮仗。」

李天然看桌上的人都正吃的香，第二鍋還沒下，腦子一轉，「還不到十點，我上四牌樓去買點兒……」也沒等別人說話就下了桌子。

他上正屋取了大衣，順手在茶几上的紙盒子裏揀了枝紅絨帶金的石榴花。

街上熱鬧極了，真也都不怕冷。他很快進了煙袋胡同。裏頭黑呼呼的。他走到盡頭，矮身一躍，上了房。北屋東屋都有亮。聽了會兒，聲音打北屋過來，想是巧紅在那兒陪老奶奶熬夜。

他下了房，掏出那朵石榴花，釘在巧紅房門上。

四牌樓底下全都是人，有的趕著辦年貨，大部分是來趕熱鬧。李天然擠了過去。找了個地攤兒，買了十好幾盒，什麼「二踢腳」，「悶聲雷」，「炮打燈」，「滴滴金」……

「誰吃到制錢了？」天然回來一上桌就問。

「都還沒。」麗莎給他添酒。

「吃到了有什麼賞？」馬姬問她母親。

「吃到了還不夠造化？」馬大夫拍拍女兒的頭，「還領賞？」

麗莎喝了口酒，「這麼好了……今年牛年，這兒沒人屬牛，那誰吃著了，待會兒擲骰子做頭莊。」

他們五個人在飯桌上過的年，熬的夜。大夥兒幾乎同時停了筷子，都吃不動了，也都快一點了。馬姬趁這機會去點了幾根香，拉著天然到院子裏去放炮。

「四牌樓南，四牌樓北，我可沒看見有誰，在四牌樓下頭喝涼水！」

馬姬大笑，點了個二踢腳……「咚」……「嘣」兩聲爆響，接著就一會兒「噹」，一會兒「劈瀝巴拉」，一會兒「嗶嗶叭叭」……搞得滿院子都是煙氣，雪上頭滿是碎紅紙屑。兩個人像小孩兒似的，在院裏折騰了半天才回屋。

飯桌已經收拾好了。中間一個紅色金魚大瓷碗。小制錢給麗莎吃著了，她做頭莊。五個人輪流抓，後來連劉媽都上來抓了幾把。一直玩兒到三點多，又吃了老劉炸的年糕才散。就麗莎一個人贏，足有二十多元。她封了兩個十元紅包，一個給了親女兒，一個給了乾兒子。

李天然高興地收了，然後意外地發現師叔也居然備了禮。兩個晚輩，一人一個一兩重的金元寶。

馬姬究竟是個美國女孩兒，跑上去抱住德玖親了親。天然發現這又是他頭一回見師叔臉紅。爺兒倆慢慢遛達著回家。街上還有人在放炮仗。路燈照得著的地方，看不見白雪，全給蓋著一層碎紅紙。硝煙味兒挺嗆。

「您這幾天怎麼打發？」

「幹什麼？」

「馬大夫他們後天上西山，叫我一塊兒去。」

「你去，不用管我。」

爺兒倆進了正屋。李天然開了燈，發現擺在中間的幾張沙發都給移靠邊了。窗前的寫字臺給搬到了北牆，上邊立著兩根紅蠟，鐵爐子裏插著幾把香。他很感激地看了看師叔，脫了大衣，到抽屜裏找了幾張紙，寫下了師父一家人的名字，貼在牆上，再把蠟跟香都點上了，心中默默想著師父師母，二師兄和丹青，磕了三個頭。

德玖也上來磕了。

天然搬了張椅子請師叔坐下，又磕了三頭。德玖也要給掌門人磕，給天然攔住了，就只拜了拜。

李天然中午才起床，喝著師叔給沏的茶，心中微微感嘆，想出去拜個年，都無人可拜。就一位藍青峯，也在天津。

街上還在放炮仗，屋子裏都有煙味兒。爺兒倆把劉媽給他們包回來的餃子煎了煎，就把大年初一的飯給打發了。下午上街逛了逛。都在休市，可是還挺熱鬧。他買了幾串兒糖葫蘆，山藥蛋和山裏紅，又看見街上小孩兒手裏頭的風車好玩兒，也買了幾串兒。回家插在窗縫兒上，「吧兒吧兒」地響著。他本來還想備點禮給巧紅和老奶奶，後來再想，又覺得不很妥當。

他年初二下午去馬大夫家。他們早都大包小包收拾好了等他。

還是他開，走平則門，直奔西山。

顯然馬大夫昨天晚上才把天然回北平之後的事說給了她們。一見面，母女二人就上來緊緊抱住了他。

剛過了八里莊，路分了岔。馬大夫說走西北那條。

「你看見那個路牌兒了嗎？」馬姬問天然。

「沒看見。」

「這條經過八寶山 Golf Course。往南那條小路去 Pao Ma Chang。」她先用英文發音，再叫他用中文唸唸。

天然唸了兩遍，笑了，「跑馬場？」

「英文之外，大英帝國送給全世界的禮物，高爾夫和賽馬。」

「我不知道北平還有這些玩意兒。」

「有英國人的地方就有。天津，上海，……全有。」

一進山就成了石頭路，有點滑，很不好開。李天然慢慢開過了香山，又開了二十幾分鐘，馬大夫叫他上一條小道，一條只給腳步壓平了點雪的小道。走了沒多久，到了一個沒十戶人家的小村子。他們在一座莊院門口停了車。

本來馬大夫打算就住進臥佛寺現成的青年會招待所，可是馬姬覺得好不容易回來一趟，不想在北平還混在美國人堆裏，她爸爸才託同事在附近村子租了這座農宅的北屋和西屋。簡單是簡單，可是挺乾淨，有明暗五間房，兩間有炕。馬大夫麗莎一張，馬姬一張，天然睡外屋搭的木板床。最方便的是，這個小村子裏沒別的牲口，就幾頭毛驢兒，天好的時候租給遊山的人騎的那種。

頭三天，四個人騎著四匹毛驢兒，逛了附近七，八個廟，什麼碧雲寺，臥佛寺，天臺寺，法海寺，還有玉泉山。他們多半就在廟裏吃個齋，有幾次也吃自個兒隨身帶的罐頭麵包。路上偶爾下驢到樹後頭撒泡野溺。

第四天一早，他們去八大處，等逛完了那邊的大悲寺，回到香山，已經很下午了。四個人順著山路騎著，幾乎無意之中經過了那座西山孤兒院。現在早就改成了一間小學。都在過年，大門緊閉，裏頭多了幾幢平房，操場上白白一片乾乾淨淨的積雪。他們全停了下來，都有點發呆，都沒下驢，愣愣地看了會兒。誰也說不出什麼話來。

又上了路，李天然前頭帶著，沿著曲曲折折，上頭還鋪著半尺多厚的雪，半個腳印兒也沒有的山道，往下走。

西山遠遠近近一座座山嶺，一道道山溝，全叫冰雪給封住了，一片銀白。開始西下的太陽把這片白給照得特別耀眼。空山之中，只有那一陣陣的風聲，和那四匹小毛驢十六個蹄子的踏雪聲。

「嘿！天然！你這是去哪兒？」馬姬在後頭喊，「再往下走可就到永定河啦！」

李天然沒有答話，在山坡漸漸平下來的一片雪地，把毛驢放慢，四處張望。

「就是這兒……」他收住了驢，看了看幾棵光禿禿的樹幹和路北一條幾乎看不出來的小道，「馬大夫？」

馬大夫騎上來幾步，默默無語，點了點頭。麗莎和馬姬交換了一眼，都明白了。

「就在這兒……」李天然瞄了下母女二人，「馬大夫撿回來我的命……」又瞄了下路邊，一片白雪，什麼都給蓋住了，「走，離這兒不遠……」他腳跟一踹毛驢肚子，拐上了那條隱約可見的小道。

兩旁疏疏落落的樹幹，漸漸密了起來，一直連到山坡。他們一行四人順著小道騎了十幾二十分鐘，來到了一道倒垮很厲害的土牆。

李天然在一座半塌的木頭門前打住，看了看給風吹雨打成朽木的大門，下了驢。其他三個也下了。

從破土牆上頭看過去，一片白雪，遠遠前方拱著一個小堆，「那是當年莊上的竃，就它還在……」天然摘下了墨鏡。

「太行山莊？」馬姬四處張望。

天然點點頭。

馬大夫和麗莎二人站在驢子旁邊，拉著口韁，遙望著面前一片白色雪地。馬姬牽著驢過來，挽著天然的胳膊。李天然慘然微笑，戴上了墨鏡。

全是雪，沒地方坐，四人又都上了毛驢。馬大夫從背包取出來半瓶威士忌，對著嘴喝了口，傳給了麗莎，再一傳又傳到了天然手中。

他仰頭灌了一大口，「唉，給大雪一蓋，什麼都看不見了……誰知道這塊地上一家四口給殺了？」他又喝了一大口，「有誰在乎嗎？」

一直沒說話的馬大夫開口了，「上帝知道。上帝會懲罰他。」

李天然微微慘笑，「那不過癮……」

馬大夫輕輕嘆了口氣。

「既不解飢，也不解渴。」

馬大夫又深深嘆了口氣……

在山莊廢墟前打住了這麼一會兒工夫，連一身滑雪裝的馬姬都給凍的有點受不了。天然把酒瓶還給了馬大夫，一踹驢肚子，掉頭原路下去了。

這個性沈的農家，年前就為這些客人殺了口豬，包了夠吃上一個月的餃子，可是也不能老吃這些玩意兒，就隔天去鎮上買點新鮮菜肉。今兒晚上給房客烙餅，還弄了幾樣菜。豬肉絲兒炒醬瓜，炒雞子兒，蝦米白菜，喝白乾兒。大夥兒吃的都挺痛快。完後在正屋，點著兩盞昏暗的油燈，圍著大火盆，喝著威士忌，有一句沒一句地聊。馬大夫和麗莎不到十點就回屋坑上去了，剩下天然和馬姬繼續瞎聊。扯了會兒洛杉磯，又扯了會兒北平……

「你覺得羅便丞怎麼樣？」

李天然啞笑，「怎麼樣？」

「初一那天晚上，他約我去了一位法國領事家吃飯。」

「很好。」

「他又約了我，在等我回去。」

「很好。」

「天然！」她有點急，「你裝不懂？」

「什麻？就一次約會？」

「一次就夠了。」

「你確定？」

「女人別的本領不談，這方面敏感極了……」

李天然慢慢抿著威士忌，「很聰明，心眼兒也很好，非常直爽，也很幽默，喜歡熱鬧……」

馬姬烤著火，半天沒出聲。

「那不很好嗎？」

她望著盆裏的火，白白的臉給映的紅紅的，白睡袍也給映的發紅。

「這麼說好了……如果我是女的，如果他真心，我會跟他好。」他覺得最好不提這小子一見唐鳳儀就鍾情，二見就心灰意冷。

馬姬高興地笑了，敬了他一杯酒，「我要你第一個知道。」

「謝謝……」天然微笑，接著皺起了眉頭，「不過我可不能為他的長相負責。」

她輕輕捶了他一下，「你呢？回來半年了……」

他沒有回答，靜靜喝酒。

「好，不問了……」她偏頭吻了下天然的面頰，「倒是有件別的事和你商量。」

「你說。」

「英文說，I owe you……中文說，有恩報恩，欠債還錢。」

「慢點！」天然立刻感覺到她要說什麼，「我的事你可千萬，千萬不能惹上！」

「我還沒說完。」

「夠了。」

「天然……」她抿了口威士忌，「這種事不是一句謝謝就可以回報的。」

「我難道不明白嗎？……這也許是為什麼當時老天安排我在場……來報答你們一家人。」

馬姬沉默了片刻，「我的意思是，你的恩報了，那我……我的恩怎麼報？」

天然沒有立刻接下去，起身用剪子把兩碗油燈的蕊給剪了剪。豆子般大的火苗，一下子亮了些，

「我剛到美國那段時候，你幫了我太多忙，還有……還有……」他說不下去了。

「那是在事情發生之前……還有，我們兩個人的事，是自然發生的……還有……」她盯著天

然，等他問。

「還有？」

「也是心甘情願，也不後悔。」馬姬站了起來，整理了一下睡袍，「你還是想想，只要你開口……」她摸了摸天然那頭散髮，「Good Night。」轉身回了裏屋。

30 春餅

在山裏住，真忘記了時間。回去那天，都二十號了。

李天然心情有點起伏雜亂。這幾天跟馬大夫他們遊山，又短，又美，又一閃而去，但是也隱隱知道，往後再沒有這種日子了。

他打西直門進城。店舖都開市了。街上又擠又亂又吵。還有不少孩子們在那兒到處放炮。

「快吧？……」麗莎突然一喊，「榆樹都長芽了，雪還沒化。」

其實城裏的雪已經化的差不多了，只剩下路邊牆根，背風暗角那幾處發黑的雪堆。李天然在他家門口下車，謝了他們。望著馬姬把那部老福特開出了胡同。

那天晚上她那番話，讓他又溫暖又擔心。好在沒幾天她就要回洛杉磯了。

天開始黑了下來。家裏什麼吃的也沒有。師叔也沒影兒。他又披了大衣上了南小街，吃了碗羊湯麵，算是打發過去了。回家收拾了下，喝了杯酒，泡了半天熱水澡，又喝了兩杯，才去上床。

一陣門鈴把他吵醒……快十二點了……他套了件棉袍去開門。是羅便丞和馬姬。

「這麼早就睡？」

李天然真想頂他一句，可是沒有，讓進大門，回到客廳，取出了威士忌，「沒吃的，連花生都沒有……除非你們要吃凍柿子。」

他很快覺察出來，馬姬是在向他表明她西山那些話是真心話。可是羅便丞這小子是在得意。李天然一開始真想把他們兩個趕出去。可是沒一會兒又發現這小子在得意之餘，的確在戀愛。李天然十分感嘆。這麼快！可能嗎？當然可能。丹青和他也許不算，那是青梅竹馬。可是他自己頭一回看見巧紅，不也是這樣？

全是羅便丞在說話。馬姬在沙發上安穩地靠著他，滿臉幸福的淺笑。

天然先注意到她上身那件新的藏青絲棉襖，才又注意到她頭上還別著一枝石榴花。

「下午才取回來的……」她扯了扯袖子，「那位關大娘可真美……」然後微微一笑，用手一摸頭上插的絨花，「她也別了一模一樣的一枝。」

李天然知道自己的臉紅了。他舉杯喝了口酒，沒去接話。

才這麼一會兒，羅便丞已經忍不住了，「我前天上午參加了日本使館的記者會……那個助理武官說，山本下月初來北平，擔任冀東自治政府的經濟顧問……記得那個傢伙嗎？祖傳的武士刀叫人給偷了？」他偏頭向馬姬介紹這個人。

李天然不想在羅便丞面前露出神色，就轉了話題，「你們從哪兒來？」

「從我那兒……半個晚上談的都是你。」羅便丞爽朗地笑。

天然一瞄馬姬，見她極其輕微地一搖頭，才放下了心。

他們兩個用小銀匙分吃了個在外頭窗沿上冰了好幾天的凍柿子才起身。下了院子，天然給馬姬披大衣。她自然地挽著他，輕輕在他耳邊說，「原來是她。」

「誰？」

「還有誰？」馬姬擰了下他胳膊，「實在漂亮，這是真心話……非常可愛，這也是真心話……我更替你高興，這更是真心話。」

天然拍了她的手。接壁房上傳過來幾聲貓叫。

「只是……」她又擰了他一把，「往後不能同時討好兩個女人。我還以為你出去是給我買炮仗，原來你是去給人家送花。」

好在聲音很低，走在前頭的羅便丞聽不清楚。也好在外邊很黑，看不見他一臉羞相。

他們上了車，馬姬搖下了窗，「取棉襖的時候，我才明白過來怎麼少了一枝……Good Night。」

他回到屋裏，只猶豫了片刻，就換了身衣褲，出了門。

巧紅西屋黑著。他輕輕敲了兩下窗，房門接著開了。火燙，光滑的身子上來緊緊纏著他，「這幾天……」聲音沙沙啞啞地，「可真難熬……」

快六點，老奶奶屋裏都亮燈了，他才翻牆回的家。一直睡到下午三點多，還是隱隱聽到客廳裏有點動靜才醒的。

德玖拿著一份《世界日報》進了他屋，遞給了他。果然，山本的消息上報了，說山本將率領一個經濟合作團訪華，訂於三月二號抵達北平。

「趁潛龍的事還沒著落，咱們趕快把這小子的事給了了……」

「您有什麼打算？」天然在床上坐直了。

「得露兩手。」

「那當然。」

「明還暗還？」

「讓我想想……」天然下了床，「反正不能白還。」

爺兒倆出去吃的。德玖也沒提他這幾天上哪兒去了，只說前門外那個家的確是潛龍的元配。兩女一子，大的才六歲。還有，東宮門口停過一部大汽車，在那兒過的夜。沒看見潛龍。車沒法兒跟，也追不上。

都懶得下廚房。回家路上買了一大堆熟食，將就著吃，足可以應付到徐太太回來了。他這幾天上班還是定不下心。朱潛龍的事兒就是梗在那兒，吐不出，嚥不下。這還不算，沒幾天就正月十五，徐太太一過了節就回來。怎麼再去找巧紅？老奶奶年高耳重，可是徐太太就睡在對屋，就隔了個小院子。

還有，刀該怎麼還？確實沒錯，盜劍容易還劍難。個人栽跟頭是一回事，現在擺明了是為武林出口氣，搞不好的話，他的罪過可大了。

至於他是老幾，由他出面，天然想了想就沒再去想了。

金主編這幾天應酬不少。桌上一大堆帖子。幾次在辦公室進出，都有點兒醉醺醺的。小蘇剛好相反，除了說了聲「您過年好」之外，就沒怎麼說話。

天然也沒心情寫稿。年前交的幾篇可以湊合一陣了。上班也就是來坐坐，喝杯茶，看看報。他注意到上一期畫報封面又是唐鳳儀，還是泳裝。老天，還是正月。裏頭還有段消息，說她在北京飯店的珠寶櫃臺開張。金主編真是會捧卓十一。

天然倒是每天都收到馬姬的電話，報告他們的節目……去逛了什麼廠甸，大柵欄，故宮，雍和宮，南海，中海，北海……還有什麼六國飯店舞會，義大利公使館晚宴……又說她在教羅便丞抖空竹，一早還帶他去看人遛鳥兒。還說天然送他那幅九九素梅圖，還擱在那兒，有十幾天沒描了，等於白送……

徐太太倒是守信用，正月十六號那天下午就來上工。意外的是，巧紅也一塊兒過來了。她提著四個盒子，徐太太挽著兩只菜籃兒，「您不講究，可是節總得過過……」

巧紅站在院裏，一身藏青棉袍兒，一舉兩手的盒子，「元宵……山楂，桂花，棗泥，黑芝麻。」

「九爺在嗎？」徐太太往廚房走。

「在屋裏頭。」

「晚上都沒應酬吧？」

李天然說沒。

「那好，我叫了關大娘來幫個手……晚上給您做春餅。」

他瞄了巧紅一眼。她沒說話。

天然很快決定了，「那就多準備點兒，我找幾個朋友過來一塊兒吃。」他又瞄了巧紅一眼。她還是沒說話。

他回屋跟師叔說了，接著打了個電話給馬姬……請她帶羅便丞晚上過來吃捲餅。藍蘭不能來，又一個同學過生日。

李天然知道待會兒吃的時候，怎麼坐，是個問題。徐太太不上桌兒，巧紅也絕不上。他想了會兒，覺得馬姬他們不會在乎，乾脆搬幾張椅子，就在廚房案板上吃。

天開始黑了。徐太太跟巧紅，一個在和燙麵，一個在弄餅菜。案桌上擺滿了碟盤。黃醬，蔥絲兒，醬肘絲，熏雞絲。那些要等吃的時候才炒的，也都洗好切好了。韭黃肉絲，菠菜粉絲。就雞子兒還沒打。火上正熬著一大鍋小米兒粥。

他趁客人還沒到，上東四去買了幾盞燈。上元節已經過了一天，可是街上比除夕那天晚上還擠。有家賣元宵的鋪子正在放煙火，快過去了，沒看出放的是什麼。四周的人還在叫好。李天然在人羣裏擠了擠，買了四個紗燈。什麼「大鬧天宮」，「武松打虎」，「草船借箭」，「紅樓二尤」，畫的又細又好。回到家，都點上了蠟，掛在北屋遊廊下頭。

徐太太起先一直在忙，沒注意到李天然在幹什麼。巧紅立刻明白了。

「呦？……」徐太太一下子抬頭才發現案桌都擺好了，旁邊還擠著六把椅子，「怎麼在這兒吃？……地兒這麼小，又油。」

「這麼吃熱鬧……過節嘛，」他開了瓶威士忌，「也省得跑來跑去上菜。」

他們來了。天然給羅便丞介紹，就說德玖是他九叔，關巧紅是徐太太的朋友。

他發現羅便丞有點看呆了。難怪，巧紅今晚這身藏青棉袍兒，更顯得體態勻稱，皮膚潔白。羅便丞偷偷在天然身邊耳語，「比夏娃還吸引人。」

馬姬今天居然盛裝，打扮了起來。修長豐滿的身上一套黑絲絨衫裙，高跟鞋，披著豹皮大衣。臉上也是赴宴的化妝，相當濃。李天然給搞得有點兒不好意思叫她在廚房裏吃。馬姬可完全不在乎，一進廚房就叫了聲「關大娘。」還立刻解下來她頸上套的一條細細的金項鏈，繞到巧紅脖子上，還親吻了下巧紅的臉，把巧紅羞的面頰通紅。

還是李天然，趁徐太太在竈那邊忙，緊接著說了句，「收了吧。」她才輕輕謝了馬姬，又把鏈子塞到領子下頭。

羅便丞早就跟徐太太混熟了，跟德玖三句話之後也熟了。李天然覺得這些駐外記者真有本領，跟誰都能聊。

巧紅繞了條圍裙在案頭擀麵，徐太太在爐子那兒烙。馬姬坐在羅便丞旁邊，教他該怎麼把一盒兩個餅給扯開，怎麼攤在盤子上，怎麼先抹黃醬，先加什麼，再加什麼，加多少，最後在上頭灑了點餄餎盒跟油渣兒，又教他怎麼捲，怎麼拿著，怎麼咬著吃。

羅便丞一口咬了小半截，嚼著吞著，「Mmm……很像 burritos，」又兩口吃完了整個春餅，「可比那個好吃。」

天然和德玖也灑了點餄餎盒跟油渣兒，發現這麼咬起來吃起來，還帶點酥脆油香。一問，才知道這是巧紅家裏的吃法。

李天然很感激馬姬這份心，又明白又體諒巧紅目前的處境。她幾乎不露痕跡地先過去請徐太太教她烙餅，把位子讓給了巧紅。沒一會兒又拉著巧紅過去幫忙，叫徐太太坐下來吃。本來不肯上桌的徐太太，這麼一折騰，再一張餅，一小杯威士忌下去之後，也不用別人說，自個兒就坐下來了。

德玖又給徐太太添了點兒酒，「通州的年過的還好？」

「唉……過年還不就是這麼回事兒。像我們家，能跟兒孫一塊兒過，已經是修來的了。」

「市面兒上？」

「挺好……」徐太太也不用勸了，自個兒舉杯抿了一口，「就是土膏店，白麵兒房子，越來越多，沒兩條街就一家兒。」

「煙都打哪兒來？」

「那不知道……關外，口外，北平這邊兒也有車過去。」

羅便丞也在聽，忍不住插嘴，「就我所知，平津兩地和通州，其實整個華北，所有的煙毒走私，都給日本浪人，高麗棒子，地方上的痞子流氓給包了……這還不算，我去年在通州，就聽說有家『國際』，還有家叫『日華』的貿易公司，在公開販運。」

「可不是……」徐太太接了下去，「什麼都有，我是叫不上名兒，可也知道什麼雲土，高麗煙，紅包兒……差不多天天兒都有駱駝隊進城，」她又抿了一口，「這回我聽我兒子說，北大街兒上，還有魚市口兒那頭兒的煙館子，還雇了一大堆姑娘，叫什麼女招待，替客人燒，還陪客人抽。」

「你去過沒有？」天然問羅便丞。

「沒有……」他搖搖頭，「我當然想進去看看，可是找不到什麼人帶我。」

「可得有錢啊……」徐太太站了起來，「聽我兒子說，有人把房子把地都給賣了不算，連媳婦兒也給人了……」她把盛薄餅的籠屜擱回了竈邊。

「你們誰知道價錢？……」羅便丞問，見沒人回答，就接了下去，「通州那邊我不清楚。北平這兒是一兩大煙一袋麵……當然……」他鬼笑了兩下，「女招待另外算。」

馬姬和巧紅過來給每個人端了碗小米兒粥，上了盤鹹菜。

「不行……」羅便丞用手一劃他喉嚨，「吃到這兒了。」

「不行也得行，」馬姬把碗推到他面前，「這是在填你肚裏的縫兒……喝完了這半碗小米兒粥，你才明白什麼叫飽。」

羅便丞慢慢喝著粥，「聽我老師說，燈節要猜燈謎……你們誰會？我可一點兒也不懂。」

「我有一個，」馬姬在水槽那兒沖洗碗筷，回過頭來說，「前天才看來的……嘿！天然！在你們《燕京畫報》。」

「你說。」

「我要考羅便丞……天然，你知道也不許說，」馬姬已經自己笑了，「這是給又懂英文又懂中文，又跟得上時髦的人猜的……」

「好極了，」羅便丞一拍胸膛，「那就是我……你說。」

「『劉備做知縣』，打個流行名詞。」

羅便丞左想右想，一臉傻相。

李天然也想不出，「你就揭了底吧。」

「羅便丞，」馬姬走了過來，「劉備是誰，你知道吧？」

「三國時代的英雄。」

「很好，那知縣呢？」

「知縣？是個官吧？」

「是個官，也叫縣令……記住這個令字。」

羅便丞瞄著天然。天然搖頭苦笑，「別看我，是在考你。」

馬姬用圍裙擦者手，衝著羅便丞，「劉備身上有什麼特徵？」

他想了想，搖了搖頭。

「老師沒教你？……兩耳垂肩……明白這個意思嗎？」

「耳朵很長。」

「對，所以……『劉備做知縣』，謎底是……我說是打個流行名詞，所以謎底是『大耳令』

……大耳朵縣令。」

羅便丞還是那幅傻相，「很好，大耳朵縣令，大耳令……笑話在那裏？」

李天然這才明白了，用肘一頂羅便丞，「笨蛋！這是馬姬在叫你！」

「叫我？」

李天然發現馬姬在那兒偷笑，也不言語，在等他解釋，也知道座上幾個人，只有他能解釋，就慢慢開始，「中國現在講究用外國名詞，像什麼哈囉，密斯，密斯脫，摩登……還有什麼咔嘰，法蘭絨，陰丹士林，這些你知道？好！『大耳令』是另外一個……你連著，快點兒唸唸看——大耳令，大耳令，darling！」

羅便丞大聲叫了起來，「耶穌基督！這叫我怎麼猜得出來！」

就他們三個在大笑。德玖，徐太太，巧紅，都莫名其妙。

「好，天然，」馬姬坐了下來，一臉鬼笑，掏出了口紅，「該你跟關大娘說了。」李天然心裏非常舒服地尷尬著，瞪了馬姬一眼。師叔，徐太太都在場，「改天慢慢解釋吧……不容易說清楚。」

「還有誰有？」羅便丞又問。

「我有一個……」半天沒說話的德玖，也興致來了，「可要懂點兒戲才能猜。」

「您說。」

「『冬夏求偶』……射戲目。」

羅便丞當然傻眼。徐太太和天然也想不出。結果是馬姬和巧紅同時出口，「『春秋配』！」

「好！」德玖捋著下巴上的鬍子。

馬姬高興地回身一摟巧紅。巧紅也高興地握著馬姬的手說，「我也有一個，不知道算不算燈謎，反正是個字謎就是了……射一字……『畫的圓，寫的方，冷的時候短，熱的時候長』。」

「我知道！」徐太太在爐子那邊兒炸著元宵，叫了起來。

「那不算，我跟您說過。」巧紅抗議。

「是個『日』字，」徐太太還是說了。

馬姬轉頭咬著耳朵解釋給羅便丞。李天然注意到這小子聽著，聽著，臉上露出了一副壞相。馬姬死盯了他一下才收了起來。

巧紅給換了盤筷，上了元宵。德玖說他有個笑話。大夥兒吃著，吹著剛炸出來的元宵，催他說。

「吃元宵，給你們說個損袁世凱的元宵故事……」德玖像說書的似的，慢慢開始，「『元宵』二字，唸起來像『袁消』……天然，跟羅先生說……」

天然解釋了一下。

「音同字不同……馬姑娘，這回你來……」

馬姬說了說。

「他非常忌諱，就上奏老佛爺……馬姑娘，再跟羅先生說說，老佛爺是誰……好，袁世凱上奏老佛爺，請求把『元宵節』改成『燈節』，還要把『元宵』改叫『湯圓』……」

德玖打住，等天然和馬姬輪流解釋給羅便丞聽。

「所以北京有那麼幾年，不許說『元宵』，只許說『湯圓』……連咱們現在吃的這種炸的，也得叫『湯圓』……」

徐太太，巧紅，馬姬都在笑，只好由天然負責翻譯。

「結果怎麼著？」德玖又打住，等大夥兒問。

「各位問結果怎麼著？」大夥兒一塊兒問。只有羅便丞呆呆傻傻地坐在那兒。

「好，有詩為證。您說。……有詩為證……」他又打住了。

「有詩為證：『八十三天終一夢，元宵畢竟是袁消』。」馬姬忍不住了。

轟地一聲全笑了。

羅便丞直扯馬姬的手。她說了半天，他還沒聽懂，可是也跟著傻傻地笑了。

他們快到半夜才走。外邊兒還響著炮。胡同裏還有煙味兒。羅便丞有車，說送三個女的回家。李天然分給他們四個人一人一個燈。

爺兒倆回到上屋。德玖直搖頭，「馬大夫的閨女兒生在這兒，長在這兒，還湊合，可是你叫那個美國小子猜謎，不是要他命嗎？」

「就是要他命……殺殺他威風。」

「睡吧……哦，你想了沒有？」

「哪件事？」

「怎麼還？」

「哦……總得領教一下吧……」天然慢慢往裏屋走，「照咱們的規矩……過兩天去給他下個帖子……」

31 卓府留帖

果然，三號那天，李天然在報上看到了消息，山本率領著一個「日華經濟合作團」，搭乘剛成立沒幾個月的「華北航空」班機，昨日由東京直飛北平。

新聞不很長。除了引錄了一段山本的話，像什麼「爭取華北政治之特殊性質，謀求五省之貿易改善，樹立中日滿之經濟提攜」，順便還提到訪問是二號晚上在卓府進行的。是卓老太爺卓雅堂出面宴請。席上貴賓還包括江朝宗，殷汝耕，潘毓桂。

李天然有點搞不懂。像殷汝耕，是給南京國民政府通緝的漢奸，可是，他記得羅便丞提過，這小子人還住在北平，每天坐大汽車去通州他那個「冀東防共自治政府」去辦公。

他沒去多想。對他來說，這些都不重要，重要的是，山本這次看樣子還是住在卓府，應該還是花園那幢小樓。這倒是省了不少麻煩。

這兩天他也比平常更勤著看報，留意山本的動靜。都沒有。倒是有個頭條新聞說，三個日本兵在朝陽門外向守衛半夜開槍，堅持開門進城歸隊，說是要參加次日在東單廣場上的實彈演習。

六號星期六，李天然中午起的床，發現師叔剛回來，手上一個小紙包。他請了安，「就今兒吧。」

「好……」德玖把紙包攤在茶几上，「剛買的。」

舊報紙裏頭躺著一堆綠綠亮亮圓圓的玻璃球。

「小孩兒彈的珠兒……」德玖撿了一粒，在手裏轉了轉，「輕了點兒……不要緊，多使點兒力。」

他遞給了天然，「你試試。」

李天然接了過來，掂了掂，兩眼搜索著客廳四周。

他突然倒退了三步，右手三指捏著彈珠，屏住氣，平地拔起了不過兩尺多，空中翻了個身，而就在開始下降的剎那，一喊，「開燈！」，右腕輕輕一抖，打向十步外房門旁邊牆上的開關，也就在雙腳落回原地的同時，「叭」地一聲，屋頂吊燈也一下子亮了。

「好！」德玖悶聲喝采，「好，快趕上你師父了。」他朝前走了幾步，在地氈上找到了那個玻璃球兒，彎身撿了起來，「彈珠也沒碎，腕力恰好。」

給師叔這麼一誇獎，天然臉上沒露出來，嘴上也沒承認，可是心裏頭舒服極了。他微笑著打了個岔，「咱們什麼時候走？」

「天黑前吧……白天還沒去逛過。」

李天然打發徐太太早點回家。爺兒倆太陽剛開始偏西出的門。

二人都是一身黑，悠哉悠哉地遛達，一下子就混進了大街上灰灰黑黑，同樣悠哉悠哉的人羣。

過了皇城根，夕陽正對著他們軟軟地照過來。西天半邊雲給染得紫紫紅紅，襯出遠近一層層黑黑灰灰的屋頂。前方高高的空中，忽現忽沒，一羣大雁在天邊悠悠北飛。

李天然發現，幾天沒去注意，街邊路旁的積雪早都化了。

「你瞧，」德玖一指，「快吧？那棵柳樹都長芽了。」

爺兒倆在前海附近找了個小茶館。兩杯之後，李天然跟掌櫃的借了張紙和筆墨。

「勞您駕……」他把毛紙毛筆推到師叔面前，看看旁邊桌上沒人，開始低著嗓子唸。

「三月二十一日午夜……」

他等師叔寫……

「西洋樓廢墟……」

他又等了等……

「燕子李三，還山本劍。」

天然拿起來看了看，一筆小草。

「信封？」德玖問。

「不用。」

「幹嘛三月二十一？」他套上了毛筆。

「春分……總得揀個日子。」

「廢墟？他找得著？」

「那是他的事。」

「要是他回了日本？」

「也是他的事……看他是要劍，還是不要臉。」

「好小子！」德玖蓋上了墨盒，「要是他帶了幫子人？」

「到時候再說。」

「那……」德玖頓了頓，「你領教過日本劍道沒？」

「沒，見都沒見過，」天然抿了口茶，「不就是把刀嗎？總不至於寒光一閃，飛劍取我的頭吧！」

德玖笑了，「那倒不至於……不過，」他想了想，「我倒見過一回，在承德……」他喝了口茶，「別的我也說不上來，反正留神他出刀，他們刀出鞘就是一招……又快又準，又陰又狠。」

「哦？……來這一套？」天然微微一笑。

「好小子！」德玖捋了捋他下巴鬍，也微微一笑。

他們像那回盜劍一樣，從德勝門抄了過去。

夕陽只剩下了最後一片微弱餘光，連人影都照不出來了。

二人沿著人家院子牆根走，上了西河沿，找到了上回蹲的那棵大柳樹。

他們戴著毛線帽，沒蒙臉。天還不晚，路上還有人。要是給不相干的瞧見了兩個蒙頭蒙臉的夜行人，會更糟。他們倆都只把帽沿拉低，把黑手絹繞在脖子上。

兩個人一先一後上了卓府花園東牆，再沿著裏邊長廊屋頂，貼著瓦，爬到了小樓東邊。

他們緊趴在那兒，一動不動，只是看，只是聽。

小樓上下都亮著，都有人影，也有陣陣語聲。

那兩頭狼狗懶懶地躺在前面草地上。

太陽早下去了，月亮還沒上來。沒風。天可涼了。

下邊的人像是在平常幹活兒，不像是忙著有客人要來。二樓出現過兩條人影，一男一女。高高瘦瘦的像是山本，上身白襯衫，下身黑西褲，在走廊上抽了會兒菸。女的只是在房門口閃了幾閃。

天然貼著師叔耳朵，「您怎麼看？」

「有人更有意思。」

「像是要出門兒。」

「那就快……你往後邊繞，我在前頭給你搗搗亂，聽見有事，你就動。」

李天然蒙上了臉，「彈珠您帶上了？」，又戴上了皮手套。

「唉，這時候不用，還等什麼時候。」

天然朝北邊繞過去，到了小樓後頭。小花園很黑，也很靜。二樓窗子都上了簾，只透出少許光亮。

他記得中間是客廳，西邊是睡房廁所，東邊空著。

他輕輕無聲地躍上了一樓屋檐，試了試面前的窗戶……裏邊插上了。

前邊大花園突然連著響了幾聲狗的慘叫。人音雜了。不少人在嚷。

他知道要快，舉起了手，少許用力一捶玻璃，「嘩啦」一聲。

他等了等。沒有動靜。他探手進去，摸到了把手，開了窗，一撩綢簾，彎身鑽了進去。

屋裏不亮，隱隱辨認出跟上回差不多，幾只箱子，小沙發，一堆堆衣服。他上去把房門拉開一道細縫。

前頭花園裏更吵了。好些人在喊叫。小樓下邊咚咚地響著雜亂的腳步聲。

那兩條狗叫的更尖更慘了。

他從門縫瞄出去。

客廳門開著。走廊上站著兩個人，靠著欄杆，手上像是舉著酒杯，正朝下邊看。

他沒再猶豫，開門進了客廳，掃視著四周，眼角不離門外走廊上那兩個人。

他瞧見咖啡桌上有個銀盤，上頭擺著一瓶紅酒。

他無聲移步向前，掏出口袋裏那張紙，塞了過去，再用瓶子輕輕壓住帖子一角……

他出了園子就褪了蒙面，慢慢逛回小茶館。德玖已經坐在那兒等了，見他進來，給他倒了杯茶。

天然喝了一口，「您待會兒幹嘛？」

「我剛打發掌櫃的去給買幾個包子……吃飽了，再去東宮走走。」

德玖說他先在長廊上頭，賞了那兩條狼狗幾個彈珠。這兩條狗叫的之慘，把裏頭幾個護院全給引出來了。他換到假山後頭，每隔一會兒就甩幾顆……「你哪兒去？」

「上馬大夫家坐坐。」

分手的時候，天可黑了一陣了。沿街的舖子早都亮起了燈。很舒服的三月天。路上還有不少人。

李天然慢慢逛到了乾麵胡同。都不在家。劉媽請著他到了客廳，也不用吩咐，就給他端來一瓶威士忌，一壺冷開水，一桶冰塊。

他配了杯酒，順手拿起桌上一本又厚又重的書，*Gone With The Wind*，靠在皮沙發上翻……

一家人過了十點回的家，還跟著一個羅便丞。

「看到哪兒了？」麗莎邊脫大衣。裏面一身白色落地長裙。

「剛捧了花瓶。」

都寬了外衣。羅便丞為每個人倒酒。馬大夫鬆了領帶，陷入大沙發，「沒事吧？」

「沒事……過來坐坐。」

「天然，」羅便丞舉杯一敬，「有藍田的消息沒有？」

「沒有。」

「奇怪，一個多月了……藍蘭也沒消息？」

「不知道，最近沒碰見她。」

羅便丞握著酒杯在想什麼。馬姬坐到他身旁，「你聽到什麼？」

「我？關於藍田？沒聽到什麼。」

麗莎偏頭望著他，「你的表情不像。」

「哦……和藍田沒有關係……」他頓了一會兒，「也許以後會有。」

「耶穌！」馬姬忍不住大喊一聲。

「你們沒看今天的報嗎？」他抿了一口。

「到底什麼事？」馬姬真的急了。

「日本軍隊在東單廣場大演習。」

馬大夫擦洋火點他的煙斗，「也不是第一次了。」

「實彈是第一次。」

「在城裏……是。」

「還有什麼？」麗莎也有點忍不住了。

「吃飯的時候我沒有提……」羅便丞添了點酒，「在座好幾個人都不熟，不過我去參觀了。」

「怎麼樣？」煙斗熄了，馬大夫又劃了根火柴。

「唉，怎麼說好……我是日本使館邀請去的。」他伸直了那兩條長長的腿，靠在沙發背上，「只有我一個外國……抱歉，美國記者。」

「結果？」馬大夫都急了，把火柴棒丟進了菸灰碟。

「實彈，機槍……一個營的兵力，只是……」他又停了下來，把每個人搞得又急又煩，可是只有等。

「只是……有個助理武官給我解釋，一個營代表著一個師團……這還不算，東單廣場上，正中間，蓋了一座長方形的城堡……不大，比這間客廳大一點而已……三個中隊，有先有後，分別從西邊，西南和東邊三個方向進攻……還有坦克……」

大夥兒靜靜地等。

「是那個武官最後一句話讓我感到恐怖……」

他又停了。馬大夫板著臉，「說啊！」

「在城堡給攻破之後，槍聲還沒停，他跟我說，『那就是北平！』。」

大夥兒都愣住了。

「如此公然？」馬大夫噴了幾口煙。

「是……如此公然。」

「沒有中國記者在場？」

「沒有。全是日本記者，拍照片的，拍記錄片的……」

「那北平這些報上的消息怎麼來的？」馬姬推了他一下。

「顯然照抄使館的新聞稿……哦，」羅便丞突然想起了什麼，轉頭對著天然，「還有那位鴨媽摩多……」

「誰？」天然沒聽懂。

「鴨媽摩多，山本……坐在前排。」

李天然心裏一顛。他突然感覺到什麼盜劍還劍，不但給自己找了件麻煩，而且無意之中把他和藍青峯的關係拉得更緊了。本來是一件滿單純的出口氣，現在好像又跟藍的工作扯到一塊兒了。

「為什麼單獨邀請你？」馬大夫見沒人說話，就問了一句。

羅便丞裝得一臉委屈，「我也不是一個完全沒用的記者。」

大夥兒笑了。馬姬揉了揉他胳膊，安慰他。

「你自己怎麼看？」馬大夫接著問。

「想要拉攏我吧……我寫的比較客觀。」

馬大夫慢慢噴著煙，「你會報導這個演習嗎？」

「當然，已經差不多寫好了……明天一早就發。」

「他們在利用你。你知道吧？」

「拉攏比較好聽一點。」

「隨你便。他們想拉攏你。」

「那目的是？」羅便丞的聲音表情都有點自衛。

「目的是？……」馬大夫板著臉微笑，「目的是利用你的新聞報導來替他們在美國宣傳……嚇唬一下貴通訊社的讀者，讓他們覺得更應該中立，更應該堅持孤立。」

「I Love you，Daddy-！」

給馬姬這麼激動地一喊，羅便丞臉上有點掛不住。馬姬也覺得了，偏頭親吻了一下他的面頰，「不用難過，你只不過是天真，比起惡人先告狀，要可愛的多了……」

羅便丞誇張地嘆了口氣，「我在你心目中可真偉大！」

馬姬起身，整理了一下她那淺藍色晚禮服，取了羅便丞的大衣，「回去寫稿吧，我送你上車。」

他有點不太甘心就這麼走，邊穿大衣邊聲辯，「我也沒有那麼天真……剛才問起藍田，就是擔心他筧橋一畢業，就要去打仗。」

馬姬等他握完了手，挽著他出了客廳。

「我去換衣服，」麗莎放下酒杯，站了起來，看著天然，「你要是有話，等我回來再說。」

馬大夫和天然坐在那兒乾等。

母女二人幾乎同時進了客廳。麗莎換了身紅睡袍。她們全倒進了沙發。

「好，天然，什麼事？」馬大夫先開口。

李天然喝了口酒，慢慢把留帖的事跟他們說了。

馬家三個人都沉默不語。這種沉默讓天然感到一股壓力。他掃了每個人一眼，「這件事關係到我們練武的。」

沒有人反應。

「天然，」還是馬大夫先開口，「我現在心很亂……三月二十一？那還有時間。過兩天，來取刀的時候我們再談……」他站了起來，「麗莎，我們去睡吧，讓他們兩個說說話。」

馬姬目送她父母進了裏屋，又等了幾秒鐘，偏過頭來，直盯著天然，「Why?」

「老天！」他悶聲一吼，「你忘了我是誰?!」

她給天然的聲色嚇住了，過了好一會兒，「我怎麼會忘記？」

他稍微平靜了點，「我不敢說我有多大本領……」可是胸脯還在一起一伏，「要是師父在，也輪不到我出面……可是師父不在，也沒有人出面，」他頓了下，「山本侮辱了我們整個武林。」

馬姬張大了眼睛，「對不起，天然，我沒有聽清楚，山本侮辱了誰？」

天然沒有立刻回答，他意識到這句話中有話。

她等了幾秒鐘，看他還是沒有反應，就又補了一句，「原來山本侮辱的是你們武林。」

他很氣，可是又想不出適當的話來頂回去。他悶悶地抿著威士忌。

馬姬又等了幾秒鐘，移到他身旁，抓起他的手，「我們回來之後，差不多每天都在談你……好，對不起，我剛才的話有點過份……」她想了一會兒，「聽我說，有兩件事，我覺得你搞混了……」

李天然陷在軟軟的沙發上，一動不動。

「你師父一家的仇，你非報不可。我們都了解……很難接受，可是了解，而且同情，而且……只要你開口，我們絕對幫忙……」

天然有點激動，呼吸有點急促。馬姬拿起他的手，輕輕一吻，等他平靜下來，「天然，是Maggie在跟你說話。」

他呆呆地點點頭。

「好……兩件事。一件報仇，我已經說了，而且希望你報成，只要你沒事，是第二件……你以為山本侮辱的，只是你們武林？」

他面無表情地望著前方。

「讓我換個方式來說……你以為這只是爭一口氣的面子問題？……那剛才羅便丞說的皇軍在東單實彈演習，攻打北平，又是什麼？」

他一動不動，只是胸膛一起一伏。

「爸爸的事，他跟你說了，是吧？……」馬姬欠身為二人添了酒，把杯子給了天然，自己抿了一口，「他一輩子獻身給病人。可是現在……他想要治的是一個更危險的病……明白嗎？」

他沒有反應。

「回到剛才。不要以為教訓了一個山本，保住了你們……保住了中國武林的聲譽，就沒事了。」

天然臉上露出一絲苦笑，「因小失大？」

「差不多，見樹不見林……還有，我知道你也知道，」她臉上也露出一絲苦笑，「世界上有太多太多的事情，不是光靠一個人的本領，就可以解決的。」

李天然一口乾了他杯中的威士忌，站了起來。

她送他出去。在黑黑的大門洞裏，她親吻著他，「我下禮拜六走，這幾天都會在家陪爸爸媽媽。沒事來找我。」

他出了大門，心很亂，腦子和胡同一樣一團黑。

世界上的事真是越來越複雜，越來越難辨。師父從前哪兒有這麼多麻煩？該幹就幹。說幹就幹。幹的又對又好。而且幹了一輩子，才被尊為顧大俠。可是現在，一個山本就招惹這麼些話。

而且他無話可回。

他幾乎不由自主地進了煙袋胡同。看看錶，快一點了。管他徐太太不徐太太，睡不睡在對屋，他現在特別需要巧紅。

32 斷臂

李天然這幾天一直在想馬姬那些話。

尤其是禮拜二那天，她說回美國的日子改成了三月二十四，天然立刻明白是怎麼回事，半天說不出話來。

馬姬再怎麼輕鬆地解釋，都顯得多餘，「我其實還想多住幾天，可是月底拍片……」

她這一延期，反而增加了他的心理負擔。

他們剛吃完了馬大夫同事送給他的牛排。李天然吃的很過癮，更佩服老劉能幹，外國玩意兒也會做。而且全套，牛尾清湯，黃瓜沙拉，煎土豆塊兒，末尾還有奶油草莓，雖然是罐頭的。

大夥兒回到客廳接著喝。馬大夫說他前天跟藍青峯通過電話。

「他怎麼說？」

「沒說什麼，天津那邊挺忙……就叫我告訴你小心。」

天然知道馬大夫全家都在為他擔憂。又因為幫不上忙，又有點無能為力的乾著急。

馬大夫放下酒杯，站了起來，「那天開我車去，那把刀不管你怎麼包，都惹人注意。」說完就和麗莎回房去睡了。

馬姬過來坐到他身邊，把光腳翹在咖啡桌上。她就一件短袖白汗衫，一條灰短褲。屋子暖氣很足。

「你知道我這次回去拍什麼片子嗎？」

天然搖了搖頭，也翹起了腳。

「還是西部。」她笑了。

「哦。」

「反正你知道……英雄，美女，牛仔，牛賊，槍手，賭徒，劫匪，警長，驛馬車，騎兵隊……」她一口乾掉了酒，「可是這次不一樣，回來之前看了劇本……」她給二人添酒，「很有意思……」

「你說。」

「德州一個小鎮，西部片該有的全有了……牛仔，莊主，牧師，吧女，印地安人，墨西哥人，還有個梳辮子的中國廚子……突然，」她放下了酒杯，用手架起一個攝影機的姿勢，由遠搖近，「一部小汽車，嘟嘟地開進了小城……」她笑著放下了手，拿起酒杯，「別問我是哪裏開來的！」她抿了一口，「下來的是一位耶魯畢業的年輕律師，來為一個四十多歲的老槍手辯護。」

天然舉著杯子望著她。

「你明白這個意思嗎？」

他沒有回答，慢慢搖晃著酒杯，冰塊叮叮地響。

「天然，時代變了。」

李天然一下子站起來要走，硬給馬姬伸手按住，「抱歉，喝多了……」可是她又喝了一口，「說到哪兒了？」

「正在說我。」

「在說你嗎？」

天然沒有正眼看她，只是注視著手中那杯酒，「你以為我的廢墟約會，是你們西部片的拔槍決鬥？」

「我沒這麼說。」

「你要我雙手還劍，再鞠躬道歉？」

「我也沒這麼說！」她眼圈紅了，兩條白白圓圓長長的大腿捲在沙發上，頭靠著他的肩膀，褐髮遮住了她半邊臉，「我沒辦法這個禮拜六走……我不能等到回到美國之後，才知道你是死是活……」

他撫摸著她的長髮，慢慢捋著，「放心……你不相信我？」

「我相信……只是怕。」

「那你聽我說……老天有眼，我絕不會死在朱潛龍前頭。」

她抬起了頭，眼睛濕濕地，苦笑著，「你可真會安慰人。」

「你忘了我是誰了？」他微微一笑，用大拇指擦掉她眼角一滴淚。

「沒有……」她的頭又靠了過去。

「那不結了？……聽我說，」他扳起了她的臉，盯著她，「我難道不明白時代變了？又怎麼樣？我師父一家是怎麼死的？法律又怎麼樣？全都是給大火燒死的！法律就說了這麼一句話，案子就了了，四口人屍骨無存！所以，你說什麼？時代變了？可不是，現在，管你什麼罪，什麼惡，全都歸法律來管了。可是法律又能管得了多少？我又不是沒嚐過。從我們太行派幾乎滅門，到你我的洛杉磯事件，我問你，法律在哪兒？以前的王法再不是東西，還容得下我們，還尊稱我們是俠義道，可是現在，法律取代了正義，第一個給淘汰的就是我們。幹我們這一行的，如今連口飯都沒得混了。今天，會兩下子的，只能成為法外之徒，只能去幹壞事，只能投靠黑道……你等著瞧吧！」李天然深深呼吸著，久久平靜不下來。

馬姬輕輕撫摸著他的手背，無話可說。

「可是……」

「可是？」

「可是我是我師父教出來的，我還有一口氣在。該做什麼就做什麼。山本的事，正是我們該做的……當然，」他忍不住笑了，「絕不能扯上法律，叫警察給逮住……如此而已。」

馬姬微微嘆了口氣。

「哦，對了，」天然拍了拍她肩膀，「你們那位耶魯律師，替那個老槍手辯護的如何？」

她垂著頭，偷偷地笑。

「說啊……」

馬姬坐直了。清了下喉嚨，「好，你贏了……結果是辯護成功，可是老槍手還是給吊死了。」

天然慘笑，「好故事……」

他這天晚上和馬姬這麼一頂嘴，這麼一敞開談，心裏覺得舒服多了，悶氣消了不少。回家談起了這件事，師叔倒是想得開，「我反正一把年紀了。潛龍的事一了，我回我的五臺……」

德玖接下去又提醒天然說眼前的事要緊。叫天然留神，說他昨兒上午，覺得有個人，推著把自行車，跟了他一個多鐘頭。

他明白師叔的意思。一叫人給盯上了，不管自己有沒有做什麼，也不管人家手上有沒有把柄，往後幹什麼都礙手礙腳。聽了師叔又一次提醒之後，他這幾天進出都比平常更留意四周的人，盡量少在大馬路上走。羅便丞來過兩次電話找他出去，也都給他推掉了，連中午都有時候找長貴，叫廚房給他下碗麵什麼的。

金主編不常來，來的兩次也沒什麼表情，還是小蘇看見李天然在辦公桌上吃，才問了一句，「沒應酬？」

倒是巧紅還沉得住氣，只是在二十一號那天下午，緊緊抓著他的手，說了句，「別大意。」到了馬大夫家，馬姬找了條破氈子，幫他把武士刀給包了起來。馬大夫問他帶不帶羽田那把手槍。他說不。

都沒說什麼話，也無話可說。李天然點點頭，開車走了。回家接了師叔就上路。進了海淀，德玖叫他開到正街西頭南拐。又過了三條小胡同，一小片空地上有座廟。德玖叫他停在一排榆樹下頭，進去打了個招呼。

太陽已經下到了西山背後。李天然直提著給包得肥肥的刀，德玖揹著小包，遛達著上了正街。

路邊一池荷塘，上頭嗡嗡地亂飛著一羣蜜蜂。旁邊幾棵山桃都已經半開。挺美，就是塘水有點臭。

街上很熱鬧。各種車輛東來西去。什麼燈都亮了。大大小小的飯莊酒館正開始有人上門。辦事兒的，逛街的，幹活兒的，擠來擠去。穿的更是雜亂，有棉有夾，有些大學生連單的都上身了。

天然和德玖，一個一身黑的皮夾克，毛衣和長褲，一個一身黑的棉襖棉褲，在路邊等著一連幾輛汽車帶起來的灰土落下來，穿過正街，上了挺乾淨的小公路，朝著燕京那個方向遛過去。過了校園，上了那個三叉口，路上就沒幾個人了。他們折上了西北那條。沒一會兒，上了那條小土路。

還是那麼荒涼。天可全黑了。二人一前一後，進了野地，不時繞過一窪窪泥水，往東北走，一直走到那幾個漢白玉的破石頭門。

李天然找到個矮石礅坐下，把那捆刀擱在旁邊，接過來水壺，喝了口酒，又跟師叔吃了兩個饅頭，抽著菸，「待會兒咱們分頭繞繞，要是他也早到，在哪兒躲著……那就栽了。」

爺兒倆一南一北各繞了半圈。一個人影兒也沒有。回到了原地，李天然把武士刀解了開來，擺回地上。二人各找了個不太濕的礅子坐了下來，盤起了腿，閉目養神。

他們事先也沒怎麼商量，也無法商量，一切見機行事。這究竟不是埋伏偷襲。天然只是請師叔先不要露面，萬一山本帶了人，替他照顧，山本由他來應付。

春分初九。雲層半厚不厚。月亮半圓不圓。風不大，可是冷了下來。蟲子聲沒了，偶爾一兩陣蛙鳴……

二人幾乎同時聽見一陣陣輕微馬達聲，漸漸近了。黑暗之中亮著兩道車燈。

李天然微微點頭，跟師叔說，「倒是正大光明地來赴約。」他下了礅子。德玖掏出了幾顆彈珠兒，起身伏到了石頭柱後邊。

那兩道光一起一伏，時明時暗，高高低低地開過來，一直到他們前方二三十來步停住。引擎熄了。一片安靜。野地上只亮著那兩道車燈，照明了車前一小圈空間。

李天然戴上了帽子，蒙上了臉，順手拿起了那把武士刀，起身下來，走到那小片光圈的邊緣。

他站在那裏，胸前平舉著武士刀。

兩道光一閃，直射到他眼睛，籠罩著他整個人，在他身後打印出來長長一條黑影。

他平舉著刀，一動不動。

車上下來一個人，瘦瘦高高的，往前移了幾步，進入車燈光陣，一身黑色和服，是山本。

接著又下來一個人，瘦瘦小小的，慢慢移步上前，也進入光陣，一身淺色和服，是那位舒女士。她在山本左後方不遠止步。

山本先開口，非常標準的中國話，「請教閣下尊姓大名。」

李天然沒有回答。

「是我冒犯了大俠？」

李天然不答。

「連面都不肯露？」

李天然還是不答。

「閣下有什麼意圖？」

李天然一句話不說，左手摸到刀柄，慢慢抽出小半截鋼劍，寒光乍露。

「哦……」山本嗓音微微一變，雙手一攤，「我手無寸鐵。」

李天然慢慢往前走了幾步，在相隔山本四尺左右的地方停住，反拿著刀，將刀把伸到山本面前。

山本沒有抬手去接，「既然閣下留帖自稱『燕子李三』，那我只好以『李三爺』來稱呼您了……」他也不動地立在那裏，「李三爺，您要我怎麼接？」

李天然還是一句話不說，輕輕用刀把一點山本前胸。

「原來如此……」山本伸出右手抓住刀把。

李天然猛一抽刀鞘，「嗆」地一聲，刀出了鞘，在車燈之中閃閃發亮。

他同時倒退了三步，右手緊握著刀鞘，朝下一揮。

「閣下竟然打算如此羞辱我？」山本的聲音充滿了靜靜的憤怒。他雙手緊抓刀柄，以刀尖直指李天然的胸膛，冷冷一笑，「三爺名不敢報，面不敢露，還敢小看我山本?!」

李天然看不清楚陰影中山本的臉，只是感覺到兩眼死死地盯住了他。他回盯過去，慢慢移動右手到胸前，以刀鞘封住上半身。

山本雙手慢慢舉起了刀，舉到右肩上方。

突然。「嚇！」山本兩三小步朝前一衝，武士刀閃電般朝著天然左脛刷地砍下來。

李天然兩腳不動，上身微微向左一偏，右手一揚刀鞘，「吧！」地輕輕一拍武士刀背。蕩出幾寸，同時左臂一收一送，打向山本右肘，「喀嚓」——肘骨已斷，再「嗆噹」一聲，武士刀飛落在地，崩出來一溜火星。

山本的身體搖晃了兩下，悶聲一「哼」，穩住了腳，伸出左手捧著右肘，呼吸很重，很緊促。

「砰！」一聲槍響，兩聲尖叫，「噹」一聲硬器落地。

李天然一身冷汗，向後閃了三步。

山本舉起了左手，示意身後的舒服女士不要再動。

兩道高燈靜靜賊亮地照著。

舒女士鼻孔嘴角流著血。她左手捂著半邊臉，搶步上來扶著山本。

廢墟一片死寂。

山本口音濃重，「要下手……就請下手。」

李天然極快一掃那邊破石門，瞄見師叔一動不動地立在慘白月光之下。

他移步彎身拾起了地上躺著的武士刀，插進刀鞘，雙手送到山本面前。

山本猶豫剎那，左手收回了刀。他沒有動，似乎在等下一步。

李天然還了劍，倒退兩步，「山本先生。你這個青，還沒有出藍……回你日本去吧。」

他雙手一拱，再一甩手，猛然平地一躍，拔起了一個人高，空中翻身，輕輕落在破石頭門旁。

月光弱弱無力。他和師叔二人並肩站在廢墟殘臺上，目送著山本和舒服女士上車，目送著汽車掉頭嘟嘟離去。

沒一會兒，車聲和車燈都消失在黑夜荒野。爺兒倆取下了蒙臉。德玖找了找，拾起了那把手槍，退了子彈，天然把它給塞到石礅子下頭。二人坐下來把那半壺酒給喝完，摸黑回到海淀小廟，在車上睡了一宿。

他們天亮回的城。李天然先送師叔回家，聽見院子裏有聲音，知道徐太太已經來上工了。

他去還車。都在。一家人靜靜聽他說完。

「雖然是早上十點……」馬大夫扭開了準備好的香檳，「可是這個時候不喝，什麼時候喝？」

他為每個人倒了一杯。四人碰杯，各飲了一口。

馬大夫放下了酒杯，「什麼感覺？」

「比不上解飢，也比不上解渴……」李天然一臉笑容，「算是解癢吧！」他伸手輕輕搔著右邊面頰。

他臨走約好明天為馬姬送行。還是順天府，「不想烤，就涮。回去就沒得吃了。」

她答應替他去約羅便丞和藍蘭。

都沒提朱潛龍，都在分享天然這片刻的興奮。

他接著上九條。小蘇不在。金主編在說電話。講完，掛上，連頭都沒點就走了。

他很早回家，洗洗弄弄，請師叔上前門外「便宜坊」吃了頓兒悶爐烤鴨。

「不壞！乾淨俐落。」

出自師叔太行刀之口，這真是天大的誇獎。爺兒倆幹掉一斤白乾兒。回家不過九點。德玖睡去了。天然瞇了會兒。十二點半，他下了床，套上了衣服，去找巧紅。

夜深人靜。全北平都睡了。

他下了房，進了院子，各屋都沒燈。

他也沒叩窗，摸黑輕輕一推門，開了。

他摸黑進屋，揭開被上床，扳過來捲在那兒的巧紅，摟在懷裏。

「我急死了……」她反摟回來，柔滑的身子緊貼著他，「昨兒急你出事……這會兒急你還不來……」

他搞到隔壁有了聲音才走。一個人在北小街上吃了三副燒餅果子，一碗粥，回去睡到下午三點。

師叔又不知道上哪兒去了。他撥了個電話到畫報，響了五聲都沒人接。

他泡了一個多小時的熱水澡。

晚餐原班人馬，而且又是上回那張桌子。石掌櫃的親自招呼，送了一斤汾酒。

藍蘭說她決定去紐約。現在眼看就要走了，又覺得捨不得離開北平。

直到上了核桃酪，羅便丞才想起了什麼，從口袋裏掏出來半張剪報，「我們那位大眾詩人又有作品了……」

馬大夫先看，傳給了麗莎，又傳給了馬姫。藍蘭接過來瞄了下就遞給了天然。

李天然掃了一眼……臉上露出一絲難以覺察的微笑：

山本斷臂（俠隱之三）　　將近酒仙

卓府盜劍廢墟還，
山本斷臂月未殘，
武林俠隱燕子李，
一杯老酒為您乾。

八紘一宇一狂言，
東升旭日落西天，
天長地久人常在，
蕩蕩乾坤非等閒。

他抬頭掃視了下對桌馬大夫一家人，右手輕輕搔著面頰上那片無名的癢，沒有理會這邊催他解釋的藍蘭，也沒有理會那邊羅便丞的一臉迷茫。

33 午夜的承諾

馬大夫醫院有事，羅便丞老早安排好了去參觀門頭溝煤礦，結果馬姬上飛機，還是李天然開車去的南苑。

擠在前座中間的馬姬，望著郊外晴空，輕鬆地說，「怎麼還沒有人問我們的事兒？」

李天然把著方向盤，微微笑著，沒有接下去。麗莎過了幾秒鐘只好問，「你們有事兒？」

「媽咪！」馬姬假裝委屈，用肩膀一頂她母親，「我們滿合得來。」

「中航」平滬班機準十點起飛。李天然直到馬姬一階階上飛機，望著她那修長豐滿的背影，才突然想到，要是朱潛龍的事出了差錯，這就是永別。

那天晚上，他半躺在床上，喝著酒，只有手中夾的那半支菸閃著一點暗光，心情起伏不定。回來路上麗莎那句話，「即使沒有洛杉磯的事，我們也會幫忙，只要你開口……」讓他內心又感到一陣溫暖，一陣激動。

半年多了，不能說是一事無成……不錯，有師父的預先安排，見著了師叔……不錯，天網恢恢，疏而不漏，撞見而且幹掉了羽田……不錯，總算是替武林爭了口氣，教訓了山本……而且不錯，千里有緣來相會，有了巧紅……

可是就是還是像是有個東西，梗在喉裏，吐不出，嚥不下。

是個什麼東西梗在那兒，他也一清一楚。尤其在他跟師叔一次又一次白跑白蹲之後。

沮喪的時候，連德玖都免不了嘆口氣，「唉，狡兔三窟……可是這小子比狡兔還狡……藍老那邊兒？」

李天然只能悶悶搖頭。

「聽聽他的條件……在外頭混，免不了你照顧我，我照顧你……只要他不叫你去為非作歹……」

這些他都明白，可是卡在那兒的東西，還是吐不出嚥不下……

清明那天一早，徐太太買了幾盆花帶過來，「您瞧，多好看，海棠剛過，芍藥就開，還有這桃花。」她告了天假去跟關大娘上通州掃墓。

電話響了，藍青峯說他晚上過來坐坐。

天然和德玖胡亂弄了碗麵。爺兒倆吃完了沒事，坐在院裏。

不冷，帶點涼。天剛開始暗，空中傳過來一陣陣笛聲。他們抬頭找，沒瞧見鴿子，倒是目送著一羣燕子無聲地滑過粉紅紫紅黑紅的西天。風很輕。頂頭上空一抖一抖地飄著一支大蝴蝶風箏。胡同裏吆喝著，「大小金魚兒咦呦！」

「我在不方便，」德玖咬著煙袋鍋，「不如上福長街和前拐胡同去看看……」他連嘖了幾口，欣賞著廊下那幾盆盛開的丁香芍藥，「他要是直說直問，你也直說直問。」

德玖快九點出的門。藍青峯十一點才來。

他像是剛應酬完。人字呢外套，深色雙排釦西裝，灰領帶。喝了點酒，可是也沒拒絕威士忌。

他舉杯一敬，「了不起。山本給治的剛好。」

藍青峯坐進了沙發，放下酒杯，點了支雪茄，「你知道山本是幹什麼的吧？」

「不知道。」

「只是出口氣？」

李天然覺得這句話有點刺耳，可是還是禮貌地答了，「可以這麼說。」

「他是土肥原手下的特務頭，羽田的上司……你不想想看，這兩個一死一傷，東京會怎麼看？」

「東京怎麼看，不關我的事。」

藍青峯咬著雪茄，點點頭，「也許不是現在，可是早晚會關係到你。」

他明白藍的意思，可是嘴上不肯示弱，抿了口酒，「也總有個早晚。」

藍老瞄了他一眼，沒去理會他的語氣，接著說，「山本這次來，是在替土肥原作最後的安排……拿下了北平之後，在成立傀儡市政府之前，籌備一個臨時組織來維持北平的治安……」

李天然面無表情地聽。

「他們已經在卓府開了幾次會，也給這個臨時組織取了個名字，叫『治安維持會』。」

李天然早就猜到卓府裏頭有藍青峯的人，可是他還是有點納悶兒，「怎麼就敢假設已經拿了北平？」

藍老微微一笑，「也是早晚的事……你以為這一陣子安安靜靜，就表示天下太平？」

「我沒這麼說……我的意思是，這跟日本人佔領北平，還有一段距離。」

「不錯，只是這段距離越來越近。」

「真的？」

「不出今年。」藍老彈了下菸灰，「你說這是早，還是晚？」

李天然覺得有點不可思議，可是沒問，也沒答。

「好，那咱們來談談眼前的事……」藍青峯抿了口酒，「那個姓朱的。」

李天然心頭突突猛跳。

「我們一開始真不知道北平有了這麼一號人物，直到你問起了這個人，我們才去打聽……」

天然雙手握著酒杯，靜靜地坐在沙發上。

「不容易，還是聽你說他當了便衣，才託市長去查他們的人事檔案，才查出來有這麼個人……現在又得了點消息，上個禮拜……哦！」他突然想到什麼，「對了，山本的胳膊給接上了，上了石膏……好，上個禮拜，他們又在卓府開會，商量誰去組織這個維持會，誰出任什麼職位……反正現在當便衣組長的朱潛龍……偽政府，不會沒他。」

藍青峯停了下來，慢慢喝酒，似乎也在給天然一點時間去消化。

「還有什麼？」

「還不夠？」

李天然心有點亂。師叔的話沒錯，直說直問。他望著藍老，「有什麼安排，您儘管說。」

藍青峯慢慢噴著煙，「我們的原則是不搞暗殺……可是萬一有個對頭翹了辮子……我們也不會垂頭喪氣。」

「好，」他知道事情來了，那就單刀直入，「您幫得上忙？」

「或許……」藍青峯坐直了，「幫上了，你怎麼說？」

「您是說怎麼回報？」

「回報……互相照顧……禮尚往來……隨你便。」

「為非作歹的事我不能幹。」

「為非作歹？」藍老哈哈一笑，「太平時候的為非作歹，說不定就是戰爭時候的為國效勞。」

「這個我明白。一打起仗來，什麼規矩都沒了。」

「可是仗還沒打，至少還沒正式宣戰。而你現在要幹的事，在我們世界，就是為非作歹……不管你多有道理。」

李天然微微一笑。

「跟我合作，」藍青峯直盯著天然，「你就更有道理。」

天然覺得身上的壓力還在，就補了一句，「我們從來不給官家做事。」

「官家？」藍青峯哈哈大笑，「誰說官家了？我是說跟我藍青峯合作。」

事情到了刀口，可是李天然想不出話來接。他感到身上又有了一股壓力，也知道必須立刻回答，「只跟你！」

藍青峯點點頭，「很好……」他臉上浮起了淺淺的笑容，「咱們兩個人的世界，還是碰到一塊兒了。」

李天然也微微一笑。

「我不要求你立刻加入……我只要求你現在給我一個口頭承諾。」

「口頭承諾？」

「大丈夫一言。」藍青峯收回了笑容，「朱潛龍的事，我會去辦。可是我有事找你，也該你出力。」

李天然伸出右手，「一言為定。」

「好。」藍也伸出了右手。

二人同時舉杯相碰，各飲了一口。

「問題是，」李天然靠回到沙發，「朱潛龍的事，怎麼去了？」

「怎麼去了，我現在還沒打算……總而言之，我們會朝著這條路去摸……」他掏出了懷錶一看，「十二點多了。我六點早車回天津……來，」他又舉起酒杯，「武林俠隱燕子李，一杯老酒為您乾！」

李天然陪他下了院子，想問下藍田，可是沒問，送他上了汽車，回到客廳，接著喝酒，等師叔回來。結果德玖兩點多才回家，說福長街那邊沒動靜，前拐胡同倒是來過一部汽車，下來了兩個人，看不清臉，也都沒在那兒過夜。

天然交代了他跟藍青峯的談話。德玖聽了半天沒言語，臨回屋上床才補了一句，「這當然還是算是給官家做事……」

李天然知道自己不是很了解國家大事。除了馬大夫和麗莎之外，也沒什麼人可以談。報上的消息，看了更叫人迷糊。像禮拜三那天的《北平日報》，說什麼「日軍以北平郊外盧溝橋附近為演習場所，逐日不斷訓練，而且聲明，將在豐臺到宛平縣城一帶六十餘公頃農田上建造飛機場，強迫中國方面賣地……」，讓他覺得那天晚上藍青峯說的「不出今年」，真有可能。

可是同一天的《晨報》又說「華北日本駐屯軍司令部正式邀請天津市長張自忠將軍訪問日本。」

他實在搞不懂，此時此刻，人人高喊抗日，二十九軍上下官兵尤其高喊抗日，怎麼會有這種事情。

還是《燕京畫報》無憂無愁。這一期的戲劇版頭條是西長安街「新新大戲院」開幕演出，還有幅馬連良劇照。

「曲線消息」更是輕鬆：「某運動員月前離平赴歐。某姨太及某小姐同時放聲嬌哭。一謂『將絕食。』一謂『天涯海角，我都找去』」……

電話響了。小蘇接的，說是找他。是唐鳳儀，說是想請他吃消夜。推了兩次沒推掉，他掛上了電話。唉！也沒問還有誰，只聽她說是晚上十一點，在西四馬市大街口的「稻香村」。又有什麼事？他這一陣子都把唐鳳儀給忘了。

時代真是變了。從前哪兒聽說單身女的請單身男的？又哪兒聽說半夜請人下館子吃消夜？這大概又是天津上海租界，要不然就是唐鳳儀這種時髦圈子裏的人，搞出來的摩登玩意兒。

他快十一點出的家門。空中飄著幾絲細雨，天然翻起了風衣領子，在胡同口上叫了部車。已經有個夥計在「稻香村」大門口站著。等他下了車，帶領著他直奔內院二樓包房。

房間挺簡單清靜，中間一張大方桌，鋪著白臺布。杯盤碟碗早擺上了。對著門坐的唐鳳儀起身過來迎接。

她上頭穿了件墨綠緞子面兒夾襖，帶點兒腰身，下面一條黑絨裙，頭髮垂到兩肩，捲捲的，像是剛燙過。整套珍珠耳環，項鏈。深紅的嘴唇。一點不錯，她真是美。

「我記得您喜歡喝威士忌。這個牌子行嗎？」她親自取下他的風衣，交給了夥計。

李天然坐了下來，看是一瓶 Cutty Sark，「很好。」

「還叫他們給你鑿了碗冰塊兒。」

「謝謝。」

她調了酒，敬了一杯。

幾樣小菜都很家常。五香毛豆，火腿，醬鴨，香椿豆腐。包房很安靜。頭頂上一個大風扇，無聲懶懶地轉動。

「有藍田的消息嗎？」

「沒有。」

「祝他前途無量。」二人各抿了一口。

一片安靜。

「你也說說話呀。」

李天然吃著毛豆，「聽說你北京飯店那邊兒做的不錯。」

「是不錯。開張了沒兩個月，買賣已經趕上了大陸這邊兒。」

李天然點點頭。

「最近常跟密斯脫羅在一塊兒嗎？」

他想了會兒才明白指的是羅便丞。「通過幾次電話。」

「聽說他要去日本。」

「真的？」這倒是意外。

「好像是月底動身……跟張自忠那個訪問團。」

「真的？」這又是一個意外。她的消息也真靈通。

房間又靜了下來。

「還有誰？」唐鳳儀輕輕一笑。

「什麼？」他沒聽懂。

「咱們倆都認識的全提了……還有誰？卓十一？」

「他怎麼樣？」

「他眼睛好了。」

李天然假裝不知所云，「眼睛？」

唐鳳儀偏頭瞄了他一眼，「那回在銀座？……眼罩兒一直戴到這個月。」她為二人添酒添冰，「到現在也不知道怎麼傷的，大夫只說是外來物刺激……是有點邪門兒，」她舉杯敬酒，「不過楊副理倒有點兒懷疑是你搞的鬼。」

「我？」他警覺起來。

「也是胡亂在那兒猜……你想，既不是他，也不是我，更不會是個洋人兒，那……那不就剩下你了。」

「真倒楣，」他喝了口酒，「給人這麼亂冤枉。」

「是啊……」她笑聲爽朗，「我也這麼說……說他冤枉好人。」

李天然敬了她一杯，夾了片火腿。

「您也真沉得住氣兒……」她往他盤子裏送了塊醬鴨，「就是不問來吃這頓兒消夜是為什麼……非等我說。」

「不就是吃頓兒消夜嗎？」

「原來是個死心眼兒！」

「又冤枉好人。」他誇張地叫起來。

「那是我的不是了。」

他笑了，「我們又不在臺上，怎麼句句話都像是臺詞兒？」

唐鳳儀沉默了片刻，像是在回味，「人生大舞臺，舞臺小人生……你我不都是過場的演員嗎？」

李天然不想跟她這麼逢場做戲，可是又沒什麼可以接，覺得只有順著她的話說。「那我演的是誰？」一說完就覺得會出毛病，可是已經收不回來了。

唐鳳儀一臉迷人的笑容，「看你了……是英雄，還是狗熊」，長長的睫毛微微一眨，「角色由你決定。」

他藉著喝酒來想該怎麼應付給她將的這一軍，「今天晚上你又是主人，又是導演……角色由你決定吧。」

「我早就分配好了……派給你的當然是個英雄角色，」她接的很快，睫毛仍在眨動，「像我們這種人，別的本事沒有，倒是會看人……」她頓了頓，「問題是，你敢當嗎？」

他感到這場假戲有點兒成了真，「敢。我敢像狗熊那樣兒去當英雄。」

「答的不壞……」她舉杯一敬，「只是英雄可要救美啊！」

「沒問題，反正是在演戲……跟我說，受難的美女在哪兒？」

唐鳳儀微笑著沒有回答，舉起了酒杯。

敲門進來個夥計，上了盤蘿蔔絲餅。

「趁熱吃……」她咬了一小口，「我總不能自個兒給自個兒臉上貼金，自認是美女……」她又咬了一小口，「反正是在演戲，那你說，我演的這位落難美女，你這位英雄會見死不救嗎？」

「我演的英雄當然不會。」他感到一股壓力。

又有人敲門進來，給他們各端了一小碗雞絲麵。

「這麼快就上？」唐鳳儀兩眼一瞪。

那個小夥計呆在那兒，不敢回答。唐鳳儀還板著臉，「出去吧。」

她沒吃麵，只喝了兩口湯，「你在雜誌社做事，總該知道近來的局勢吧？」

李天然吃著麵，等她說。

「我打算離開這兒……」她要了支菸，等他給點，又接過來那個銀打火機在手裏玩弄，「上回沒提這麼遠，可是現在不比上回了。」

他也取了支菸。她「嗟」一聲給點上。

「我最近聽了些話……好像就要打了，」她猛吸了一口，再仰頭吐出長長一縷煙，「我連拼帶熬，眼淚往肚裏吞，才賺了幾筆……可不能反叫小日本兒給吃了。」

他點點頭。

「你懂吧？」

他又點點頭。

「卓十一，他怕什麼？上上下下，裏裏外外，他都有人……可是我算他媽老幾？」

又有個夥計敲門端來一碗茶淨手。唐鳳儀站了起來，接過了毛巾，「走……」邊跟天然說，邊把毛巾丟還給夥計，「帶你去個地方。」

她自己取了斗蓬披上，又從皮包裏掏出一張十元鈔票，留在桌上。

外邊下著小雨。兩個夥計撐著兩把傘送他們上車。

他剛坐穩，正要點支菸，就到了。

是座比他小跨院小一點的單進院子。有個老媽子從南屋出來。

「你回去睡，不用招呼。」

他們進了屋。滿講究的擺設，可是像個住家，沒大陸飯店的房間那麼戲劇化。她褪下了斗蓬，請他坐下，取出了一瓶白蘭地，倒了兩杯。

「沒人來過我這兒……你是頭一個。」

李天然接過來酒。

「你不信？……」唐鳳儀坐到他身邊，抿了一口，「你以為什麼都是卓十一的？」她另隻手解開了夾襖領釦，又取下了項鏈，「跟你說，從身子上的首飾，到戴首飾的身子，都是交易……」她又解了一個釦子，露出來半個雪白的胸脯，「既然是交易，那就全在大陸飯店那間交易所進行……這兒，」她隨手一揮，「這兒是我自個兒的小天地，只屬於我……包括我的身子。」

李天然聽她說的這麼重，一下子不知道該怎麼回。

唐鳳儀靠緊了點，伸手捏著他肩膀，「我知道你的身子是鐵打的，只是還不知道你的心，是不是也是鐵打的……」她臉湊了過來，輕輕吻著他的耳垂……

李天然吸了口氣，欠身添了點兒酒，稍微移動了下身體，偏過頭來，「你直說好了……有什麼事找我？」

她靠回沙發，「好，跟上回差不多……要我一坦二白，也很簡單……我手上有筆錢。我要去上海。我要有個伴兒。就是你。」

「我？」他盡量拖延，「一個小編輯？」

「對！一個小編輯！」她猛然一口乾掉半杯白蘭地，「卓十一，便衣組，偵緝隊，日本特務，都在打聽的小編輯！」

李天然的腦子轟地一下漲滿了。他盡量抑制自己，用添酒來掩飾，「慢點，慢點，說的是我？」

「應該是你吧。」她的聲音表情都很平靜，「美國有案子不說，回這兒沒半年，兩個見過你的人，一死一傷。」

「就為了我們在堂會上見過？」

「為了什麼，我不知道。我只知道辦羽田案子的人都在懷疑你。」

「什嘛?!」他忍不住叫了起來。

「就算是冤枉你，給這批小子冤枉上了，也夠你受的……」她摸著他的手。「我知道我不會看走了眼，就算你是個汪洋大盜，殺人魔王，我也看上了你……再說，」她近乎自嘲地輕輕一笑。「我唐鳳儀也不是一清二白……」她雙手緊握著他的右手，「你我同病應該相憐，同舟應該共濟……更不要說英雄應該救美。」

他沒有正眼看她，只是隱隱覺察出她的語氣有點企求。

「跟我走，趁日本人沒打進來……我手上這筆錢，夠咱們過一輩子了……」

他一邊聽，一邊拼命在想。這還是第一次聽到一點那邊的消息。原來事情已經糟到這個地步。既然如此，他決定不如冒險一試，「別嚇唬人……日本特務懷疑我，我不管。卓十一懷疑我，我也不管……說不定還是你搞的鬼……可是，便衣組憑什麼亂懷疑我？」

「那我可不知道。反正組長是卓十一的哥兒們，是他說的。」
「他怎麼說？」天然喉嚨發乾。
「就說你來歷不明。身份可疑。」
「就這麼一句？」
「就夠了。」
李天然決定直問，「這小子是誰？」
「是誰？」唐鳳儀沉默了會兒，胸部一起一伏，「反正不是一位好惹的人物……心黑手辣……」
名字不需要問了，「你們認識？」
「應該算是認識吧……」她一臉苦笑，半自言，半自語，「好好兒的在天津唱歌兒，就要去上海拍電影兒，硬叫他給弄來北平，卓十一也是他給湊合的，我一個乾妹妹，也叫他給弄走了，擱在前拐胡同兒，見個面兒還得他點頭……」唐鳳儀突然眨眨眼，似乎剛醒，「你這是幹嘛？」
「幹嘛？」……得快，不能叫她懷疑，「英雄救美，總得知道美女有什麼難。」
「是這個意思嗎？」她臉上浮起了迷人的笑容。
「還能有別的意思嗎？……」他反問了一句，站了起來，「你剛才說的，我得回去想想。」
「要走？」聲音少許失望，笑容也少許失望。
「不早了。」他穿上了風衣。
唐鳳儀深深嘆了口氣，「果然是個鐵打的死心眼兒……」

34 綁架

唐鳳儀午夜那番無意中的透露，讓李天然感到脖子上已經給套了根繩。他這才發現他已經成了嫌疑。藍青峯那邊都還不知這個情。

而他跟師叔還一直以為爺兒倆身在暗處。

德玖琢磨了會兒，邊塞著旱煙說，情況也沒那麼糟，叫天然跟他再把所有的事兒斗在一塊兒看看。

卓家很清楚了，誰當權，他們靠誰。現在靠的是日本人。

羽田是土肥原派來的特務……藍青峯覺得可惜，也沒追問就一掌擊斃了這麼重要的一號人物，那是他的事……咱們當時可不知道，也跟咱們的事無關。咱們只知道朱潛龍一個人不敢去幹，找來個浪人羽田充當幫兇殺手，就夠了。

潛龍這小子是有一夥人。多少人不清楚。是不是全是便衣也不清楚。是不是就是「黑龍門」也不清楚。是這夥人去投靠羽田，還是給羽田收買過來的，也不清楚，也無所謂。全是一夥就是了。

山本的事已了。甭去想了。

至於藍青峯，肯定在給政府做事。究竟是南京中央，還是本地二十九軍，也不必去亂猜。就算他是延安的人，都無所謂。

目前天然是受到猜疑，但也只是猜疑他跟羽田之死有關而已，還扯不上太行山莊的事。

「所以……」德玖噴著旱煙，「你我還是身在暗處。多留點兒神就是了。」

天然說他知道，接著又問師叔該怎麼應付唐鳳儀。德玖想了想，說慢慢敷衍。她夾在當中，說她沒份兒她有份兒。說她有份兒她又沒份兒。她只是在為自個兒打算。可是，也正是因為她夾在當中，幫不了你忙倒無所謂。危險的是，不小心的話，她可以毀了你……

繞在他脖子上那根麻繩，剛鬆了點兒，又緊起來了。

禮拜三，羅便丞臨上火車去天津，來電話說他後天二十三號搭「長城丸」，跟張自忠去訪問日本。不過，他打這個電話是要告訴李天然，他上個禮拜在東交民巷參加德國公使館酒會，碰見了松室，一直跟他打聽李天然……「你知道這個松室孝良是誰嗎？」羅便丞在電話裏叫了起來，「這小子是日本華北駐屯軍駐北平的特務機關長！」

李天然知道自己根本無從辯白。本來還以為羽田的死，山本的傷，扯上一點政治陰謀，能給他多一點活動空間，不至於一下子就聯繫到朱潛龍身上。可是現在，他覺得反而因此掉進了一個無底無邊的大泥坑。

唯一讓他暫時忘記一切的是巧紅。可是那天她提到一件事，讓他又激動又緊張。

巧紅說東娘要她趕著做兩件旗袍兒，為的是龍大哥要在東宮宴客。

他像是頭上挨了一棒子。這還是第一次有了潛龍在哪兒落腳的消息。

緊接著像是頭上又挨了一棒子。巧紅問她能幫什麼忙。

「你可千萬，千萬別去惹這件事。」他趕緊這麼囑咐她。

「我又不是無緣無故去惹……」巧紅還在操心，「可是，就我有個機會見她。這層關係不用白不用。」

天然琢磨了會兒，「這樣吧。衣裳做好了先不說。等東娘來催，看她是哪天要穿……可千萬別去問。」

「唉……我又不是小孩兒……」

天然當天晚上就跟師叔商量。爺兒倆都有點激動，都認為這是一個難得的機會。可是宴客的話，一定有不少人。如何下手？他們也沒商量出什麼結果，只能先看巧紅那兒能聽到點兒什麼。

李天然趁這幾天沒什麼事，也為了不去胡思亂想，就又趕出來兩篇東西。一篇介紹他剛看完，去年美國六個月賣了一百多萬本的 *Gone With the Wind*。一篇介紹德國飛艇「興登堡號」五月六日在美東新澤西州爆炸。文字不長，以 *LIFE* 上三張精彩照片為主。

寫完了，心又開始不定。不是在期待巧紅的消息，就是總覺得暗中有人在盯他。他心裏苦笑，自己跟師叔暗中盯了人家這麼久，現在真有點像是蟑螂捕蟬，黃雀在後。

禮拜一早上交了稿子。老金不在，跟小蘇聊了會兒。他覺得她這一陣子不像以前那麼活潑了。問她課上的怎麼樣，也只是有答沒答地回一句。

電話響了，她接的，說是金主編，找他。

金主編說有點兒工作上的事想找他談談，不好當著小蘇面講，就約他中午吃個便飯，已經訂了桌子，西四馬市大街口上的「稻香村」。

奇怪，又是稻香村。

李天然快十二點起身去赴約。畫報能有什麼事？洋車順著西四大街北上。他過了馬市大街下的車。「稻香村」就在口上。

街上可真熱鬧。天兒一好，全出來了。

他躲著熙熙攘攘的路人，正要上馬市大街，突然覺得後腰上頂了個硬東西，右肩上搭了隻手，耳邊有個啞啞的聲音說，「別回頭！是把盒子炮……慢點兒走，上前頭那部車！」

他沒回頭，感覺到緊後邊一左一右有兩個人夾持著他。路上人來人往，沒人瞄他們一眼。

後車門開了。他覺得後腰上的槍一頂，低頭進了車。還沒抬頭看，頭上就給人套上了一個布兜，身子也給按到坐位上。兩聲門響。他兩隻手給抄到身後，「卡喳」一聲，給反銬了起來。汽車動了。

「這是幹嘛？」李天然什麼也看不見，只感到身體擠在兩個人中間。

沒有反應。

汽車走一段，拐了個彎，又走一段，又拐了個彎，再又繞了兩三個彎。他已經無法辨認東南西北了。

外邊街聲可沒斷過……沒出城……還在城裏……

沒人說話。他聽到聞到擦洋火。煙味兒飄了過來。他估計車上連司機一共四個人。

車子足足開了繞了半個多鐘頭才停。還是沒人言語。

他給帶下了車，給人一拍腿，邁過了門檻。

李天然一直在盤算。死的話，只有認了。吃頓苦，無所謂。就是不能叫人給廢了，像燕子李三那樣，在牢裏給挑了腳後跟的筋。

手銬是鐵的，掙不開。可是他自信，就算是給反銬著，就算對方人多有槍，他還是可以拼拼，找幾個陪葬。

他又琢磨，只能隨機應變。看他們什麼打算吧。花了這麼多工夫把他帶到這兒，還蒙了頭，像是要問話。那就問什麼，想辦法答什麼就是了……也聽聽他們問什麼……問什麼有時候比答什麼更能表露說話人的心。

他給帶進了間屋子，下頭像是地板。沒走幾步，就給按到一把硬凳子上坐下。

接著有人掏他口袋，上衣和褲子裏的東西全給掏了出來。他知道身上沒什麼要緊的，就是些錢，手錶，鋼筆，鑰匙鏈，手絹，香菸，打火機，名片……

他這麼給反銬著，在硬板凳上坐了半天，也沒人理他。房間裏像是有人，擦過洋火，過會兒又有人「噠」一聲，用他那個銀打火機點菸。

又是半天，沒別的聲音，也沒人走動。外邊也沒聲音傳進來。

像是門開了，有人進了屋……

「問一句，回一句。問什麼，回什麼。」

他點點頭。聲音就在他頭上。

「聽話就不叫你吃苦。不老實說……」

「吧」，他左臉挨了一巴掌。

「這是冷盤兒。熱菜待會兒上。」

他沒言語。隔了層布，呼吸的氣給罩住了，滿臉發熱。這一巴掌也夠重。

「先說你叫什麼？」口音不熟。

「李天然。」

「哪兒人？」

這還真不好回答……「吧」，左臉又給摑了個耳光。

「說是通州……沒去過……」

「怎麼說？」

「我從小給人收養大的。」

「給誰？」

「馬凱醫生，『西山孤兒院』。」

「哪年？」

「剛民國。」

「你多大？」

「還沒斷奶。」

「一直跟著馬大夫？」

天然點頭說是。

「住哪兒？」

「就住在孤兒院。」

「住到什麼時候？」

「到中學畢業……」他覺得該說早一點，「民國十七年吧。」

「完後又住哪兒？」

「完後跟馬大夫一家去了美國。」

「什麼時候回來的？」

「去年九月。」

「美國那案子是怎麼回事兒？」

他很簡單地說了一遍。

「那你手上有兩下子？」

「打打架還湊合。」

他肩頭給隻大手掌一抓，立刻感到在用力……不輕……有點勁兒……夠痛……他沒運氣使力，「吭」了一聲。

「練過？」

「就學校教的體育。」

「那就能傷了四個美國大個兒？」

「我也差點兒給打死……」他突然想到該露點什麼……哪怕是為了另一檔子事，「你瞜瞜我胸脯。」

他的上衣和襯衫給扒到半腰……

「下邊兒腰上還有……」他心裏頭慘笑，沒想到羽田和潛龍賞給他那三個彈疤，在這兒派上了用場。

衣服給人拉上了。有人又輕輕「噠」一聲點了支菸。

「怎麼找到你這份兒工作？」

「馬大夫給介紹的。」他覺得這麼個問法，倒真是在查詢他的來歷。

「以前不認識姓藍的？」

「不認識。」

「你們常有來往?」

「不常。」

「他那些朋友,都見過誰?」

「一個沒見過。」

「砰!……」右臉挨了一拳頭。耳朵嗡嗡在響。他舔了舔嘴唇,知道流血了……

「一個沒見過?」

「一個沒見過。」

「砰!」……又是一拳。

「還是沒見過。」他又舔了舔,血還不少。

「你是裝傻,還是應酬多?」

肚子上猛然挨了一棍子。他哼了一聲,彎下了腰,忍著痛……

「想起來沒?」

「給起個頭兒。」他知道這麼說又得挨棍子。果然,腰上又給捅了一棍。

「媽的!起個頭兒?陪你唱戲?」又一棍掄到他肚子上。

他忍著痛,知道還是不能運氣使力,不能叫他們發現身上有功夫。

「想起來沒?」

「沒……誰都沒見過……」

他上半身痛的厲害,心裏反而落下一塊石頭。眼睛還給蒙著,多半不會給打死。這幾掌幾拳幾棍，不過是在發發威風，嚇唬嚇唬人……

「你認識的有誰？」

「就他家裏的人，跟他畫報裏的人。」

「外邊兒？」

李天然說有馬大夫一家，羅便丞，唐鳳儀，還有卓世禮。

「就這麼幾位？」

「就這幾位。」

房間靜了片刻。他喉嚨發乾，嚥著帶血的口水，輕輕微微活動他反銬的雙手……聽他們這麼問，還可以應付……

「你每月掙多少錢？」

「五十。」

「怎麼這兒有兩百多？」

「捨不得花。」

「吧」一個耳光，「在美國都敢鬧事，來這兒還會老實？」

他沒言語，這不是一個需要回答的問題。屋子又靜了會兒。他隱隱聽到陣陣耳語，藉機移了下身子，活動一下筋骨。下胸痛的厲害。

「別動！」

屋子又靜了下來……半天，半天，都沒聲音。不像有人。他慢慢起身，站了會兒。沒動靜。全出去了。他活動了下大腿，伸了伸背後的手指，雙腕有點麻。他又扭了扭上身，肋骨，特別是胸口下面，痛的像針在扎。他坐了下來。真想抽支菸……他聽到後頭房門開了。

「有個老頭兒上過你家好幾回，是誰？」

「哦……老九？也姓李，在孤兒院打過雜兒。」他說完了自己都覺得驚訝，倒不是他們也知道有個德玖，而是他這麼快就胡謅出一篇話。

「他找你幹嘛？」

「找點活兒做……馬大夫那兒也去過……掙點兒錢。」

問話的像是又出去了。他這一坐一等，又是好半天。頭上罩的布兜，只能透進一點點亮。靠嘴的那兒，已經給流的血和呼吸弄濕了。他運了會兒氣，開始想別的事，從他第一眼瞧見巧紅，一幕一幕地回想到前幾天，心情好了點兒……

房門很響地開了。沒人說話，只是有個人把他提了起來，往他上衣口袋塞東西。接著就給拉出了屋子，走了一段，給帶上了車。他覺得空氣一涼。

這回好像沒上回那麼久，可是也繞了半天才停，背後的手銬給開了。

「老實點兒……不準兒還有下回。」

他給推出車外，倒在地上。

他還沒來得及起身，汽車一加油門，開走了。

他在地上喘了幾口氣，坐直了，摘下來布兜，眨了眨眼。天可全黑了。

李天然慢慢站了起來，活動了下手腳和身子，整理了下衣服。

雙手有點麻，臉是腫了，嘴角有片乾血，左邊肋骨一動就痛，像是有幾根針在刺。

四周一片黑，他摸出來香菸，可是掏來掏去，沒找到他那個銀打火機。

他丟了菸捲兒，順著土道，按著左胸，朝著前頭那片暗光走過去。

漸漸有了燈，漸漸有了街聲。

這才看出是在哪兒。左邊前頭那座黑壓壓的龐然大物是平則門。

他摸出了手錶。九點了。

他想到自己現在這副德性，肯定叫路上的人起疑，就儘快在阜成門大街上，半垂著頭，攔了輛洋車。

他先借了個火，點了支菸，按著左胸，深深吞了進去，半天才深深吐了出來。整個臉隱隱作痛。肋骨像是針在扎。

家裏沒人。師叔又不知道上哪兒去了。李天然倒了杯酒，撥了個電話給馬大夫，才去清洗，換了身大褂。

德玖先回來，瞧見他模樣，嚇了一跳。天然說了個大概，詳情待會兒馬大夫過來再交代。

馬大夫看見他也吃了一驚，遞給他一份麗莎準備的熏火腿三明治和一根香蕉。

李天然整天沒吃東西了，按著左邊胸腰，咬了一大口，向馬大夫一擠腫腫的眼，「像是馬姬上學帶的午餐……」

馬大夫等他吃完了，給他褪了衣服，從頭到腳檢查了一遍，「臉上不礙事，有點淤血……」就只用碘酒在傷口附近擦了擦……「左邊肋骨像是斷了，至少兩根，右邊也帶傷……」他從藥包取出好幾捲紗布，把他的腰胸給繞上好幾圈包緊，「先給你這麼包著，別動，別碰，明天上我那兒給你照張X光……肋骨傷，痛是痛，可是自己會好……你就老老實實地休息一兩個禮拜吧……晚上痛，吃兩顆阿司匹靈……」順手給了他一小瓶。

李天然慢慢一步一步從金士貽那個電話說起。馬大夫和德玖都沒插嘴。說完了，三個人悶悶喝著酒。

「這批人像是便衣……地痞流氓不會有汽車。」馬大夫點上了煙斗。

「我看……」德玖也在點他的煙袋鍋，「像是卓十一指示的，瞧你不順眼。」

「沒拿我錢，手錶也沒拿，就摸走了一個打火機……問了半天，沒一句像是在辦什麼案子……」

「他們有點是在……fishing，中文怎麼說？釣魚？」馬大夫咬著煙斗，「可是有句話得注意……那句『你見過姓藍的哪些朋友？』……是這麼問的嗎？」

李天然點點頭，「差不多。我當時也有點奇怪。」

馬大夫的分析是，這些人不管是奉誰的命令而來，後頭多半是日本人。這很像他們幹的事。綁你架的這幾個小子，多半是幾個給日本收買了的便衣。這也是為什麼要蒙你的頭，也沒帶你去總局，分局，偵緝隊……你形容的那個宅院，很像是他們的私窩。

「他們也好像還不知道我是誰，到底要幹嘛。」

「這多半是因為他們目前只在辦理羽田和山本的案子。你得趕緊告訴藍老，顯然他們在注意他了。」

馬大夫繼續推測，今天這件事多半和北平警察局無關，只是幾個敗類便衣，說不定就是朱潛龍手下那批，也說不定就是什麼「黑龍門」那批……能問出點什麼，算是立了個功。問不出什麼，也算是替主子，不管主子是龍大哥，卓十一，還是日本人，效了點勞……揍你一頓又算得了什麼……

「這麼說……」半天沒吭聲的德玖插了一句，「那邊還不知道我們要找誰？」

「我想是這樣。不是的話，天然，你今天早就沒命了。」

李天然一下子笑出了聲。這一動把他痛的直皺眉，「這倒是有意思。我們的事兒還沒個影兒，反教他們猜疑我是個抗日分子。」

「憑你這半年幹的這些事兒，」馬大夫微微一笑，「也沒怎麼冤枉你吧？」

「對了，」德玖突然問，「要不要報個警？」

「唔……」馬大夫瞄了天然一眼，「這倒是個好問題……」他喝了口酒，「我覺得應該去報，一來表示你清白無辜，二來表示你沒什麼要隱瞞，三來也順便警告這批混蛋不能再有下回……」他又抿了一口，「內左一分局就在王府井大街。這麼辦好了，你明天先來照張X光，我再用『協和』的名義給你出個傷勢診斷書，帶著去……不用瞞，一五一十，全抖出來……」

馬大夫把車留給了天然，叫他早上先接了老劉去醫院，再讓老劉陪他去報警。

李天然覺得很幸運，這批小子還不知道有個巧紅。

35 五月節

片子照出來了。馬大夫說左邊兩條有裂痕，右邊有點淤傷。又給他換了幾條紗布纏，還是叫他少動。

分局的警察真是老爺，說既沒被告，也沒見證，又沒給搶，只有個時間地點和一張「協和」的診斷，根本就懶得去接，還說什麼西四出的事，該上報子胡同內右四分局去報案。

幸虧老劉馬上陪個笑臉說，本來是想去那兒，可是馬凱醫生說了，路上碰見個巡警也說了，人住這兒，這兒報也成。小警察這才愛理不理地收了李天然填的一式三份投訴書，末了還饒上一句，「擦了點兒皮也報案……」

李天然忍著身上的隱痛，和心中的悶氣，送了老劉回去。

他到家先撥了個電話給金士貽，說昨天出了點事，抱歉失約。

「不要緊吧？」老金緊接著問。

聲音聽不出什麼不對，可是還沒說是出了什麼事兒，怎麼就問要緊不要緊？「沒什麼，叫幾個小子揍了一頓，剛去報了案。」

電話那頭靜了幾秒鐘……「對，應該報……這兒沒什麼事兒，你就家裏歇著吧。」

李天然掛上了電話。好小子！跟我來這一套！

他真想去跟巧紅說一聲，可是又不想讓她看見他這個模樣，鼻青臉腫，腰身死死的。他只交代徐太太說，是跟幾個人吵架，受了點兒傷，不礙事。心想，巧紅聽了該不會太著急。

可是他這個模樣可把徐太太嚇壞了，給他下了碗骨頭湯掛麵，裏頭還臥了兩個雞子兒。天然吃著，心裏微笑。這像他小時候出疹子，師母給他做的吃的……

他在家休息了三天。臉上的腫消了不少。馬大夫來過一次，給他重新綁緊了紗布，還是叫他少動。

四天過去了。星期五可真好。天藍雲白，風輕日曬，暖中帶涼。他身上也舒服多了，伸展手臂也不礙事。

他可家裏待不住了，跟徐太太說出門辦點兒事，就開著老福特去了煙袋胡同。幾天沒出門，街上幾乎沒人穿棉的了。

他進了西屋。巧紅正低頭裁料子，一看見他，就上來抓起他的手，「好點兒沒？」想伸手摸他臉，又止住。

「好多了。」

「怎麼你能叫人給打了？」

「待會兒說……」他瞄了下案桌，「趕活兒？」

「給老奶奶做幾件兒單的穿。」

李天然看見巧紅一身鬆鬆的白竹布旗衫，「去換件兒夾的，出門兒走走……胡同口兒上有部車，我那兒等你。」

他上了車。劃了根洋火點菸。上哪兒去好？

她還沒出胡同，他就瞧見了。上下一身藏青發白的夾褲襖，白襪子，黑布鞋，紮著頭，耳朵上別著朵帶綠葉子的白玉簪花，半挽著袖口，手裏提著個黑包袱。他發動了車，開了車門，注意到街上不少人也在看她。

都沒說話。李天然拐上了長安大街，從西直門出的城。上了公路，筆直地對著太陽往西開，他這才把事情從頭到尾說了一遍。

她伸手摸了摸他的臉，「還痛嗎？」

「本來不痛……」他忍不住逗她，「可是給你這一摸……」

巧紅笑了，輕輕捶了下他胳膊。

他們在海淀找了個小館兒，吃了頓兒羊肉包子。巧紅說東娘那邊兒還沒來話。臨走，他又買了瓶蓮花白。

正街上挺擠。走道上擺滿了果子攤兒。

「你瞧……」巧紅扯了下天然，「真是紅了櫻桃……紫了桑椹……」

地攤上一堆堆水汪汪的深紅櫻桃，紫紅桑椹。他各買了半斤，用一張張墨綠的楊樹葉子包著。

大街上不停地有人回頭看他們兩個。李天然知道自己個兒高，又一身洋味兒。黑皮夾克，藍布襯衫，黃卡其褲，白球鞋，黑眼鏡，是會惹人注意。偏偏旁邊的關巧紅又是這個身段兒，又這麼中國味兒，又偏偏半捲著袖子，帶著點兒輕佻，簡直比街上那些女大學生還瀟灑風流。

巧紅給看的有點兒不好意思。他們很快上了車。

她解開了包袱，取出幾件黑的白的短褂兒，「天暖和了，給你跟九叔做了幾件兒單的……」

她把衣服放在後座，用那塊包袱皮兒把吃的喝的給包上，「上哪兒去？」

李天然順著平平黑黑的柏油路往西開，「帶你去看看我小時候住的地方。」

溫溫暖暖又帶點兒涼的輕風吹進車窗，中間不時雜著團團柳絮。巧紅直揉鼻子。

公路上車子不少，什麼車都有。人也不少，紅紅綠綠，像是出來春遊。

看起來就在眼前的西山，一片片青翠，偶爾露出來一角金黃色廟頂和塔尖。

他左轉上了繞著山腳朝南伸過去的土路。車子和人都少了。他在上頭顛顛地開了好一會兒，慢了下來，找了一會兒，在一個小丁字路口停了車。

「就這兒。」天然瞄了下路邊。

「真是命……」巧紅微微嘆氣，「馬大夫早到會兒，也碰不上你。晚到會兒，你可能死了……」

天然提著小包袱下了車，鎖上門，拉著巧紅上了那條坑坑窪窪，早已經給風吹雨打日曬雪浸得只有他還認得出的小土道。

兩個人手拉著手，高高低低。一步半步，走了老半天，到了路北那道垮得不像樣的土牆。大門半塌，前方一片荒地，滿是雜草野花。陣陣風聲。

巧紅呆呆望著那片空地。

「上回來這兒，剛下完一場大雪，全給蓋住了……也好，沒這麼淒涼……」

他拉著巧紅繞過了莊園廢墟，踩著亂石又走了好一會兒，在一段山坡背後幾塊大石頭前邊坐下來。

「本來前頭那兒有好幾棵大槐樹，」他指了指，「現在就剩下兩棵了。」

他們遙望著樹過去那片空曠的原野。春風微微掃著二人的頭髮。

巧紅解開了包，他們吃著桑椹和櫻桃。

「從這兒看不見，」他又一伸手指了指，「那邊兒過去就是永定河，再南邊兒是盧溝橋……晚上沒雲沒霧，看得見宛平縣城上頭的亮光，半夜裏也聽得見火車笛子……」

「你們常來這兒？」

「誰？」

「你跟你師妹。」

李天然輕輕點頭，「想要清靜就來這兒。」

幾隻燕子靜靜滑過天邊雲層。

「你師父他們，葬在哪兒？」

「葬在哪兒？屍骨都沒法兒去收。」

巧紅微微嘆了口氣，「清明那天上通州，就只找到一個土墳堆兒……就拔了幾根兒野草……」

他開了瓶子，對嘴喝了一口，遞給巧紅。她也喝了一口，「也許是報應……聽徐太太家裏人說，他們全抽上了。」

「他們誰？」

「他哥哥嫂子。」

「那可是報應。抽不死也把他們抽垮。」

「不這樣兒的話，好人還活個什麼勁兒！」她又喝了口。

李天然伸手把她拉到他身前坐下，從後邊緊緊摟著。

太陽已經西下到後頭山那邊去了。天可是還滿亮挺藍，襯著徐徐滾動的朵朵白雲。四周林子裏響起了陣陣蟬鳴。

「奇怪，城裏頭的還沒叫呢……」

天然沒說話，只是緊緊摟著懷裏的巧紅。

上空白雲，不知不覺給染上了一片片紫紫黑黑……

上路之前，他們把剩下的一些櫻桃桑椹灑在地上餵鳥兒。

天漸漸暗了下來。他開了車燈。兩個人一路都不想說話。她在煙袋胡同對街下的車。

李天然帶著幾件短褂和半瓶蓮花白，剛邁進大門就聽見藍蘭的笑聲。他找了過去，都在廚房。德玖正帶著她在案板上搓「貓耳朵」。一股炸醬的香味兒從爐子那邊飄過來。

藍蘭跳過來盯著他的臉看，「一定又是卓家那小子……」她往圍裙上擦了擦手上的白粉，摸了摸他臉頰，「還好，沒徐太太說的那麼嚇人……」又把他往門外推，「快去洗手，這就下。」

她說她哥寄來張相片，已經擱了幾天，又幾天沒見著他，才上門來找，才聽徐太太說他叫人給揍了一頓。

是藍田一身飛行衣帽，扶著一架飛機的螺旋槳拍的。英俊瀟灑。照片背後一行字：「李大哥留念，藍田贈。民國二十六年五月，杭州筧橋。」

「他們這一期，他頭一個單飛……再有兩個月就畢業了。」

沒什麼菜，可是三個人飽飽吃了頓兒山西貓耳朵。

還是藍蘭幫徐太太洗的碗。

德玖說上街走走，消化消化。

天然和藍蘭面對面坐在客廳，一個喝威士忌，一個香片。

「日子定了沒有？」

「七月初吧。」她說已經沒課了，班上都在忙著六月十三號的畢業舞會。「我現在很高興去美國……人生就是一個個階段。北平這段就快結束了。」

他沒說話，可是心裏嘆了口氣。年輕人看世界真是乾脆。一會兒玩的半夜不回家，一會兒曲終人散，傷感離別，一會兒人生又是一個個階段，一個完了接一個，頭都不必回。

他趁藍蘭說著話，偷偷望著那張青春無邪的臉。真是可愛。心眼兒再鬼，也只是調皮的鬼……他想，每個人的命可真不一樣，他小時候那段人生，到現在也沒結束。而且怎麼結束，什麼時候結束，能不能結束，都還吊在那兒，吐不出，嚥不下。

送藍蘭回了家，他給天津掛了個長途電話。他的事藍青峯都知道了，只叫他沉住氣，別急，等見面再說。李天然臨時決定不透露朱潛龍會在前拐胡同宴客。

可是巧紅那兒也一直沒消息。他跟師叔也沒別的轍，只有耐心等。他臉上的腫也消的差不多了。車也還了。腰胸上的紗布可還沒拆，只是重綁了兩次。李天然又像以前那樣過日子。

這兩天報上全是張自忠率團訪日的新聞。儘管他臨上船在天津招待記者說，「此行係旅行性質，並考察日本之軍政工商航空狀況……亦將與日本朝野人士一談，但並無政治上使命……」，可是許多社論還是懷疑張自忠負有與日方進行祕密政治交涉的任務。

警察局也一直沒下文，反而是羅便丞三十號那天來了電話，說訪問團提早回國，又說馬大夫約他們明天晚上家裏吃飯。

李天然對著鏡子看了看，發現嘴角上頭還帶點腫，得留神羅便丞的死追活問。

天然六點到的。羅便丞正在跟馬大夫和麗莎罵日本人小心眼兒，說明明講好是參觀訪問，可是東京報紙偏說張自忠是來日本「見習」……他抬頭看見了李天然，注視了一會兒，「怎麼了？是撞到木頭，這是撞到吃醋的丈夫？」

李天然一擠眼，「一半一半……撞到一根吃醋的木頭。」

「O.K.……」羅便丞微微鬼笑，接著剛才的話說下去，「那天在東京參加陸軍大臣杉山久的宴會，有一百多人，他居然公開要求張自忠就華北經濟提攜表達意見。搞得連席上的日本人都有點緊張……」他停了下來，慢慢舉杯喝酒，賣他的關子。

麗莎笑了，「好……我來陪你說對口相聲兒……那麼張市長又如何應付？」

「應付得很漂亮，」他高興地笑，「張市長說，中日經濟提攜的必要基礎是平等，而它的先決條件是消除政治障礙，也就是說，消除冀東偽組織……」他抿了一口酒，「告訴你們，我第一個站起來鼓掌！」

馬大夫在沙發上咬著煙斗，靜靜地望著興奮的羅便丞，「很好，我相信張自忠和全中國，都很高興有你這樣一位熱誠的美國朋友……」他頓了頓，「這樣好不好，等你該寫的稿發出去之後，還有什麼感想，不妨再寫篇長一點的，給我們太平洋研究所的季刊。」

「寫是可以……」羅便丞想了想，「我這次跑了趟日本，心情非常複雜……比如說，我真不明白日本怎麼敢如此自大。跟幾個少壯派軍官談過兩次，我覺得他們未免太小看中國了。他們只知道中國老，中國舊，中國窮，中國落後，可是忘了中國大……大到可以說無限。」

「那你覺得非打不可？」麗莎起來為每個人添酒。

「當然。不出今年。」他有點激動，「馬大夫，馬凱夫人，你們應該有印象，訪問團裏有位加拿大記者，說這太像一九三一年了，人像『九一八』前夕了……是嗎？」

馬大夫默默點頭。李天然一直沒插嘴，靜靜喝酒。

「你們知道我這次回來的感想嗎？」

三個人都在等他說。

「我覺得日本像是跟中國受教多年的小孩子，現在長大成人了，還是要超越中國才有自信。」

麗莎微微一笑，「超越？日本早已經走在中國前頭了。它要征服。」

「對！」羅便丞叫了起來，「這就是我的意思！征服是超越的血證！」

李天然心裏一顛，覺得這些話有點耳熟，不就是山本的「青出於藍而勝於藍」嗎？……可是單單廢墟斷臂，就能表示青出於藍而未勝藍？

他離開馬大夫家已經半夜了，也沒搭羅便丞的便車，說吃的太飽，要散散步。

他很煩燥。在空空的夜街上，在半涼半暖的微風吹拂之下，仍安不下心。他進了煙袋胡同，剛拐過小彎，邁了兩步，躥上了房。

巧紅給他輕輕開了門，悄悄在他耳邊問，「有事兒？」

他半天答不上來，只是緊緊摟著她，「想你。」

連軟軟綿綿的巧紅，都驅走不掉他心中那股煩燥……

連晚上打坐，練拳，也只是暫時性的寧靜，天一亮就回來了……

徐太太已經問過兩回，他都說不必。那天早上又問，李天然就掏出了一張十元，叫她看著辦。

下午回家，他發現大門兩邊都插上了蒲劍和艾虎。進了院子，又發現北屋門上也給貼了兩張黃紙朱砂的天師符和鐘馗像，客廳茶几上點了兩根紅蠟，擺著一盤核桃酥餅，上頭印著五毒，還有好幾碟子的紅櫻桃，黑桑椹，白桑椹。酒櫃上一盤清淡的晚香玉。

「廚房裏還有小棗兒粽子……還有看您想送誰，關大娘做了好些『葫蘆』，什麼都有，瓜豆，小虎，粽子，好看極了，要，就給您帶幾串兒過來。」，

李天然心情輕鬆了下來。身上的紗布也拆了。離五月節還有三天，家裏給徐太太這麼一弄，真有點兒過節的味道。

「哦，關大娘說天暖和了，要做綢子褂兒，她那兒有幾匹現成的料子，請您過去挑……」

他心頭突然一震。這是有事！……「好，待會兒咱們一塊兒走。」

果然。東娘昨兒個派丫頭來催了。

巧紅說完又坐回案頭，接著用碟子裏頭給搗碎的鳳仙花染她手指甲，「說端午那天要穿……你明兒晚上過來，我下午送過去，看能聽到點兒什麼……」

李天然第二天晚上耗到十一點就再也忍不住了，管她老奶奶徐太太睡了沒有。

「五月節晚上，外邊兒叫菜，主客像是兩個日本人……就聽到這些。」

天然半天沒說話，過了會兒才問，「你給做了什麼衣服？」

「兩件旗袍兒，一件粉紅，一件墨綠。」

他這陣子的煩燥一下子沒了。

混身發熱，內心期待，連德玖都感染上了。

人，地，時……都齊了。

背了七年的血債，轉眼血還！

五月節剛好是個禮拜天。他不用上班。其實徐太太今天也不用來，可是她中午還是來了一

趟，收起了菖蒲和艾草，又把門上貼的印符也全揭了，給丟到大門外頭，說是「扔災！」

「靈嗎？」

「靈！不防一萬，也防萬一！」

天然心想，防防也好，今年這個五月節碰巧又是個陽曆十三號。

德玖天沒黑先出去繞了一趟，回來跟天然說他在胡同口上看見東宮有人進進出出，還有部黑汽車。「掌門有什麼指示？」

「有外人，見機行事。可不能暗殺，得叫朱潛龍知道咱們是誰，得叫他死個明白。只要有半分一分鐘的機會，就動手。」

天長了，八點多才開始暗。一彎新月淡淡地掛在天邊。挺暖和。二人各一身黑衣褲。

他們一塊兒遛達到朝陽門大街分的手。天然從北邊抄過去，德玖打西邊繞過來。

東宮宅院，爺兒倆都挺熟了。屋子裏也靠巧紅那張圖，大致有點印象。

天然從東宮北邊那座院子上的房，隨手蒙上了臉，緊貼著屋瓦，慢慢伏著蹭過去，在老地方蹲著。前邊院子上頭一片光亮，人聲很雜，夾著笑聲。

他等了會兒，感覺到師叔也在西房上頭趴下了。

他全身緊貼著瓦，從屋脊後邊伸出半個頭，朝下邊看。

院子四周廊下掛著燈籠。正當中擺著一桌席，坐椅後頭又架著一圈燈籠。挺亮。各屋臺階兩邊那幾盆蝴蝶花，絨嘟嘟的，深紅豔紫，一清二楚。

他一眼就瞧見了朱潛龍。一身銀灰綢子長衫，挽著半支袖子，朝北對著他這邊坐著。他左手那個穿淺紅旗袍兒的，應該就是東娘。原來是這個樣兒，夠俏。

他順著掃過去。東娘這邊過來是卓十一，唐鳳儀，楊副理。再過去……嘿！好小子，山本，還吊著綁帶。再過來是那位舒女士，接著是個背影，一身日本軍裝。再過去是個濃豔的姑娘。再過去……媽的！老金！旁邊又是一個濃豔的姑娘。陪酒的？

聽不清楚下邊說話。兩個丫頭穿來穿去，上菜下菜換盤子……李天然一動不動。現在沒法兒下手。吃完總不會馬上就散吧？總會進屋吧？打四圈？抽兩口？五對男女，不會全在這兒過夜吧？朱潛龍總會落個單吧？最多饒上一個東娘。再不得已，多饒兩個，就多饒兩個。這批混蛋沒個好人……

有一會兒沒上菜了。院子下邊北角上，像是有人開始調琴，看不見人，可彈起了三弦……有個女聲低低地唱上了，還搖著小鼓……說話聲靜了下來……

「五月端午，街前賣神符，女兒節令，女兒節令把雄黃酒沽，櫻桃桑椹，粽子五毒。一朵朵似火榴花開瑞樹。一支支艾葉菖蒲懸門戶，孩子們頭上寫個王老虎，姑娘們鬢邊斜簪五彩靈蝠……」

全桌人叫好拍手。

連後邊站的小丫頭，連廚房裏頭的，連大門洞站的那個人，都拍手叫好。

咦？大門洞裏頭有人？……

西房上頭突然「吧」一聲瓦響。李天然就知道要糟。

一道電光從大門洞那頭照了上去，一聲大喊，「房上有人！」再「砰」一聲槍響。

他聽到西房上頭人倒瓦碎，院子下頭喊叫，再來不及想，伸手揭了兩片瓦，雙手一抖，一片打向開槍那小子，一片打向朱潛龍。

他也顧不得露了身影，順手又揭了兩片瓦，從北房躍起，到了西房。腳剛點到屋瓦，再一抖雙手，全朝著下邊正急忙起身的朱潛龍頭部打過去。

他眼一掃，師叔不在。又一聲槍，「砰」，子彈「嗖」地一聲擦著他耳朵飛過去。

他又一起一落，下到前拐胡同。

德玖倒在地上。他過去扛起了師叔，三步躥出了東口。

他使出全身功夫，也不管街上有人沒人，連躍帶縱，奔向乾麵胡同。

他不能驚動老劉他們，揹著師叔上了房，在後院躍下，急捶了幾下馬大夫窗戶。

有了亮，房門開了。他扛著師叔衝了進去，把師叔放在沙發上。

馬大夫關上門，過來扳起了德玖的腦袋，褪了蒙臉，翻了下眼皮，按了會脛脈，抬頭跟天然說，「死了。」

36 事變盧溝橋

他隱隱朦朧聽到院子裏有了動靜，慢慢睜開了眼。屋子很亮，頭上一盞吊燈，又熟悉又不熟悉，射著刺目的光。他眨了眨眼，發現自己躺在自己客廳沙發上。

他伸手在茶几上摸到了包菸，點上，抽了幾口，嘴很乾。酒瓶空了，只剩下杯子裏的小半口，散出反胃的氣味，他還是一口喝了。

他在澡盆裏泡了半個多小時，才覺得有點醒了過來。沒有胃口吃東西，自己燒了壺咖啡。快十一點了。滾燙的三杯和兩支菸之後，他才覺得真的醒了。

這一真醒，他又想醉。

他無法回想，也不敢回想。

全是他的錯。他無法逃避。師叔就這麼白白地死了。

這是無可挽救的錯。他必須接受。馬大夫也這麼說。

可是接受了又怎麼樣？師叔還是回不來。

就算他想是師叔踩了片鬆瓦，招來了那一槍，也是因為他事先沒好好算計。

難道闖蕩江湖四十幾年的太行刀德玖，就這麼不明不白地叫人給打死了？

該叫他上哪兒，跟誰，去磕頭請罪？

這種罪過，出在堂堂太行派掌門身上，又洗得清嗎？

要是切斷他胳膊就能找回師叔的命……

他給馬大夫撥電話，說這就過去。

唉……師父一家四口已經屍骨無存……而師叔，死不能公開，葬不能公開。

他跟徐太太交代了聲，說九叔回五臺了，就回屋收拾師叔的遺物，看見那頂水獺帽，眼淚刷地淌了下來。他呆呆地打了個包，只留下了那根油亮油亮的旱煙袋鍋。

這回是馬大夫開車。一路上都沒說話，一直開到多年前命運把他們倆湊到一塊兒的那個丁字路口。

有個挑擔子的剛過去。他們又等了會兒。

李天然打開後車箱，抬出了給兩層氈子包著的屍體。馬大夫取了包袱和鏟子。

他扛著師叔，後頭跟著馬大夫，上了小土路。

他無法原諒自己。師門二代最後一人，是這麼偷偷摸摸地入土。

他一鏟一鏟地刨坑。眼淚往肚裏流。

只能埋在太行山莊了。他找了塊地。前邊一片空野，後邊一塊大岩石。為了以後好認好找，他從石頭那兒朝著西邊五臺山邁了九步。

完後又搬了幾塊石頭壓在墳頭上。

他跪下來磕了三個頭。

馬大夫默默唸了幾句……在胸前劃了個十字……

回城路上，馬大夫叫天然務必去上班，而且務必輕鬆，絕不能叫金士貽感到出了什麼事。

到九條都下午了。辦公室沒人。他什麼心情也沒有，取了份報，呆呆地什麼也看不進去。

他也知道得露個臉，反而希望老金快點來，應付一下就走。

房門一下子很響地給推開了，也把他驚醒。是金主編衝了進來。

「小蘇跑了！」老金在他桌前一喊。

「跑了？」李天然放下了報。

「去了延安！」

「延安？」

「延安！小蘇投共了！」老金幾乎在叫。

李天然腦子還沒轉過來。

金士貽靠著他桌子，喘了口氣，「我一大早兒，還不到七點，就接到她哥哥電話，叫我趕緊過去……小蘇給家裏留了個條兒，說什麼去參加抗日行列，又說什麼民族希望在延安……」他又喘了幾口氣，搬了張椅子坐，「昨兒晚上跑的，什麼都沒帶，跟她一個同學一夥兒，也是個女的……」他又氣了，「媽的！上學就上學，一個大姑娘，上哪門子軍訓！這批二十九軍教官，早晚全都去投共！」

老金不想再說了，擺回了椅子，到自己桌上打了好幾個電話，一直沒露出一點昨天晚上東娘家出了事，也沒轉彎抹角刺探李天然。

本來充滿了悔恨傷痛的心情，現在一片混亂。羅便丞來電話約他吃飯，也給他推掉了。一個晚上能出這麼多事？看來今年這個五月節真不是個好日子。徐太太也白費勁兒了，趕著中午前過來把印符什麼的全給扔了出去，也沒扔得了災……

李天然也不知道這幾天是怎麼打發過去的。埋了師叔第三天晚上，他才去找巧紅。坐在她床邊兒，天然再也忍不住地哭出了聲。

日子真不好過。稿子懶得寫，報懶得看，飯懶得吃。就猛喝酒。越喝越難受，喝的那天馬大夫跟麗莎把他訓了一頓，叫他趕快醒過來。這麼糟蹋自己是白糟蹋。再這麼下去，別說報仇，連你這個人都毀了。

藍青峯第二天就來了電話，把事情問了，也無可安慰，只勸他保重，說船到橋頭自然直。李天然末了可直問他怎麼用了金士貽這種人。他的回答叫天然更覺得藍青峯老謀深算。藍說，「用個親日份子，旁敲側擊，會知道不少事。」

至於小蘇，藍老無話可說。

二十七號晚上，藍又來了電話，說他在馬大夫家，叫他這就過去。

他們正在飄著陣陣夜來香味兒的院裏乘涼。麗莎盯了天然一眼，才給他倒了半杯酒。

「剛才已經說了說，」藍青峯一身綢子大褂，搖著把扇子，衝著天然，「那天晚上那個日本軍人，是憲兵隊大佐。『維持會』已經祕密成立。日本一旦真正控制北平，就改成市政府。市長內定江朝宗……本來他們想找吳佩孚，可是這個老傢伙不敢出來。公安局長潘毓桂，他的日本頭子就是那個大佐……哦，我們金主編也要當官兒了，去給市長做機要祕書……」

李天然聽的心裏發毛，也知道話還沒說完。

「還有……」藍青峯頓了下，「便衣組長朱潛龍，也升了官，去當偵緝隊長……那個大佐要他。」

天然覺得他肚子揪成了一團。

一個便衣組長，已經這麼難找了。才有了苗頭，又出了這麼大個紕漏。那再當上偵緝隊長，後頭還有日本憲兵隊……

事情是急，可是又急不得。一步步來，走這一步，想下一步，兩步三步……「就跟下棋一樣。」藍青峯打了個比方。

可是藍老一直沒提他打算怎麼走下一步。

就這麼乾等？不的話又怎麼辦？越想越無可奈何。

他連著兩個晚上都去找巧紅。也不在乎徐太太知不知道，聽不聽得見了。只有在巧紅那兒，他才感到一點安慰，暫時忘記外邊一切……

天剛黑，又悶又熱。李天然光著脊梁，坐在院裏喝酒。一個個星星才開始顯出來。白天的熱還沒散光，石磚地上還發著熱氣。後花園樹上的蟬叫個不停。他剛走了趟拳，可是心頭那塊疙瘩，就像天上響的陣陣鴿子笛聲似的，忽來忽往。大門鈴響了。

是唐鳳儀。鬆鬆的陰丹士林旗袍兒，也掩不住她那風騷的體態。再配上蓬散的一頭長髮，半高跟白皮鞋，肉色絲襪，和那雙紅紅的嘴唇……「走，請你吃飯。」

李天然沒請她進屋，自己回房套了件藍襯衫。

她有部車，讓他找個館子。他想了想，跟司機說去俄國教堂。

「凱莎玲」樓上只有一桌客人。四個窗戶大開，頭頂上的風扇慢慢轉著。他們吃著老板卡諾夫先生介紹的羅宋湯和基輔炸雞，喝著冰涼的伏特加。李天然注意到唐鳳儀美還是那麼美，只是今天晚上沒有了以前那種做作姿態，連說話聲音都正常了。

她取了支菸。他劃了根洋火，也為自己點了支。她深深吸了一口，仰頭噴了出去，「我訂了票，這月底，七月二十八號夜車去天津……」她又吸了一口，「我訂了兩張。」

李天然沒說話。

「不是我逼你。可是今天晚上你得給我一句話。」

他本來想頂回去，再看到她表情嚴肅，語氣認真，就盡量婉轉地說，「我沒有表示過要陪你去上海。」

她微微慘笑，「我知道你沒有……」她弄熄了才抽了幾口的菸，又取了一支掛在嘴角，從手提包掏出一個打火機，遞給了天然，「幫我點。」

李天然接過了打火機，心裏猛跳了幾下，是他那個銀的……他「噠」一聲打著了，替她點了菸。

她仰頭噴煙，「是你的吧？」

他沒說話，撫摸著那純銀表殼。

「我五月節那天在東城吃飯，看見那位楊副理在用，覺得很眼熟。問他哪兒來的，他不說，問他要，他也不給……結果花了我二十塊錢才硬買過來……現在……物歸原主。」

「怎麼回事兒？」他盡量沉住氣。

「你給揍了一頓兒，是吧？」

他沒有反應。

「下回就不會這麼便宜你了。」

他還是沒反應。

「那小子原來是個便衣，後來跟了卓十一，算是護駕吧……」她乾掉半杯伏特加，「你真不知道你目前的處境？」

「什麼處境？」他穩住自己。

「日本人成天逼他們，羽田那個案子……」她給自己倒酒，「他們沒任何線索，就打算把羽田的事兒，還有卓府給偷的事兒，山本斷臂的事兒，還有一大堆沒破的案子，全算在你頭上。」

李天然半真半假的大笑，「算在我頭上？就這麼簡單？無憑無據？」

「你又不是頭一個給冤的。」

他稍微放了點心，至少她用了「冤」這個字。

「他們有他們一套打算。」

「他們是誰？」

「便衣組，偵緝隊，得給日本人一個交代……還有卓十一。」

「警察是交差，卓十一找我什麼碴兒？」

唐鳳儀喝了口伏特加，再給二人杯中添酒，臉上顯出非常嫵媚的笑容，「卓十一認定你我在偷情。」

他愣在那裏，說不出話。

「你不信？」她又掏皮包，取出了半張報紙，「這可是你們畫報說的……」她遞給了他，「曲線消息，第二段。」

是上禮拜那期：

〔本市〕某公子交際花未婚妻，最近與某華僑來往親密。聞將私奔南下。

李天然吸了口氣，默默還了報紙，點了支菸。

「你羊肉沒吃著，惹了一身騷……那我呢？」她那嫵媚的笑容中帶有少許嘲諷，「我不也是給冤了？不也是沒吃著羊肉，惹了一身騷？」她頓了頓，臉色一下了變得冰冷，「可是現在說這些都白費。要緊的是，他是在警告我……擔心我坑，又怕我跑……」

他沒有接下去。

「你還不明白？你我處境，半斤八兩。」她兩眼直直地盯著他，「給我一句爽快話，我是買一張票，還是兩張？」

他心裏一團亂。尤其讓他害怕的是，萬一就這麼給他們幹掉了交差，那血債要不回來不說，朱潛龍可真歪打正著，撿了個天大的便宜，無意之中消除了一個他想都沒想到的死對頭。

李天然把所有的雜念壓下去，很誠實地告訴唐鳳儀他不可能跟她去上海。

回去路上，兩個人都沒再說話，直到他下車。唐鳳儀微微苦笑，「是我看錯了人？」

他也微微苦笑，「大概是沒這個緣……」他掏出來那個銀打火機，塞到她手裏，「你留著吧，是你花錢買的。」

他半個晚上睡不著，越想越心驚膽跳。

他只能告訴自己，往後絕不能再叫他們給逮去。一旦有什麼事，當時就得動手，管他們是便衣警察，還是日本特務。

他也體諒唐鳳儀。連老金都公開散佈曲線消息了，她怎麼能不急。看樣子她是吃了不少錢，坑完了跑，找他護航。

他又想，退一步來看，他還真應該感謝她。那邊不少事，還是從她那兒聽來的，而且還聽出來，至少朱潛龍還不知道他究竟是誰。

他放了點兒心，睡了。

一早就給電話吵醒。又是羅便丞，問他最近在忙什麼，怎麼約了三次都沒空。李天然不好再推，答應禮拜三上他那兒。

他繞了趟九條就去找馬大夫。就麗莎在，正在客廳切藕剝蓮蓬，邊跟他一塊兒吃，邊聽他講，覺得事情不妙，說這幫子人本來就不是東西，再有日本人在後頭逼，更是什麼事都幹的出來。死了個李天然又算什麼。護城河裏頭，經常浮著沒人認領的屍體。麗莎勸他搬來乾麵胡同。她沒直說，可是天然心裏明白，外國人家，稍微安全一點。

他沒過來住，只是更少出門。半夜去找巧紅，也比平常更留神。自己陷入了這個泥坑是自找的，可不能把她也給扯了進去。

這兩天北平突然熱的叫人透不過氣。禮拜三那天，李天然下班回家，火毒的太陽，曬得額頭發痛。就幾條街，已經走的渾身是汗。在南小街上喝了杯冰鎮酸梅湯，都不管用。

家裏也無涼可乘。他有點後悔沒聽藍蘭的話，搭個天棚。

洗完了澡，躺了會兒，看看太陽開始下了，才套上衣褲出門。

羅便丞倒是挺會舒服，光著膀子，坐在風扇前面喝酒。

「後天，跟我去北戴河，我租了個別墅，就在海邊……」他沒起身，指了指酒瓶。「有女朋友，一起去……我約了丹妮爾。」

李天然加冰倒酒，「丹妮爾是誰？」

「法國使館的電報祕書。」

李然覺得這批外國小子在北平可真享透了福，尤其是像羅便丞這種，會幾句中國話，掙的美金，年輕單身，中國外國女朋友一大堆……就只是沒追上唐鳳儀。

出去吃，李天然又佩服了。這小子已經跟他胡同口上那家大酒缸掌櫃的混的這麼熟。才進門坐在凳子上就一嚷，「二大爺，來兩個。」

他們連吃帶喝，一直聊到了十點多，紅漆缸蓋上，摞著一堆空碟子，十來個二兩錫杯。臨走，羅便丞問也不問，就給了小夥計一張五元大鈔。難怪掌櫃的叫他羅大爺。

兩個人搖搖晃晃地出了大酒缸。羅便丞要去什剎海，去印證他剛聽來的「紅花結蓮蓬，白花結藕」。天然沒理，拖他回了家。

這麼晚了還那麼熱，又悶，又喝了快兩斤白乾兒，才幾步路就汗上加汗。

羅便丞又從冰箱取出一堆冰塊，開了風扇，又接著喝威士忌。

「跟我坦白……」羅便丞脫了襯衫，「你最近到底在幹什麼，找你吃頓飯都這麼難。」

「太熱，賴得出門。」

「你少騙我。絕對有個女人……是誰？我見過沒有？是那個做春餅的嗎？」

「沒這個人。你沒見過。不是。」

「那後天你帶誰？一個人就算了。」

「那就算了。」

「我可以替你找一個……不過是個英國女的。有興趣嗎？」

「沒有。」他看看錶，快十二點了。

「再坐會兒……」羅便丞添了酒，「我跟你說，我也很煩……」他一口喝了半杯，「告訴你一件事……前天，我在酒會上碰到我們美國一位外交官，在中國二十幾年了，中國話可比我強，雖然帶點山東味兒……可是，這位老中國通說，他絕不相信日本對華北有任何野心。理由是，你聽，理由是，日本連一個滿州國都搞不過來，怎麼還有能力殖民華北！」

電話響了……

羅便丞慢慢起身，帶著酒杯走到書桌，「我告訴你，天然，不光是他，全美國都這麼天真。」他拿起了電話……

李天然聽不太清楚在說什麼，只聽出是英文，和最後幾句，「…… fine …… first thing tomorrow。」

他掛了電話，回來坐下，「天津打來的。『美聯社』的理查德，問我北平這邊有什麼動靜……他聽說盧溝橋那兒響了幾聲槍……」羅便丞喝了一口，嘆了口氣，「大概又有個日本兵失蹤了……」他靠回沙發，閉上了眼睛，「我告訴你，總有一天，就為了這個……真打起來……」

李天然坐了會兒，乾掉杯中的酒，看見羅便丞睡著了，就站起來關了燈，出了房間，隨手帶上了門。

沒那麼熱了，偶爾還飄過一絲輕風。他拐上了鼓樓大街。靜靜的，一個人也沒有。全城都睡了。

他慢慢遛達著上了東四大街。也是靜靜的，一個人也沒有。就幾根路燈暗暗亮著。兩旁大樹，葉子密密的，遮住了後頭一排排房子，只留下中間一條看不到盡頭的大路。全北平都睡了。也不知道從哪條胡同裏，悠悠遠遠地，婉轉凄涼地，傳出來長長一聲「夜壺……」

他突然無法解釋地迷上了這寧靜的古都……

37 圍城

李天然眨了眨眼，醒了。

又躺了會兒才起床，光著脊梁下了院子。

天陰陰的，又悶又熱。蟬叫個不停，遠遠地響著一陣陣雷聲。

「打起來了！」徐太太衝了過來，塞給他一張報，「您瞧！」

是張「號外」，他接了過來。

一行大標題：「今晨四時，日軍在盧溝橋開砲」。

又兩行小標題：「我方因砲火猛烈，不得已正式開槍。現尚對峙，當局希望對方覺悟。」

真打起來了?!他坐在臺階上看下去。

〔本市消息〕今晨零時許，日方松井武官，用電話向冀察軍政當局聲稱：「昨夜日軍一中隊，在盧溝橋郊外演習，忽聞槍聲，當即收兵點驗，發現缺少一兵，同時認為放槍者已入城，要求立即率隊入城，搜查該兵云云。」我方當以時值深夜，日兵入城，殊是引起地方不安，同時我方在盧部隊，昨日竟日均未出營，該種槍聲，絕非我方所放，婉加拒絕。但不久，松井又來電話聲稱，我方如不允許，彼方將以武力保衛前進云云。同時，我方已得報告，日軍對宛平縣城，已取包圍前進形勢。於是我方再與日方商定，雙方即派人員前往調查阻止。日方所派，為寺平副佐，櫻井顧問。我方所派，為冀省第四行政專員兼宛平縣長王冷齋，外委會專員林耕宇，及綏靖公署交通處副處長周永業。至今晨四時許，到達宛平縣署。寺平仍堅持日軍須入城搜查。我方未允。正交涉間，忽聞東門外槍砲聲大作，我軍未予還擊。俄而西門外大砲機關槍聲又起，連續不絕。我軍仍鎮靜如故，繼因日軍砲火更烈，我軍為正當防衛，萬不得已始加抵抗。我軍傷亡頗重，犧牲甚大，但仍請其停止進攻，調回原防，否則責任應由彼方擔負。日方答以永定河方面，尚有二十九軍騎兵。要求退去，方能再談其他。現雙方仍在對峙中。我方駐盧者均為步兵，並無砲營。昨夜砲聲均為日兵所放。我方軍政當局均極鎮定，不願事態擴大，希望立即停止戰鬥狀態，進行外交談判，倘對方一再壓迫，進攻不已，為正當防衛起見，不得不與周旋云。

李天然震驚之餘，點了支菸，又看了一遍。

「號外」是《世界晚報》出的，時間不過兩小時前：「民國二十六年七月八日正午」。刊頭旁邊還有個方括號：〔又訊：聞走失之日兵已尋獲〕。末尾還有一行字：「詳情請閱今日世界晚報」。

徐太太給他端來杯茶，「打起來了，是吧？」

他木木地點了點頭。

「會打進來嗎？」

他搖搖頭，「不知道……」

「那可怎麼辦？」

「該怎麼辦就怎麼辦吧！」他覺得這句話有點耳熟，不記得在哪兒跟誰說的了。

他起身進屋打電話。麗莎接的，說馬大夫一早去了醫院，「『協和』跟紅十字會組織了一個救護隊去宛平……聽說死了不少人，上百人受傷。」

他接著又打給羅便丞。祕書說他去了「馬可孛羅橋」。他掛上電話，隨便吃了點東西，就去辦公室。

路上的人三三兩兩，聚在街頭議論，個個面色憂急凝重。想找份報，早都給搶光了。好不容易借了份看。大部分是剛才那份號外的重覆，只是死者已高達六十餘，傷者超過兩百。戰鬥集中在盧溝橋東北方面。還有兩張照片。一身夏布長衫的王冷齋，全副武裝的寺平。天然心中苦笑，光看這兩位的打扮，就差不多知道是怎麼回事了。

最新的消息是，冀察綏靖公署主任宋哲元和北平市長秦德純，剛剛成立了臨時戒嚴司令部。司令是二十九軍三十七師師長馮治安。

辦公室沒人。他去了後院看藍蘭。她正跟楊媽在屋裏收拾東西。

「爸爸一早來了電話，叫我打個箱子，隨時動身。」

「真是說走就走。」天然找了個地方坐。

她也不收拾了，「還不知道走不走得了……火車倒是通，可是沒票。飛機也滿了……」她打發楊媽去弄點喝的，又一屁股倒在一大堆亂衣服上頭，「唉……本來是去留學，現在變成了逃難！」

天然苦笑，「是啊……剛好給你趕上。」

「我不是那個意思！」天真無邪的臉，不那麼天真無邪了。「人家小蘇都去打游擊去了。」

「你也想去打？」剛說完就覺得不應該開這個玩笑。

「我？沒這塊料。」

他接不下去。料？他應該算是有這塊料的了。一身軟硬輕功。可是到目前為止，他幹了些什麼？一個羽田。半個山本，卓十一不算數，而自己，白饒了一頓揍倒沒什麼，可是賠了師叔。那他怎麼還能去開一個十七歲小女孩兒的玩笑？」他轉了話題，「你爸爸還說什麼？」

「就說要打了……」她突然眼睛一亮，「哥哥才趕的正好，月底畢業，馬上就派得上用場。」

李天然覺得這也真夠諷刺。一個大少爺，半年訓練就能上場，而渾身武藝的他，此時此刻，反而全無用武之地。他也就只能跟藍蘭說，有什麼事，隨時找他。

吃了片西瓜，他就離開了。

巧紅正在屋沿下頭生火。老奶奶坐在板凳上剝豆芽。他假裝問了聲大褂兒好了沒有。

老奶奶可等不及了，「我天沒亮就聽見了，還說我耳背？起來跟關大娘徐太太說是大砲，她們還不信。」

「您不怕？」

「我怕什麼？七老八十了……庚子那年，八國聯軍進來，我都沒怕。」老奶奶說著說著自個兒笑了。「如今還怕個小日本兒？」

巧紅帶他上了西屋，一進門就拉了他的手，「有事兒？」

「沒事……就想跟你說，街上的人有點兒慌，晚上戒嚴。」

「聽說了……」她靠著案桌，「我倒有話……東娘丫頭來過一趟，說新做的旗袍兒給弄髒了，叫我再縫一件兒。」

「沒提那天晚上？」

「提了，說半夜房上來了刺客……」

「他們怎麼說？」

「猜是衝著日本人來的。」

「就這些？」

「就這些……我沒敢多問。」

李天然摸著她的手，「少出門兒，買菜找個伴兒……這種時候，不三不四的人，最容易鬧事兒……」

他也很少上街，也就是去九條坐一會兒，應個卯。他也知道，這種時候，還出什麼給少奶奶姨太太看的畫報。

一連幾天都出號外。沒有，徐太太也想法兒給他弄張報。她不認得幾個字，等李天然看了，再來打聽，回去再說給老奶奶關大娘。

沒幾件好消息。九號剛談好雙方撤兵，下午日本軍隊就又開砲了。

宛平和盧溝橋，李天然小時候去過不少回。報上提到附近幾處打得很厲害的地方，像什麼龍王廟，大瓦窰，沙崗，他都還有點印象。

只是一大堆守軍將領的名字，除了軍長宋哲元，師長馮治安幾個大頭之外，連副軍長佟麟閣，都是這次打起來才在報上看到的。那就別說其他人了，像一一〇旅長何基澧，二一九團吉星文，第三營長金振中。

日本名字更要命。只有華北駐屯軍司令田代皖一郎經常上報。可是下面的，什麼河邊旅團，什麼第一聯隊長牟田口，第三大隊長一木清直，第八中隊長清水節郎……看了也忘了。

說是打起來了，可是這幾天城裏倒還平靜。北平人也真沉得住氣。大清早兒還是有人遛鳥兒，茶館兒大酒缸，全是人。白鬍子老頭兒，在街上走起來，還是邁著方步。

是報上一個接一個的消息，把人搞得不知所從。一會兒是二十九軍大刀隊收復了鐵路橋和龍王廟，一會兒又是中日雙方重新談判。再看到說「中南海游泳池」關門，簡直是好消息了。

可是談判歸談判，打還是在打。

十一號禮拜天又有個號外，說田代病死天津，改由香月清司出任駐屯軍司令。徐太太菜市場聽來的更叫人心慌，說什麼日本已經調了砲兵和騎兵到通州，又說有大批日本軍隊從東北開了過來。誰也不敢說都是謠言。十二號，南苑那邊又打起來了，連永定門外都響了十幾聲大砲。

他兩天沒出門，只打了幾個電話。馬大夫在醫院，麗莎在東交民巷一個志願工作隊幫忙。找不到羅便丞。藍蘭在家等他爸爸電話。辦公室沒人。

十六號那天，他上街走了走。真把他嚇了一跳。悶熱之外，全變了。

東單，西單，西四一帶，都是一條條戰壕，架著麻袋。東交民巷四周也堆著沙包拒馬。大路口上全是衛兵，揹的長槍也全都上了刺刀。大街上軍車不斷。走路的腳步都快了點兒，沒人逛街了。一個個店舖全都上了門窗。電線杆上，牆上，到處給貼上了標語口號：「寧為戰死鬼，不作亡國奴」，「打倒日本帝國主義」，「誓死保衛盧溝橋」，「北平市民，堅決抗戰」……還有一批批學生沿街募捐，「有錢出錢，沒錢捐把牙刷兒也成。」

他直到二十號晚上才見到馬大夫，滿臉倦容地靠在沙發上喝酒。麗莎在他身旁查看一個筆記本。

半天，誰都無話可說。

「麗莎和我沒趕上甲午，也沒趕上義和團……」馬大夫像是自言自語，又像是說給天然聽，「可是趕上了辛亥革命，成立民國，趕上了袁世凱稱帝，完後的軍閥割據混戰，趕上了孫中山去世，就在我們協和，趕上了北伐，跟打到去年的內戰，趕上了瀋陽事變……看樣子，現在又趕上了又一次中日戰爭……」

李天然不想打斷馬大夫的話。過了會兒，看他不說了才問，「北平守得住嗎？」

「看二十九軍了……當然，這是中國裝備最差的部隊，要不然怎麼會有個大刀隊？」馬大夫抿了一口酒，深深嘆了口氣，「你知道嗎？宋哲元回老家掃完了墓，昨天從天津回來了。他的和平交涉，已經交涉了一個多禮拜，結果反而給東京一個動員的機會，從關外和朝鮮調來了四十萬人……你看報了吧？上個月才上任的首相近衛文麿，還製造輿論，把『盧溝橋事變』說成『華北事變』，前幾天又改成『中國事變』，就是在有意挑戰，尋找藉口，佔領中國，……」他又抿了一口酒，想了想，「就算前天蔣委員長的『盧山談話』非常堅決，什麼抗戰到底，就算他已經電令二十六路軍總司令孫連仲北上支援，又電令太原那邊的綏靖主任閻錫山緊急戒備……可是，你說什麼？北平守得住嗎？……我看守不住。」

「天然……」麗莎為每個人添了點酒，「你沒去東交民巷，你無法想像那個又安靜又清靜的使館區，這個禮拜變成了什麼樣子……我這幾天每天都在那兒，我告訴你，各國兵營操場，還有馬球場，全擠滿了人，像是在野餐，總有上千個外國人躲了進來，都是住在城裏和近郊的……我告訴你，什麼人都有，傳教的，做買賣的，教書的，度假的，還有一大批白俄舞女……大部分拖家帶小，大包小包，地上搭著各式各樣的帳蓬，一個個奇裝異服……簡直像是園遊會，搞時裝展覽，有人吹口琴，有人彈吉他，還有娃娃哭……」她說的有點累了，停了停，「再告訴你一件事，你就知道這兒的外國人有多緊張了……這個禮拜，我們使館每天都有通知來，要城裏頭所有外國居民注意美國大使館那個無線電杆的燈，如果下頭掛了我們海軍陸戰隊的危險信號，白旗上一個黑三角，那就是警號，就叫我們全都立刻躲進東交民巷。」

已經很晚了，外頭又在戒嚴，麗莎留他住下。

「有什麼事我可以做？」李天然最後問。

「有……」馬大夫揉著太陽穴，想了想，「這樣好了，明天跟我去協和，那兒有一大堆醫藥打算送給紅十字會。我們人手不夠，也沒幾個人會開車，你就用我那部福特，幫我們送貨吧……」他突然又想到什麼，「不過，先請你捐五百 C.C. 的血。」

就這樣，李天然第二天一早跟馬大夫去了協和，先捐了血，休息了半小時，就開始搬貨。都是一箱箱，一包包的醫療救濟物品，送到紅十字會在燈市口貝滿女中操場上臨時搭的大帳蓬。馬大夫那部老福特裝不了多少箱子，得來回來去跑。好在不遠，車頭上又掛著一面白底紅十字旗，衛兵警察都讓他的車先走。

可是其他好幾個民間志願團體，發現這兒有部汽車，也一個個過來找他順便幫著運點慰勞品救濟品。什麼都有，牙刷牙膏，毛巾胰子，筆記本，手絹兒襪子……最多的是居民聽說前線需要沙包，而捐出來的麻袋麵口袋，像小山似的，一捆捆堆在幾所學校和會館裏頭，等他們來搬。

李天然成天這麼在內城外城開車送貨，很快就發現這一陣子又安靜了下來，真有點和平氣氛。至少西四那條戰壕都給填平了。街上的人又多了起來。舖子也一個個下了門板，路口上又有人在賣酸梅湯，雪花酪，西瓜，冰棍兒。

可是報上的消息還是挺嚇人。日軍已經公然佔地，在南苑擴建機場。清華大學附近也有過幾次武裝衝突。宛平和長辛店每天都在給砲轟。

最叫人覺得危險的是，不管訂了多少協議，四郊圍城的日本軍隊，一個兵也沒撤走。果然出事。二十五號下午，日軍發動了飛機，大砲，鐵甲車，一夜之間，佔領了廊坊。北寧路斷了。平津火車又不通了。

他第二天照常送貨。大夥兒都在議論昨天晚上廊坊失守的事。下午，西單一帶開始戒嚴。站崗的說外城廣安門那邊兒正在打。他只好開回東單。

到了哈德門大街，路又給擋住了，好些二十九軍在上頭挖戰壕，架沙袋和鐵絲網。他問一個腰上別著把手槍的少尉怎麼回事。

那個軍官朝東交民巷一指，「那裏頭還有九百多個日本兵，廣安門還在打。總不能讓他們裏應外合吧！」他手一揮，「趕緊進胡同兒繞著過去。」

他繞了半天才還了車。回家天剛黑。他光著膀子在院裏坐。

還是很熱。剛滿過的月亮照得下邊一片慘白。沒槍聲了。只是後花園的蟬叫個不停，蛐蛐兒也叫個不停。他靠在藤椅上抽著菸，喝著酒，望著天邊一顆顆開始亮起來閃動的星星……他發現好一陣子沒去想朱潛龍的事了。

胡同裏頭一陣汽車喇叭聲。他沒理會。接著大門鈴又一陣響，才想到準是羅便丞。

果然是他。白襯衫上給汗水浸濕了一大片，「有件急事，幫個忙，我中文不大行，」他三步兩步拖著天然上了北屋，掏出來一張紙，「勞駕給翻成英文……你先看看。」

李天然坐到書桌前，開了檯燈。紙上滿滿一頁潦草的毛筆字：

一九三七年七月二十六日午後
（昭和十二年七月二十六日）

最後通牒

日本華北駐屯軍司令香月清司

致

冀察綏靖公署主任，
冀察政務委員會委員長，
第二十九軍軍長宋哲元

「怎麼回事兒？」李天然抬頭問。

「你先看。」

他接下去看。

二十五日夜間，我軍為保護廊坊通信所派士兵，曾遭貴軍非法射擊，以致兩軍發生衝突，實感遺憾。查此事發生之原因，實由於貴軍對我軍所訂之協定，未能誠意履行，而緩和其挑戰的態度。如果貴軍有使事態不趨擴大之意，須將盧溝橋及八寶山附近配備之第三十七師，於二十七日正午以前撤至長辛店，並將北平城內之三十七師撤出城外，其在西宛之三十七師部隊，亦須於二十八日正午以前，先從平漢鐵路以北地帶移至永定河以西之地，並陸續撤退至保定方面。如不實行，則認為貴軍未具誠意，而不得不採取獨自之行動以謀應付。因此，所有一切責任，並應由貴軍負之。

「哪兒來的？」李天然又抬頭問。

「你先翻。完了再說。」

「可是……香月清司，英文叫什麼？還有，」他垂頭瞄了一眼，「最後通牒，綏靖公署……英文怎麼說？」

「這些名詞你都別管，我們都有……你只管翻案文，一定要忠實，意思絕不能錯。」

李天然抽出一張白紙，拔出鋼筆，動手翻譯。案文還好，只請教了一兩個字，像「獨自之行動」。

不到一小時，他把英文稿給了羅便丞，點了支菸，「怎麼回事？」

「怎麼回事？」羅便丞早已經自己倒了杯酒，半躺在沙發上，「不是很清楚嗎？最後通牒！不投降就死！」他喝了一大口酒，「最後通牒！耶穌基督！這是我這輩子第一次看到的最後通牒！老天！」

「怎麼回事？」李天然有點忍不住了。

可是羅便丞像是極度緊張過後的鬆弛。他又喝了一口，「你知不知道中文還有一個譯法，叫什麼『哀的美敦書』。老天！也真妙！像是一對情侶吵架，斷絕關係！」

天然坐下來陪他喝，「你哪裏得來的？」

「鐵獅子胡同，有我的人。」他擠了擠眼。

「O. K.……那你怎麼看？」

「我怎麼看？下午差點打進了廣安門。所以你說我怎麼看。我看七月七號的盧溝橋槍聲，開始了第二次中日戰爭。」他一口乾掉了酒，「我得趕回辦公室發稿，過兩天再談……可是我告訴你，盧溝橋那邊打得很慘……」他站了起來。「我們通訊社會付你錢，不過還是謝謝你……我們那位翻譯給累垮了。進了醫院……」他把稿子塞進了口袋，往屋外走，突然止步，「哦，對了，那位民間詩人又有了作品，」他掏出一張疊著的報紙，遞給天然。「你慢慢看吧。」

李天然送他出門上車，回到北屋，倒了杯酒，點了支菸，靠在沙發上，有點激動地打開了那張小報：

古都俠隱（之四） 將近酒仙

梁任公集宋人句，轉贈「燕子李三」

燕子歸時，更能消幾番風雨；

夕陽無語，最可惜一片江山。

38 東站送別

他第二天照常開車搬運。可是內城外城才跑了一趟，就覺得情況不對。大街上全是軍車。前門附近到處都是揹著長槍的大兵。

就連貝滿操場上大帳蓬裏頭堆的一箱箱救濟品，也不像前幾天那樣轉手就送去了宛平，長辛店，南苑，西苑。還堆在那兒。問看守的怎麼回事，那小子也不清楚，只說這兩天沒人來取。

他開回協和找馬大夫，等了一個鐘頭才見到。

馬大夫把他拖進辦公室，關上了門，「唉……你回去吧。」他滿臉倦容，一下倒在椅子上。

李天然從來沒見過馬大夫這麼喪氣，「怎麼了？」

「宋哲元拒絕了香月的最後通牒……」馬大夫開了抽屜，取出半瓶威士忌，「快了，就這一兩天……」他開瓶倒酒。

天然愣住了。

「先談眼前的。青老來過電話，到處找你，照顧一下藍蘭……他人還在天津。」

二人碰杯。

「日本人來了，我不知道你能跑哪兒去……你那些事，給他們猜到點兒邊兒，你就完了。」

他一口乾掉，「先上九條吧，去看看藍蘭。」

李天然出了醫院還在想馬大夫的話。這一兩天就打進北平？可能。城外已經打了二十幾天了，昨天都打到了廣安門。

長貴滿頭是汗，給他開的門。

辦公室還是沒人。老金桌上一摞新畫報。上星期六，七月二十四號那期。真的還在出？

他翻了翻。沒有一條盧溝橋的消息。倒是登了他月初交的那篇，美國女飛行家 Amelia Earhart，首次環球單飛失蹤。

他上了正屋。一進門，心頭一震。

大小沙發，桌椅，酒櫃，全套上了布罩。字書擺設也全收起來了。地氈也給捲了。李天然呆呆地站在空空的地板上，嘆了口氣。半個多月的圍城，結果就在這兒。這是準備好了逃難。

他穿過甬道，進了藍蘭的後屋，心頭又一震。小起居室也是空空的，更顯得窗前那支皮箱孤孤單單。

藍蘭出了內室，一身清爽的白綢子衫褲，繡花布鞋，頭上一串珠壓髮，「爸爸在我你。」

「我知道。什麼事？」

「送我上車。」

「什麼時候？」

「還不知道。反正不是今天，就是明天……」她推開了通往後花園的玻璃門，「屋裏沒地方坐。外邊兒去。」

他們撣了撣葡萄架下頭的石礅，坐了下來。楊媽給他們沏了壺茶，又叫長貴給搬來兩張藤椅。

「只有等了……爸爸叫我六點給他打電話。」

李天然點了支菸。天很熱。大太陽。好在有樹蔭，兩個人坐在那兒有一句沒一句地聊。

「你猜我這幾天在幹什麼？」

他抽著菸，等她說。

「我把這半年來的事兒給記了下來……就用你送我的日記本兒。」

「那很好。」

「是啊。一大堆事兒。以後再看，一定又好玩兒又無聊。」

「總比再看心酸要好。」

「也許……」她指了指頭上，轉了話題，「這些葡萄，一串串的，看樣子今年吃不著了……」

接著跺了跺腳，「就在這藤架子下頭，不告訴你哪兒……我埋了點兒東西。」

「哦？」

「一個手鐲……」她開始微笑，「第一次約會的禮物，八年級同班……」

李天然有點感觸，「還埋了什麼？」

「五個彈球兒……我小時候彈的很棒。奇怪，就迷了那麼一陣兒，就那年夏天……」

「還有什麼？」

「沒了，就這兩樣兒……奇怪，為什麼就這兩樣兒？」她有點迷失在自己的沉思中，「等我哪天回來，再把它們給挖出來……」

「很好。也算是一種日記。」

「奇怪……為什麼就這兩樣兒？……埋它們幹嘛？」

「無所謂……可是挺美。以後回來還有東西可以找。」

「也許為的就是這個吧……」她臉上顯出微微傷感……

回來有東西可以找？天然後悔說了這麼句話……這一去美國，回來都難了……

六點。藍蘭拖他進屋打電話，很快撥通，三句話完了就把電話給了他。藍青峯的聲音有點急，可是交代的很清楚，「天然？聽我說。她船票有了，大後天三十號……是火車票，我中午才弄到一張……明天晚上十點，你送送……早點兒去。先去找個姓趙的路警，叫趙旺。票在他手上……早點去，天黑前到站。」

「您放心。」

「我過幾天想辦法去趟北平。」

「那……北平……？」

「一天，最多兩天，」那邊掛了電話。

天然也掛了，轉頭向藍蘭，「你都準備好了？」

「就一個箱子。」

「好。我明天下午來接你。」

「你這就走？」

他點點頭，「天黑戒嚴。」

「乾脆這兒睡……哥哥的床沒拆。」

李天然想了想，也好。

他們在後花園吃的飯，一人一大碗炸醬麵。完後藍蘭叫楊媽去把家裏剩下的酒全給拿來。楊媽給抱回來的是大半瓶白蘭地和兩個半瓶威士忌，還又端來一碗冰塊兒，說，「我記得您喝外國酒喜歡加點兒冰。」過了會兒又給他們點了兩根素蠟和兩盤蚊香。

李天然加冰倒酒，等楊媽離開了才問，「他們怎麼辦？」

「楊媽等我一走就回通州。長貴跟老班守這個房子。」

他抿了口酒，微微苦笑，「曲終人散。」

「我上回這麼說還給你笑，」藍蘭玩弄著杯中冰塊，「看樣子見不到哥哥了……就這兩天畢業，也不知道要給派到哪兒去。」

蟬鳴一下子全停了。後花園安靜的像真空。

「你呢？」藍蘭撿了個冰塊，擦她的額頭。

「我？」

「日本人來了，你怎麼辦？」

他過了會兒才回答，「走著瞧吧……」

兩個人好像都沒什麼話說了，無事可做地注視著那兩根蠟上一閃一跳的火苗。

「睡吧……」李天然半天才開口，「明天會挺累。」

「我不想睡。」

他們又接著喝，一直喝到蠟都燒盡了。藍蘭有點兒醉，可是就是耗在那兒不進屋。他又陪了會兒，過去把她拉了起來。

藍蘭半靠著他肩頭，往屋裏走，進了房門，在黑暗中回身緊緊摟住了天然，聲音啞啞的，「我不想就這麼走……」

他伸手把她抱了起來，吻了下她的面頰，摸黑進到內室，憑著窗外射進來的微弱月光，把她放在床上，又彎身親吻了下她額頭，「睡吧，明天會挺累。」

他轉身出了內室，出了屋，穿過後花園，進了藍田的睡房，衣服也沒脫，倒在床上……睡的很沉，可是好像一下子給什麼吵醒了。李天然張開了眼睛。天已經很亮。他瞇了會兒。很奇怪的聲音，像是汽車在猛踩油門。又聽了聽，才聽出來是飛機。

他洗了洗就去正院。楊媽，長貴，老班，都站在院裏仰頭看……「日本飛機。」

天然也抬頭順著聲音找過去。碧藍的天空，片片白雲。果然，一架，兩架……從他們頭上飛過去。很低。機身上的紅色太陽標誌一清二楚。

遠遠像悶雷似的砲聲，隆隆地滾了過來。

藍蘭跑進了院子。又一架低飛而過。

「來轟炸？」她捋了捋衣裳，還是昨天那身。

「不像。」他點了支菸。

老班回廚房了。長貴說是來撒傳單。楊媽「呸」了一聲，「就來嚇唬人！」

一連幾聲砲響打斷了他們，引得蟬亂叫。

「哥哥現在就飛來，多好，把它們全打下去！」她跺了下腳，望著又一架消失在屋脊後頭。

天然拖她回了屋，撥了個電話給馬大夫，「怎麼回事？」

「還有什麼！在打北平！」

「打到哪兒了？」

「一早炸了南苑……還有西苑，北苑……幾十架轟炸機……你在哪兒？」

「九條。」

「來我這兒吧。」

「不行，晚上要送藍蘭上火車。」

「今天晚上？老天！真趕上了！」

李天然又接著打給羅便丞。不在，說是上鐵獅子胡同訪問宋哲元去了。

他掛上了電話，心裏覺得有點可笑，又不是味兒。回來北平快一年了，結果這時候只能找兩個美國人打聽消息。

他叫藍蘭在家等，別急，別慌，別出門。跟她一塊兒喝了粥，他就上街了。

進了胡同，瞧見南邊和西邊上空浮著團團黑煙。東四大街上聚著一堆堆人，都在無聲無語地抬頭仰著望。

又走了幾步，路西一家舖子前面圍了一大羣人。

他過了街，擠在後頭踮著腳看。牆上貼著一張佈告：

鈴木及酒井旅團全面進攻北平。
日機今晨猛烈轟炸南苑西苑。
我守軍損失慘重，傷亡數千。
二十九軍副軍長佟麟閣，
一三二師師長趙登禹，
壯烈殉國。

看的人全呆住了。偶爾一兩聲「啊」地驚叫。沒人議論。李天然又默默看了一遍，慢慢隨著幾個人離開。

他沒有目的地走著。店鋪全都上了門。有一兩家開的，也只留道門縫。街上人不少，也不知道在幹什麼，有的還抬頭找飛機。大馬路上一會兒就一輛前拉後推的板車，上頭堆滿箱子包袱，棉被褥子，坐著老老小小，也不知道是往城裏逃，還是往城外逃。

他朝北走。鐵獅子胡同口上塞滿了汽車，大部分是軍車。好幾個揹著長槍刺刀的士兵在攔路指揮。

他從十一條繞回去，沒進九條，一直往下走。

巧紅正蹲在院兒裏洗衣服。老奶奶在旁邊板凳兒上陪她說話。李天然很快地把外邊兒情形跟她們說了說，叫她們這兩天別出門兒。

巧紅站起來，擦了手，請他上西屋，說有件東西交給他。天然跟老奶奶點了點頭，進了她屋。

門窗都開著。巧紅拉起他的手，悄悄說，「你沒事兒吧？」

「沒事兒。你呢？」

「也沒事兒……就前天去送衣服，東娘可樂了……說她龍大哥就要升官兒了……」她的手指在他掌心上劃來劃去，「給你寫了兩個字兒，認出來沒？」

李天然搖搖頭。

「再給你寫一遍。」

李天然窨著微笑。

「『想你』……」

他心跳心熱，拉她到了門後頭，一把摟了過來。深深吻著她……

回九條路上，看見南小街有家羊肉床子還在做買賣，進去買了條羊腱子和一堆燒餅。馬路邊兒上，正有兩個穿著開襠褲的小子在那兒追來追去。後頭那個嚷著，「勞您駕，道您乏，明年請您逛二閘。」

李天然心裏頭嘆了口氣。懵懂無知真是福……

他把吃的交給了長貴，回到藤架下頭坐，抽著菸，等午睡的藍蘭起身。

往後怎麼辦？走著瞧？可是他跟巧紅的事，可不能老是走著瞧……潛龍的事沒了，或許也只能走著瞧，總不能拖她下水，說不定又當寡婦……

北平真是說完就完，還沒兩天……傷亡慘重？一天死了兩位將官？可也夠慘重了……可是那些大兵呢？都是誰？姓什麼叫什麼？有人提嗎？有人知道嗎？他們的家人呢？他們的仇又該怎麼去報？……

四點多，他聽見藍蘭屋裏有了動靜。又過了好半天，她才進後花園。

他眼睛一亮。白絲襯衫，頸上一副珠圈，黑麻長褲，漏空皮鞋，落肩長髮，倒是沒化妝……

李天然笑了，「你這是逃難，還是度假？」

她臉上一紅，「不許你笑。誰家事先就預備好了逃難的衣服？還不是有什麼穿什麼？」她給自己倒了杯茶，坐了下來，「還這麼熱。」

老遠隔會兒就響幾聲砲，接著就一陣蟬鳴。

楊媽給他們兩個提早開飯。還是在後花園吃。一盤羊腱子肉片，一盤回了次爐的燒餅，一壺龍井。

藍蘭拖楊媽坐下來一塊兒吃。楊媽沒嚥兩口就哭了。藍蘭眼圈兒也發紅，也吃不下了，趁楊媽去了前院，跟天然說，「就她我捨不得……把我奶大的……」

上車的時候，楊媽更是哭的說不出話，摟著藍蘭半天也放不下手……

他順著東四大街往南開，一陣奇怪的感覺籠罩著他。上了東長安街，他腦子才轉過來。馬路上靜靜的。街聲，市聲，人聲，都沒了。到處飛著廢紙。就幾個行人在低著頭急走。洋車都不知道躲哪兒去了。一片死寂，了無生氣。他打了個寒顫。

他不自覺地偏頭瞄了瞄東交民巷裏頭那根無線電杆，心裏一驚。杆頂的燈亮著，下頭赫然一面黑三角白旗。

藍蘭輕輕拍了下他右肩，「送給你。」

他接了過來，是上回他們三個在北海拍的那張照片。

一出前門西門洞，車開始多了，很亂很擠。他左右看了看，在離東車站廣場好幾條街外停了車。高高塔樓上的大鐘，快八點了。

東站前頭廣場上全是車，擠滿了人，湧來湧去。這邊喊叫，那邊喝罵，娃娃尖哭。李天然左手提著皮箱，右手拉著藍蘭，使了點勁兒，硬從人羣中間往前頭死擠過去。給人罵也裝沒聽見。才幾步路已經渾身是汗。

總算擠到了大門口。兩個人貼牆站著，喘了會兒氣。天然叫藍蘭在那兒守著箱子，他去找那個鐵路警察。

還沒舉步，就聽見大門口那兒有人喊，「藍小姐！」李天然朝著喊聲擠過去，一邊揮著手。

那個警察滿頭大汗地擠了過來，「藍小姐？」藍蘭說是。「李先生？」天然點點頭。

「跟我來……」路警前頭開路，藍制服背後全濕了，「勞駕讓讓……」藍蘭抓著路警的皮腰帶，天然一手按著她肩膀，一手提著皮箱緊跟。

三個人先拱進了車站。候車大廳，更擠更吵更鬧，更悶更熱更臭。

再慢慢半步一步地拱到前頭左邊一排辦公室。那位路警擠到了一塊「北寧鐵路警衛隊」木牌下頭，伸手打開了旁邊那扇門。

裏頭也擠著好些人，可是比外頭強多了。

李天然找了個地兒放下箱子。藍蘭坐了上去，直喘氣。滿臉通紅，掏出一條白手絹擦汗。

路警抹了抹頭，「敝姓趙名旺……跟過令尊幾年，」他聲音低了下來，「車剛進站，還在下人……待會兒咱們打……」他往身後一指，「那個門兒上月臺……票在這兒，」他遞給了藍蘭，「我給你剪了……」他招手叫李天然低下頭來聽，「外頭情況很糟……聽說二十九軍今兒晚上就要走……」他喘了幾口氣，「這班車，沒票的也會硬衝硬上，咱們得早點兒過去……不準兒是最後班車了……」他直起了身子，四周掃了一眼，「我看這就上。箱子給我……這件事辦不好，對不起藍參謀。」

一出辦公房後門就是月臺。火車棚下頭暗暗的。

長長一列沒有火車頭的車箱，靜靜不動地停在那裏。

趙旺跟月臺上兩個路局的人打了個招呼，就直奔頭等車箱。

還有幾個人在提著大箱小箱下車。每個車窗都開著。還是有股濃濃的汗氣臭氣煙味兒。滿地果皮廢紙，黏黏的。藍蘭的位子第一排靠窗。趙旺把皮箱放在架子上。

「可別再下車……我得先走……李先生，您也早點兒回去。小姐上了車就沒事兒了。」他行了個軍禮，「令尊大人面前給請個安。」

藍蘭跟他握手。趙旺有點不好意思，可是還是握了。

他剛轉身下了車，這節列車前後兩道門同時湧進了一批批人，一下子又吵又鬧了起來。

李天然看了藍蘭一眼，「就這樣吧……」

她旁邊已經擠過來好幾個人。

藍蘭呆呆地望著他，輕輕喊著，「T. J.…… T. J.……」。

李天然給湧過來的人擠得沒地方可站。他捏了捏她的手。她沒放手。他又捏了捏，撒了手，轉身逆著人潮，擠出了車箱，又擠下了車。

月臺上全是人。喊的，叫的，罵的，哭的……箱子包袱，網籃麻袋……

他在藍蘭窗口下頭站住，眼角瞄見有個火車頭正在慢慢倒退……「卡嚓」一聲，列車一節節抖過去……喊叫的聲音更緊了。

他抬頭看見藍蘭正靠著窗，眼睛濕濕的，呆呆地望著他。

他取出一支菸，找洋火，突然摸到他那串銀鑰匙鏈環，掏了出來，解下了幾把鑰匙，踮腳舉手，把那串銀鏈環遞給了藍蘭，「留個紀念吧……」

火車突然響了一聲汽笛，噴出一團乳白氣霧，開始動了。

月臺上的人，車上的人，全開始尖叫臭罵，「怎麼開了！」，「他媽的！還沒九點！」……月臺上的燈一滅一亮。尖叫聲更大了……

列車繼續慢慢往前滾動。

月臺上太擠。李天然夾在人羣當中，沒法動。

還有人在搶著上，往車窗硬爬硬鑽。

他目送著車窗中的藍蘭，漸漸離去……

又一節車箱慢慢從他面前經過。

「李天然！」一聲喊叫，聲音很熟。

唐鳳儀那張美麗的臉孔，正從他頭上慢慢滑過。

她從車窗噴出長長一口煙，伸出來一條雪白的胳膊，向他一抛，閃閃亮亮的什麼，向他飛過來。天然伸手一接。

是他那個銀打火機。

39 第一件任務

李天然從沉睡中醒了過來。

十點了。徐太太不在。他洗完弄完，套了件襯衫，出門找地方吃東西。

小胡同很安靜。大街上也挺安靜。他像是在夢裏遊逛。

一開始他還沒注意到。走近了才發現，城牆上頭空空的。前幾天那些守城的兵全不見了。丹珠色城門大開著，也沒人守。只有幾輛板車和一些挑擔子的進進出出。大太陽下頭，更顯得沒勁兒。

他在朝陽門大街上吃了碗打滷麵，喝了壺茶。掌櫃的沒什麼表情地給他續水，「全跑了……宋委員長，秦市長，馮師長，王縣長，全跑了……就留了個張自忠。」

馬路口上站崗的，就幾個老警察。李天然慢慢走著，想找份報。

到了北小街拐角，看見有兩個人仰著頭，對著根電線杆子。他走了過去。上頭貼了張給撕了一半的佈告。唸了兩遍，才湊出來一點意思。

佈告下邊署名「代市長，代委員長張自忠」，說是戰局有了新發展，二十九軍不得不縮短防線，退出北平，向保定一帶集中兵力，繼續抵抗，勸告市民各安生業，切勿驚惶……

「去他媽的！」旁邊那個人罵了起來，「張自忠就是親日，逼走了宋哲元，根本就是漢奸！」

「唉……」另外那個年紀大點兒，滿頭灰白，「親日也好，抗日也好，能保住了這座古城，沒叫小日本兒的砲彈給毀了，可比什麼功勞都大。」

北小街上一陣響亮的引擎聲。他們三個都轉頭看。一列十好幾輛草綠色軍車，前頭飄著太陽旗，後頭架著機關槍，打他們身邊隆隆開過去。

「先頭部隊……」年輕的揮著塵土廢氣，「北平真的完了……」

李天然很快回了家，心頭一股子悶。

剛邁進大門，徐太太就趕上來問，「進城了？」

他點了點頭。

「那怎辦？」

他也不知道該怎麼辦，「走著瞧吧……」突然止步，「你要是打算回通州……」

「沒這個打算。」

他沒心情再說下去，進了屋，掛電話給天津藍青峯。沒人接。又打給馬大夫他們。劉媽接的，說都出去了。又打給羅便丞。也不在，去了通州。

他坐在沙發上發愣。走著瞧？往哪兒走？瞧什麼？

他想著師叔，越想越難受，越想越自責。潛龍的事還沒個影兒，就死了個師叔。這個損失，可比什麼都慘痛。他摸著那根煙袋鍋發呆。

日本人進城了，他隱了也七年了，還能隱多久？

也許暫時還輪不到他。日本人要抓，會先抓剩下的二十九軍，再去抓抗日分子……可是，唐鳳儀不是說，他正是揹了個抗日的名兒？

反正絕不能洩氣是真的。反正天網恢恢，疏而不漏，早晚的事。除非潛龍這小子命好，明天就暴病身亡……

他兩天沒出門。就馬大夫來過電話，說天津也完了，還給炸的很慘。問起藍青峯，馬大夫說沒他消息。

倒是徐太太早上來，說大街上已經有日本兵站崗巡邏，還聽說在抓人。

真是說完就完。二十九，三十，才兩天，北平天津全沒了。

他一個人在家，待也待不住，出門又沒地兒可去，也不方便。想去找巧紅，也覺得不妥。九條算了吧。主編都一個月沒見人了。

他下午去胡同口上繞了繞。太陽很曬，也沒風，地上冒著熱氣。一片死寂。要不是樹上的蟬叫個不停，北平像是中了暑。也許城一淪陷，就是這個樣兒。

五點，大門鈴響了。

羅便丞一身麻布西裝，正從後座取東西，「來，幫我拿……」遞給了天然一個個大小紙包，「熏火腿，黑麵包，罐頭蘆荀，一瓶紅酒，一瓶威士忌……剛在六國飯店買的。」

他們進了上屋。

「餓了嗎？」

李天然搖搖頭，把東西放在茶几上。

「好，那先喝。」羅便丞褪了上衣，寬了領帶。

李天然找出螺絲起子給他開瓶，又去拿杯子，開風扇。

羅便丞倒了兩杯，給了天然一杯，又「叮」地一碰。

「我們當然不能慶祝北平的淪陷……」羅便丞舉著酒杯，慢慢開始，「可是，你和我，必需為我們心愛的北平，為我們認識的北平，喝一口。」二人各抿了一下。

「我們同時應該為她的美，她那致命的美，喝一口。」二人又各抿了一下。

「聽我說，親愛的朋友……這迷人的古都，還有她所代表的一切……那無所不在的悠久傳統，那無所不在的精美文化，那無所不在的生活方式……我告訴你，親愛的朋友，這一切一切，從第一批日本兵以征服者的名義進城，從那個時刻開始，這一切一切，就要永遠消失了……」

二人悶悶地各飲了一口。

「讓我們為一個老朋友的死，乾掉這杯！……讓你我兩個見證，今夜為她守靈！」

二人碰杯，一口乾掉剩餘的酒。

李天然萬分感觸。他沒想到一個在北平才住了不過三年的美國小子，竟然發出了這種傷感和悲嘆。

可是還有一個感觸刺激著他。一個不易捉摸的感觸，很像是纏身多年的心病，突然受到外界的打擊而發作身亡。

老北平即將消失？那太行派不早就死了？

羅便丞平躺在沙發上，兩眼望著屋頂，「二十九號那天，通州偽政府的保安隊起義，差一點點消滅了日本駐軍，還抓了殷汝耕！都已經押到了北平！……唉……他們怎麼也沒料到，就那天早上，宋哲元，二十九軍，全跑了……又白白送回給日本人……唉……」他起身倒酒，「天津那邊更慘，市政府，萬國橋，南開大學，北寧總站，全給炸了……」

李天然把紅酒分完，找了把刀來切熏火腿和黑麵包，「北平呢？」

「這兒？」羅便丞大口吃著，「鐵獅子胡同的綏靖公署，現在變成了『北支派遣軍司令部』，憲兵隊佔了北大紅樓……成了我的鄰居，哈！……還有師大，天壇，都已經住進了先頭部隊……」他邊吃邊喝，「不說這些了，反正等他們八號正式進了城，日子不會好過……說說你吧。」

「我？」天然慘笑。

「你們那位金主編現在可變成了紅人。我下午還看見他。六國酒吧，跟好幾個日本人……所以，你怎麼打算？失業事小，給日本憲兵抓進去可不是好玩的。」

「憑什麼抓我？」

「憑什麼抓你？他們憑什麼佔領北平天津？……可是……」他想了想，「說不定他們還想收買你呢！」

「收買我？」天然一愣。

「對！收買你……你總可以料到，再這麼下去，日本早晚會跟美國衝突起來吧？」

「還沒這麼想過。」

「你太不注意國際形勢了……」羅便丞語氣有點譴責，「你想，日本不是公開說，要替亞洲趕走所有殖民帝國？把亞洲還給亞洲人？……好，今天北平天津，明天上海廣州，這麼打下去，只是一個時間問題，就無可避免地碰上了香港，新加坡和印度的英國，菲律賓的美國，印度支那的法國，東印度羣島的荷蘭……好，現在北平這兒，有你這麼一位給白人欺負過的中國人……不收買你收買誰？」

李天然還愣在那兒，簡直不知道該怎麼想，剛惹上了抗日，現在，照羅便丞這麼說，又可能惹上親日……

「我在想……」羅便丞接著說，「趁日本美國還沒打起來，我給你在『世界通訊社』安排一份工作……也算是一種保護。」

李天然悶悶喝著酒，「不行，我不是記者。」他知道這也不完全是推辭。他覺得扯上了一個美國新聞機構的關係，就算不成天在外邊拋頭露面，也會更引起朱潛龍和日本人的注意。他看了看錶。

「你有事？」羅便丞看到他的小動作。

「沒事。」

電話響了。是藍青峯，話說的很急，叫他這幾天晚上家裏等電話，有事找他，就掛上了。李天然都沒來的及問藍蘭。

「是你老板？」

天然點點頭。

「還在天津？」

他說是。

「聽說日本人也要拉他出來，當天津市長……留日的。」

他點點頭。

「你再想想我的建議……北平一淪陷，你說你有幾條路可走？……聽話，有兩條，不做順民就做漢奸。不聽話，也有兩條，不抵抗就坐牢。」

天然苦笑點頭。

「我看你……」羅便丞誇張地瞇著眼盯他，「說實話，我還真不知道你要走哪條……」他喝完杯中紅酒。

「我知道就行了。」天然也一口喝完。

「好，紅酒光了，也是喝威士忌的時候了……」他起身開瓶，「守靈一定要醉。」

李天然去換了杯子。守靈要醉？那就醉吧！

他們兩個人半個晚上幹掉了兩磅熏火腿，一條黑麵包，一罐蘆筍，一瓶紅酒，一瓶威士忌。羅便丞還是不想走，半躺在沙發上，說他在美國已被公認是駐戰地中國的名記者，又吹他北平發的新聞稿，現在有幾乎兩百家報紙採用……可是……

李天然又取了瓶威士忌。守靈要醉！

「可是……這場混蛋的仗……也要把我和馬姬的愛情搞垮了……她回去之後……我們只通過兩次信……本來說好年底見面……我有三個月的休假……可是……現在怎麼走得開？……媽的！……我們當中隔了一個太平洋……又隔了一個戰爭……還談什麼戀愛?!……」

羅便丞當晚醉臥在沙發上。第二天過了中午才無神地離開。

李天然還是不想出門，只是晚上跟馬大夫他們通個電話，聽聽外邊的情形。像蔣委員長三十一號發表了「告抗戰全體戰士書」，還有像延安的「紅軍」，現在變成了中央的「八路車」……都是麗莎他們跟他說的。

三號半夜，藍青峯來了電話，叫他七號晚上十點到九條。沒說什麼事。

李天然這幾天只是陪徐太太上南小街買過兩次菜，順便多買了一口袋白麵粉，省得她們三個女的這種時候為這個出來跑一趟。

就是出胡同這麼幾步路，他已經看見不少日本憲兵和維持會的保安隊，在馬路上到處攔查行人。

他也就盡量待在家，天黑的時候下院子走趟拳。七號那天剛走完一趟，蟬聲一個個靜了下來，空中起了點涼風，他才突然想到，快立秋了。

他九點多出的門，穿了身黑，貼著牆根走。九點四十到的九條，還沒按鈴，長貴就輕輕半開了大門，帶他進了西屋，「老爺在電話上，正屋沒地兒坐，您這兒歇會兒。」

飯廳現在也是光光的，就一張大圓桌，幾把椅子，一壺茶。他抽著菸，等了幾乎半個小時。猛然抬頭，他幾乎沒認出來。

藍青峯頭髮全白了，多了副金邊眼鏡，一身灰綢衫，挽著袖口。以前企業家那種精神抖擻的派頭全不見了，現在是一副認命的當舖老板味道。

「一眼認不出來就行了……」藍老坐了下來，微微一笑，給自己倒了杯茶，「待會兒上車，你開……」

李天然坐在那兒抽著菸，靜靜地聽，靜靜地等。他還不知道要他去幹什麼。

「先上馬大夫家，接個人，再去東交民巷……」

李天然抿了口茶。

「我告訴你怎麼走……東口出去，上北小街，在馬大夫家停一下，等人上了車，就出西口。過東四大街，從金魚胡同上王府井，再過長安街，進東交民巷。」

李天然點點頭。不問，也不猜。

「路上有人來查，你別說話，有我和馬大夫……」

他點點頭。

「只有萬不得已……憲兵來劫人，才用得上你。」
他心裏一愣。劫人？劫誰？
「那個時候全靠你……就一句話，車裏那位，絕不能叫他們給帶走。」
他忍不住問，「人是誰？」
「你先別管……」藍青峯從懷裏掏出一把手槍，擺在桌上，「帶著，以防萬一。」
李天然認出是去年長城試槍那把四五，「沒別的了？」他把手槍揣進上衣口袋。
「沒別的了，」藍青峯臉上首次顯出一絲笑容，「就這件差事……算是你的第一件任務。」
他看看錶，「走吧。」
他們進了車房。李天然意外地發現裏頭停了兩部。藍老示意他上馮大夫那輛福特。他開。藍青峯後座。上了九條，他有點明白為什麼開這部。車頭上飄兩面小旗，一面美國星條，一面紅十字。
他按照藍老說的，從北小街南下。馬路不是很亮，也空空的沒人。一直到了朝陽門大街，才看見交叉路口上都站的有兵。他們這邊有個憲兵伸手一攔。
「停。」藍青峯在後頭說，「我來。」
他停了車。
像是個官，後頭跟了兩個兵，走了過來，用手電筒往車裏一照。
李天然把住方向盤，沒回頭，聽見藍老用日本話說了幾句，又從反視鏡中看見他從車窗遞出去一張名片。
沉靜了片刻。

他眼角看到那個憲兵似乎還了名片，退了兩步，行了個軍禮，揮手叫他走。他輕踩油門。

藍青峯在後座「哼」了一聲，「金士貽的名片，總算派上點用場。」

李天然拐進了乾麵胡同，剛在馬大夫門口停住，大門就開了。馬大夫一身白色醫生制服，後頭緊跟著一位穿藍布大褂的高個兒，很快全上了車。馬大夫進了前座。那位擠到了後頭。

「走。」車門剛關，藍青峯輕輕一喊。

李天然從西口出的胡同。東四大街上也沒人。他很快穿過去，進了金魚胡同。黑黑空空，只有他的車燈打亮了前頭。

他從反視鏡中看不清後座那個人的面貌，只覺得像是個光頭。

他不去猜了，專心開車。

剛拐上了王府井大街，立刻看見東安市場前頭停著兩部軍車，都插著太陽旗，架著機關槍。四周還站著好幾個憲兵。

「慢下來……」藍青峯說，「按兩聲喇叭。」

李天然換檔減速，輕輕敲了兩聲。

市場一帶燈光挺亮，可是一輛車上的探照燈還是刷地打過來一道極白的光。先掃車內，又照車外，在車頭那兩面小旗上逗留了一下，又刷地一下熄了。

沒人伸手攔，也沒人移動。

「走。」

他輕踩油門，慢慢加速。街角又有兩部軍車，也沒攔。有人一直揮手叫他快走。他沒有加快，慢慢開過了長安街。

他有點嘀咕。正對面東交民巷入口處一左一右兩杆燈，照著下頭一裏一外兩道崗。

「慢……」藍在他耳邊說，「外邊這道是日本憲兵，裏頭那道是義大利守衛……」

李天然慢慢在第一道關卡前停住。

「馬大夫，你來。」藍青峯輕輕說。

李天然一手把住方向盤，另隻手握著右邊口袋裏的四五。他左右兩邊都有軍車，上頭都架著機關槍，旁邊站著憲兵。他在算計，要動手的話，先打誰……一把手槍，怎麼也無法應付兩架機槍……還是不管三七二十一，衝進了東交民巷再說……

馬大夫跟走過來的憲兵用英文說他是馬凱醫生，送病人去「同仁醫院」……又用手示意後座。

那個憲兵敬了個禮。

藍青峯同時在窗內招呼他這邊那位，又遞過去那張名片，再用日語說了幾句，那個憲兵也敬了個禮，接過名片，用手電筒照著看了看，向車那邊那位憲兵點點頭，又行了個禮，揮手讓汽車進去。

李天然慢慢加油，開了幾步路，正要在第二道卡停下來，看見那兩個義大利衛兵，扶著長槍，手都懶得抬，用頭示意，叫他們進去。

李天然再一加油，進了東交民巷使館區。

馬大夫舒了口氣，「來過這裏沒有？」

天然搖搖頭，慢慢開著，路很平。

「這條是臺基廠，」馬大夫用手一指，「下下條街是台基廠三條，Rue Labrousse，左轉，再過條街就是德國醫院。」

兩旁操場上還搭著好些帳蓬，還有人影在走動。

他在三條左轉，又過了條街。前頭不遠左邊一幢歐洲式紅磚建築。裏外燈光很亮，馬大夫伸手一指，「就這兒。」

大門口臺階上等著十幾個人。有西裝，軍裝，醫生護士，幾乎全是外國人。李天然在他們前面停住了車。

藍青峯開門先下，在旁邊等著後面那位。

那個高個兒下了車，轉身到李天然窗前，伸出右手給天然，「辛苦了。」

李天然注意到那個光頭，圓圓方正的臉，像個大學教授，握手有力。他想不起是在哪裏見過這張臉。

臺階上等候的那些人，有的鞠躬，有的行軍禮，有的點頭，上來跟這位神祕人士一一握手。接著很快都進了大門。藍青峯也進去了。

「回去吧。」馬大夫一拍天然肩膀。

李天然按照馬大夫的指引出了東交民巷，又按照原路往回開。沿途站崗的像是還記得這部老福特，都沒有刁難。快到乾麵胡同的時候，李天然忍不住問，「那個人是誰？」

「青老沒跟你說？」馬大夫有點驚訝，「那是張自忠。」

40 第二件任務

他們才進內院，麗莎就跑下了臺階，搶了上來，一手抓著馬大夫，一手握著天然，「急死我了！」

馬大夫摟著她肩膀，「沒事，就幾個憲兵，路上問了問。」麗莎深深舒服了口氣。

他們上了北屋。咖啡桌上已經準備好了威士忌。她為每個人倒了小半杯。三個人都一口乾掉，坐了下來。

「現在回想，反而有點害怕……」馬大夫在杯中添酒，「張將軍要是真給日本人帶走了，我們怎麼對得起……」

自從在車上聽說那位神祕人士是張自忠，李天然也有點事後緊張。

「麗莎，你去拿。」

她鬼笑著進了內室，不到半分鐘就回來了，手中捧著一塊木牌，一個大信封，一個小紙盒，全給了天然，「你先看看……」

那塊木牌一尺見方，光漆黑字，中英兩行：

馬凱診所

McKay's Clinic

「臨時趕出來的，先將就幾天。」她還在鬼笑。

天然有點納悶兒，拆開了牛皮紙大信封。裏面是兩張證書。一張是市政府發的私營診所註冊證，一張是衛生局發的營業許可證。日期都是八月五號，大前天。再看，註冊證書上有三個名字：史都華・馬凱醫生，依麗莎白・馬凱夫人，和李天然。

他抬頭望著他們。

「趁張自忠前幾天還代市長，青老趕著辦出來的，」馬大夫也開始瞇瞇地笑，「還有……」

他打開了小紙盒，一疊名片：

馬凱診所主任
李天然

還有這裏的地址電話。反面是英文。他明白了。

馬大夫抿了口酒，「抱歉事先來不及找你商量……我們都覺得你應該有個正式掩護，青老也這麼認為，尤其是現在畫報也不出了……天然，不要太敏感，這個時候有美國人跟你合夥，比較安全。至少暫時，他們不會來找你麻煩。」

李天然微微慘笑，「給人家趕了出來，又要靠人家來保護。」

「非常時刻！」麗莎馬上插嘴，「這是戰爭！」

李天然把東西放到桌上，說他明白這個道理，又說前些時候，羅便丞也這麼建議，「可是……我做診所主任？」

「不用緊張，不會叫你去給人看病，」馬大夫哈哈大笑，「還有，主任固然有薪酬，可是股東也不能白做……我替你先墊了，兩千美金。」他擠了擠眼，「你有的是錢，對不？三十根金條！」

李天然也笑了。

他們都不想睡，一直聊到半夜兩點多。馬大夫說維持會已經解散，打昨天起，原班人馬成立了市政府。市長江朝宗上任第一件要事，就是把北平又改回到北京，警察局又變成了公安局。

李天然沒回家，第二天吃過早飯——老天！好一陣兒沒吃了，三分鐘嫩煮蛋，火腿，煎土豆兒，煎西紅柿，烤麵包，黃油，果醬——然後跟老劉和劉媽一塊兒收拾東屋診室。

現在正式開業，有了門診，總得把診所弄得像個診所。

他們找來一扇屏風，把診室隔出來一個小空間，擺上了桌椅，小茶櫃，沙發，算是診所主任辦公室。

他們又照著馬大夫的話，在大門口上釘了診所木牌，插了個美國國旗。

老劉有點兒遺憾，「可惜不能放炮仗開張。」

李天然知道這一切，都是做給日本人看的，可是還是覺得太諷刺了。給人打出了正門，又從後門溜了回去。

他只是擔心巧紅。像她這個模樣兒，這個年紀，太危險了。除非把她娶過來，也沾點兒美國人的光。

他知道麗莎曉得他們的事，就去跟她商量。麗莎聽了，想了會兒，「很好，那就照規矩來辦，明媒正娶。」

他更嘀咕了。還沒跟巧紅提不說，眼前的正事也未了，就娶老婆，師父師叔地下有知，會怎麼想？他拜託麗莎暫時先不要去辦。

他下午回家之前，去煙袋胡同坐了坐。巧紅正在屋裏納鞋底。他沒提什麼，只是再三囑咐她不要出門。

李天然還是昨晚上那身黑。大太陽，又多了副黑眼鏡。走在路上，很引人注意。果然，一上朝陽門大街，就給兩個憲兵和兩個公安給攔住了。那個中國警察搶上來大喊，「行禮！看見日本軍官先行禮！」

他鞠了個躬，掏出新名片，雙手送上。

那個憲兵正反兩面看了半天，又上下來回打量了他幾眼，揮手叫他走。

他回到家，叫徐太太早點兒放工。

他進屋洗了個澡，光著膀子出來坐在院裏，抽著菸，喝著酒。

西天白雲開始變色。後邊花園裏的鳥兒叫，蟬叫，蛐蛐兒叫，嘰嘰喳喳地不停。

可是又如此平靜。

外邊胡同裏響了「叭，叭」兩下他熟悉的喇叭聲。他起來開門。

羅便丞很清爽的一身嗶嘰褲，藍襯衫，沒打領帶，沒穿上衣，進了門，看見天然赤裸著上身，朝他厚厚胸脯上輕捶一拳，「原來你練身體。」

李天然給他搬了張藤椅。

「又給我錯過一個大新聞……」羅便丞坐下來，給自己倒了半杯威士忌，「我剛剛才聽說，張自忠昨天晚上進了德國醫院……媽的！」他喝了一口，「還是美聯社那小子告訴我的，你說氣不氣人？」他再一口乾掉，「幸好都在保密，暫時都不發消息。」

李天然回房取了張名片給他。

「很好……雖然不是和我共事……」羅便丞添了酒，舉杯一敬，「除非日本美國也打起來……」他看了看手錶，微微一笑，「主任先生，有沒有興趣亮一亮相，陪我去德國飯店？」

「去做什麼？」

「有位德國牧師，那天回北平路上，剛好碰見二十九軍撤退，偷偷拍了些照片，要賣給我……去穿衣服，整齊點，要像個診所主任。」

李天然回屋換上了那套米色西裝，選了條淺黃色領帶，左胸小口袋上塞了巧紅給做的那條白手絹，戴上了墨鏡。二人出門上車。

「我一早去看了皇軍正式入城……」羅便丞開出了胡同，順著北小街往南走，「聽說他們從好幾個城門同時進的城……西直門，平則門，廣安門……我是在馬市大街口上……這是我第一次目擊到一個城市的淪陷，被征服者佔領……我是說，」他沉思了片刻，「我只是一個記者，一個外國記者，中國也不是我的國，北京也不是我的家……可是……唉……我無法想像北平老百姓心裏的感受……先是坦克車，裝甲車，接著是騎兵隊，步兵隊，還有運兵車，還拖著榴彈砲……走了好幾個鐘頭，搞得滿街都是煙，都是土……沿路我沒看見幾個中國人，只有一批批小孩子，手裏搖著小日本旗，跟著幾個大人在喊什麼『歡迎皇軍進城』……倒是有一大堆日本記者，拍照的，錄音的，拍電影兒的……哦，還有兩架飛機在撒傳單，什麼『東亞人民和平共榮』……我撿了一張……」

羅便丞從西總布胡同上的哈德門大街。李天然又發現上個月在路當中挖的那條戰壕已經給填上了。

他們慢慢開進了哈德門內德國飯店，停了車，直奔酒吧。裏頭相當暗。羅便丞四處張望一下，帶著李天然，穿過幾張空桌子，在吧臺前頭一排高腳椅上坐下。旁邊有個一身黑的白髮老頭兒，顯然是那位德國牧師。李天然也坐了下來，摘了墨鏡。羅便丞叫了兩杯啤酒。

李天然沒有說話，慢慢喝酒。羅便丞和那個牧師稍微耳語，交換了些東西。那個老牧師立刻下椅子離開了。

羅便丞從信封裏掏出一疊照片，一張張翻看，不停地點著頭，又指著一張問，「你知道這是誰？」

是張很清楚的相片……田野，土路，兩旁是行軍的士兵，帶頭的是位年輕的軍官，面對著相機……李天然搖搖頭。

「三十七師二一九團團長，如果我沒記錯的話，好像叫吉星文……差點在南苑給炸死……我訪問過他……」羅便丞有點自言自語，「好極了，一百美元也值得。」

他收起了照片，和天然碰杯，「來過這裏嗎？」

「沒有。」

「雖然不在東交民巷，但也算是中立地區——」

「羅先生！李先生！」突然有人在喊。

他們回頭看。是金士貽。

李天然一愣，一個多月沒見他了。一身寶藍綢衫，唇上的短鬚有了點兒仁丹味兒。羅便丞點頭招呼。

老金走近了點，「我們桌兒上有位日本貴賓，司令部的，想約二位過去坐坐，」他滿臉笑容，「特別派我來邀……請務必賞個臉兒，給個面子……」

李天然還在猶豫，可是羅便丞朝那邊一看，興趣來了，「啊……原來是松井先生，好極了……」一拖天然，下了高腳椅，拍了拍金士貽的肩膀，「這是我們的榮幸。」

他們進來的時候，都沒有瞧見裏面角落有這桌人。快到跟前，李天然才看清正對面坐著一個黑西裝的生面孔，左邊又是卓十一，再過去——

他的心一下子跳到喉嚨，血衝上了頭，朱潛龍！

他吸了口氣，腳慢了一步，讓羅便丞先上去。

「讓我來介紹介紹……」金士貽依然滿臉笑容，「這位美國朋友是羅便丞先生，『世界通訊社』駐北京記者……」然後扶著李天然的肩膀，「這位是李天然李先生，《燕京畫報》英文編輯，我以前同事。」

桌上三個人先後站了起來。金士貽接著介紹，「松井少佐，駐屯軍司令部情報官……卓少爺不必介紹了……這位是偵緝隊朱隊長。」

他們輪流一一握手。

李天然的心跳靜了下來。朱潛龍的手軟軟綿綿的。

六個人剛坐下，李天然立刻從上衣口袋取出一疊名片，微笑著分給四位，在遞到老金手上的時候，補了一句，「有了份兒新差事。」

金士貽一呆，接過了名片。

李天然點了支菸，「皇軍進城了。」順手把那包菸和銀打火機擺在面前桌上。

松井微笑點頭，「中日兩國人民的友誼，淵遠流長。」他的中國話非常流利。

老金為兩個客人倒香檳。桌上沉靜片刻。

李天然感覺到朱潛龍在打量他。他吸了口菸，手中玩弄著打火機，琢磨了一下。舉起香檳酒杯一敬，「有金祕書，卓少爺，還有朱隊長捧場，這個友誼肯定萬萬歲。」

羅便丞桌下踢了天然一腳，趕緊插嘴，「松井少佐或許記得，上個月，我們在貴國使館酒會上見過面。」

「啊，是……」松井似乎沒有興趣接下去，轉移視線到李天然身上，「馬凱診所開業多久了？」

「前天，和我掛名主任同時，」他抿了口香檳，又一舉杯，「Cheers。」

只有松井和老金禮貌地飲了一口。

「李主任，聽金祕書說，您是美國留學生？」

「是……」他突然發現，真上了臺，也不怯場了，「去年回來的。」

松井微微一笑，「聽說回來得很匆忙？」

「哦？……」天然抿了一口，「您也聽說了？」他感覺到朱潛龍還在看他。

「何止聽說，」松井手中玩弄著那張名片，「還在美國報上看到您離開的消息。」

「哈……」李天然大笑一聲，「可見美國報紙，有多無聊。」

羅便丞輕咳了一下。

「很好……」松井又看了下名片。「李主任，希望有機會能登門拜訪。」

「診所日夜開門……我期待您的光臨。」他知道朱潛龍的眼睛一直沒離開。

羅便丞在桌下又踢了天然一腳，掏出了筆記本。「松井少佐，貴國陸軍大臣杉山久向天皇保證，『中國事件可以在三個月之內解決』，請問少佐，從軍事角度來看，這項保證是否過於樂觀？」

松井恢復了他的笑容，舉起酒杯，左右一顧，「來，大家一起敬我們的美國朋友一杯。」

「有沒有張自忠將軍的消息？」羅便丞緊接下去問。

「有！」斜對面的朱潛龍冷冷地冒出一句，「溜了！」

羅便丞邊寫邊問，「這是公安局的正式聲明？」

「隨你便！」朱潛龍臉色一沉。

「那再請問朱隊長，去年日商羽田先生在北平遇害，今年春，山本顧問在圓明園廢墟斷臂負傷，請問，這兩件案子有沒有任何新的發展？」

李天然的心突突猛跳。

朱潛龍一動不動，面無表情，「此兩案現移交皇軍憲兵隊處理。」

羅便丞收起了本子和鋼筆，微笑著轉向卓十一，「有唐鳳儀的消息嗎？好久沒見到她了。」

卓十一死板著臉，盯著羅便丞，一句話不說。

「不是我捧自己人，」李天然輕鬆地切入，「馬凱醫生，Dr. McKay，可是北平協和名醫，現在對外門診，在座各位，誰要是有什麼地方不舒服……」

「來！」金士貽舉起酒杯，「讓我們為中日兩國人民友誼萬歲喝一杯！」

大夥兒舉杯。羅便丞一急著伸手，將香檳打翻，杯子也嘩啦一聲破了，酒灑了一桌。

「真對不起……」羅便丞忙著用餐巾去擦，「希望中日兩國人民的友誼，可不要因為我的莽撞……受到破壞。」

松井將手中酒杯放回桌上，「很榮幸能和二位共飲香檳……」他站了起來，「我得先走一步，後會有期。」

另外三個全跟著起身。卓十一尾隨著松井離開。老金去結帳。

只有朱潛龍，一動不動站在桌邊，抓著椅背，死盯著李天然。黑領帶很緊，更顯得脖子粗，喉結突出。

天然知道必須趕快回應。他微微一笑，右手輕輕一碰額頭，行了一個軍禮，「朱隊長，您慢走。」

朱潛龍一下子醒了過來，也沒答話，轉身出了酒吧。

「媽的！」羅便丞深深吐了口氣，「我們剛剛看見的是敵人的面孔……我告訴你，一個比一個醜！」他站了起來，一拍天然肩膀，「走，回吧臺去坐。」

二人回到原先的高腳椅，各叫了杯威士忌。

羅便丞抿了一口，「你覺得那位朱隊長說的『溜了』……」

「嗯？」天然心不在焉……

「是指溜出了北平……」

「嗯？」他玩弄著打火機……

「還是溜進了東交民巷？」

「嗯?」天然抿了口威士忌,半聽沒聽,腦中一再重覆剛剛那一幕……

像是……肯定是……給他認出來了……

完了……

又當上了偵緝隊長,後頭又有日本人,全北平都是他的了……

何況還有羽田的死……山本的傷……

一切名正言順,冠冕堂皇地公報私仇,斬草除根……

又在日本人面前立了個大功……

天然一口乾掉威士忌。那位酒仙可真給他取了個好外號。古都沒了,俠還沒當成,現在連隱都無處可隱了……

門口一陣喧嘩,酒吧進來了一羣日本軍官,說說笑笑,全擠到吧臺坐下,一個個大聲用日本話叫酒。

羅便丞皺了下眉,偏頭跟天然說,「這裏也給他們佔了……我們走吧。」

他說他要回去趕稿,問天然去哪裏。李天然說乾麵胡同。

羅便丞開出了飯店北上,「我聽到一個謠言,」他手搭在方向盤上,一臉鬼笑,「說唐鳳儀吃掉了卓十一好幾百萬的珠寶,」他笑出了聲,「你看見那小子,給我問的時候,他表情沒有?……不過,」他收起了笑容,「她又能躲到哪兒去?」

到了馬大夫家,羅便丞瞄見門口上的星條旗和診所木牌,微微一笑,搖手再見。

李天然上了客廳。藍青峯居然也在,還是那副當舖老板的打扮。都在喝茶。

「你哪兒去了?」麗莎為天然倒了一杯,「到處找你。」

天然接過了茶，喝了一口，靜了幾秒鐘，把德國飯店的事說了一遍。

半天沒人出聲。安靜的可怕。

藍青峯先開口，「必須假設他認出是你。」

天然兩眼空空，沉默無語。

「天然……」馬大夫語意誠懇地說，「不要絕望。」

李天然微微慘笑。

藍接了下去，「我知道，你現在覺得外面一片黑暗，山窮水盡……」

「可是也就是在這種山窮水盡的時候，才柳暗花明……」

天然兩眼輪流掃著馬大夫，麗莎，藍青峯……心中一動。

「大後天，十一號，禮拜三，晚上，還沒說幾點……」藍青峯頓了頓，「老金在順天府請客。」

李天然一動不動坐在沙發上，只感覺到心在跳。

「一共四位，可是石掌櫃的剛剛才打聽出來都是誰。」

他的心越跳越快。

「金士貽做東，三位客人是卓十一，楊副理……和朱潛龍。」

天然抿了口茶，發現手微微在抖。

「像是擺個謝宴……金祕書謝恩，宴請提拔他的幾個後臺……」藍青峯喝了口茶，「本來還應該有個羽田……天然，你不是提過什麼『黑龍門』嗎？就他們五個……只可惜羽田沒福享受這頓飯了。」

李天然的心跳平靜了下來。他抿了口茶，手也不抖了。

「我以前也說過……」藍青峯接了下去，「暗殺不是我們的份內工作……可是，任何規矩都免不了有個例外，老金大後天這桌客，就是個例外……這些人，不錯，不是決策者。可是，在今天北平，在給日本佔領下的北平，這種執行者，更直接傷害到我們……所以也更危險。」

天然微微一皺眉頭。

藍青峯覺察到了，「你好像有話。」

「我沒算計是這麼了。」

「哦？沒按你們的江湖規矩？」

李天然沉默不語。

「怎麼？你想再下個帖子？廢墟決鬥？」

李天然一動不動。

「你到底是想幹嘛？」藍青峯靜靜地問天然，「你是想證明你比你大師兄厲害，武功比他高？還是想把他給幹掉，給你師父一家報仇？」

李天然還是一動不動。

「你忘了你師父一家是怎麼給打死的？現在不用那把四五，那你可真是白在美國學了那手好槍。」

李天然默默無語。

「這是什麼時候了？這是在打仗！這是關係到民族存亡的鬥爭！」

李天然瞄了他們一眼。藍青峯直盯著他。馬大夫專心點他的煙斗。麗莎在吹手中的茶。

「姓朱的今天回去要是想通了，他會跟你單個兒比？他恨不得拿起機關槍就掃你。」

李天然面無表情，可是心中嘆了口氣。

「你忘了你的承諾？」

他回盯著藍青峯，「我沒忘。」

「好！告訴你一件事。順天府是我們的地盤，」藍的語氣更加嚴肅，「這件事你知道就好了，不用多管多問……反正，石掌櫃的花了不少時間功夫拉攏老金，這桌客才擺在他那兒。往後不知道還有沒有這種機會。你明白嗎？」藍等了會兒。看見天然點頭，才接下去，「好！你要我辦的，我辦了。要我安排的，我安排了。現在該你說話算話……」他舒了口氣，聲音也緩和下來，「去報你的仇。報成了，也解決了我們一個麻煩。以後不論誰去接他們的工作，都不會像他們『黑龍門』，有班死黨。」

天然輕輕點頭。

「你一個人，辦得了嗎？」

他微微一笑。

「好……」藍青峯喝了兩口茶，「這可是一件有高度生命危險的工作……我們目前既沒這個人手，也沒這個能力。石掌櫃的他們，最多打發幾個跟班兒……要幹就全得靠你了……」他舉起茶杯一敬，「算是你我合作的第二件任務吧。」

李天然喝了一口敬茶。

「還有……」藍青峯又想到什麼，「你是要姓朱的知道你是誰，你得露臉……那可就不能留下活口。」

房門開了。劉媽進屋問開飯不。麗莎說，「開吧。」

藍青峯遞給天然一份《燕京畫報》，「這是昨天的，最後一期。」

天然翻了翻。封面竟然又是唐鳳儀。其他一切如舊，只是最後一頁有一則停刊啟事。

「畫報就三個人，」藍青峯一臉苦笑，「一個投了日本，去當漢奸。一個投了共黨，去打游擊。現在就剩了個你……算是在敵後工作吧。」

老劉給他們弄了三盤熱炒，一碗炖菜，兩籠饅頭。馬大夫開了瓶老白乾兒。

藍青峯在桌上說，天津可不像北平，給炸的很慘，打的也很慘，死了不少人。他的四個廠都給日本人沒收了，小白樓那兒的公司也給接收了。北平這邊兒早已收攤，可是九條的房子，「三菱」已經來看過，說他們要，跟那部車，一起給徵用了，連長貴和老班都給他們扣下了。

天然問起藍田藍蘭。

藍蘭還在船上。藍田給分配到上海江灣。

41 血濺順天府

他們那天晚上都擠在馬大夫家睡。麗莎把正屋西室給了藍青峯。天然在病床上將就了一夜。

他很難入睡。七年了……這麼些日子的躲藏和等候，期待和尋找，挫折和失望，傷心和悲痛，片刻的過癮，片刻的滿足，……現在全都揪成了硬硬一塊，像個死結似的卡在他嗓子裏……是吐是嚥，也就兩天了……

藍青峯一早就走了。天然整天沒出門。再忍兩天，馬大夫如此警告。天然怕閒著胡思亂想，就幫著麗莎和劉媽收拾家。天氣悶熱。太陽死毒。

麗莎沒再提說媒的事。他也不提。兩個人下午喝茶的時候，她倒是說馬姬前幾天來了信，非常擔心北平這邊的局勢，「我們還沒回信，不過她現在總該知道北平天津都丟了。」

「藍蘭還在船上，也應該知道了。」

麗莎「嗯」了一聲，有點在沉思，「天然，羅便丞跟你提過他們的事嗎？」

「提過一次，」天然搖頭感嘆，「說這一打仗，要把他們的戀愛給打垮了。」

「他這麼說嗎？」麗莎眼角的皺紋更深了，「那他還年輕……戰爭破壞不了愛情……考驗愛情的是時間和距離。」

「我想他也是這個意思。這場戰爭拉長了他們當中的時間和距離。」

麗莎微笑著，「你真會替朋友說話。」

天氣悶熱。太陽死毒。樹上的蟬叫得更讓人心煩。

門鈴響了。過了一會兒，老劉進屋說，順天府派人送來一盒菜。麗莎叫他放在茶几上。是個紅漆菜盒，裏頭兩條油紙包的滷腱子。麗莎再翻，抽出底下壓著的一個信封，拆開，取出兩張白紙，看了一眼，遞給了天然。

是毛筆畫的兩張平面圖。沒寫明，可是天然知道是順天府。他點了支菸，靠在沙發上，先看樓下那張。

外院各屋是夥計睡房，庫房，廚房和茅房。內院東屋西屋都是大間。北屋兩層。樓梯在東北角，轉個彎上樓。樓梯下頭是帳房，隔壁是石掌櫃的房間。

順天府正門臨的是鼓樓前大街。西邊一連兩個店面，東邊是個財神廟。再往東是棒子胡同。飯莊後邊緊靠一條死胡同。沒個名兒。

二樓草圖的比例大了點。從樓下東北角樓梯拐上去，是一條帶欄杆的窄走道，面向著下邊庭院。沿著這條廊子的裏邊，一溜四間有大有小的房間。前後都有窗。就盡頭四號包房打了個叉兒。

李天然又看了一遍。他記得上回跟巧紅吃涮鍋，是在樓梯口上那間大的，有六張桌子。怪不得訂四號，就這間擺著一張八仙桌。

馬大夫回來的早。他們也提早吃。每個人都像是打發一件事似的，很快吃完。

「他沒留話？」

馬大夫搖搖頭，「就叫你在這兒等。」

李天然第二天下午，待不住了，借了那部老福特，回家取了點兒東西，又跟徐太太交代說，他現在改在馬大夫家做事，這幾天忙，不回來睡。

他接著去了「怡順和」，提了點兒錢，二十條拿美鈔，五條拿金子。王掌櫃的說金子現成，美金可得等幾天。

李天然發現大街上差不多恢復了正常。店舖也都開了。路上的人也多了，只是個個臉上都沒什麼表情，灰沉沉的。

到處都有憲兵公安巡邏，到處查問，還有人挨揍。進出城查的好像更緊。他路過的兩個城門前頭，都排著好些人等。東交民巷外邊停著一輛輛，架著機關槍的日本軍車。

他把福特停在南小街路邊，走進了前拐胡同，也沒敲門就進了院子。院裏沒人。他進了巧紅的西屋。也沒人。他有點緊張，正要出房，後邊「啊呀！」一聲。他嚇了一跳，回頭看見巧紅站在內室門口，一身竹布旗袍兒。

「嚇死我了……」她臉色緩了下來。

李天然上去緊緊摟住她，半天才鬆手。

巧紅拉他進了內室，坐在床沿上，「有事兒？」

他半天沒說話，輕輕撫摸著她的手背，「本來打算找你出去走走……」

「這會兒？」

他微微苦笑。本來就已經不方便公開了，如今又到處都是憲兵公安，「真沒地方可走……」

「怎麼回事兒？」巧紅有點兒急。

他收回了手，從口袋掏出來那五條金子，塞到她手上。

「這是幹嘛？」巧紅一愣，呆呆地望著手裏那五根黃黃沉沉的金條。

「你先收著。」

「收著？」

「先放你這兒。」

「幹嘛？……」巧紅突然一驚一喊，「你要走？」

李天然勉強笑著，「那倒不是……得去辦件事。」

巧紅的臉刷地白了，「朱潛龍？」

他點點頭。

「什麼時候？」

「明天晚上。」

她想了想，旗衫下頭的胸脯一起一伏，「那我先幫你收著，事兒辦完了還你。」

李天然一手把她摟了過來。

他沒留太久，不想給徐太太撞見，也想早點回去。

他很感激巧紅這份心。不追問，也不瞎囑咐，只是在走的時候，緊捏著他的手，說了句，「你小心……」

天還亮著，可是馬大夫已經回來了。太陽偏了西，院子裏挺悶挺熱。老劉潑了好幾盆水，也一下子就乾了。只是感覺上像是涼快了點兒。劉媽給他們擺上了小桌藤椅。

三個人靠在椅背上悶悶喝著酒，望著天邊慢慢變色的雲彩，目送著空中一排排歸燕。蟬叫個不停。

都喝了不少酒。飯後又接著喝。都帶點兒醉。又都不想去睡。最後還是馬大夫問了句，「你在想什麼？」

天然沒回答，也沒什麼好說的。

馬大夫第二天沒去醫院，和麗莎輪流陪著天然。沒話說也坐在那兒乾陪。

快六點，藍青峯電話來了。馬大夫接的，「嗯」了幾聲，交給了天然。

「七點到。石掌櫃的招呼你。」就這麼一句。

李天然進去換了衣服。黑褲黑褂黑便鞋。

也不必蒙頭蒙臉了，就是要他認清楚是誰。

可是有四個人……

一個潛龍已經夠他應付了，還有個保鏢……

既然露臉，就不能留活口……

他坐在床沿上，盯著旁邊那把四五。

又不是單挑獨鬥……這是打仗……報仇之外，還有任務……

他心裏念記著師父師母，師兄師妹，還有師叔，希望他們了解……

他拿起了四五，查了下彈匣，滿滿的，「卡」一聲扣上，撩起短褂，別在後腰。

他走進客廳。麗莎遞給他半杯威士忌。

他們三個碰杯，各自一口乾掉。

「走，」馬大夫放下酒杯，「我送你。」

天暗了下來。街上很空，連在外邊乘涼的都沒有。路燈還沒亮。李天然望著兩旁閃過去的一排排房子，矮矮暗暗的，黑黑灰灰的，老老舊舊的。

馬大夫在鼓樓拐角停了車，掏出把槍，給了天然，「我待會兒在後頭死胡同口上等。」

李天然微微一愣，可是沒問。他接了槍，認出是羽田那把白郎寧，也沒說話，也別在褲腰上，下了車，慢慢朝東邊遛了過去。

老遠就瞧見順天府大門口那兩盞賊亮的煤氣燈。前邊沒人，就停著幾輛洋車。

他邁進了大門。一個小夥計朝他一哈腰，前頭領著，下了院子。

內院上頭還搭著蓬，東西屋都挺亮，都有幾桌客人。他們進了北屋。樓下也有兩桌客人。夥計開了樓梯下邊帳房的門，等他進了，隨手關上。

房間不大，就一張有幾個隔板的桌子，擺著筆墨算盤，一堆堆帳本兒。後頭坐著的那位白鬍子管帳的，頭都沒抬。

他們穿過小帳房，進了後邊那間。

稍微大點兒，沒什麼佈置。桌椅之外，多了張床，衣櫃，和一個洗臉盆架。後牆有窗。屋頂上吊著風扇，慢慢在轉。小夥計倒了杯桌上現成的茶，雙手奉上，「掌櫃的請您這兒歇會兒。」鞠了個躬，就離開了。

他喝了杯茶，抽了支菸。外邊客人的聲音聽不太見。頂頭上的樓梯，也沒聽見有人上下。他靠在椅背上，閉目養神……

石掌櫃的快九點才進來。他帶上了門，「上樓了，剛入座。」

「有他嗎？」

「有。」

「一共幾個？」

「就他們四個。」

「怎麼個坐法兒？」

「是張大方桌。朱潛龍上座，正對著門裏邊兒的屏風……他右邊兒是卓十一，左邊兒那個姓楊的，老金背著門兒，下座。」

「樓下有他們人嗎？」

「就一個司機，一個警察……也這兒吃，坐在門口兒那張桌。」

「街上？」

「沒人。就他們來的那部車。」

李天然敬菸。石掌櫃的搖頭。他自己點上了，「各屋都有多少客人？」

「樓上那間大的有兩桌。當中兩間沒人……樓下北角還有一桌……東屋三桌，西屋兩桌，總共十來位……也都吃的差不多了。」

「還會有人來嗎？」

「說不定……這些您別操心，」石掌櫃的倒了杯茶，喝了一口，「司機和警察，我們來收拾。」

李天然看看錶，九點十分，「菜什麼時候上？」

「這就上。」

李天然微微一笑，「吃什麼？」

「來我這兒吃什麼？……扣羊頭，炖羊背，炸羊蹄，溜羊尾，烤羊肉串……全羊席……連吃帶喝，總得兩三個鐘頭。」

「好……」李天然點點頭，「我十點上去……哦，誰身上像是有傢夥？」

「就那個警察挎著把手槍……樓上四位看不出來，要有什麼，八成兒在姓楊的身上。」

李天然伸出了手，「石掌櫃的，跟你們人說，聽見樓上有了動靜，就收拾樓下那兩個……」

二人緊緊握著。天然又補了一句，「除非天塌了，我十點正動手。」

「得快……」石掌櫃的轉了身，又回頭說，「憲兵隊離這兒不遠。」

李天然坐回椅子上，闔上了眼。

頂上的風扇有節奏地呼呼地轉著……

差五分十點，他起來鬆了下手腳，開門朝外邊走。

一出帳房，瞧見樓下只剩下了門口那桌人。背著坐的那個警察，聽見聲音，回頭死盯著他看。天然微笑點頭，上了樓梯。

他拐上了後半段。放輕了腳步，上了走廊。

頭一間大的沒客人了。有個夥計在收拾屋子。

過了當中那兩間空的，他聽見了接壁四號房裏有人說笑。房門開著。他看看錶，十點。

他撩起短褂，掏出四五，開了保險。接著左手掏出那把白郎寧，輕輕跨進了包房。

他一動不動，站在屏風這邊。他感覺到自己的心跳……他吸了一口氣。

他兩步繞過屏風，輕輕一喊，「別動！」

兩把槍。右手四五鎖住了正對面的朱潛龍，左手那把白郎寧掃著另外三個。一個夥計在收盤子，一個在後邊伺候。他用頭示意，叫他們出去。

他向前邁了幾步，沒人動。

他在姓楊的左後邊站住。

老金這才看見是誰，喊了聲，「李天然?!」卓十一想叫沒叫出聲，半張著嘴。

他眼睛沒離開斜對桌那張方臉。

朱潛龍像是看見了鬼，一臉慘白，嘴唇微動，「果然是你……」

他眼角瞜到楊副理有隻手探進了口袋。他兩眼不離潛龍，抬起右臂，猛然反手一揮，「喀」地一聲，槍把擊中左額，頭骨已碎。姓楊的吭都沒吭，連人帶椅往後翻倒下去。

「啊呀！」卓十一驚聲嚎叫。老金身子發抖。

這一剎那，朱潛龍抓起桌上一根還帶著肉的鐵串，一甩右手，朝著他打過來。天然往左一側身，一扣四五板機。「砰！」打中潛龍右肩。

那根像把短劍似的鐵串，擦過了他耳邊，「奪」一聲，釘在後邊牆上。

朱潛龍左手又抓了根羊肉鐵串，咬著牙，又一甩，站了起來，再一倒翻身。

天然再一側身，躲過鐵串，再扣四五，「砰！」，廢掉了潛龍左肩。

朱潛龍給打的倒退了兩步，靠著牆，兩條死胳膊軟軟地吊在身邊。

「老金。卓十一。趴在桌上！」李天然沉著氣一喝，可是兩隻眼睛死盯著潛龍，四五槍口對著他，繞過了方桌。

朱潛龍寬寬的額頭上冒著汗珠。灰綢大褂，從肩到胸到袖，全洇著血。他滿臉鐵青，突著大眼，瞪著天然，胸口起伏著，啞啞地喊，「大寒！」

李天然站在他面前，槍口直指潛龍胸膛，把白郎寧插回褲腰，靜靜地說，「是我沒錯。」

朱潛龍背頂著牆，臉一陣青，一陣白，狠狠一笑，「好小子！居然有你今天！」

「沒我今天，有你今天?!」

「別廢話了……」他混身在抖動，「給個痛快吧！」

「痛快？」李天然一聲乾笑，「四條命毀在你手裏，你想討個痛快?!」

他槍口微微下垂，一扣扳機，「砰！」——射進小肚。

朱潛龍給這顆子彈打的往後一頂，掙扎著要用兩手去按，又抬不起來……他慢慢蹭著牆滑坐在地。粉壁上洇出幾道血跡。

李天然站在他身旁，用腳扳起了潛龍下垂的頭，冷冷地盯著他，「頭三槍為的是師父師母，師叔，和二師兄……這一槍為的是丹青和我——」

「砰」，子彈穿進前額。血噴了出來。

天然沒有動，盯著看。

朱潛龍癱倒在地，頭上的血直冒，蓋住了大半個臉。

他慢慢轉身，回到桌前。

金士貽頭趴在桌面上，嘴裏喃喃不停，「……沒我的事……沒我的事……」卓十一也跟著叫喊，「沒我的事……」

李天然舉起四五，「那就陪個葬吧！」朝著老金和卓十一的後腦袋，連發兩槍。

「快走！」屏風後頭閃出來石掌櫃，「警察進院兒了。」

李天然別上了四五，到桌上取了根鐵串，轉身回到潛龍身邊，在後頭牆上刷刷劃了「燕子李三」四個大字。

再把鐵串「奪」一聲釘在牆上。

大街上傳過來幾聲警笛。

「這兒怎麼辦？」天然走向後窗。

「我來……就說是藍衣社。」

李天然輕輕一「哼」，朝著石掌櫃一拜，推開後窗，一按窗沿，躥了出去。

他彎著身子在屋檐上略停，輕輕一躍，下到了死胡同，再兩起兩落，上了等在那兒的老福特。

馬大夫沒開車燈，從棒子胡同左拐轉北，又進了一條胡同奔東，穿過了地安門大街，又拐進一條黑胡同，開了車燈，出來，順著東四北大街南下。

就東四牌樓下頭有人站崗。車慢了下來，可是沒人攔。

馬大夫開進了乾麵胡同，長長舒了口氣。

剛進車房熄火，麗莎已經跑了過來。天然一下車，就給她摟住。麗莎一手挽一個，進了北屋。

咖啡桌上一瓶威士忌。馬大夫上去倒酒。

叮，噹，叮……三人碰杯。

「願上帝可憐你。」麗莎眼中一汪淚水。

李天然慘笑。

「願上帝寬恕你。」馬大夫眼睛濕濕的，「但是……我們從內心深處，為你高興。」

「也跟你一樣，」麗莎接下去，「感到無比滿足。」

天然一口乾掉威士忌，「解飢解渴，還不足以形容我現在的感覺……」他掏出腰上兩把槍，全交給了馬大夫，再拿起桌上那瓶酒，「我得出去一趟……」

「現在？」馬大夫差點叫了起來。

麗莎臉上顯出極美的笑容，「去吧……」

天然揣上了威士忌，出了客廳，下了院子，看看沒人，矮身一躍上了房。

42 夕陽無語

他天快亮回的馬大夫家，立刻上床，立刻入睡，一直睡到中午。

醒了，可是沒有起床，懶懶地半靠在枕頭上，點了支菸。

每根神經，每根肌肉，每根血管，每根毫毛，都無比舒暢。

這就是把梗在那兒的吐出來的感覺嗎？

他臉上浮起了微笑……是，這就是。

夏蟬尖尖在叫。窗簾輕輕在飄，亮光晃晃在搖。

房門響了兩下。

麗莎一身紅緞子睡袍，端著一個茶盤進了屋，微微笑著，把它架在天然大腿上，「英雄早安。」

天然坐直了，也微笑著應了聲早。他望著木盤上的果汁和咖啡，「謝謝……也不早了吧？」

「還早。」麗莎在床邊坐了下來，「這是你新生命的第一天。什麼感覺？」

他喝完了冰橘汁，「好比……」他倒著咖啡，加奶加糖，「我想不出有什麼可以比。」

「好比解飢解渴解癢？」

天然笑了，「差不多……」他喝了一口熱咖啡，「只是更過癮。」他吸了口菸。

「再沒有別的要求了？」麗莎的笑容充滿了慈愛。

他仰頭一吐煙，「沒有了。」

「連巧紅都不要了？」她偷偷地笑。

「啊……」他馬上收嘴，「那不算。」

「好。」她拍了拍天然的腿，「要不然笑話可鬧大了。」

他微微一愣，弄熄了煙。

「人家肯了。」

「什嘛？」可是他已經猜到了。

「還有什麼……趕今天是七夕，我早上請劉媽過去給你說親。」

天然一震，差點兒灑了手中的咖啡，「說了？」

「說了。劉媽剛回來……」麗莎站了起來，「日子也定了，後天，八月十四。」

他長長舒了口氣，躺了回去。

麗莎上來彎身在他額頭上一吻，轉身出了房間。

日子都定了！可是她剛剛說什麼？新生命的第一天？……

他躺在澡盆裏，熱水蓋到他結實的肩膀，足足泡了個把鐘頭。混身上下，一清二爽，真有點兒像是新生命的一個乾乾淨淨的開始……

他一天沒出門。想去看巧紅，又有點兒不好意思。才分手沒幾個鐘頭，又剛提過親。

下午羅便丞來了電話，說剛從南口回來。那邊打的很厲害。又說可惜沒時間喝杯酒。他這就要去東站搭火車上天津，再南下去上海。那邊也出事了。然後匆匆補了一句，「剛剛聽說昨天晚上又發生了一個案子……又是那個什麼『燕子李三』幹的……可是，北京人怎麼說？邪門兒？

……死的都是我們認識的……」

一天沒事。只是劉媽見他就笑。

吃了晚飯，三個人坐在院子裏喝酒乘涼。劉媽過來點了幾根蠟，幾盤蚊香，添了桶冰塊。蟬叫一個接一個停了。院裏一下子靜了下來。各屋都沒亮燈，更顯得上空幽黑，星星明亮。麗莎叫他們找銀河，再找牛郎織女。天然從小就跟師妹玩兒這個，一下子就找著了。

「天然，」馬大夫抿了口酒，「記得你回來那天晚上嗎？也是在這兒這麼坐著。」

「記得。」

「問你的那句話呢？」

「哪句？」

「有什麼打算。」

李天然默默喝著酒，抽著菸。他記得。只是那個時候他還有件事未了。可是現在，該了的也了了，又好像還是沒什麼打算。

馬大夫嘆了口氣，點了斗煙。

「才辦完事兒，」麗莎補了一句，「給他點兒時間。」

「我知道……」馬大夫噴著煙，輕輕地說，「問題是，沒什麼時間了……天然，你老是說『走著瞧』。日本人沒來，你還能走著瞧。可是現在……我這兒不是租界。出了事，別說我，誰也救不了你……」

李天然明白，只是不知道該怎麼打算。未來一切，可不像朱潛龍的事那麼黑白分明……

一陣微風，吹過來幾聲狗叫。李天然發現，這幾天胡同裏都沒人吆喝了……

睡覺之前，他跪在床頭，心中念記著師父，師母，師叔，二師兄，師妹，請他們瞑目長眠。最後他跟丹青說，他剛定了親。

新生命的第一天，就這麼過去了。

第二天起床，他才突然想到，昨晚上忘了跟師父交代往後「太行派」該怎麼傳下去……他套了件短褂，出了大門，先去煙袋胡同。

剛進了院子，老奶奶就踮著小腳，搶上來道喜，「我早就料到了。」

巧紅一身泛白藍布旗袍兒，在旁邊兒羞羞地微笑，拉著他手進了西屋，「你還來這一套？」

「是馬太太要……」他摸著他的臉，「這麼照規矩辦。」

巧紅輕輕「嗯」了一聲。

天然跟她說，明天在乾麵胡同辦，客人就男女兩家。老奶奶，徐太太，馬大夫和麗莎。劉媽算是介紹人。他還叫巧紅收拾一下，準備搬去王駙馬胡同。這間西屋留著，算是她的裁縫舖。

他回家路上在想，看什麼時候方便。把擱她那兒那幾條金子，送去福長街……姓朱的老婆孩子可沒罪沒過。

邁進了家門。徐太太搶上來喊了聲「姑爺！」

兩個人都笑了。

電話在響。是藍青峯，約他下午六點，在西直門大街「三宮廟」隔壁一家酒館二樓見面。

奇怪，順天府的事，出了差錯？

他坐下來給馬姬寫了封信。

下午，麗莎開車，帶著劉媽，送來了新褥子，床單，被面，枕頭，蚊帳……說她剛在法國麵包行訂了個蛋糕，又問去買了戒指沒有。

麗莎把徐太太當作自己人，把個徐太太搞得又興奮又緊張，不知道該怎麼稱呼這位美國乾親家。劉媽在旁邊兒湊熱鬧，「跟著我叫麗莎。」

幾個人一塊兒收拾打掃新房。連洗帶換，連掃帶擦，折騰了好半天。送走麗莎，已經快五點了。

李天然換了身藍布大褂兒出的門。

太陽西西斜著。空中帶點兒風。他拐上了北新橋西大街。夕陽直射過來。他戴上了墨鏡。幾乎每個街口都有揹槍的日本兵站崗。

市面上像是安定了些，只是少了點兒什麼。沒從前那麼悠哉了，也沒了市聲，熱鬧聲。兩旁那些灰灰黑黑矮矮的房子，在夕陽之下，更顯得老老舊舊破破。

淪陷半個月，北平變成了一個奄奄一息的老頭兒。

李天然夾在三三兩兩的行人當中，走過了順天府，發現給封了不說，大門口上還站著一個日本大兵，一個中國公安。

上了西直門大街，夕陽就在城門樓上頭，一團橘紅。他很快找到了那家酒館，上了二樓。很空。就藍青峯一個人坐在臨街那張小方桌。還是那副當舖老板的打扮，只是多了頂巴拿馬草帽。他在對面坐了下來。

桌上一壺酒，兩支酒杯。

藍瞄了他一眼，沒說話，繼續望著窗外。

天然給自己倒了杯白乾兒，摘下墨鏡，也隨著往窗外看……沒什麼，就層層疊疊一片灰瓦，曬著夕陽。

藍青峯舉杯一敬，「幹的好！」他一口乾掉。

天然也乾了，覺得藍的臉色不很對勁兒，「石掌櫃的？」

「給憲兵帶走了，還有三個夥計。」

「怎麼辦？」他心直跳。

「要吃點苦。」

「就吃點苦？」

「我想是……日本人願意相信是藍衣社幹的。」

「那……」

「你的任務完成，其他沒你的事。我們有人善後。」

天然為二人添酒。

「我待會兒回天津。」藍的臉色很難看，「有兩件事跟你交代。」

天然抿了口酒。

「我得避一避。往後有事，去找石掌櫃的……另一件，你回去住了？」

「回去住了。」他沒提就要結婚。

「那好。還有件差事。」

果然，「您說。」

藍青峯皺著眉頭，帽沿下的臉色更難看了，「他不能老躲在德國醫院……得想辦法先送他去天津租界。」

原來又是張自忠。他都忘了這回事。

「我還在安排……」藍想了想，「你每天晚上九點在家等我電話。」

天然點點頭。

「這回不比上回……要出東交民巷，還要出城，又不能搭火車……查的太緊。」

天然點了支菸。這是新生命的開始嗎？

藍沒再言語，悶悶喝著酒。

「您沒事兒吧？」天然吐了口煙，覺得藍青峯的神氣越來越不對。

「啊？」藍像是給吵醒了，「哦，上海打起來了……」

怪不得羅便丞趕了去。可是奇怪，藍的聲音有點哽咽。

「藍田死了。」

「什嘛?!」天然驚叫。

「中午……他大隊長說他打下來兩架。自己的飛機也著火了。」

「人？」

「人?連人帶機，摔進了黃浦江。」

「確定是他？」

「是他。」

「您……」天然說不下去了。他太明白失去家人的苦痛，誰也無法安慰……他踩熄了香菸，一口乾掉白乾兒。

藍青峯也乾了，「這是戰爭。當空軍，幹軍人，就得隨時準備死……只可惜剛畢業，才十九歲……」

天然一陣心酸。

「連他去考空軍都沒讓我知道。」

天然忍住了淚，添滿了酒。

「說別的吧。」藍又乾掉，示意再添，然後從懷裏掏出一張疊著的紙，「天津小報，剛捎來的……給你寫詩的那位酒仙，北平沒法兒待了，也躲進了租界……」他遞給天然，「你的任重道遠……」

天然接了過來，可是沒有攤開。

「不過，你這位燕子俠隱……」藍青峯蒼老的臉上一絲慘笑，「也只能這麼隱下去了……」

窗外漸漸響起了一陣陣隆隆的聲音。

藍青峯「哼」了一聲，起身站在窗前，「你過來。」

李天然走到藍的身邊。

西直門大街上滾滾煙塵，一輛接一輛的日本運兵車，滿蓋著黃土，像股鐵流似的，在血紅的夕陽之下淹沒過去。

「南口過來的。」

「南口丟了？居庸關？」

「快丟了……你叫傅作義那些雜牌軍，怎麼去守。」

兩個人靜靜地站在那兒。窗外整片黑煙黃土，久久也沉不下去。罩住了遠遠近近那些層層疊疊的灰瓦……

「天然，別忘了這個日子……不管日本人什麼時候給趕走，北平是再也回不來了……這個古都，這種日子，全要完了……一去不返，永遠消失，再也沒有了……」

藍青峯回到桌前，乾掉杯中殘酒，向天然微微點頭，轉身下了樓。

李天然坐回桌上，呆呆地扺著酒，慢慢攤開了報：

俠隱記

將近酒仙

燕子盜李，重顯人間，狼狽之流，膽戰心癲。
單槍赴宴，四喪黃泉，順天府內，為民除奸。
劍道山本，浪人羽田，染指他鄉，一再而三。
屢戒不改，作惡多端，一倭斷臂，一寇涅槃。
金某楊某，文武跟班，為虎作倀，污穢不堪。
卓十一少，倚財弄權，倒行使逆，俠隱把關。
朱首潛龍，無法無天，心黑手辣，罪行連篇。
吃裏扒外，天怒人怨，替天行道，燕子李三。

黑龍門徒，聽我一言，天網恢恢，終有一天。

對頭報應，姓李名三，燕子俠隱，永在人間。

李天然久久無法抬頭……俠？還有可能嗎？……

他木木地坐在那兒，望著窗外的夕陽，抽了支菸，喝完了那壺白乾兒，戴上了墨鏡，下了酒樓。

西直門大街上的灰土沉下去了，也清靜了點兒，沒幾個人去理會空中傳來那幾聲刺耳的警笛。

黃昏的夕陽，弱弱無力，默默無語。

天邊一隻孤燕，穿雲而去。

國家圖書館出版品預行編目資料

俠隱／張北海著. -- 初版. --臺北市：麥田出
版：城邦文化發行. 2000〔民 89〕
面； 公分. -- （麥田小說；16）

ISBN 957-469-035-0(平裝)

857.7 89004849

cité 城邦

讀者回函卡

謝謝您購買我們出版的書。請將讀者回函卡填好寄回，我們將不定期寄上城邦集團最新的出版資訊。

姓名：________________ 電子信箱：________________

聯絡地址：□ □ □ ________________________________

____

電話：(公) ________________ (宅) ________________

身分證字號：____________________ (此即您的讀者編號)

生日：___年___月___日 性別： □ 男 □ 女

職業： □ 軍警 □公教 □ 學生 □ 傳播業

□ 製造業 □ 金融業 □ 資訊業 □ 銷售業

□ 其他 __________

教育程度：□ 碩士及以上 □大學 □專科 □ 高中

□ 國中及以下

購買方式： □ 書店 □ 郵購 □ 其他 ______________

喜歡閱讀的種類： □ 文學 □ 商業 □ 軍事 □ 歷史

□ 旅遊 □ 藝術 □ 科學 □ 推理 □ 傳記

□ 生活、勵志 □ 教育、心理

□ 其他 __________

您從何處得知本書的消息？（可複選）

□ 書店 □ 報章雜誌 □ 廣播 □ 電視

□ 書訊 □ 親友 □ 其他 ______________

本書優點：□ 內容符合期待 □ 文筆流暢 □ 具實用性

（可複選）□ 版面、圖片、字體安排適當 □ 其他 ________

本書缺點：□ 內容不符合期待 □ 文筆欠佳 □ 內容平平

(可複選) □ 觀念保守 □ 版面、圖片、字體安排不易閱讀

□ 價格偏高 □ 其他 __________

您對我們的建議：

____

麥田出版

廣	告	回	郵
北區郵政管理局登記證			
北台字第 10158 號			
免	貼	郵	票

城邦文化事業(股)公司

100 台北市信義路二段 213 號 11 樓

請沿虛線摺下裝訂，謝謝！

麥田出版

文學 · 歷史 · 人文 · 軍事 · 生活

編號：RN5016　　書名：俠隱

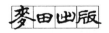